Die literarische Frühromantik

Mit Beiträgen von
Wolfgang Frühwald, Heinz Gockel,
Hans-Joachim Mähl, Horst Meixner,
Lothar Pikulik, Gerhard Sauder,
Silvio Vietta

Herausgegeben von
Silvio Vietta

VANDENHOECK & RUPRECHT IN GÖTTINGEN

CIP-Kurztitelaufnahme der Deutschen Bibliothek

Die literarische Frühromantik / mit Beitr. von Wolfgang Frühwald... Hrsg. von Silvio Vietta. – Göttingen: Vandenhoeck und Ruprecht, 1983. (Kleine Vandenhoeck-Reihe; 1488)

ISBN 3-525-33481-8

NE: Frühwald, Wolfgang [Mitverf.]; Vietta, Silvio [Hrsg.]; GT

Kleine Vandenhoeck-Reihe 1488

Schrift: 9/11 Punkt Times auf der V-I-P
Gesamtherstellung: Verlagsdruckerei E. Rieder, Schrobenhausen

Inhalt

Vorbemerkung

Am 14. und 15. Januar 1982 fand an der Universität Mannheim ein Symposium zur literarischen Frühromantik statt. Seine Aufgabe war, über den *Epochenbegriff* der literarischen Frühromantik in Deutschland nachzudenken und dazu anzuregen, ihn neu zu formulieren. Insbesondere sollte das Verhältnis der Romantik zur Aufklärung zur Sprache kommen, das im Laufe der germanistischen Forschungsgeschichte besonders verzerrt worden ist.

Leitend war die Idee, auf einem fortgeschrittenen Stand spezialisierter Forschung zu Autoren und Werken die Frage nach dem *Zusammenhang* dieser Autoren und Werke wieder ins Zentrum wissenschaftlicher Aufmerksamkeit zu rücken. Es ist allgemein bekannt, daß die Entwicklung zur Spezialisierung in den Wissenschaften – und so auch in der Germanistik – desintegrierend wirkt. Die Notwendigkeit gelehrter Detailuntersuchung soll nicht bestritten werden. Nur muß sich eine Wissenschaft, die mit Texten umgeht, und das heißt ja: mit komplexen Sinnzusammenhängen, die ihrerseits in hochkomplexen Sinnzusammenhängen stehen, ebenso um sinnvolle Integration, d. h. darum bemühen, einen Zusammenhang der Einzelerkenntnisse herzustellen.

Dabei kann und soll nicht verschwiegen werden, daß Synthesen, bei aller Vermitteltheit durch einen gegebenen Stand der Forschung, immer selbst perspektivischen Charakter haben. Zusammenhänge zeigen sich nur, wo ein Erkenntnisinteresse im Vorblick das Ganze sichtet, um dann im Gang durch die Texte und durch die Sekundärliteratur, von Ergebnissen der Nachbarwissenschaften, aber eben auch durch ein wissenschaftliches Symposium angeregt, diese Perspektive zu erweitern, zu ergänzen, zu korrigieren.

Die Beiträge des vorliegenden Bandes sind bis auf den Einleitungsaufsatz *Frühromantik und Aufklärung* aus den Referaten des Mannheimer Symposiums hervorgegangen, wurden aber für den Druck überarbeitet. Sie haben sich dabei von ihrem Anlaß, dem Symposium, abgelöst und richten sich in der hier vorgelegten Form nicht nur an das gelehrte Fachpublikum, sondern auch an den Studenten, an den interessierten Leser und wollen bei dem Verständnis der für die deutsche Geistesgeschichte so interessanten Epoche der literarischen Frühromantik hilfreich sein.

Abschließend möchte ich der Stiftung Volkswagenwerk, der Stadt und der Universität Mannheim danken, ohne deren finanzielle Hilfe das Mannheimer Romantik-Colloquium nicht zustande gekommen wäre. Dem Lektor des Verlages Vandenhoeck & Ruprecht, Herrn Dr. Winfried Hellmann, sage ich meinen besonderen Dank. Er hat die Entstehung der Druckfassung mit sachkundigem Rat gefördert.

Silvio Vietta

Silvio Vietta

Frühromantik und Aufklärung

Klaus Ziegler
zum Gedächtnis

1. Datierung – Epochenbegriff – Methodisches

1.1 Datierung

Gemeinhin wird in Literaturgeschichten die Romantik als eine Epoche behandelt und dabei unterteilt in Früh-, Hoch-, Spätromantik. Frenzels *Daten deutscher Dichtung* beispielsweise nennt dafür den Zeitraum 1798 bis 1835, setzt aber dann in der Chronologie ein mit Tiecks Briefroman *William Lovell,* der 1795/96 erschienen ist.[1] Ohnehin ist das Einstiegsdatum von 1798 nicht ganz einsichtig. Zwar erscheint 1798 die wichtigste Zeitschrift der Romantik, das von den Brüdern Schlegel herausgegebene *Athenäum,* und auch Ludwig Tiecks Künstlerroman *Franz Sternbalds Wanderungen* wurde 1798 veröffentlicht. Aber derselbe Autor hatte mit Wilhelm Heinrich Wakkenroder bereits 1796 die ›typisch romantischen‹ *Herzensergießungen eines kunstliebenden Klosterbruders* veröffentlicht (allerdings mit der

Jahreszahl 1797)[2] und auch Tiecks *Volksmährchen* waren schon 1797 auf dem Buchmarkt.[3]

Die erste große wissenschaftliche Darstellung der deutschen Romantik, Rudolf Hayms *Die Romantische Schule* von 1870, ging denn auch anders vor: Sie verfolgte »das Entstehen einer romantischen Poesie« bis in die Jugendzeit von Tieck und Wackenroder, das »Entstehen einer romantischen Kritik und Theorie« bis in die Studienzeit der Brüder Schlegel.[4] Die Fülle des durch die neuen Romantiker-Ausgaben zugänglichen biographischen Materials lag Haym noch nicht vor. Der Vorteil aber einer solchen biographisch-genetischen Form der Darstellung liegt – bei allen Differenzen in den Ergebnissen – auf der Hand: sie setzt nicht ein mit den Kunstprodukten, sondern läßt die *Genese* der Motive und Darstellungsformen in der Biographie der Autoren erkennbar werden. Gerade für die Frühromantiker gilt, daß ihre Briefwechsel und Tagebücher, die zumeist selbst literarischen Mustern verpflichtet sind, Formen der *Selbsterfahrung* thematisieren, die uns in den literarischen Texten dieser Autoren wiederbegegnen.[5]

Damit soll nicht einem biographischen Reduktionismus das Wort geredet werden, welcher die spezifisch literarischen Transformationsleistungen unterbewertet und alles auf angebliche ›Erlebnisse‹ des Autors zurückführt. Solche an der Erlebnisdichtung Goethes und dessen autobiographischen Schriften orientierte Beschreibungsform, der etwa Diltheys literarische Studien und so auch seine Romantikerdarstellung verpflichtet waren, ist zumeist in Gefahr, die Autorbiographie zu stark zu isolieren und auch die Überformung der sogenannten ›Erlebnisse‹ durch literarische Muster, mithin das Ineinander von Fiktion und Realität schon in der Biographie, zu übersehen.[6] Wenn aber die Biographie eines Autors als ein Spannungsfeld heteronomer sozialpsychologischer, geistesgeschichtlicher (d. h. kunst-, wissenschafts-, philosophiegeschichtlicher) und politischer Einflüsse begriffen wird, dann werden sehr wohl aus ihr und über die Individualität des Autors hinaus die darin erkannten Motive und Darstellungsformen als Repräsentanzen überindividueller, gesellschaftlicher Kommunikationszusammenhänge begreifbar.

Für das Verständnis der Frühromantik als Teilbereich einer Gesamtepoche, für die auf dem Mannheimer Colloquium auch der Heinesche Begriff der »Kunstperiode« ins Spiel gebracht wurde, heißt dies: Die Ableitung ihres Verständnisses muß mit den frühen, für die literarischen Werke relevanten Dokumenten aus der Biographie der

Autoren beginnen, also etwa mit dem Jahr 1790 einsetzen.[7] Dabei bedarf es keiner weiteren Erwähnung, daß das gesellschaftliche Spannungsfeld, in das die Autoren nun bewußt hineinwachsen, in ihren Voraussetzungen durch Lang- und Kurzzeitprozesse vorstrukturiert ist. Es ist die zentrale These dieser Einleitung – sie lag auch dem Mannheimer Colloquium zugrunde –, daß in der Frühromantik Tendenzen der Aufklärung in einer spezifischen Form verarbeitet werden, die ihrerseits auf die literarische Moderne eingewirkt haben, daß wir es also hier mit einem wirkungsgeschichtlichen Langzeitzusammenhang zu tun haben. Seine spezifische Strukturierung in einer bestimmten Phase allerdings ist zu studieren. Ein nicht zufälliges Abschlußdatum dieser Frühphase der Romantik ist mit dem Tod von Novalis im Jahre 1801 gesetzt. Somit umfaßt der engere Zeitraum, um den es hier geht, etwas mehr als ein Jahrzehnt, das „Epoche" oder „Phase" der Frühromantik zu nennen letztlich eine Begriffssetzung ist. Immerhin hat der Begriff der Epoche gegenüber dem der Phase den Vorteil, ein „zeitlich begrenztes Machtfeld herrschender Ideen"[8] auszugrenzen, das durch dominante Ereignisse strukturiert zugleich als Wendepunkt von Geschichte angesehen werden kann. Dies trifft für die ›Epoche‹ der Frühromantik zu. Sie ist mehr als eine bloße ›Periode‹ oder ›Durchgangsphase‹ der Literatur und konnte gerade darum nachhaltige Wirkung entfalten. Ihre Abgrenzung zur Hoch- und Spätromantik etwa ist nicht zuletzt dadurch gegeben, daß jene bereits den Formen- und Motivbestand der Frühromantik voraussetzen und ihn – bei E. T. A. Hoffmann zum Teil parodistisch gebrochen – an die Literaturgeschichte der Folgezeit vermitteln können.[9]

Dennoch behalten alle Epochenabgrenzungen und Datierungen in der Literaturgeschichte immer etwas Willkürliches. Man sollte sich daher nicht zu lange bei ihnen aufhalten.

1.2 Forschungsgeschichte

Jegliche Romantikinterpretation steht im Wirkungsfeld einer langen *Forschungsgeschichte.* Diese ist so problematisch, daß man sie nicht einfach übergehen darf. Genannt wurden bereits die Romantikdarstellungen von Haym und Dilthey aus der zweiten Hälfte des 19. Jahrhunderts, die jedoch mit dem Epochenbegriff der Romantik selbst sehr vorsichtig umgehen. Haym spricht in Anlehnung an H. Hettner von »romantischer Schule«, verwendet allerdings auch Begriffe wie »romantische Poesie« und »romantischer Geist«.[10] Dilthey schlägt in seiner Novalisstudie sogar vor, den Namen »Romantik« ganz zu meiden.[11] Beide Wissenschaftler reagieren bereits auf einen, wie Dilthey es nennt, »Mißbrauch« des Begriffs. Gemeint ist die polemische Verwendung des Wortes in der politischen Diskussion der ersten Hälfte des 19. Jahrhunderts: Jean Pauls Attacken gegen die »poetischen Nihilisten«,[12] Heines Pamphlet gegen die Schwärmerei der »romantischen Schule«,[13] das Manifest von Echtermeyer und Ruge in den Halleschen Jahrbüchern,[14] auch die ersten, sehr kritischen Darstellungen der Bewegung in den Literaturgeschichten von Hettner und Gervinus.[15] Die Auseinandersetzung mit der Romantik sollte in das ruhigere Fahrwasser einer wissenschaftlichen Prüfung und Darstellung sine ira et studio überführt werden. Diese Phase der Romantikrezeption bis hin zu Ricarda Huchs popularisierender Darstellung *Die Romantik* von 1899/1902[16] war jedoch nur eine Übergangsphase der Germanistik; ihr folgte eine andere, kompromittierendere.

Neuere ideologie- und wissenschaftskritische Darstellungen der Germanistik haben vor allem an der Romantikrezeption der Germanistik in der ersten Hälfte dieses Jahrhunderts das Heraufkommen einer chauvinistisch-nationalistischen, ja faschistischen Geisteshaltung beobachtet. Zu nennen sind hier vor allem die Studien von Eberhard Lämmert über die *Wirkungsgeschichte Eichendorffs in Deutschland,*[17] der Aufsatz von Martin Doehlmann über *Germanistik in Schule und Hochschule,*[18] Werner Weilands *Politische Romantikinterpretation*[19] und auch das kritische Einleitungsreferat von Klaus Peter zum Band *Romantikforschung seit 1945.*[20] Nimmt man sich die großen geistesgeschichtlichen Darstellungen der deutschen Romantik von Unger, Korff, Strich, Petersen einmal vor, so springt allerdings zunächst ein anderes Moment ins Auge: Die Tendenz, das ›Wesen‹ des Romantischen zu einem *ahistorischen* Typenbegriff hinaufzustilisieren. Schon in Ungers einflußreicher Darstellung *Hamann und die Aufklärung* von 1911 wird von »dem historischen [...] ein psychologischer, von dem Schulbegriff der Romantik ein Weltbegriff des Romantischen« geschieden, welcher in »romantischen Naturen« von Plato bis Kierkegaard inkarniert als »weltgeschichtlichen Vertretern des romantischen Geistes – oder besser Seelentypus« vorgeführt wird.[21] Bei Unger wird nun das Romantische als »Seelentypus« gerade nicht auf deutsche Kulturträger eingegrenzt, wenn freilich auch das Moment des Irrationalen als kennzeichnendes Charakteristikum des Romantischen besonders in deutscher Art und Seele repräsentiert sei und in der deutschen Romantik kulminiere. Die Entgrenzung des »Romantischen« zum ahistorischen Typusbegriff, mithin die Eskamotierung der Geschichte aus der Geistesgeschichte, ist typisch auch für Fritz Strichs *Deutsche Klassik und Romantik* aus dem Jahre 1922. Beide Begriffe werden als anthropologische Grundkategorien eingeführt, als zwei Möglichkeiten des Menschseins schlechthin und zu allen Zeiten. »Der folgende Versuch will diese ewig menschliche Polarität der Geistesströmungen in jener besonderen, räumlich und zeitlich bedingten Erscheinung darstellen, welche sie um die Wende des 18. und 19. Jahrhunderts in der deutschen Klassik und Romantik annahm.« Und: »Man wird sie auch an jedem anderen Punkte der Entscheidung in der deutschen wie in jeder anderen Literatur wiederfinden.«[22] Deutschnational oder gar chauvinistisch ist solche Argumentation der geistesgeschichtlichen Germanistik zunächst nicht. Sie wird es erst dort, wo – etwa bei Nadler – spezifisch deutsche Stammesqualitäten mit angeblichen Hochwertqualitäten der deutschen Literatur und Kultur kurzgeschlossen werden, ein Verfahren, das dann auch J. Petersen in seiner *Wesensbestimmung der deutschen Romantik,* die den für die Bedeutung der Romantikforschung in den 20er Jahren bezeichnenden Untertitel »Eine Einführung in die moderne Literaturwissenschaft« trägt, übernimmt: »Es gibt eine deutsche Form, die unmittelbarer Ausdruck des deutschen Geistes ist; ihr Charakter ist nicht beherrschte Ruhe, sondern fließende Bewegung«.[23] Und: »Die Polarität von Rationalismus und Irrationalismus, aus der sich eine ganze geistesgeschichtliche Entwicklung konstruieren läßt, mag im deutschen Geistesleben ganz besonders dominieren [...]«.[24]

Gegenüber der politisch-ideologiekritischen Auseinandersetzung der Germanistik mit der geistesgeschichtlichen Romantikforschung wäre jedoch hervorzuheben, daß die Geistesgeschichte keineswegs in toto nationalistisch oder gar chauvinistisch dachte, daß sie jedoch ihr eigenes Prinzip der Geschichtlichkeit dort verrät, wo sie mit ahistorischen Typenbegriffen arbeitet. Dies läuft immer auf eine simple Pauschalierung isolierter Aspekte hinaus, auf eine Zurichtung des Materials derart, daß die Dialektik von Begriffsbildung und Gegenstand zugunsten totalisierender ›Wesensbestimmungen‹ suspendiert wird.[25] Nicht nur die Texte, die ganze Epoche verschwindet unter solchen metaphysisch aufgeladenen Global- und Pauschalbegriffen wie denen *des*

Klassischen und *des* Romantischen. Wenn Klaus Peter an der deutschen Romantikforschung der 50er und frühen 60er Jahren moniert, daß auch sie vielfach noch an den Texten das »Ewige« herausdestillierte, so ist hier ebenfalls vor allem die Tendenz zur ersatzmetaphysischen Überstilisierung und korrelativen Enthistorisierung des Materials zu beobachten.[26]

Dagegen steht ein neuer Standard der Textnähe und Textgenauigkeit, der erst nach dem Zweiten Weltkrieg, u. a. unter Einfluß des Russischen Formalismus, des Prager Strukturalismus und der Schule des New Criticism sich in der Germanistik durchsetzte und dem auch jeder Versuch der Bildung eines Epochenbegriffs untersteht.[27] Literarische Epochenbegriffe sind nicht anders als im Durchgang durch die für sie repräsentativen, philologisch verläßlich aufbereiteten Texte, und an ihnen ausweisbar, zu konstituieren. Freilich übersteigt die Frage nach dem Epochenzusammenhang auch die werkimmanente Einzelinterpretation in dem Maße wie sie, diese voraussetzend, Textinterpretation in Zusammenhänge mit anderen Texten und Textreihen einrückt bzw. diese von jenen abhebt.

Jeder Neuansatz der Bestimmung des Epochenbegriffs der Frühromantik muß sich vor allem auch vom Erbe der geistesgeschichtlichen Gegenüberstellung von Aufklärung und Romantik freimachen.[28] Als einer unter vielen hat Korff diesen Gegensatz festgeschrieben: »Es besteht also kar kein Zweifel darüber: der Urgegensatz der Romantik und die historische Macht, gegen die sie letztlich heraufkommt [...], ist die Aufklärung. Und gegen die Aufklärung kämpft die Romantik Schulter an Schulter mit der Klassik denselben Kampf der höheren Geistigkeit gegen Rationalismus und Realismus.«[29] Die geistesgeschichtliche Germanistik folgt hier bereits, das zeigt Wolfgang Frühwalds Beitrag in diesem Band, Äußerungen der Frühromantiker selbst, insbesondere August Wilhelm Schlegels Versuch, einen Schulzusammenhang der Romantik dadurch zu konstruieren, daß er diesen von einem polemischen Begriff von Aufklärung abzugrenzen sucht. Korff leitet aus der Opposition von Aufklärung und Romantik als Charaktermerkmal der letzteren ihre Phantastik ab. Solche Antithetik beruht auf einer planen und undialektischen Denkweise, welche die Vermittlungen der Epochen unterschlägt, und dies, weil der Begriff von Aufklärung selbst eindimensional und undialektisch gedacht ist. Wird doch Aufklärung bei Korff schlicht identifiziert mit »Rationalismus und Realismus«, mit der »Überzeugung von der Wesenhaftigkeit der Sinnenwelt«. Das mögen in der Tat kennzeichnende Züge bestimmter Tendenzen in der Aufklärung sein, aber entspricht bei weitem nicht dem vollen Begriff jenes alle Wirklichkeitsbereiche umwälzenden Geschichtsprozesses, den wir »Aufklärung« nennen. Nur in und aus dem Kontext des Langzeitprozesses der europäischen Aufklärung überhaupt ist die Romantik zu verstehen, sowohl in ihrer kritischen Funktion – als Selbstkritik der Aufklärung nämlich – als auch in der spezifischen Übernahme und Transformation aufklärerischer Motive.

Die innovativen Tendenzen der Romantikforschung nach dem Zweiten Weltkrieg sollen und können hier nicht im einzelnen dargelegt werden. Die Einführung zu dem schon erwähnten Band *Romantikforschung seit 1945* von Klaus Peter sowie das stärker auch die englischsprachige Romantikforschung berücksichtigende Einleitungsreferat von Richard Brinkmann zu dem großen Romantiksymposion der Deutschen Forschungsgemeinschaft[30] sind gute Wegweiser durch die Vielfalt der Sekundärliteratur. Immerhin sollen einige der gerade für den Epochenbegriff der Frühromantik relevanten Arbeiten, die nach 1945 entstanden sind, auch hier erwähnt werden.

So haben Werner Kohlschmidt und Walter Hof in die Romantikforschung der Nachkriegszeit einen Begriff eingebracht, der zwar seit Jean Pauls *Vorschule der Ästhetik* im Raum stand, aber nun einen neuen, wissenschaftlich-deskriptiven Stellenwert erhielt: Der Begriff des Nihilismus.[31] Ist das nicht ein ähnliches, womöglich schlimmeres Schlagwort als Irrationalismus, Obskurantismus, Occasionalismus? Kohlschmidt untersucht den »spekulativen Nihilismus« der Frühromantik, dargelegt an Novalis und Friedrich Schlegel, und hebt ihn vom »Nihilismus der Zeitangst bei Wackenroder und Tieck« ab. Schließlich liefern ihm die *Nachtwachen* des Bonaventura überzeugendes Material für die in der Tat aufweisbare nihilistische Dimension romantischer Poesie.[32] Aber woher – muß man mit Nietzsche fragen – kommt dieser ›unheimliche Gast‹? Was heißt eigentlich ›Nihilismus‹ und warum dringt er Ende des 18. Jahrhunderts auf einmal so massiv in die Literatur ein? Die Frage bleibt bei Kohlschmidt wie auch bei Hof und Dieter Arendt, der 1972 eine detaillierte Textanalyse zum »poetischen Nihilismus in der Romantik« veröffentlichte,[33] offen. Diese Frage führt aber auf eine Langzeitdimension neuzeitlicher Aufklärung, führt auf das Problem des Wertezerfalls in und durch die Aufklärung selbst. Wir werden dies in Abschnitt 2.3 und 3.3 noch eingehend behandeln.

Zu erwähnen ist hier eine Arbeit, der das Verdienst zukommt, das Thema »Romantik und Aufklärung« explizit neu formuliert zu haben: Gemeint ist die Dissertation von Helmut Schanze, die, 1966 erschienen, zwar noch nicht über Ergebnisse der neueren Aufklärungsforschung verfügte, aber eben doch die alte Antithetik aufbrach durch das Konzept einer »lebendigen Wechselbeziehung«, die Untersuchung von »Übergangs- und Verbindungspunkten« zwischen Aufklärung und Romantik.[34] Dies erfolgt vor allem durch den überzeugenden Nachweis des Transfers von Ideengut der enzyklopädischen Aufklärung in die poetisch-poetologischen Spekulationen von Novalis und Friedrich Schlegel.

Zur Neubewertung der Romantik als Anfangspunkt innovativer, spezifisch moderner literarischer Entwicklungen trug die Arbeit von Werner Vordtriede zum Thema *Novalis und die französischen Symbolisten* von 1963 nicht unwesentlich bei, die, wie auch die Studie von Ingrid Strohschneider-Kohrs über *Die romantische Ironie in Theorie und Gestaltung* von 1960 und die Dissertation von Silvio Vietta über *Sprache und Sprachreflexion in der modernen Lyrik* von 1970, vor allem die reflexive Dimension der romantischen Poetik sowie ihren Zusammenhang mit der Poetik des französischen Symbolismus und der reflexiven Komponente moderner Literatur generell herausarbeitet.[35] Insgesamt aber gilt für die Germanistik der 60er und 70er Jahre, daß sie die Erforschung größerer geistesgeschichtlicher Zusammenhänge eher zurückstellte zugunsten von Detailstudien. Paradoxerweise zeigt sich dies noch an dem großen, von Richard Brinkmann organisierten und editierten Symposion *Romantik in Deutschland,* das eine Fülle hervorragender Ergebnisse zu Autoren, Werken, Aspekten der Epoche erbrachte, das Problem des Epochenbegriffs selbst aber doch eher in den Hintergrund drängte. Ähnliches gilt für den 1971 von Benno von Wiese edierten Sammelband *Deutsche Dichter der Romantik. Ihr Leben und Werk,*[36] das hervorragende Einführungen zu den einzelnen Autoren bietet, diese aber schon von der Anlage des Buches her eher aus dem Epochenzusammenhang desintegriert. Nicht weniger hilfreich für das Studium der Romantik ist auch heute noch der 1967 erschienene Sammelband *Die Deutsche Romantik.* Dieser Band folgt, wie der Herausgeber Hans Steffen im »Vorwort« formuliert, durchaus bewußt dem Interesse seiner Zeit, wenn er »der Vorliebe gegenwärtiger Kunst und Forschung für das Spiel, den Wechsel und die Betonung der Formen und Funktionen« durch schwerpunktmäßige Ausrichtung der Aufsätze auf Probleme der Poetik der Romantik Rechnung trägt.[37]

Neueste Forschungsansätze in der Germanistik gehen sozialgeschichtlich vor. Zu erwähnen ist hier insbesondere der Band 5 der von Horst Albert Glaser herausgegebenen Reihe *Deutsche Literatur. Eine Sozialgeschichte.* Er behandelt den Abschnitt »zwischen Revolution und Restauration: Klassik, Romantik 1786–1815«. Das Initiationsdatum ist durch das Todesjahr Friedrichs II. vorgegeben, der terminus ad quem durch den Wiener Kongreß. Die Idee des Herausgebers – »daß die Literaturgeschichte eine ganz andere Geschichte überliefert, als sie die Geschichtswissenschaft bislang interessiert hat: die des Ich«[38] – liefert in der Tat eine fruchtbare Arbeitshypothese; sie ist geeignet, der Gefahr eines Reduktionismus auf abstrakte Daten und Fakten sozioökonomischer Art gegenzusteuern. Dennoch hat der Band selbst trotz informativer Beiträge dieses Programm nicht eingelöst. Auch in dieser Darstellung stehen sozialgeschichtliche Arbeiten relativ unverbunden neben Beiträgen zur Ästhetik und Literatur des genannten Zeitraums, über deren Qualität im einzelnen hier nicht befunden sein soll.

Für die Forschung zur Frühromantik insgesamt gilt, daß jenes große Beispiel einer überzeugend gelungenen historisch-kritischen Ausgabe, welches Hans-Joachim Mähl, Richard Samuel und Gerhard Schulz mit der Neuedierung der Werke des Novalis vorgelegt haben, auch für die Herausgabe der Werke von Tieck, Wackenroder und August Wilhelm Schlegel Schule machen sollte.[39] Auch die seit 1958 erscheinende Friedrich-Schlegel-Ausgabe hat eine Fülle neuen Materials zugänglich gemacht und so die Forschung zu diesem Autor auf neuen Boden gestellt, ist aber in den Editionsprinzipien umstrittener, auch in der Anlage sehr viel undurchsichtiger.[40] Hans-Joachim Mähl hat zudem durch seine große Studie zum Motiv des »Goldenen Zeitalters«, an die auch sein Aufsatz in diesem Band anknüpft, beispielhaft gezeigt, in welchem Maße auch heute noch eine geistesgeschichtliche Methode, die ihren eigenen Prinzipien treu bleibt, Langzeitzusammenhänge der Geschichte entlang bestimmten Metaphern- und Motivstrukturen transparent machen kann.[41]

Ansätze zu einer modifizierten Reformulierung des Epochenbegriffs der literarischen Frühromantik in Deutschland werden sowohl die breite geistesgeschichtliche Tradition einbeziehen müssen als auch sozialwissenschaftliche und psychologische Ansätze. Dies kann bei dem ausdifferenzierten und im Grunde zersplitterten Stand der Wissenschaft nicht anders als eklektisch-synkretistisch geschehen. Es gibt keine ›Superwissenschaft‹, welche alle für die Epoche relevanten Aspekte systematisch aufeinander bezieht, und eine solche ›Superwissenschaft‹ ist auch in Zukunft nicht zu erwarten.[42] In dieser Situation entscheiden die literarischen Texte – einschließlich der biographischen Dokumente –, welche Daten, Theorieansätze und Konzepte für die Interpretation fruchtbar sind. Das Kriterium ist die Erschließungsfunktion solcher Daten, Theorieansätze und Konzepte. Damit ist durchaus auch der Aufweis der Defizienz von Fakten oder Ideen in einem literarischen Text mitgemeint. Die Basis aber ist der literarische Text. Von ihm geht die Interpretation aus und führt zu ihm zurück. Der Beitrag der Germanistik zur Erforschung der Kultur- und Sozialgeschichte ist mit diesem Basismaterial der literarischen Texte vorgegeben. Recht verstanden heißt dies gerade nicht, sich ins Schneckenhaus der Werkimmanenz zurückzuziehen. Es war Theodor W. Adorno, der schon vor Jahren darauf hinwies, daß ein Werk recht verstehen heißt, innerhalb wie außerhalb des Werkes zu sein, daß dies ein »Wissen wie vom Inneren der Kunstwerke so auch von der Gesellschaft draußen« verlangt.[43] Literarische Texte sind, und je höher entwickelt desto mehr, komplexe Sinneinheiten, in denen sich die Komplexität der Gesellschaft, ihrer sozialen, geistesgeschichtlichen, politischen Spannungen im Medium subjektiver Erfahrung darstellt. Dies gilt zumal für die Literatur am Umbruch zur Moderne: für die literarische Frühromantik in Deutschland.[44]

1.3 Politische Romantikinterpretation

Bevor wir auf die literarischen Texte der Frühromantik selbst eingehen, noch einige Überlegungen zum Komplex der *politischen Romantikinterpretation.* Man steht ja beim Versuch einer Neubestimmung des Epochenbegriffs der Romantik sofort auch inmitten eines Spannungsfeldes politischer Kontroversen. Diese datieren zurück bis in die Romantik selbst: die ablehnende, von Friedrich Schlegel ironisierte Aufnahme von Novalis' Fragmentsammlung *Glaube und Liebe* am preußischen Hof,[45] Friedrich Schlegels eigener, an Kants *Zum ewigen*

Frieden anknüpfender *Versuch über den Begriff des Republikanismus,*[46] die nicht öffentliche, aber klare Stellungnahme von Tieck und Wackenroder zur Französischen Revolution: »Oh, in Frankreich zu sein, es muß doch ein groß Gefühl sein, unter Dumouriez zu fechten und Sklaven in die Flucht zu jagen, und auch zu fallen, – was ist ein Leben ohne Freiheit? Ich begrüße den Genius Griechenlands mit Entzücken, den ich über Gallien schweben sehe, Frankreich ist jetzt mein Gedanke Tag und Nacht [...]«.[47]

Schon wenige Jahre nach der Epoche der Frühromantik erschien im »Morgenblatt für Gebildete Stände« eine Serie pamphletartiger Artikel gegen die Romantik als einer Art Modeerscheinung.[48] Das Haupt dieses Feldzuges war der greise Johann Heinrich Voß. Nicht weniger pamphletartig, wenn auch sehr viel brillanter in der Diktion liest sich Heinrich Heines Schrift über die *Romantische Schule* von 1836. Nach Heine war sie »nichts anders als die Wiedererweckung der Poesie des Mittelalters«, war eine auf das »Unendliche und lauter spiritualistische Beziehungen« fixierte Kunst.[49] Also eine reaktionäre und die Wirklichkeit fliehende Bewegung.[50] Und das ist typisch für die politische Rezeption der Romantik bis in die jüngste Gegenwart: Sie arbeitet in polemischer Absicht zumeist mit planen Stereotypen und Antithesen und entstellt so zuweilen die Epoche selbst bis zur Karikatur.[51] Wir finden – bei modifizierter Begriffsbestimmung – dasselbe Prinzip der Darstellung in dem schon erwähnten antiromantischen Manifest von Echtermeyer und Ruge in den »Halleschen Jahrbüchern« der Jahre 1839/40 und in den groß angelegten Attacken gegen die Romantik von Carl Schmitt sowie von Georg Lukács. Man kann die Argumente, die hier auftauchen, an einer Hand aufzählen: Der Vorwurf – so von seiten Carl Schmitts –, das romantische Subjekt okkupiere eine gottgleiche Stellung und reduziere die Welt zum bloßen »Anlaß« seiner absoluten Einbildungskraft,[52] der Vorwurf – so von seiten Georg Lukács' – des antiaufklärerischen Irrationalismus und Obskurantismus als Vorbereitung einer wesentlich reaktionären, fortschrittsfeindlichen Politik bis hin zum Faschismus.[53] Es sollte zu denken geben, daß ›linke‹ wie ›rechte‹ Germanistik, wenn man einmal diese politischen Richtungsstereotypen gebrauchen will, dahingehend übereinstimmen, daß sie die »Haupttendenz« der Romantik in ihrem Bruch mit der Aufklärung sehen. Auch Horst Meixners Vorwürfe insbesondere gegen Novalis' Mittelalterbild auf dem Mannheimer Romantik Colloquium reihen sich in die Kette von Argumenten gegen die Romantik ein. Liest man Werner Weilands neuere Darstellungen zur *Politischen Romantikinterpretation,*[54] so braucht man sich nicht scheuen auszusprechen, daß solche Romantikinterpretationen der Epoche selbst doch vielfach aufgrund ihrer polemischen Zuspitzung äußerlich bleiben mußten.

Dabei hat die neuere Romantikforschung einige immer wiederkehrende Mißverständnisse mit jenem Maß an Sicherheit, das in einer interpretierenden Wissenschaft wie der Germanistik zu erreichen ist, ausräumen können. So den Vorwurf, die Frühromantik als Epoche habe ein falsches, nämlich reaktionär verfälschtes Mittelalterbild entworfen. Interessanterweise wurde diese Fehleinschätzung der Romantik neuerdings sowohl von Forschern östlicher wie westlicher Provenienz verworfen. So zeigt der Mitherausgeber der neuen Novalis-Ausgabe, Hans-Joachim Mähl, in dem hier abgedruckten Beitrag, daß Novalis den Utopie- und Fiktionscharakter seiner Mittelaltervision selbst klar gesehen und mitreflektiert hat, daß also Novalis' umstrittene Rede *Die Christenheit oder Europa* nicht einfach als quasi historiographische Darstellung der mittelalterlichen Wirklichkeit gelesen werden darf. Novalis' Utopie hat viel eher eine geschichtskorrigierende, ideale Gegenbildfunktion. Das gilt auch für seine Staatsphilosophie in *Glaube und Liebe,* die ja in der Monarchie ein »Erziehungsmittel« zu einer idealen Form monarchisch-republikanischer Staatsverfassung sah, in welcher der Staat seine Untertanen nicht mehr ›fabrikmäßig‹ verwaltet, sondern »Alle Menschen [...] thronfähig werden« sollten.[55] Ein Satz wie »sie muß kommen die heilige Zeit des ewigen Friedens, wo das neue Jerusalem die Hauptstadt der Welt seyn wird« – Quintessenz der umstrittenen Schrift *Die Christenheit oder Europa*[56] – darf dementsprechend so wenig, wie der ganze Aufsatz, als reale Prädikation gelesen werden. Er ist vielmehr Ausdruck einer Friedenssehnsucht, welche geschichtsteleologisch der idealisierten Vergangenheit das Zukunftsziel einer versöhnten Menschheit abliest. Daß Novalis hier nicht in direkt referentiellen Prädikaten spricht, sondern in Metaphern, hat schon Wilfried Malsch in seinem Buch *»Europa«. Poetische Rede des Novalis* aufgewiesen, auch den »antidespotischen« Kern dieser Rede freigelegt.[57] Ihm folgt Richard Brinkmann in seinem Aufsatz über *Deutsche Frühromantik und Französische Revolution*[58] mit dem grundsätzlich methodologischen Hinweis, daß Novalis' staatsphilosophische Schriften, die nach Brinkmanns Meinung »die Position des frühen Schlegel an Intensität und, man mag wohl auch sagen: Universalität« überbieten, »in ihrem Fiktionscharakter zu erkennen« und nicht als unmittelbar-expositorische Texte zu lesen sind.[59] »Indem das, was als Potenz, als ideale Möglichkeit in der Vergangenheit des Mittelalters steckt, als ihr Telos, als wirklich, als verwirklicht vorgestellt wird, läßt sich aus dem Rückblick in die Vergangenheit ein Leitbild für die Zukunft, die Grundlage für eine Theorie zur Gestaltung der Zukunft gewinnen.«[60]

In diesem Zusammenhang sind auch Vorurteile in bezug auf die Mittelalterrezeption bei Wackenroder auszuräumen. In der Freundschaft zwischen Tieck und Wackenroder war es letzterer, der nachdrücklich auf die Schätze der mittelalterlichen Kunst hinwies und so ein Erbe antrat, das dem jugendlichen Wackenroder über die Vorlesungen des Predigers Koch in der Tradition Bodmers und Herders vermittelt wurde.[61] Wesentlich ist nun das Argumentationsmuster, mit dessen Hilfe die Hinwendung zum Mittelalter begründet wird. Es ist nämlich der aufklärerische Toleranzgedanke, unter dessen Flagge auch die romantische Mittelalterrezeption in Wackenroders *Herzensergießungen* eingeführt wird. Im Abschnitt »Einige Worte über Allgemeinheit, Toleranz und Menschenliebe in der Kunst« argumentiert Wackenroders fiktive Klosterbrudergestalt zwar von einem theozentrischen Gesichtspunkt aus, aber entscheidend ist dabei gerade die Aufgabe jeglichen Absolutheitsanspruchs dogmatischer Art: »Ihm [Gott] ist der gotische Tempel so wohlgefällig als der Tempel des Griechen; und die rohe Kriegsmusik der Wilden ist Ihm ein so lieblicher Klang, als kunstreiche Chöre und Kirchengesänge.«[62] Unter der Ägide dieses Toleranzgedankens wird sodann gefragt: »Und doch wollt ihr das Mittelalter verdammen, daß es nicht solche Tempel baute, wie Griechenland?« Worauf der Klosterbruder prinzipiell antwortet: »Das Einmaleins der Vernunft folgt unter allen Nationen der Erde denselben Gesetzen und wird nur hier auf ein unendlich größeres, dort auf ein sehr geringes Feld von Gegenständen angewandt. – Auf ähnliche Weise ist das *Kunstgefühl* nur ein und derselbe himmlische Lichtstrahl, welcher aber, durch das mannigfach-geschliffene Glas der Sinnlichkeit unter verschiedenen Zonen sich in tausenderlei verschiedene Farben bricht.«[63]

Es ist ohne weiteres ersichtlich, daß diese romantische Begründung eines universal gleichrangigen »Kunstgefühls« dem aufklärerischen Grundgedanken einer einheitlichen Vernunft folgt, dabei aber nicht prätendiert, *die* normativ gültige Ausdrucksform der Kunst in einer bestimmten Manifestation gefunden zu haben. Das »Kunstgefühl« offenbart sich vielmehr in der Vielfalt seiner perspektivischen Brechungen, der Antike sowohl wie der Kunst des Mittelalters; es zeigt sich auch in der Kunst der nichteuropäischen Völker. Die Stoßrichtung dieses Gedankens richtet sich gegen *jede* Form von Dogmatik und Absolutheitsanspruch und steht in Frontstellung gegen die durch Winkelmann begründete ästhetische Dominanz der Antike. Daß Wackenroder dabei sogar die Kunst der »Indianer« und »südlichen Insulaner« einbezieht, antizipiert geradezu jene Rehabilitation der außereuropäischen Künste, die erst wieder Gauguin, die Fauves und der Expressionismus programmatisch zu Beginn des 20. Jahrhunderts zu fordern wagten. Freilich bleiben diese Hinweise bei Wackenroder nur punktuell, zeigen aber immerhin jenes Maß an Toleranz an, mit dem die Frühromantik auch die Mittelalterrezeption einleitete. Da sich die politische Romantikrezeption nun einmal an dem Mittelalterbild festklammerte, so ist hier nachdrücklich auch auf einen Aufsatz des DDR-Forschers Werner Krauss hinzuweisen, welcher ebenfalls und an anderem Material aufzeigt, daß die Wiederbelebung des Mittelalters durchaus in aufklärerischer Tradition steht. Krauss belegt dies vor allem an französischen Autoren der Aufklärung wie Boulainvillies, Fontenelle, Abbé Massieu, Lacurne de Sainte Palaye.[64] Quintessenz: »die moderne Beschäftigung mit dem Mittelalter ist weder das Erzeugnis einer ›präromantischen‹ Geisteshaltung noch der romantischen Rückzugsbewegung zu einer idealisierten Vorzeit – sie gründet vielmehr mit allen ihren Wurzeln im geschichtlichen Weltbild der Aufklärungsepoche.«[65] Es ist nicht uninteressant, daß heute ein marxistischer Literaturhistoriker wie der in der DDR lebende Walter Dietze den Gründen der Diffamierung der Romantik gerade im bürgerlichen Lager nachfragt[66] und daß marxistische Romantikforscher wie Alexander Dmitrijew und Claus Träger den antikapitalistischen und feudalismuskritischen Kern der Epoche hervorheben.[67] Gerade Dmitrijews Einsicht in den »utopischen« Charakter der romantischen Weltanschauung ist – bei allen Differenzen – in einen Zusammenhang mit Ergebnissen der westlichen Romantikforschung zu bringen. Claus Träger wie Alexander Dmitrijew wenden sich nachdrücklich gegen die alte Antithetik Romantik versus Aufklärung und deren schablonenhafte Etikettierung als reaktionär bzw. progressiv. Trägers Meinung nach bildet die Romantik keineswegs eine »platt reaktionäre Antithese zur bürgerlichen Aufklärung«.[68] Er arbeitet vielmehr das oppositionelle Moment der Romantik heraus – »Die Romantik war, wann und wo immer, zuvörderst Opposition, nicht Apologie« –, eine Opposition freilich, der nach Einschätzung des Marxisten die klassenmäßige Basis fehlte und der in der Anknüpfung an vorkapitalistische, vorindustrielle Formen von Gemeinschaftlichkeit letztlich doch die Einsicht in die »wahren, die historisch-ökonomischen Ursachen, die Entwicklung der Produktivkräfte und die Klassenkämpfe« versperrt geblieben sei.[69]

Das mag schon sein. Novalis war nicht Marx. Während letzterer in seiner biographischen Entwicklung seinen Ausgangspunkt nahm von der Idee einer Versöhnung von Mensch und Natur, Humanismus und Naturalismus, um dann im *Kapital* in der Natur nichts anderes mehr zu sehen als eine Rohstoffquelle für die entfesselte Produktivität der technischen Intelligenz,[70] sah umgekehrt Novalis anfänglich in der Natur nur mehr einen »systematischen Index oder Plan unsers Geistes«,[71] um später eine sehr viel verhaltenere, schonendere Einstellung zur Natur, jenem »einzigen Gegenbild der Menschheit«,[72] zu gewinnen. Die Grenzen des Romantikverständnisses der östlichen Germanistik liegen natürlich in ihren marxistisch-leninistischen Grundlagen. Zumindest offiziell vom Zweifel am technisch-ökonomischen Herrschaftsdenken neuzeitlicher Rationalität nicht angefochten, kann sie auch im romantischen Natur- und Gemeinschaftsdenken nur einen Rückfall in vorindustrielle Denk- und Kommunikationsformen sehen. Die Frühromantik kann und muß aber, wenn man ihrem kritischen Potential gerecht werden will, als eine *Selbstkritik der neuzeitlichen Aufklärung* begriffen werden, als Kritik an der Verengung von Rationalität auf die Herrschaft ökonomischer, zweckutilitaristischer, mechanistischer Denkformen, an der heraufkommenden Herrschaft von Technologie und Ökonomie in der frühbürgerlichen Gesellschaft, die Adornos Begriff der »Dialektik der Aufklärung«[73] meint. In solchem Zusammenhang hat vor Jahren schon der Germanist Arthur Henkel die Romantik geortet.[74]

Sieht man die Romantik in diesen Zusammenhängen, so wird in der Tat verständlich, daß ihre Autoren keine breite Klassenbasis haben konnten. Bürgertum wie das ja überhaupt erst im 19. Jahrhundert sich in Deutschland bildende Proletariat sind letztlich Funktionsträger jenes globalen Geschichtsprozesses der Industrialisierung, Ökonomisierung, Mechanisierung der Wirklichkeit, dem die Romantik gegensteuerte. Gerade das aber macht sie in Zeiten, welche auch die Defizienz einer solchen Geschichtsentwicklung sehen und nach Alternativen

Ausschau halten, politisch interessant. Sicher hat zumindest die Frühromantik kein ausgearbeitetes Konzept politischer Institutionen entwickelt, welche den Übergang zum Republikanismus konkret vorzustellen ermöglicht hätte, und sicher hat ein Staatsphilosoph wie Adam Müller nach der Bildung der Heiligen Allianz Gedankengut der Frühromantik auch zur Sanktionierung der überfälligen politischen Staatsform der Monarchie mißbraucht. Friedrich Schlegels spätere Kooperation mit Metternich hat gerade der Kritik derer, die schon immer vom reaktionären Charakter der Romantik überzeugt waren, Stoff gegeben. Aber Vorsicht ist geboten. Zum einen haben mit Bildung der Heiligen Allianz die politischen Ideen ihre Funktion verändert, und zum anderen sollte man nicht noch einmal der schlichten Verwechslung des utopischen Ideals der Frühromantik mit der politischen Wirklichkeit, womöglich nach 1815, aufsitzen. Gerade in unseren Tagen, in der eine in Wahrheit utilitaristische, vulgär-materialistische Gesellschaft allenthalben an die Grenzen des industriellen Wachstums stößt, wäre über Romantik als Selbstkritik der Aufklärung erneut nachzudenken im Sinne einer Überprüfung oder gar Korrektur der Leitnormen der bürgerlich-aufklärerischen Gesellschaft.

Dennoch kann und soll auch die Einseitigkeit der politischen Denkweise der Romantik nicht verschwiegen werden. Wolfgang Frühwald, Hans-Joachim Mähl und Horst Meixner bringen diese problematische Einseitigkeit der Frühromantik in ihren Beiträgen mit der wünschenswerten Klarheit zum Ausdruck. Es ist letztlich die frühromantische Konzeption einer Versöhnung des Klassengegensatzes, gedacht als der zwischen gebildeten und einfachen Ständen, durch und in der Poesie, die wohl auch als Schranke gegenüber pragmatisch-politischen Lösungen gewirkt hat. Frühwald belegt diese Konzeption an August Wilhelm Schlegels Berliner Vorlesungen. Die Idee einer Versöhnung der antagonistischen Kräfte im Bereich der Ästhetik ist Gemeingut der literarischen Intelligenz vor und nach 1800 und findet eine prägnante Ausformulierung nicht zuletzt in Schillers Briefen über die *ästhetische Erziehung des Menschen.* Sie kennzeichnet, wie französische Germanisten in den letzten Jahren auch an Hölderlin nachgewiesen haben, eine spezifisch deutsche Reaktionsform auf die verwirrenden Ereignisse der Französischen Revolution.[75] Deren eigentlicher Auftrag – so sehen dies auch Friedrich Schlegel und Novalis – würde erst durch eine geistige Revolution erfüllt. Hier berühren sich die politischen mit den religiös-mythischen Aspekten in der Frühromantik.

Und so stoßen wir unter dem Gesichtspunkt der Mythen-Religionsrezeption in der Romantik wieder und von anderer Seite auf deren politische Konzeption (siehe Kap. 3).

1.4 Aufklärungsbegriff

Die kritische Durchmusterung der Romantikforschung, soweit wir sie hier und in diesem Rahmen vornehmen konnten, hat u. a. eines deutlich gemacht: eine Reformulierung des Epochenbegriffs der Frühromantik setzt eine *Reformulierung des Begriffs von Aufklärung* voraus. Eine der wichtigsten neueren Arbeiten zur europäischen Aufklärung ist die große Darstellung von Panayotis Kondylis: *Die Aufklärung im Rahmen des neuzeitlichen Rationalismus* von 1981.[76] Diese Arbeit verfolgt nicht nur den Langzeitprozeß der Aufklärung von ihren frührationalistischen Anfängen an bis zum Ausgang des 18. Jahrhunderts, sie verdeutlicht zudem – und hier ist die Anknüpfung an die Literatur der Frühromantik gegeben –, daß Aufklärung sich als eine progredierende Sinn- und Wertkrise vollzieht. »Die Dialektik der Verwandlung ursprünglich emanzipatorisch gedachter Positionen in logische Ausgangspunkte der Skepsis bildet eine Haupterscheinung in der Geschichte des neuzeitlichen Rationalismus (vornehmlich das Zeitalter der Aufklärung steht in ihrem Zeichen) und läßt sich an zentralen Beispielen veranschaulichen.«[77] Wenn noch Descartes im reinen Denken eine absolut sichere Grundlage der Erkenntnis gefunden zu haben vermeinte, ein fundamentum inconcussum für die Herrschaft des denkenden Ich über die Objektwelt mit Gott als höchstem Wahrheitsgaranten, so meldet sich schon bei Pascal eine tiefe Skepsis gegenüber diesem Herrschaftsanspruch der neuzeitlichen Rationalität.[78] Dieser Zweifel in die Macht der Vernunft selbst ist seitdem in der Geschichte der Aufklärung nicht mehr zur Ruhe gekommen. Der Prozeß der Aufklärung ist somit auch der einer progredierenden Sinn- und Wertkrise.[79] In diesem Sinne muß auch der Nihilismus selbst als eine in ihr angelegte logische Möglichkeit der Aufklärung gedacht werden und wird in der neueren Aufklärungsforschung auch so beschrieben.[80] Der erste Denker, der diesen geschichtsphilosophischen Zusammenhang begriffen hat, war Nietzsche. Sein Nihilismusbegriff meint die Zersetzung der metaphysischen Normen und Werte durch die Aufklärung und eben auch: der Aufklärung selbst. Ihr ideologiekritisches Potential destruiert nicht nur die weltanschaulichen Grundlagen der Scholastik und des Mittelalters, es wendet sich zunehmend kritisch auch und gerade gegen die ›neuen Götter‹: den Begriff der Vernunft, des Systems, das Zweckmäßigkeitsdenken, den Wissenschafts- und Wahrheitsanspruch, den bereits Nietzsche sehr richtig als eine neue Form des Herrschaftsdenkens beschrieben hat, als »Wille zur Macht«.[81] Solche »Dialektik der Aufklärung« war auch Gegenstand der bereits erwähnten Studie von Horkheimer/Adorno, die den restriktiven Code des neuen Wissenschaftsbegriffs beim Namen nennt: »Was dem Maß von Berechenbarkeit und Nützlichkeit sich nicht fügen will, gilt der Aufklärung für verdächtig [...] die Zahl wurde zum Kanon der Aufklärung. [...] Die bürgerliche Gesellschaft ist beherrscht vom Äquivalent. Sie macht Ungleichnamiges komparabel, indem sie es auf abstrakte Größen reduziert.«[82] Solche zunächst auf den frühaufklärerischen Erkenntnisbegriff gemünzte Einsichten gelten in modifizierter Form für das Zweck- und Nützlichkeitsdenken der bürgerlich aufklärerischen Gesellschaft generell. In der Form zweckrationaler, utilitaristischer Kommunikationscodes begegnet so den Frühromantikern die Aufklärung in ihren eigenen Familien. Und: in der Form der Transzendentalphilosophie begegnet ihnen der typisch aufklärerische, übermächtige Herrschaftsanspruch des »absoluten Subjekts«. Damit steht auch – etwa im Brief Jacobis an Fichte – der Vorwurf des Nihilimus im Raum.[83] Die Frühromantik reagiert kritisch auf diese Tendenzen der Aufklärung, ihr Zweckmäßigkeitsdenken sowohl wie den Herrschaftsanspruch des Subjekts, um gleichwohl transzendentale Denkbestimmungen, ins Medium der Poetik überführt, zu absorbieren. Die Schwierigkeit der genauen Bestimmung der Frühromantik in ihrem Verhältnis zur Aufklärung ist nicht nur dadurch gegeben, daß der von der Frühromantik wahrgenommene Spielraum der Kritik selbst in einer aufklärerischen Tradition fußt, sondern vermehrt noch dadurch, daß in diese frühromantische Kritik und ihre selbstbewußte Form Elemente der selbstbewußten Anthropologie der Aufklärung eingehen. Man muß hier auch differenzieren zwischen den einzelnen Vertretern, insbesondere den Berliner Frühromantikern Tieck und Wakkenroder einerseits, den stärker spekulativ-philosophisch orientierten Novalis und Friedrich Schlegel andererseits.

Auf dieser generellen Ebene ist festzuhalten, daß die frühromantische Subjektkrise wie auch die Entwürfe der mythischen Phantasie in der Frühromantik nur aus der vorgängigen Entwicklung der bürgerlich-aufklärerischen Gesellschaft zu verstehen sind. Diese Entwicklungstendenz der bürgerlich-aufklärerischen Gesellschaft, mithin der Gesamtprozeß der europäischen Aufklärung, der freilich im besonderen Brechungsverhältnis der absolutistisch-kleinstaatlichen Verhältnisse in Deutschland gesehen werden muß, ist definiert sowohl durch bestimmte Engführungen der Erkenntnistheorie, der Wissenschaftsentwicklung und praktischer Handlungsnormen als auch durch die kritische Auseinandersetzung mit diesen Normen. Insofern ist der Begriff der Aufklärung – und dies wäre gegen die Studie von Horkheimer/Adorno einzuwenden – nicht monokausal mit dem Herrschaftsanspruch *eines* neuen Denktypus gleichzusetzen. Aufklärung hat eben auch eine neue Form kritischer Bewußtheit ermöglicht, und in diesem Spielraum richtet sich die Frühromantik ein. Insofern folgt die Frühromantik in ihrer Kritik an *bestimmten* Tendenzen der Aufklärung einem genuin aufklärerischen Impetus, und diese Ambivalenz der Frühromantik gegenüber der Aufklärung läßt sich bis in die Erzählattitüde der romantischen Romane und Erzählungen hinein verfolgen, zeigt sich in ihrem Ironiebegriff und in ihren fragmentarischen Spekulationen und Reflexionen, zeigt sich aber auch in der eigentümlichen Außenseiterposition der frühromantischen Autoren, die seitdem zum problematischen Erbe der literarischen Moderne gehört.

Für die Bestimmungen der Beziehung Romantik – Aufklärung relevant sind auch jene Forschungsansätze der letzten Jahre, welche die Epoche der Empfindsamkeit nicht mehr, wie die ältere Geistesgeschichte, in schroffe Opposition zur Aufklärung stellen, sondern diese aus dem Geschichtsprozeß der Aufklärung herleiten. Zu nennen sind hier – bei modifizierten Positionen – die Forschungen von Gerhard Sauder und Lothar Pikulik. Wenn Pikulik in dem Beitrag zu diesem Band die Empfindsamkeit wesentlich als eine Form der Selbstreflexion des Gefühls definiert und zugleich den Beginn der Frühromantik als Darstellung der Krise dieser Gefühlskultur beschreibt, dann ist in solcher Begrifflichkeit recht genau der innere Zusammenhang mit, aber auch die Opposition zur Reflexionsphilosophie der Aufklärung genannt und damit auch die innere Kontinuität und Differenz zwischen Romantik und Empfindsamkeit einerseits, der Gefühlskultur und aufklärerischen Bewußtseinsphilosophie andererseits. Gerhard Sauders Nachweis, daß in der Frühromantik die Empfindsamkeitskultur selbst weiter ästhetisiert und in solcher Ästhetisierung auch die aufklärerisch-empfindsame Forderung nach einem Ausgleich von

Kopf und Herz, Reflexion und Gefühl erhoben wird, bestätigt von anderer Seite jene Kontinuität der Entwicklung im 18. Jahrhundert, die in der alten Antithetik von Aufklärung und Romantik eher verstellt war.

Hans-Joachim Mähls Beitrag zu diesem Band zeigt auf, daß die für die Frühromantik so kennzeichnenden Utopien – die des »poetischen Staates«, des »ewigen Friedens«, der »Universalwissenschaft«, der »neuen Mythologie«, der Versöhnung mit der Natur – mit ihrer projektiven Zukunftsorientierung in einer langen, freilich auch über die Aufklärung zurückreichenden Tradition utopischen Denkens verwurzelt sind. Spezifisch romantisch und dabei zugleich der Aufklärung verpflichtet ist das Moment der Utopie*reflexion*. Die Frühromantik setzt ihre Utopien gerade nicht, wie in der Forschung häufig zu lesen, naiv in den Raum, sondern reflektiert deren fiktiven Charakter, dies auch im Medium der Fiktion selbst. Sie begreift Utopien als »Approximationsprinzipien« in einem als unendlich gedachten Geschichtsprozeß. Horst Meixners Aufsatz vermag am Beispiel von Friedrich Schlegels *Versuch über den Begriff des Republikanismus, veranlaßt durch die Kantische Schrift vom Ewigen Frieden* den genauen Zusammenhang zwischen den politischen Vorstellungen des jungen Friedrich Schlegel mit eben jener Schrift des wohl größten Denkers der deutschen Aufklärung klarzulegen und somit auch den Traditionszusammenhang zwischen frühromantischem und aufklärerischem Utopiedenken. Daß die Französische Revolution eine Art Initialsignal für die Bildung von Utopien in den frühromantischen Zirkeln gegeben hat, ist der Forschung seit langem bekannt und wird auch in den Beiträgen von Mähl und Meixner hervorgehoben.

Schließlich wird man auch die Neubewertung der Phantasie in der Romantik sowie ihre Konzeption einer vernünftigen Mythologie aus einer langen Tradition der Aufklärung begreifen müssen. Dies zeigt sich in dem Aufsatz von Heinz Gockel zur »Alten neuen Mythologie« und im Schlußbeitrag zum »Phantasiebegriff der Frühromantik«. Heinz Gockel verweist vor allem auf die Neubewertung der aufklärerischen Mythenkritik durch Herder. Ergänzend unterstreicht diese Einleitung (2.3 und 3.4) vor allem den Einfluß Schleiermachers auf die Jenenser Romantik. Schleiermachers Begriffe des »Gefühls« und der »Anschauung« widersetzten sich bewußt dem Absolutheitsanspruch der reinen Vernunft. Sein religionskritischer Ansatz, der seinerseits einer gut aufklärerischen Tradition verpflichtet ist, konnte sich so in der Frühromantik mit Tendenzen der Gefühlskultur des 18. Jahrhunderts verbinden. Das Medium, in dem sich die große Synthese vollziehen sollte, ist dem frühromantischen Selbstverständnis nach die Poesie, d. h. die Tätigkeit der Phantasie. Auch sie hat eine eigene Geschichte in der Neuzeit. Im frühromantischen Phantasiebegriff kulminiert eine poetologische Entwicklung, die seit Addisons Aufsatz *The Pleasures of the Imagination* von 1712, über Bodmer und Breitinger, Wieland, Moritz und andere Autoren das gesamte 18. Jahrhundert durchzieht und, über die Romantik vermittelt, zum Erbe der literarischen Moderne gehört.

2. *Frühromantische Selbsterfahrung in der bürgerlich-aufklärerischen Gesellschaft*

2.1 Darstellungsfunktion der Literatur

Die Poetik der Romantik ist wesentlich durch ihre »Abkehr vom Grundsatz der Naturnachahmung« charakterisiert worden.[84] Das ist richtig und entspricht zweifellos der frühromantischen Programmatik. Abgeleitet aus der Erkenntnistheorie der Aufklärung wird Naturnachahmung durch das Konzept einer konstruktivistischen Poetik abgelöst. Ist aber damit das Prinzip der Mimesis gänzlich aus der Literatur der Romantik verabschiedet? Das eben gerade nicht. In der Tradition der Empfindsamkeit, des Sturm und Drang, Wielands und Moritz' wird hier Literatur auf eine radikale Weise zur *Selbst-Aussage,* zur Darstellung des problematischen Ich, der Subjektkrise in der bürgerlich-aufklärerischen Gesellschaft. Die Literatur der Frühromantik wird damit zur mimetischen Darstellung der von den Autoren selbst erfahrenen Sinn- und Wertkrise ihrer Gesellschaft.

Man kann diese These durch einen sorgfältigen Vergleich der Briefe und Tagebücher der frühromantischen Autoren, soweit sie vorliegen, mit ihren literarischen Texten erhärten. So sind im Briefwechsel zwischen Tieck und Wackenroder von 1792/93 zweifellos die wichtigsten Motive der Selbsterfahrung, wie sie uns in den romantischen Romanen Tiecks, dem *William Lovell* und *Franz Sternbalds Wanderungen* bzw. in Wackenroders *Das merkwürdige musikalische Leben des Tonkünstlers Joseph Berglinger* aus den *Herzensergießungen* und dessen Briefen aus den *Phantasien über die Kunst* begegnen, enthalten: So die Kritik am bürgerlichen Lebensstil – »Die meisten Menschen werden kaum 50 Jahre alt, 30 gehen mit Schlaf, Essen und Trinken dahin, die übrigen sind ein Opfer der Langeweile und nichtswürdiger Beschäftigungen«[85] – und das damit einhergehende Außenseiterbewußtsein: »die Welt ist wirklich nicht für uns, so wie wir nicht für die Welt«.[86] Die Suche nach einer alternativen Form von Gemeinschaft im Freundschaftsbund, vermittelt in und durch die Kunst als einer gegenüber dem utilitaristisch-zweckrationalen Denken der Gesellschaft alternativen Kommunikationsform, findet ebenfalls ihren ersten Ausdruck im Briefwechsel zwischen den Freunden; schließlich die Depressionen vor allem Tiecks, die zum Teil gar nicht eindeutig zu ortenden Angst- und Einsamkeitserfahrungen dieses Frühromantikers. Wenn Franz Sternbald verlockende Angebote, eine bürgerliche Existenz zu begründen, ausschlägt, ebenso Lovell vor solcher Lebensform flieht,[87] auch Berglinger trotz seiner Profession als Kapellmeister in einer höfischen Residenz mehr an der bürgerlichen Existenz leidet als in ihr sich aufgehoben weiß,[88] wenn an diesen Figuren die Desintegration aus der bürgerlichen Gesellschaft, Einsamkeit und Angst des Individuums sich darstellen und zugleich die Suche nach einer neuen Form von Identität im Bereich der Kunst, so findet sich diese komplexe, um die Selbsterfahrung des Ich in der bürgerlich-aufklärerischen Gesellschaft zentrierte Thematik bereits im Briefwechsel ihrer Autoren weitgehend präfiguriert.

Alle Romane der Frühromantik, auch Novalis' *Heinrich von Ofterdingen* und Friedrich Schlegels *Lucinde,* exponieren Jünglinge auf der Suche nach Liebe, nach Erfüllung, nach Poesie als einer alternativen Lebensform. Dabei freilich unterscheiden sich die letztgenannten Romane von den vergleichbaren Prosatexten Tiecks und Wackenroders durch das eingestaltete Moment utopischer Erfüllung. Die *Lucinde* erzählt die Leidensgeschichte des Jünglings Julius aus der Retrospektive einer erfüllten Liebesbeziehung zur Protagonistin, die zudem sein Eheweib ist. Die kühnen erotischen Phantasien des Romans mögen zu ihrer Zeit anarchisch gewirkt haben, stülpten aber zumindest die bürgerliche Eheordnung nicht gerade um.[89] Auch Novalis' *Ofterdingen* sah ja einen zweiten Teil mit dem Titel »Die Erfüllung« vor, und einen Vorschein dieser Erfüllung gestaltet bereits der erste, »Die Erwartung« überschriebene Teil in der Zusammenführung Heinrichs und Mathildes, der Darstellung der Liebesbegegnung als eigentlicher

Freisetzung der poetischen Anlage. Aber dieser Roman blieb Fragment, und letztlich schildern seine ausgestalteten Passagen wie die erwähnten Texte Schlegels, Wackenroders und Tiecks, bei allen Differenzen, die Suche nach der eigenen Identität, die zugleich Suche nach einer neuen Form von Gemeinschaft ist. Und auch bei Novalis äußert sich schon sehr früh eine elementare Form von Desintegrations- und Einsamkeitserfahrung. »Oft schein ich mir allein in der Welt zu seyn«, vermeldet das frühste uns erhaltene Tagebuchblatt aus dem Jahre 1790.[90] Auf den verdeckten, aber wesentlichen Zusammenhang zwischen Tiecks ›grübelnder‹ Darstellungsform im *William Lovell* und der Friedrich Schlegel eigentümlichen, rastlosen Reflexion weist Lothar Pikulik in seinem Beitrag zu diesem Band nachdrücklich hin.

Ganz offensichtlich schildern die erwähnten Romane und Prosatexte – im Medium der Fiktion – eine problematische Form der Selbsterfahrung, die ihrerseits psychologisch-soziologische Gründe hat, eine spezifische geistesgeschichtliche Situation reflektiert und durch die politischen Verhältnisse in Deutschland mitbedingt ist. Dabei interessiert hier zunächst nur die Darstellungs- und Trägerfunktion der literarischen Texte in der Frühromantik. Sie sind Zeugnisse der Selbsterfahrung des Ich und darüber hinaus der Kommunikationsstruktur der Gesellschaft, Darstellungen der problematischen Subjektivität in der frühbürgerlich-aufklärerischen Gesellschaft.[91]

Allerdings ist hier Vorsicht geboten. Weder ist die Literatur der Frühromantik wie überhaupt irgendeine Form von Literatur, die den Namen verdient, so direkt mimetisch auf ›objektive Wirklichkeit‹ bezogen, wie es ein vergröbertes Konzept marxistischer Literaturtheorie vorsieht, noch auch diese vorgeblich ›objektive Wirklichkeit‹ außerhalb des Textes so ohne weiteres greifbar.[92] Man muß sich vergegenwärtigen, daß solche Wirklichkeit, von kruden Daten abgesehen, immer auch nur in Form von Zeugnissen – Texten zumeist – zugänglich ist, mithin ebenfalls der Interpretation bedürftig. Zudem stellen sich die zentralen Erfahrungsdimensionen des literarischen Textes in ihren komplexen Formen eben nur im literarischen Text dar. Nur darum ist die Literatur ein so interessantes Erkenntnismedium und wird zunehmend in dieser Funktion auch von Soziologen und Psychologen entdeckt. Freilich ist sie eine Form der Wirklichkeitserfahrung, die perspektivisch ist, und, zumal in der Frühromantik, eben einen Schwerpunkt in der Selbsterfahrung des Ich hat. Dabei ist auch zu beachten, daß der literarische Text von Rang im allgemeinen die komplexeste

Ausdrucksform eines Autors ist. Im literarischen Text stellt sich mehr dar, als der Autor selbst weiß. Dieses Paradoxon ist nicht einfach aufzulösen. Es verweist darauf, daß im Medium der Fiktion auch halb- und unterbewußte Schichten der Subjektivität sich darstellen, die der Autor selbst nicht mit voller Klarheit durchschaut und begrifflich aufgearbeitet hat. Nicht von ungefähr führt die Literatur der Frühromantik auch zur Entdeckung der Schichten des Unterbewußten, d. h. der wesenhaften Vielschichtigkeit des Ich, spielen Traum und Ahnung eine so zentrale Rolle.

Schließlich wird man darauf hinweisen müssen, daß die Stufen der gesellschaftlichen Vermitteltheit der Selbsterfahrung eines Subjekts niemals lückenlos oder gar kausalgenetisch stringent ableitbar sind. Wenn im Abschnitt 1. dieser Einleitung schon vom synkretistisch-eklektischen Charakter einer auf Epochengeschichte ausgerichteten Germanistik die Rede war, so bestätigt sich diese notwendige ›theoretische Mißlichkeit‹ auch von dieser Seite. Man hat literarische Texte, hat biographische Zeugnisse der Autoren, hat sozialgeschichtliche, geistesgeschichtliche, psychologische und politische Dokumente der Zeit sowie Theorien darüber, aber dies alles doch bruchstückhaft und immer vermittelt durch Interpretation vielfältiger Art. Wenn auch der literarische Text der eigentliche Focus der literaturwissenschaftlichen Epochendarstellung bleibt, eine im kausalgenetischen Sinn stringente Re-Konstruktion des Epochenbegriffs kann es nicht geben, wohl aber eine exemplarische Interpretation, die ihre eigene Dignität, Überzeugungskraft und Bündigkeit haben kann.

Literaturtheoretisch steht solche Interpretation im Einflußfeld auch solcher geschichtsphilosophischen Deutungen, die, wie die *Theorie des Romans* des frühen, noch undogmatischen Georg Lukács, gerade auch die kritische Dimension des modernen Romans seit der Zeit der Romantik als Ausdruck einer tiefgreifenden Sinnkrise der bürgerlichen Gesellschaft begriffen und dargestellt haben. Lucács hat auf eine bis heute durch die Romantheorie nicht überholte Weise den Roman als »Epopöe eines Zeitalters« bestimmt, »für das die extensive Totalität des Lebens nicht mehr sinnfällig gegeben ist, für das die Lebensimmanenz des Sinnes zum Problem geworden ist, und das dennoch die Gesinnung zur Totalität hat«.[93] Er deutet von hier aus die innere Zerrissenheit des Subjekts als Ausdruck der Gespaltenheit zwischen Ideal und Wirklichkeit, deutet die Ironie als jene Form der »Selbstaufhebung der zu Ende gegangenen Subjektivität [...], die in einer Welt ohne Gott möglich ist«.[94]

Freilich bleibt auch bei Lukács dunkel, woher dieser Zerfall einer »Totalität des Lebens« und die korrespondierende Fragmentarisierung des Subjekts sowie der künstlerischen Form eigentlich rührt. Es ist aber der Langzeitprozeß der Aufklärung, der sich eben hier – in der Literatur der Frühromantik zumal – als Sinn- und Formkrise darstellt. Zudem wird man bei solchen Rückgriffen auf geschichtsphilosophische Positionen auch das Wissen der literaturtheoretischen Schulen des Formalismus, Strukturalismus, der werkimmanenten Interpretationen mit einbeziehen müssen, um nicht einer allzu pauschalen, die differenzierten Strukturen des Werks zu sehr vernachlässigenden Analyseformen aufzusitzen, auch wenn jede Form der Epochenanalyse immer ein Primat des Allgemeinen vor dem Besonderen setzen muß und die Einzeltexte bei weitem nicht erschöpfend ausinterpretieren kann.

Festzuhalten aber bleibt, daß die literarischen Texte der Frühromantik als Dokumente der Erkenntnis einer geschichtlichen Epochenstruktur zu lesen sind, mithin als Mimesis eines komplexen Geschichtszusammenhanges, der sich in ihnen darstellt und auf die sie gemäß jener Dialektik von Frage und Antwort, die die Hermeneutik als fundamental für das Entstehen von Texten erkannt hat, antworten.[95]

2.2 Psychologisch-soziologische Aspekte

Der über 70jährige Ludwig Tieck berichtet seinem Biographen, Rudolf Köpke, folgende Episode aus seiner frühen Kindheit:

»Ein anderes Mal hatte die Wärterin das Kind auf die Stufen vor der Stechbahn am Schloßplatze niedergesetzt. Vergnüglich sah es über den Platz nach der Brücke und dem Standbilde des großen Kurfürsten hinüber. Alles machte ihm den heitersten Eindruck, als es plötzlich bemerkte, daß die Wärterin verschwunden sei. In schlecht verstandenem Scherze war sie hinter einen Pfeiler getreten. Da wurde das Kind mitten unter diesen Gestalten von dem Gefühle tiefster Einsamkeit ergriffen. Wenig half das Zureden der hervortretenden Wärterin, und lange konnte es diese dunkle, schreckliche Empfindung nicht vergessen.«[96]

Solche Eindrücke aus der frühen Sozialisationsphase des Dichters, die in ihm bald eine »dunkle Ahnung der Leiden und Freuden« erweckten, schildern vornehmlich traumatische Entzugserlebnisse. Und auch jenes »Gefühl tiefster Einsamkeit« beim Versteckspiel der Kinderfrau ist nur verständlich, wenn es als Chiffre eines tiefgreifenden Ungeborgenheitsgefühls begriffen wird.

Die Erfahrung der Einsamkeit ist der Literatur dieses Autors und der Frühromantik insgesamt tief eingeschrieben. Noch verkleidet in der zeitgenössischen Mode orientalischer Märchendichtung begegnet sie uns in Tiecks erstem Roman *Abdallah* von 1792, in welchem der Protagonist zu dem vorgeblichen Freund und Verführer Omar äußert:

»Ich irre in einer ausgestorbenen Wüste, alles ist hin, was einst mein war, ich selbst habe mich verloren. Du hast mich Verachtung meiner selbst und der Welt gelehrt [...]«.[97].

Dabei zeigt sich auch noch die Alternative zur egozentrischen Philosophie Omars durch dessen Nihilismus vergiftet, denn er selbst ist es, der dem Freund Abdallah folgende Worte zuspricht:

»Ist Liebe nicht der Zweck alles Erschaffenen, das, was uns die öde Welt in einen Garten umwandelt?«[98]

Wesentliche Strukturen des Tieck'schen Erzählwerks: Die Einsamkeit und Isolation des Protagonisten, seine Sehnsucht nach Liebe, die jedoch Züge narzißtischer Selbstbetörung trägt und daher ideologisch-manipulativ von anderen Figuren ausgebeutet werden kann bishin zur Zerstörung des Protagonisten selbst, diese Grundfiguration als Ausdruck »eigener Erfahrung« des Autors,[99] artikuliert sich in den frühen Romanen mit zunehmender Klarheit. Schon der nächste große Roman, die *Geschichte des Herrn William Lovell,* an dem Tieck 1792 bis 96 arbeitete, gestaltet das Einsamkeitserlebnis auf einem hohen, literarisch durch den empfindsamen Briefroman Richardsons wie einer Vorlage Restif de la Bretonnes vermittelten Niveau. Der Roman lotet eine – auch nach dem *Werther* – neue Psychologie der Selbstzerstörung aus. Der Protagonist, aufgebrochen zu einer Bildungsreise über Frankreich nach Italien, löst sich von den verachteten Fesseln einer bürgerlichen Existenz und der Bindung an seine Verlobte Amalie, um eine frei schwebende, sinnlich-schwärmerische Existenzform auszuleben. Lovell wird dabei selbst zum Opfer seiner überspannten Einbildungskraft. In dem Maße, wie er solipsistisch die Welt nur noch als Objekt seiner Wollust, seiner Spiellaune, seiner maßlosen Subjektivität wähnt, kann er selbst in seine eigene Selbstdestruktion hinein manipuliert werden. Dies geschieht planmäßig durch eine letztlich von Rachemotiven geleitete Gestalt namens Andrea und dessen Mittelsmann Rosa.[100] Der Roman macht deutlich, daß die grandiose und rücksichtslose Pose des William Lovell – »Alles unterwirft sich meiner Willkür [...] die lebendige und leblose Welt hängt an den Ketten, die mein Geist regiert [...]« –[101] nur die Kehrseite einer Ich- und Weltflucht sowie tiefer Liebesunfähigkeit ist. Dem exaltierten Überschwang der Einbildungskraft folgt auch stets der Katzenjammer tiefer Depressionen, die sich in einer eigenen epochentypischen Metaphorik der Öde, der Leere, der Verwüstung und des drohenden Abstoßes artikuliert.[102] In der Parallelgestalt Balders wird solche Selbstzerstörung des Ich über die eigene »kranke Phantasie« bis hin zum Wahnsinn und Tod noch überspitzter vorgeführt: »Wir leben jeder einsam für sich, und keiner vernimmt den andern«, schreibt er an Lovell.[103] Aber auch Lovell erlebt den Tod am Ende als Befreiung von dem nur noch als Qual erfahrenen Dasein im Kerker der eigenen Subjektivität.

Daß die Isolationserfahrung auch das zentrale Motiv in *Franz Sternbalds Wanderungen* ist, zeigt schon eine erste Lektüre. Sternbald fühlt sich »unbeschreiblich einsam«,[104] »fühlte die Einsamkeit, die Leere in seinem eignen Herzen«,[105] sein Freund Rudolph Florestan findet in einem Gemälde »das Bild des großen menschlichen Lebens hervorgebracht, in welchem keiner vom andern weiß, und sich alle blind und taub durcheinander bewegen«.[106] Und so auch die Gestalt Ludovicos: »Aber ich habe mich immer einsam gefunden [...]«.[107] Letztlich ließen sich bis auf wenige Ausnahmen, zu denen der Maler Lukas von Leyden gehört, alle Figuren des Romans als Figurationen derselben Ich-Erfahrung beschreiben: der Einsamkeit, der Desintegration aus der bürgerlichen Welt – wie erwähnt schlägt Sternbald lockende Angebote, eine bürgerliche Existenz zu begründen, aus – aber auch der Isolation der ›Außenseiter‹ gegeneinander. In der Kunstwelt Italiens am Ende des Fragment gebliebenen Romans scheint allerdings eine glückliche Form von Gemeinschaft zumindest zeitweilig hergestellt.

Tiecks Freund Wilhelm Heinrich Wackenroder, den die Forschung lange als ein harmonisches, in sich ruhendes Naturell verkannt hat,[108] beschreibt in der Künstlerbiographie Josef Berglingers in den *Herzensergießungen eines kunstliebenden Klosterbruders* eine ähnliche Form der Selbsterfahrung: Desintegration aus der Familie und der bürgerlichen Welt, überspannte Phantasien im solipsistischen Ich – »Er geriet auf die Idee, ein Künstler müsse nur für sich allein, zu seiner eignen Herzenserhebung und für einen oder ein paar Menschen, die ihn verstehen, Künstler sein«.[109] Zugleich offenbart die Berglingerbiographie wie auch die fiktiven Briefe Berglingers in den *Phantasien über die Kunst* das tiefe Leiden am narzißtisch »eigensüchtigen«, »selbsteignen Genuß« der Kunst.[110] Dieses Leiden wird nicht so aggressiv in Selbstdestruktion umgesetzt wie im *Abdallah* oder im *William Lovell,* aber führt auch in den Tod:

»Eine Nervenschwäche befiel, gleich einem bösen Tau, alle seine Fibern; – er kränkelte eine Zeitlang hin, und starb nicht lange darauf in der Blüte seiner Jahre.––«[111]

Der Freund Berglingers, die fiktive Gestalt des Klosterbruders, fragt den Ursachen dieses Todes nach:

»Ach! daß eben seine *hohe Phantasie* es sein mußte, die ihn aufrieb?«[112]

Es geht dabei nicht nur um fiktiven Tod. Wackenroder selbst antizipiert hier sein Ende. Er starb am 13.2.1798 an einem Nervenfieber in Berlin. Die *Phantasien* wurden postum von Tieck ediert.

Spuren solcher Ich-Erfahrungen finden sich auch in den literarischen Werken Friedrich Schlegels und Novalis'. Über die Gestalt des Julius in Friedrich Schlegels Roman *Lucinde,* die unverhohlen autobiographische Züge trägt, heißt es:

»Eine Liebe ohne Gegenstand brannte in ihm und zerrüttete sein Innres. Bei dem geringsten Anlaß brachen die Flammen der Leidenschaft aus; aber bald schien diese aus Stolz oder aus Eigensinn ihren Gegenstand selbst zu verschmähen, und wandte sich mit verdoppeltem Grimme zurück in sich und auf ihn, um da am Mark des Herzens zu zehren. Sein Geist war in einer beständigen Gärung; er erwartete in jedem Augenblick, es müsse ihm etwas Außerordentliches begegnen. Nichts würde ihn befremdet haben, am wenigsten sein eigner Untergang. Ohne Geschäft und ohne Zweck trieb er sich umher unter den Dingen und unter den Menschen wie einer, der mit Angst etwas sucht, woran sein ganzes Glück hängt. Alles konnte ihn reizen, nichts mochte ihm genügen.«[113]

Das ist eine Charakteristik, die so auch auf William Lovell zutrifft: eine narzißtische Form der objektlosen Liebe, deren Bindungsunfähigkeit in aggressive Selbstdestruktion umzuschlagen droht. Schlegel hat eine solche Katastrophe in den Rahmen einer harmonischen Liebes- und Ehebeziehung aufgefangen, aber als Möglichkeit ist sie in der Gestalt des Julius angelegt, wie sie im *William Lovell* ausgeführt ist.

Aber auch bei Novalis, der in der Gestaltung der utopischen Erfüllung eines Lebens in Liebe und Poesie am weitesten gegangen ist, zeigt sich die neue Wirklichkeit eigentlich nur in der Form bewußt gesetzter traumhafter Utopie – »Die Welt wird Traum, der Traum wird Welt [...]" –,[114] deren Kehrseite die Schwere der »gegenwärtigen Welt« ist mit der »trüben Strenge seines vaterländischen Himmels«, einer bürgerlichen Existenzform, hinter deren Fassade ein Gefühl des Lebensüberdrusses und der Leere wohnt.[115] In Klingsohrs Märchen am Ende des ersten Teiles des *Ofterdingen* sagt Sophie:

»Das große Geheimnis ist allen offenbart, und bleibt ewig unergründlich. Aus Schmerzen wird die neue Welt geboren, und in Tränen wird die Asche zum Trank des ewigen Lebens aufgelöst.«[116]

Zu beachten ist hier die innere Dialektik der Geburt der Utopie aus der schmerzvollen Erfahrung einer Gegenwart, die Klingsors Märchen allegorisch beschreibt als eine Zeit, in der das Astralreich Arctus in Eis erstarrt ist, der Krieg herrscht, Eros vertrieben und die Phantasie verbrannt wird. Vor dem Hintergrund solcher Zeiterfahrung ist der Satz aus dem 2. Teil des »Die Erfüllung« überschriebenen fragmentarischen Romans zu lesen:

»Über die ganze trockne Welt ist dieser grüne, geheimnisvolle Teppich der Liebe gezogen.«[117]

Bekanntlich verlagert sich für Novalis diese Utopie nach dem Tode seiner Braut Sophie von Kühn zunehmend in den Todes- und Nachttraum. In der berühmten dritten der *Hymnen an die Nacht* beschreibt sich das lyrische Ich als »einsam, wie noch kein Einsamer war, von unsäglicher Angst getrieben – kraftlos, nur ein Gedanke des Elends noch«, um, im Gegenzug dazu, in der plötzlichen Vision der Präsenz der Geliebten in einen traumtransparenten Todes- und Nachtraum einzurücken.[118] Auch für Novalis war solche Todeserfahrung als Kehrseite der radikalen Isolation und Einsamkeit nicht nur ein Spiel mit Fiktionen.

Wenn also die Einsamkeit und, ihr kontrastiv zugehörig, die Sehnsucht nach Gemeinschaft und Liebe eine typisch romantische Form der Selbsterfahrung ist, so stellt sich die Frage nach den psychologisch-soziologischen Voraussetzungen dieser Erfahrungsform. Dabei ist freilich Vorsicht geboten. Man kann komplexe literarische Texte nicht glatt in soziologische oder psychologische Theoreme auflösen. Aber man kann doch den Kommunikationsrahmen einer bürgerlich-aufklärerischen Gesellschaft mit Hilfe psychologischer und soziologischer Theorieansätze anvisieren, in der eine solche Form der Selbsterfahrung allererst entstehen kann. Auf dem Mannheimer Colloquium war es vor allem Alexander von Bormann, der solche Einbeziehung auch von modernen Theorieansätzen gefordert hat.

Kehren wir noch einmal zurück zu Tieck. Wenn sein Biograph Köpke immer wieder Zustände der Depression und der Melancholie an ihm beschreibt, so gibt seine Biographie zugleich wichtige Schlüssel zu ihrem Verständnis an die Hand. Der Vater Tiecks, Seilermeister in Berlin, ein »Freund der Aufklärung« und »in kirchlichen wie in politischen Dingen [...] gut Friederichisch gesinnt«[119] war offenbar ein »Mann von altem Schlage, von ganzem Schrot und Korn. Die volle Gewalt des Vaters und Meisters, Furcht und Gehorsam, das galt in seinem Hause als oberstes Gesetz. Wehe dem Untergebenen, über den sich das Ungewitter seines Zorns entlud, der nicht selten unerwartet in jäher Weise hervorbrach. Da ruhte die Hand väterlicher Züchtigung oft schwer auf Ludwig. Überhaupt schien es eine Erziehungsregel des Vaters, gegen die Kinder kurz, streng und abweisend aufzutreten.«[120] Kein Wunder, daß von der väterlichen Zucht nicht nur der kleine Ludwig, sondern auch die Mutter, das Gesinde, die ganze Familie »zitterte«. Wir dürfen es wohl als Widerspielung solcher Familienverhältnisse lesen, wenn Tieck im *Blonden Eckbert* eine Vatergestalt schildert, die seine Tochter täglich »grausam«, ja »auf die grausamste Art« züchtigt, so daß diese in Selbstmordphantasien verfällt und schließlich aus dem väterlichen Hause flieht.[121]

Solche Familienstrukturen in der frühbürgerlich-aufklärerischen Gesellschaft sind keine Ausnahme, sondern eher die Regel. Über den Vater Wackenroders berichtet Köpke, daß er »ein strenger und ehrenfester Beamter« gewesen sei, »ganz im Geiste des Zeitalters Friedrich's des Großen gebildet, klar, nüchtern und pflichtgetreu, umsichtig und unermüdlich, erfüllt von dem Gedanken der Bürgertugend«,[122] das heißt in Erziehungssachen: unnachgiebig streng. Daß Wackenroder an dem »quälenden Widerspruch« zwischen eigener Selbstfindung und determinierendem Zugriff des Vaters zugrunde gegangen ist, deutet Köpke an.[123]

Über die Biographie Friedrich Schlegels wissen wir immer noch wenig, solange die frühen Briefe nicht verläßlich ediert sind. Immerhin spricht ein Brief wie der an den Bruder August Wilhelm klar genug aus, daß Friedrich Schlegel die Zwänge der Familie nur in der Attitüde der Heuchelei und Lüge erfüllt:

»Es ist gut, daß ich gegen meinen Vater Religion und gegen meine Familie Achtung heuchle, die ich nicht habe. – Das wenige, was in menschlichen Verhältnissen Kunst ist, ist mit Geschick lügen können, und dieß läßt sich lernen. Mit Weißheit lügen will unendlich viel sagen, und ist mehr als Kunst.«[124]

Es ist typisch für Friedrich Schlegel, daß er aus dieser Not sofort die Tugend einer Theorie in nuce macht. Die Familie des Pfarrers und Generalsuperintendenten Schlegel scheint die Absage ihres Sohnes Friedrich an den Kaufmannsberuf zugunsten der Philologie nie akzeptiert zu haben und schon gar nicht dessen freigeistige Denkform. Das Erscheinen der *Lucinde* kommentiert Schlegels Mutter im Brief an den Sohn August Wilhelm mit den Worten »Fritz hat sich mir schon durch seinen Roman (die Lucinde!) als einen gezeigt, der keine Religion und keine guten Grundsätze hat. Ich wollte lieber, daß er ein ganz ortinärer, aber guter und nützlicher Mensch wäre, als so. Beruhige mich bald darüber.«[125] Auch Friedrich Schlegel, der solchen bürgerlich-aufklärerischen Normerwartungen nie entsprochen hat, war von tiefer Depression und Selbstmordphantasien heimgesucht.

Das Verhältnis von Novalis gegenüber seinem Vater war sehr viel besser als das der anderen Frühromantiker, aber auch der alte Hardenberg drohte dem Sohn mit Liebes- und Vertrauensentzug, wenn er sich seinem Willen nicht beugte.[126] Novalis erinnert den Vater selbst, daß es sehr viele Augenblicke gäbe, »wo man sich Dir nur mit schüchterner Furchtsamkeit nähern kann [...]«.[127] So wird man Novalis' Wunsch, Soldat zu werden und den »Romantischen Schwung« in sich abzutöten, als eine überkompensatorische Erfüllung des Vaterwunsches deuten dürfen, ebenso seinen späteren Drang, selbständig zu werden, als eine beinahe zwanghaft vorangetriebene Ablösung von der Autorität des Vaters.[128]

Tieck stammt aus kleinbürgerlichen Handwerksverhältnissen, Wackenroder – der Vater war Bürgermeister in Berlin – aus großbürgerlichen, die Brüder Schlegel aus einem protestantisch-bildungsbürgerlichen Haushalt, Novalis aus dem alten adligen Gutsherrengeschlecht der Hardenbergs. Damit sind wahrlich große Standesdifferenzen angezeigt. Um so erstaunlicher ist es, wenn sich in der frühromantischen Generation eine doch in vielen Punkten vergleichbare Erfahrungsstruktur zeigt. Sie verweist auf die Kommunikationsstruktur der frühbürgerlichen Gesellschaft. Dabei meint der Begriff ›bürgerlich‹ hier nicht eine bestimmte ständische Abgrenzung. Er benennt eher eine bestimmte Lebensauffassung, einen Codex von Werten, der über die Standesgrenzen hinaus normativ gilt. Dieser Begriffsgebrauch wird gestützt durch die Untersuchungen von W. Schaer zum bürgerlichen Drama im 18. Jahrhundert, sowie die Arbeit von H. Möller zur kleinbürgerlichen Familie im 18. Jahrhundert, die unabhängig voneinander die Geltung eines solchen Wertcodex über die Standesgrenzen hinweg im ausgehenden 18. Jahrhundert an reichem Material nachgewiesen haben.[129] Es ist eben die Herrschaftsstruktur einer strikt patriarchalisch-hierarchischen Ordnung mit dem Hausvater als absolutem Mittelpunkt, diesem subordiniert die Mutter und Hausfrau, die Kinder, das Gesinde. Aus der breiten Literatur des bürgerlichen Dramas, aus der Fülle von Haus- und Erziehungsbüchern aus der Zeit, sowie authentischen Autobiographien erfahren wir, daß diese Subordinationsstruktur der bürgerlichen Familie bei aller Variationsbreite durchaus normativ war. Der »Mann und Hausvater [...] stellt das wirklich vor, was er von Natur ist – das Haupt seiner Familie, den Herrn in seinem Hause«, so charakterisiert Sintenis die ideale bürgerliche Familie,[130] was de facto vielfach auf einen Zustand größter Unterwürfigkeit der gesamten Großfamilie unter den »Herrn« hinauslief. So beschreiben es eine Reihe von Autobiographien der Zeit,[131] und so finden wir es auch in der Biographie der Frühromantiker. Daß der patriarchalische Herrschaftsgestus des Hausvaters Kopie der landesfürstlichen Herrschaft ist, und diese wie jene Züge alttestamentarisch-christlicher Religionsform imitieren, letzthin also die Omnipotenzphantasien des bürgerlichen Hausvaters religionssoziologischer Abkunft sind, hat erst neueren Datums der Psychologe H. E. Richter herausgearbeitet.[132] Das ist nicht an den Haaren herbeigeholt. Die zeitgenössischen Anleitungsbücher verankern die familiare Herrschaftsstruktur selbst in der göttlichen: »Gott will, daß der Mann des Weibes Haupt sey«.[133] Freilich entspringt solches Machtgebaren des bürgerlichen Hausvaters gerade in Deutschland auch der Ohnmacht des Bürgertums, das hierzulande als politischer Faktor nicht sich zur Geltung zu bringen imstande war. Hier schlägt die politische Kommunikationsstruktur zurück in die Binnensphäre privat-familiarer Existenz.[134]

Zur Kommunikationsstruktur der bürgerlichen Gesellschaft gehört wesentlich auch die Insistenz auf Pflichterfüllung ein – wie es Kants Ethik lehrt – geradezu »zwanghafter Asketismus«,[135] gehört das Tätigkeits- und Nützlichkeitsprinzip. Bürgerlich-aufklärerisches Denken Ende des 18. Jahrhunderts ist charakterisiert durch eine ganz auf Zweckmäßigkeitserwägungen abgestellte Denk- und Handlungsweise bis hin zu einer Ehephilosophie, die Geschlechtsbeziehungen zwischen den Eheleuten nur um der Kinderzeugung willen gutheißen konnte.[136] Eine Kommunikationsstruktur also, die eine verkürzte Form aufklärerischen Denkens – das Herrschafts- und Utilitätsprinzip nämlich – zur Regelnorm erhoben hat und andere Tendenzen der Aufklärung: ihre Entdeckung der Sinnlichkeit, der Emotionalität, ihr Toleranzprinzip – verdrängt.[137]

Worin aber besteht der Zusammenhang mit der romantischen Erfahrung von Einsamkeit, mit Selbstmordphantasien, mit der Sehnsucht nach Liebe und Poesie? Zum einen scheint es so, daß Depersonalisierungsphänomene in der romantischen Literatur, Prozesse der krisenhaften Erfahrung des Ich, der Selbstzerstörung, als Produkt der so beschriebenen Kommunikationsstruktur der bürgerlich-aufklärerischen Gesellschaft begriffen werden müssen. Die Rollensoziologie beobachtet Depersonalisierung vor allem dort, wo eine zwanghafte Rollenrealisierung durch allzu engmaschige Verhaltensvorschriften erzwungen wird. Dies führt zu einer Beschränkung, ja geradezu Unterdrückung der Ichleistung, der Entfaltung des eigenen Ich.[138] Tiecks schon erwähntes Kunstmärchen *Der blonde Eckbert* beschreibt eine solche Blockade von Ichleistung durch Erziehungsüberdruck an der Gestalt Berthas. Von ihrem Vater täglich gezüchtigt, ist das Kind schließlich unfähig, auch nur die einfachsten Arbeiten zu verrichten. Der Vater hält sie für ein »unnützes Geschöpf«.[139] »Nur haltet meine Erzählung für kein Märchen«, führt Bertha ihre Lebensgeschichte ein.[140]

Die psychologischen Folgen einer solchen mangelhaften Konstituierung des Ich hat vor allem die neuere Psychoanalyse beschrieben und dabei auch ein eigentümliches Schwanken zwischen Zuständen der Grandiosität und der Depression als Abwehrformen jenes frühkindlichen Selbstverlustes beobachtet, die letztlich für die narzißtische Ich-Struktur verantwortlich ist.[141] Zwar verfolgen der *William Lovell* und die *Lucinde* nicht genau die Vorgeschichte der narzißtischen oder vom Narzismus bedrohten Protagonisten, aber machen an der Lebensgeschichte dieser Figuren das Problem des Narzißmus deutlich genug. Die Voraussetzungen dieser Erfahrungsform sind in den Biographien der Autoren selbst aufzusuchen, die solche Ich-Erfahrung *selbstkritisch* im Medium der Literatur beschreiben: Der Mangel an Emotionalität und Geborgenheit in der frühbürgerlich-aufklärerischen Familie, welche die Konstitution einer in sich ruhenden und so auch liebesfähigen Ich-Struktur verhindert. Der *Sternbald* immerhin beschreibt die Begegnung zwischen Franz und seinen Eltern im Kapitel fünf und sechs des ersten Buches. Aber diese Eltern sind gar nicht die seinen, sind nur Pflegeeltern, und die Kommunikationsstruktur zwischen ihnen ist auf Verdrängung und Heimlichkeit abgestellt. Der Pflegevater will vor der Mutter nicht offen aussprechen, daß Franz gar nicht sein Sohn sei,[142] die Pflegemutter hat ihm nach Tod ihres Mannes nur verständnislose Vorhaltungen zu machen und will ihn auf einen rein nach Zweckmäßigkeitserwägungen organisierten Lebensweg festlegen.[143] Franz fühlt sich bei dem Besuch, der ihn an die Wurzeln seiner Kindheit und damit auch seiner eigenen Existenz führen sollte, »so verwaist und verachtet«, er hatte nun erst für ihn selbst bewußt »Vater und Mutter verloren«. Er hat sie eigentlich nie gehabt – und damit auch nicht sich selbst. »Ich weiß nicht mehr, was ich bin«[144] – diese im Brief an Sebastian geäußerte Selbsterfahrung Sternbalds ist Ausgangspunkt des ganzen Romans. Die zentralen romantischen Motive der Wanderschaft und der Sehnsucht sind durch diese Selbsterfahrung mangelnder Identität und korrelativer Suche nach ihr bedingt, wie auch, paradox, zugleich durch die Flucht davor.[145] Zudem macht gerade der *Sternbald* deutlich, daß die Außenseiterrolle des Protagonisten gegen dominante Normen der bürgerlichen Gesellschaft protestiert. Mehrfach wird Franz' Künstlertätigkeit mit dem Nützlichkeitsanspruch der bürgerlichen Gesellschaft konfrontiert, ohne ihm recht parieren zu können. »Franz wußte darauf nichts zu antworten und schwieg still, er hatte noch nie darüber nachgedacht, ob seine Beschäftigung den Menschen nützlich wäre [...]«.[146] Die Identitätskrise ist auch bedingt dadurch, daß der Protagonist anders, als die ›alten‹ Kontrastfiguren Dürer und Lukas von Leyden weder in der bürgerlichen Gesellschaft integriert, noch in der alternativen Künstlertätigkeit voll aufgehoben ist. Die gebrochene Form der Selbsterfahrung ist kennzeichnend auch für William Lovell, für Wackenroders Berglinger-Gestalt, aber darüber hinaus für die Künstlerproblematik in der Literatur des 19. Jahrhunderts bis ins 20. Jahrhundert hinein.[147] Ihr entspricht eine ambivalente Haltung des Erzählers, der, bei aller Kritik an der bürgerlichen Existenzform, auch das instabile Ich der Künstlergestalten selbst einer Kritik unterzieht.[148]

Daß die Familienstruktur in Novalis' Roman *Heinrich von Ofterdingen* geradezu idealtypisch dargestellt wird, darf nicht über die dieser Darstellung zugrunde liegende Erfahrung der Einsamkeit von Novalis auch in seiner Familie, über die etwa seine Tagebücher Auskunft geben, hinwegtäuschen. Dennoch wird man diesen Autor auch von den anderen Frühromantikern abrücken müssen. Novalis hat, wie die wenigen Briefe an den Vater zeigen, eine Kommunikationsform mit dem Vater auch über kontroverse Themen gefunden. Im literarischen Bereich entspricht dieser spezifischen Erfahrung, daß Novalis viel stärker als Tieck und Wackenroder den utopischen Gegenentwurf solcher Depersonalisierungserlebnisse, wie sie Tieck und Wackenroder schildern, gestaltet hat. Sein utopisches Modell zukünftiger Geschichts- und Staatsverfassung ist geradezu der idealisierten Familienstruktur abgelesen, dies freilich vor der Folie der problematischen Selbsterfahrung in der eigenen Familie.

Wenn also die romantischen Romane einerseits als Mimesis von Depersonalisierungsprozessen beschreibbar sind, die letztlich ihren Grund in der Kommunikationsstruktur der bürgerlich-aufklärerischen Gesellschaft haben, so opponiert andererseits romantische Literatur dagegen. Ja, den Protest- und Innovationscharakter der romantischen Literatur bekommt man überhaupt nur vor Augen, wenn man sie abhebt von den herrschenden Kommunikationsnormen der Zeit. Wenn G. Sauder auf dem Mannheimer Colloquium eine ›sozialwissenschaftliche Unterfütterung‹ der Romantiktheorie forderte, so wird man u. a. durch Rückgriff auf die soziologische Struktur der Familie im ausgehenden 18. Jahrhundert solcher berechtigten Forderung Genüge tun können.

Man kann den Kontrast zwischen den Kommunikationsnormen recht gut durch Vergleich der Briefe Wackenroders an seinen Freund Tieck mit denen an seinen Vater herausarbeiten. Während letztere die Erwartungsnormen des Vaters dadurch zu erfüllen suchen, daß sie den Sohn im Sammeln ›nützlicher‹ Informationen zeigen – die Reiseberichte aus Franken sind sozusagen kleine Enzyklopädien nach dem Muster der großen Reiseberichtdarstellung des Aufklärers Nicolai –,[149] so geht die Intiminformation über Gefühlslagen und die eigentlichen Künstlerinteressen Wackenroders in den Briefwechsel mit dem

Freund ein. Man könnte von einer Entmischung der Codes sprechen, die zweifellos gesellschaftliche Kommunikationsstrukturen und Erwartungshaltungen widerspiegelt: Ihr korrespondiert das Rollen-Ich eines enzyklopädisch Wissen sammelnden Jünglings auf Bildungsreise einerseits und die Suche nach der eigenen Identität in den empfindsamen-kunsttheoretischen Diskursen mit dem Freund andererseits. Wie sehr allerdings auch das Rollen-Ich des ›vernünftigen‹ jungen Mannes internalisiert wurde, zeigt auch der Briefwechsel mit Tieck, etwa Wackenroders beschwörender Brief an den zeitweilig exaltierten, psychologisch mit sich experimentierenden Tieck, die »übertäubte Vernunft um Rat« zu fragen und die eigene Gesundheit zu schonen.[150]

Die romantischen Romane *Lucinde* und *Heinrich von Ofterdingen* stellen Frauenfiguren ins Zentrum und binden die Erlösung des männlichen Ich geradezu an die Begegnung mit der liebenden Frau Lucinde, bzw. Mathilde. Dies opponiert sowohl dem patriarchalischen Herrschaftsdenken der Zeit, als auch den Zweck- und Nützlichkeitsnormen eines verkürzten Rationalismus. Das ganze Denken und Dichten der Frühromantiker, so läßt sich verkürzt formulieren, kreist um alternative Kommunikationsformen zwischen Menschen, für welche die Begriffe »Liebe« und »Poesie« stehen. Auch die Begründung von Gemeinschaftsbünden zwischen Freunden: Tieck und Wackenroder, später der Jenenser Romantikerkreis – muß als Alternative zu den herrschenden, auf Hierarchie und Zweckdenken basierenden Kommunikationsnormen der Gesellschaft gesehen werden.

Bei der gegenbürgerlichen Konstituierung von Freundschafts- und Gemeinschaftsbünden kommt der Literatur eine eminente Bedeutung zu. Tieck interessiert sich primär für Shakespeare und die spanische Literatur, Wackenroder für die altdeutsche, die Schlegels für die antike, englische und spanische Literatur, bei allen Akzentverlagerungen aber ist es eben die Literatur, in deren Zeichen und mit deren Hilfe man sich findet, über die man spricht und durch welche man eine neue Gesellschaft begründen will. Dabei ist immerhin erwähnenswert, daß die Erfahrung von Literatur als einer geradezu subversiven und zugleich emotional aufgeladenen Kommunikationsform zum Teil schon in der frühen Biographie der Autoren verankert ist. Tieck etwa lernt durch seine Mutter das ABC, lernt bei der Mutter Lieder aus dem Gesangbuch, die der nach vulgäraufklärerischen Maßstäben urteilende Vater für unsinnig hält, und lauscht als Kind den Erzählungen der Mutter, aus denen er auch Elemente in seine späteren Kunstmärchen übernimmt. Entscheidend aber scheint, daß das Medium der Phantasie und Literatur auch für den späteren Tieck immer eine latente, positive Gefühlsqualität behält: eben die der frühkindlichen gegen den Vater sich realisierenden Beziehung zwischen Kind und Mutter.

Der »Mensch steht da in seinem nackten elenden Egoismus, – er sich selbst genug, der Elende! – ohne Tugend, ohne Enthusiasmus, – weniger als ein Tier! O Schande unserm Zeitalter!«, ruft der junge Tieck in typisch sturm- und dranghaftem Pathos dem Freunde Wakkenroder zu und: »O warum steht kein Dichter auf, der diesem Ungeheuer in den Arm falle?«[151] Auch für die Schlegels und für Novalis war die Poesie *die* Möglichkeit, eine neue alternative Gesellschaftsverfassung zu begründen und zugleich der Ort, in der neben der Vernunft auch die Emotionalität, neben Philosophie auch die Sinnlichkeit ihren Platz hatte. Insofern ist frühromantische Poetik immer zugleich mehr als Poetik. Sie impliziert den Entwurf einer neuen, aus dem Geist der Liebe, der Gleichrangigkeit der Geschlechter und der Ganzheitlichkeit des Subjekts geborenen Gesellschaft, der freilich von sich selbst wußte, daß er ein Dichtertraum war.

2.3 Geistesgeschichtliche und politische Aspekte

Die Erfahrung menschlichen Leidens, auch der Einsamkeit, ist wohl eine Bürde der Menschheit zu allen Zeiten. Historischem Wandel unterworfen aber ist der Sinnkontext, in dem solches Leiden gedeutet wird. Wenn der Barockdichter Opitz die Greuel des 30jährigen Krieges beschreibt, so steht für ihn dabei doch keinen Moment in Frage, daß solches Leiden im Plan der göttlichen Weltordnung letztlich sinnvoll, ja notwendig ist. Denn: »Das Gute wächst durch Noht [...]«,[152] und die gepreßte Seele findet wieder ihren Weg zu Gott.

Zur problematischen Selbsterfahrung in der Frühromantik gehört wesentlich eine Sinnkrise, die mit dem Langzeitprozeß neuzeitlicher Aufklärung verbunden ist: Der religiöse Normenverlust, wozu man auch solche Formen bigotter und selbstgerechter Frömmelei zählen mag, die schon die Gottschedin in der *Pietisterey im Fischbein-Rocke* und später Moritz' Roman *Anton Reiser* als ein für das 18. Jahrhundert typisches Phänomen beschreiben;[153] aber auch die Selbstbestimmung des Subjekts im Denkprozeß der Aufklärung, ihre Wissenschafts- und Philosophiegeschichte sind hier zu nennen. Das von P. Kondylis herausgearbeitete, eigentümliche Schwanken zwischen Optimismus und tief pessimistischen Grundströmungen in der Geschichte der Aufklärung ist wohl Ausdruck dieser neuzeitlichen Selbsterfahrung von Subjektivität, ihres grandiosen, gottgleichen Setzungsanspruchs im Vernunftdenken einerseits, des Gefühls der Desintegration aus Natur und Tradition, der Verlorenheit und der Ohnmacht des Ich andererseits.[154] Der Nihilismus selbst erscheint so als eine logische Möglichkeit der Aufklärung, die, wie schon Nietzsche begriffen hat, »zu Ende gedachte Logik unsrer großen Werte und Ideale«.[155] Das ideologiekritische Potential von Aufklärung zersetzt auch die Normen und Werte: den Begriff der Vernunft, der Wahrheit –, unter deren Fahne Aufklärung zunächst gegen die tradierte Theologie und Metaphysik angetreten war, um zumal dort ein Gefühl der Sinn- und Wertlosigkeit des Daseins zurückzulassen, wo die politische Möglichkeit der Aufkärung – die Selbstbestimmung des Subjekts – sich nicht realisieren kann.

Es ist bekannt, daß sich Aufklärung in dem damals fortgeschrittensten Land Deutschlands, Preußen, in die Herrschaftsform eines »Aufgeklärten Absolutismus« umgesetzt hatte. Als deren Repräsentant galt Friedrich der Große. Toleranz in Glaubensdingen bei militärischer Zucht und Strenge in allen Lebensbereichen, sowie eine nach den Prinzipien der Zweckmäßigkeit und Nützlichkeit ausgerichtete Modernisierung der Ökonomie des Landes prägten das Preußen unter seiner Ägide. 1789 starb Friedrich II. Ihm folgten eher schwache Herrscher, darunter auch das von Novalis mit großen Hoffnungen begrüßte Königspaar Friedrich Wilhelm III und Luise (Regierungsantritt 1797).

Deutschland war Ende des 18. Jahrhunderts ökonomisch und politisch rückständig. Von den ca. 23 Millionen Einwohnern in deutschen Landen lebten ca. 80 % von einer noch feudal organisierten Landwirtschaft, unzählige Zoll- und Währungsgrenzen zwischen den über 300 Territorien verhinderten eine freie Entfaltung von Handel und Verkehr. Die preußischen Sozialreformen, so das lange verzögerte »Allgemeine Landrecht« von 1794 und die späteren Reformen von Stein und Hardenberg konnten die Bauernschaft zwar aus den überständigen Grundherrenverträgen befreien, schufen aber ein herrenloses Heer von Menschen, die, um die Ablösesummen aufzubringen, ihre Höfe verkaufen und sich als Tagelöhner verdingen mußten. Immerhin hat sich Aufklärung in Preußen auch in Rechtsreformvorhaben umgesetzt, die der Willkür des Monarchen prinzipiell Einhalt gebieten und den Staat als eine Gesellschaft vernünftiger und freier Bürger begründen sollte. Die Reformen von Svarez, Klein und Hardenberg sind hier zu nennen.

Bekanntlich hat die Politik nach dem Wiener Kongreß solche Reformvorhaben, mit denen die Bürger in den Napoleonischen Kriegen begeistert wurden, entschärft, wenn nicht gänzlich begraben. Weder die Idee einer nationalen Einheit, noch die in den Kriegen versprochene Beteiligung des Volkes an der Regierung über Deputierten-Kammern wurden verwirklicht. Die Politik nach 1815 tilgte in Preußen und anderswo selbst jenes Maß an politischem Liberalismus, den der aufklärerische Absolutismus seinen Bürgern schon zugestanden hatte.

Die Generation der Frühromantiker wächst in einer Umbruchsphase heran, in der die Brüchigkeit der alten politischen und ökonomischen Strukturen sich schon deutlich zeigt, aber auch der Aufgeklärte Absolutismus so, wie er sich in Preußen etabliert hat, nurmehr Widerwillen hervorruft.

Auf eine zunächst ganz untheoretische Weise ist Tieck mit diesem Problemkomplex konfrontiert: er läuft durch ein auf Zucht und Strenge bauendes, nach paramilitärischer Ordnung organisiertes Erziehungssystem »gut Friederich'schen« Stils, vor dem er »zittert«, aber daß er wohl zunächst als gegeben hinnimmt. Dann lernt er einen Soldaten italienischer Abkunft kennen, den Anwerber in die Friederizianische Armee gepreßt hatten, und muß erleben, wie dieser Freund von einem Vorgesetzten widerrechtlich buchstäblich zu Tode geprügelt wird. »Was er hier als unmittelbarer Zeuge gehört, gesehen, erlebt hatte, warf einen breiten, dunklen Schatten auf sein so empfängliches Gemüth, auf seine rege Phantasie, auf das Leben selbst.«[156] Solche Erfahrungen des aufgeklärten Absolutismus in Preußen, zudem der frühe Tod von Freunden lösen eine Sinnkrise und, damit verbunden, schwere Depressionen aus.

»Die Erfahrungen der letzten Zeit hatten überhaupt einen erschütternden Eindruck auf ihn gemacht [...] Seitdem hatte er jenen unglücklichen Soldaten einer Grausamkeit erliegen sehen, welche in der Gestalt des Rechts auftrat; einen Freund hatte er als Opfer kindischer Thorheit, den andern in der Fülle der Kraft und Hoffnung verloren. Warf er einen Blick auf das, was man Bildung und Aufklärung nannte, auf das Glauben und Wissen der Zeit, wie armselig erschien ihm beides! [...] Es gab Zeiten, wo das Gefühl alles Jammers und Elends seine Seele mit furchtbarer Gewalt ergriff, wo ein dumpfer Schmerz sich seiner bemächtigte, durch welchen immer wieder die Frage hindurchhallte, auf die er keine Antwort hatte, Wozu? Warum? Ist es ein ewig in sich wiederkehrender Kreislauf, oder gibt es ein Ziel für diese verschlungenen Wege?«[157]

Hier findet sich die Vorwegnahme jener klassischen Definition des Nihilismus, wie sie Nietzsche gegeben hat: »Was bedeutet Nihilismus? – *Daß die obersten Werte sich entwerten.* Es fehlt das Ziel. Es fehlt die Antwort auf das ›Wozu?‹.[158] Tieck, dem man in der Schule mehrfach und wahrscheinlich zu Unrecht Atheismus vorwarf,[159] zieht jedoch nicht jene Konsequenz, die Nietzsches Wort »Gott ist tot« anzeigt, sondern flüchtet sich geradezu in die gegenteilige Beteuerung: »Aber Gott, Gott lebte doch! Zeugte nicht sein eigenes Herz von ihm?«[160]

Aber die Frage nach dem Sinn dieses Lebens steht – und dies im Grunde seit dem Beginn der Aufklärung – im Raum. Zunächst als Frage nach dem *praktischen* Sinn der sich aufgeklärt gebenden bürgerlichen Gesellschaft. An Wackenroder schreibt Tieck im Mai 1792 »[...] so ist mir manchmal, als bestünde das ganze Menschengeschlecht aus lauter Kindern, die vor Langeweile nicht wissen, was sie tun sollen. Die meisten Menschen werden kaum 50 Jahr alt, 30 gehen mit Schlaf, Essen und Trinken dahin, die übrigen sind ein Opfer der Langeweile und nichtswürdiger Beschäftigungen [...]«.[161] Die nach gut aufklärerischen Gesichtspunkten zweck- und planmäßig eingerichtete bürgerliche Tätigkeit: »Nichtswürdige Beschäftigungen«. Der bürgerliche Rechtszuständ: voller »Grausamkeit«. Dieser Einschätzung korreliert ein Außenseiterbewußtsein der Freunde: »daß der bessere Mensch unmöglich in dieser trocknen, dürren, erbärmlichen Welt leben kann«[162] und: »denn die Welt ist wirklich nicht für uns, so wie wir nicht für die Welt [...]«.[163]

Eminent verstärkt nun und zu einem über den Anlaß des Alltags und seine Psychologie hinausgehenden *theoretischen* Problem wird diese Sinnfrage durch die Philosophie- und Wissenschaftsgeschichte der Aufklärung so, wie diese Ende des 18. Jahrhunderts Gestalt annahm. Insbesondere die in Fichtes Denken radikalisierte Vernunftphilosophie, von ihm reklamiert als *Grundlage der gesamten Wirtschaftslehre,* rief die Grundsatzfrage nach der Legitimität eines solchen Geltungsanspruchs von Subjektivität, wie er mit dem »ersten, schlechthin unbedingten Grundsatz« der Identität des »Ich bin Ich«, der absoluten Vernunft also, gesetzt war, auf den Plan.[164] Implizierte ja doch ein solcher Anfang des Philosophierens und der Weltdeutung mit dem absoluten Ich, welches nicht nur »schlechthin sein eigenes Sein« soll setzen können, sondern eben auch die Bedingung der Möglichkeit aller Objektivität, des »Nicht-Ich«, aus der setzenden Tätigkeit des absoluten Subjekts ableitet, einen bis dahin unerhörten Totalitäts- und Allmachtsanspruch der transzendentalen Subjektivität.[165] In dem Jenenser Kreis zirkulierte der Brief Jacobis vom März 1799, in welcher Jacobi solcher Vernunft vorhält, daß sie »nur sich selbst vernimmt«,[166] »wodurch alles außer ihr in Nichts verwandelt wird«,[167] also eine narzißtische Gestalt des Geistes sei. Jacobi nennt in diesem kritischen Sinne den Fichteschen Idealismus bereits »Nihilismus« und charakterisiert solche Identitätsprobleme mit epochalen Methapern:

»Aber diese Einheit selbst ist nicht das Wesen, ist nicht das Wahre. Sie selbst, in sich allein ist öde, wüst und leer.«[168]

Im selben Jahr veröffentlicht der Religionsphilosoph Schleiermacher seine Reden *Über die Religion* – Novalis beschafft sich ein Exemplar des frischgedruckten Buches »durch einen Expressen«[169] –, in der Schleiermacher einen durch den Toleranzgedanken der Aufklärung vermittelten Versuch unternimmt, *das* Wesen der Religion frei von Dogmatismen und scholastischen Systemzügen zu bestimmen:

»Ihr Wesen ist weder Denken noch Handeln, noch Anschauung und Gefühl [...] Anschauen des Universums, ich bitte befreundet Euch mit diesem Begriff, er ist die Angel meiner ganzen Rede, er ist die allgemeinste und höchste Formel der Religion [...] Alles Anschauen gehet aus von einem Einfluß des Angeschaueten auf den Anschauenden, von einem ursprünglichen und unabhängigen Handeln des ersteren, welches dann von dem letzteren seiner Natur gemäß aufgenommen, zusammengefaßt und begriffen wird.«[170]

Nicht nur wird hier der Absolutheitsanspruch jedweder Religion der Kampf angesagt, auch den säkularisierten Heilsanspruch einer sich als absolut gebärdenden Vernunft weisen die Begriffe »Anschauung« und »Gefühl«, an denen das Moment der Rezeptivität wesentlich ist, in ihre Schranken. Nicht die Menschheit ist in Schleiermachers Religionsphilosophie »mein Alles«, sie ist vielmehr nur ein »unendlich kleiner Teil, nur eine einzelne vergängliche Form«[171] in einem sie umschließenden, unendlichen Kosmos.

Was hier am Ausgang des 18. Jahrhunderts in verschärften Fronten aufeinanderspielt, ist in Wahrheit ein Langzeitkonflikt der neuzeitlichen Aufklärung: Auf der einen Seite steht der mit Descartes erstmals gesetzte Anspruch einer neuen Form von Philosophie und Wissenschaftstheorie, welche die präskriptive, wirklichkeitsdeterminierende Funktion der Vernunft herausarbeitet und dementsprechend die Gegenstandswelt als ›Objekt‹ ihrer Denkbestimmungen setzt, wobei die mannigfaltige Entwicklungsgeschichte dieser Subjektphilosophie über Leibniz' Monadenlehre, Kants Transzendentalphilosophie, Fichtes Wissenschaftslehre bis hin zu Hegels Begriffslogik hier natürlich nicht entfaltet werden können. Wesentlich ist in diesem Zusammenhang die Tendenz zur gottgleichen Absolutsetzung des setzenden Subjekts, wie sie in der Tat in Fichtes Philophie sich realisiert hat.

Auf der anderen Seite aber und dagegen steht eine Denktradition, welche sich mit Pascal erstmals klar artikuliert und sodann in Denkern wie Shaftesbury, Hemsterhuis, Jacobi, Schleiermacher, Schelling ihre Anwälte findet: Der Versuch, den Geltungsanspruch der absoluten und systematischen Vernunft einzuschränken durch Hinweis auf die Endlichkeit des Ich, die Rezeptivität des Denkens, die Bedeutung des Herzens und des Gefühls, die Vermitteltheit des Menschen durch Natur und das ihn umgebende Universum.

Man kann die deutsche Frühromantik angemessen nur verstehen, wenn man sie nicht auf eine der beiden Richtungen festlegt, sondern begreift, daß *in ihr selbst* dieser Konflikt sich fortsetzt. Die deutsche Frühromantik trägt den zentralen Geschichtskonflikt der Aufklärung, trägt den *Widerspruch* zwischen dem Anspruch absoluter Subjektivität und einer auf Gefühl und Herz sich berufenden Rezeptivität im Medium der Poetik und Poesie aus. Mithin ist die deutsche Frühromantik selbst die *Darstellung eines Widerspruchs,* deren geschichtsphilosophische Voraussetzungen in der europäischen Aufklärung vorgezeichnet sind.

Die *literarische* Darstellung dieses Widerspruchs zeigt eine notwendigerweise in sich gegenläufige Tendenz: Einerseits entwirft die Frühromantik literarische Texte wie den *Abdallah* oder den *William Lovell,* welche den Totalitätsanspruch einer sich absolut setzenden Subjektivität kritisch entlarven. Über die psychologische Problematik des Narzismus hinaus wird zumal in der Gestalt des William Lovell und seines Freundes Balder aus demselben Roman eine Form der Philosophie, welche vermeint, »Alles, was mir entgegenkommt, ist nur ein Phantom meiner innern Einbildung, meines innersten Geistes [...] Alles unterwirft sich meiner Willkür [...] Ich *selbst* bin das einzige Gesetz in der ganzen Natur, diesem Gesetz gehorcht alles [...]«[172] als Spiegelkabinett einer letztlich zerstörerischen Selbstfixiertheit entlarvt. Dies zumal dort, wo Figuren wie Lovell, der einer mit der Subjektphilosophie ja doch gesetzten intersubjektiv verbindlichen Regularität der Vernunft entsagen zu können vermeint, um in der Adaption materialistischer Theoreme das Ich auf die dreisten und willkürlichen Stimmungsschwankungen der eigenen Sinnlichkeit und Wollust zu reduzieren. Es gehört zu der von der Germanistik lange verkannten, subtilen Anlage dieses Romans, daß der Protagonist just über seine aufgeblähte Subjektivitätsphilosophie von dem Handlanger Rosa zum Objekt seiner Zerstörung gemacht werden kann. Dieser träufelt ihm ein, daß die »Dinge außer mir sein (mögen), wie sie wollen [...] ich greife mit dreister Hand hinein und behalte mir, was mir gefällt, [...] Wohin wird er (dieser Gedanke) mich führen? – Zur größten, schönsten Freiheit, zur uneingeschränkten Willkür eines Gottes.«[173] Der Erzähler enthält sich in diesem Briefroman eines Kommentars, aber zeigt durch den Schluß, wohin der Gedanke führt: in den Tod Lovells. In seinem Aufsatz zeigt Lothar Pikulik, daß hier, in Tiecks frühem Roman, die Sinnkrise der Subjektivität, die eine eigene Tradition auch in der Geschichte der Empfindsamkeit aufweist, zur Darstellung kommt.

Andererseits aber und im Gegenzug zu dem als bedrohlich erfahrenen Potential dieser sowohl persönlich biographisch als auch geistesgeschichtlich bedingten Sinnkrise suchen Tieck und mehr noch Wakkenroder nach einer neuen religiösen Bindung auf der Toleranzbasis der Aufklärung. Wackenroders *Herzensergießungen,* Tiecks religiöse und stärker katholisierende Dramen *Kaiser Octavianus* und *Leben und Tod der Heiligen Genoveva* sind Dokumente dieser Sinnsuche, über die im folgenden 3. Kapitel noch zu sprechen sein wird. An dieser Stelle aber gilt es festzuhalten, daß man nicht nur – wie in der älteren Forschung zumeist – in dieser religiösen Wendung *das* ›Romantische‹ der Bewegung sehen kann, dies um so weniger, als man eine solche Suche nach religiöser Bindung ohne die ihr zugrunde liegende kritische und bedrohliche Ich-Erfahrung gar nicht versteht.

Eine vergleichbare innere Gegenläufigkeit kennzeichnet auch die poetologischen Programmentwürfe der theoretischen Köpfe der Bewegung, Novalis und Friedrich Schlegel. Friedrich Schlegel definiert in einem berühmten Athenäums-Fragment die romantische Poesie als »progressive Universalpoesie«, die allein »unendlich« und »frei« sei »und das als ihr erstes Gesetz anerkennt, daß die Willkühr des Dichters kein Gesetz über sich leide«.[174] Er glaubt an die »Allmacht der Kunst und Wissenschaft« und will mit ihnen »alle Religionen aus ihren

Gräbern wecken und die unsterblichen neu beleben«.[175] Er läßt sich als »Apostel in unsrer Zeit« feiern, als »Paulus der neuen Religion [...] die überall anbricht«.[176] Nicht zuletzt die Französische Revolution, von der man glaubte, daß sie allererst in eine »heilige« Revolution überführt werden müsse, gab solche, gelinde gesagt, überschwenglichen Gedanken ein. Man sah und erlebt sich als »Messias im Pluralis«.

Poetologisch entspricht solchem Absolutheitsanspruch des Subjekts bei Novalis das Konzept einer absoluten »Erfindungskunst ohne Data«, wie Novalis im Anschluß an Kant formuliert, die Idee einer Einbildungskraft, die »in unsrer Willkühr steht« und »nicht an die Gegenwart und Berührung äußrer Reize gebunden«[177] aus sich heraus poetische Wirklichkeit produziert. Dieses an der Transzendentalphilosophie Kants und Fichtes orientierte und diese zugleich noch überbietende Projekt einer Transzendentalpoesie a priori ist in der Forschung vielfach beschrieben worden.[178]

Aber sie ist nur die eine Seite der Medaille. Gegenläufig zu ihrem Konzept, aber die Gedanken einer konstruktiven Poiesis zugleich integrierend entwickelt Novalis vor allem vom Jahre 1798 an ein poetisch-poetologisches Programm, das – so Klingsor im Lehrgespräch des *Ofterdingen* – nachdrücklich auf die »Grenze der Darstellbarkeit« und auf »Erfahrung« im gesellschaftlichen Bereich wie in der Kunst als tragenden Boden von Poesie hinweist: »Daher kann man sagen, daß die Poesie ganz auf Erfahrung beruht.«[179]

Die große Naturdichtung des Novalis, die *Lehrlinge zu Sais,* eröffnen eine andere Naturerfahrung. Nicht, wie es ein früheres Fragment will, wird Natur als »encyclopaedischer systematischer Index oder Plan unsers Geistes« begriffen, sondern als das »einzige Gegenbild der Menschheit«.[180] Das ›letzte‹ Wort in der kurzen Geschichte der frühromantischen Poesiekonzeption scheint Novalis' Versuch zu sein, in einer umgreifenden, die religiösen wie philosophischen Sinnfügungen der abendländischen, aber auch orientalischen Geistesgeschichte sammelnden Denkbewegung einen als ursprünglich gedachten Sinnkosmos zu rekonstruieren, in welchem das so tätige Subjekt zugleich in universaler Wechselrepräsentanz mit dem Kosmos integriert wäre. Dies zeigt sich vor allem in der großen Fragmentsammlung aus den letzten Lebensjahren, dem *Allgemeinen Brouillon.* Entscheidend auch hier: die Rücknahme der absoluten Subjektivität ist nur aus dem Durchgang durch ihren Geltungsanspruch zu verstehen. Gerade weil Novalis, Fichte noch überbietend, das Konzept der entfesselten Einbildungskraft »ohne Nicht-Ich«[181] dachte, kehrt er zu einer vermittelteren Position zurück, die vom Analogiebegriff und der Idee einer universalen Wechselrepräsentanz getragen wird. Damit einher geht der Versuch, auch die einseitige Dominanz der Vernunft in einen Erkenntnisbegriff aufzuheben, welcher die Tätigkeit der Sinne, des Gefühls, der Einbildungskraft und des Verstandes miteinander in Einklang bringt.[182]

Literarische Frühromantik in Deutschland wäre somit geschichtsphilosophisch zu begreifen als Transformation des Allmachts- und Absolutheitsanspruchs aufklärerischer Vernunft- und Subjektphilosophie in den Bereich der Poetik einerseits, die kritisch gegenläufige Zurücknahme dieses Anspruchs in eine universale Sinnkonzeption andererseits, in welcher das Subjekt nicht absolut, sondern in seiner Tätigkeit rückvermittelt an das ihn umgebende Universum zu denken wäre. Die Problematik solcher Sinnfunktion aber führt auf die Mythen- und Religionskonzeption der Frühromantik.

3. Venus und Madonna – Mythen- und Religionskonflikt in der Frühromantik

3.1 Lesersoziologische Voraussetzungen

Die *Lesersoziologie* lokalisiert Ende des 18. Jahrhunderts einen Umbruch im Leseverhalten: »Die Vorherrschaft der intensiven Wiederholungslektüre, die bis zum Ende des 18. Jahrhunderts die Regel war«, wird allmählich durch einen »extensiven« Lesertypus abgelöst, der nicht nur mehr, sondern auch schneller liest, und dies als Reflex auf eine sich revolutionierende Produktions- und Distributionsstruktur. »Produktion, Warenhandel und Verkehr wuchsen auf dieselbe Weise wie Literatur und Lektüre, indem die Preise gesenkt, die Lager verkleinert, der Umsatz und der Verbrauch beschleunigt wurden.«[183] Dieser Umbruch im Rezeptionsverhalten muß in Zusammenhang mit der durch die Aufklärung ausgelösten Orientierungskrise gesehen werden: die Bedeutung der klassischen Autoritäten, an deren Kanon noch die Literaturproduktion der Frühaufklärung sich ungebrochen orientiert hatte, tritt zurück, ebenso die Bedeutung der klassischen Bildungssprache Latein. Und: auch das *Buch der Bücher*, die Heilige

Schrift, verliert an Bedeutung, wo eine anwachsende Zahl von Büchern verschiedener Genres das lesehungrige Bürgertum mit Lektürestoff versorgen.[184] Zumal in Deutschland übertrifft die Buchproduktion im 18. Jahrhundert die anderer Länder an Umfang und Reichtum. Ein Indiz dafür, daß der Selbstverständigungs- und Selbstfindungsprozeß bürgerlicher Öffentlichkeit in Deutschland sich wesentlich über verinnerlichte Leseprozesse in der Privatsphäre des Bürgers vollzieht.[185]

Die literarische Avantgarde der frühromantischen Generation gehört zum neuen, extensiven Lesertypus. Gerhard Sauders Beitrag in diesem Band rekonstruiert Bestandteile jenes Lesehorizontes, den wir auch bei den Frühromantikern voraussetzen müssen. Insbesondere Tieck, die Brüder Schlegel und Novalis verschlingen schon als Schüler und erst recht danach Berge von Büchern. Tieck lernt so frühzeitig die Muster der literarischen Mode seiner Zeit und produziert im Auftrag von Schullehrern, die mit solchem Markt bereits spekulieren, Konsumliteratur.[186] Novalis mokiert sich über die neue »Bücherseuche«, die »fatale Gewöhnung an die gedruckte Natur«, die »in der That nur die Carricatur der wircklichen Welt«[187] darstellt. Friedrich Schlegel beschreibt im *Studium*-Aufsatz von 1797 sicher auch überspitzt den »öffentlichen Geschmack« als seine eigene »Karikatur«, in welchem die »Mode [...] mit jedem Augenblicke einem andern Abgotte« huldige.[188] Mithin herrsche in der modernen Poesie als einziges Gesetz die »Gesetzlosigkeit«.[189] Schlegel spricht von der »ästhetischen Anarchie unsres Zeitalters« und beklagt, daß in solchem »rastlose(n) unersättliche(n) Streben nach dem Neuen, Pikanten und Frappanten, bei dem dennoch die Sehnsucht unbefriedigt« bliebe, die Norm des Objektiven sich verlöre.[190] Die Friedrich Schlegel-Forschung hat zu Recht vermerkt, daß dieser Negativkatalog in seiner späteren Konzeption der romantischen Poesie als »progressiver Universalpoesie«, die »ewig nur werden, nie vollendet« sein könne und neben der »Willkür des Dichters« kein Gesetz leide,[191] transformiert und ins Positive verkehrt sich wiederfindet. Solche Umkehrung von Positionen ist nicht untypisch für Friedrich Schlegels Denken. An dieser Stelle aber interessiert ein anderes Moment: Es findet sich klar artikuliert in Friedrich Schlegels *Gespräch über die Poesie* und hier in der »Rede über die Mythologie«.

»Ich gehe gleich zum Ziel. Es fehlt, behaupte ich, unsrer Poesie an einem Mittelpunkt, wie es die Mythologie für die der Alten war, und alles Wesentliche, worin die moderne Dichtkunst der antiken nachsteht, läßt sich in die Worte zusammenfassen: Wir haben keine Mythologie. Aber, setze ich hinzu, wir sind nahe daran, eine zu erhalten, oder vielmehr es wird Zeit, daß wir ernsthaft dazu mitwirken sollen, eine hervorzubringen. [...] Die neue Mythologie muß [...] aus der tiefsten Tiefe des Geistes herausgebildet werden; es muß das künstlichste aller Kunstwerke sein [...] Denn Mythologie und Poesie, beide sind eins und unzertrennlich.«[192]

Die Vorstufen dieser Idee einer neuen Mythologie über die historische Mythenforschung der Aufklärung, Heynes symbolische Mytheninterpretation, sowie die Mythenrezeption Herders arbeitet Heinz Gockel an dem hier abgedruckten Beitrag und noch detaillierter in seiner Arbeit über *Poesie und Mythos* heraus.[193] Die neue Mythologie, das ist bereits dem Zitat zu entnehmen, soll ein neues Sinnzentrum schaffen, soll die »ästhetische Anarchie« beseitigen, soll der Epoche durch die Poesie eine neue Sinngrundlage geben.

Dabei charakterisiert sowohl das Bedürfnis nach einer neuen mythischen Sinnzentrierung, als auch der Glaube an die Möglichkeit mythopoetischer Sinnsetzung die Epochenschwelle der Frühromantik. Friedrich Schlegel selbst nennt eine Reihe von Faktoren, die ihn in seinem Glauben auch darin bestätigen, daß die neue Mythologie gerade in Deutschland gute Chancen auf Realisierung hat: der Stand der Theorie, will sagen: der kritischen Philosophie in Deutschland, die Entwicklung der Studien der Antike, die »Morgenröthe echter Kunst« in Goethes Poesie, auch den Entwicklungsstand der Physik rechnet Schlegel im *Studium*-Aufsatz dazu. Zudem haben zweifellos die Französische Revolution und der Stand der Religionsphilosophie, zumal in Schleiermachers zündenden Reden *Über die Religion* der Idee einer »Heiligen Revolution« durch die Erneuerung der Religion hier und jetzt wesentliche Impulse zugeführt.[194] Dabei hat, wie wir gesehen haben, zumindest der mit Kant und Fichte erreichte Stand der Philosophie in Deutschland eine ganz ambivalente Funktion: der in ihm gesetzte ›Allmachtsanspruch‹ des Denkens löst eben auch die Sinnkrise allererst aus, zu deren Heilung Transzendentalphilosophie beitragen soll.

Die frühromantische Konzeption der neuen Mythologie ist in sich vielschichtig und differenziert. Gemeinsam ist aber die Basis einer neuen rezeptionsästhetischen Situation: die der Zugänglichkeit traditioneller Mythen und Motive antiker, orientalischer, mittelalterlicher, renaissancehafter Provenienz in extensiver Lektüre. Mythos und Religion sind so bereits zum ›Bildungsgut‹ geworden, das synkretistisch--eklektisch aufgegriffen werden kann und tatsächlich von den Romantikern in einer umgreifenden synthetischen Denkanstrengung verarbeitet wird. Es entsteht aber so eine *Religion und Mythologie aus zweiter Hand,* eher ein Beleg für die neue Öffentlichkeitsstruktur als deren Korrektiv. Zumindest den theoretischen Köpfen der Bewegung, Novalis und Friedrich Schlegel, war dies auch selbst bewußt. Novalis etwa kommentiert einen Satz Friedrich Schlegels mit den Worten:

»Der Künstler ist durchaus irreligiös – daher kann er in Religion wie in Bronze arbeiten. Er gehört zu Schleyermachers Kirche«.[195]

Hier ist der vorausgesetzte Materialaspekt von Religion direkt in der Bronzemetapher greifbar. Damit soll die Ernsthaftigkeit der romantischen Erneuerungsbewegung nicht geschmälert werden. Tatsächlich realisiert sich gerade in Novalis' religionsphilosophischen Ideen und Gedichten eine im Rahmen der abendländischen Religions- und Denkgeschichte außerordentlich kühne und auch neue Wechseltropik von Körper und Geist, religiöser und sinnlicher Bedeutungssphäre. Darüber wird noch zu sprechen sein. Aber auch diese, von tief eigener Erfahrung getragene Religiosität Hardenbergs, wie auch die religiöse Tiefe Wackenroders können letztlich einen gesellschaftlichen Stand neuzeitlicher Aufklärung nicht mehr korrigieren, der – aufs Ganze gesehen – die Intensität religiöser Erfahrung ablöst durch eine neue, u. a. lesersoziologisch zu beschreibende Kommunikationsstruktur in der frühbürgerlichen Öffentlichkeit.

3.2 Toleranzprinzip

Von ihrer *gedanklichen* Konzeption her ist die romantische Mythologie und Religiosität auf mehreren Ebenen durch die neuzeitliche Geschichte der Aufklärung vermittelt. So weiß sich zumindest die Frühromantik der gut aufklärerischen Tradition der *Toleranz* in Glaubensdingen verpflichtet. Das schon eingangs zitierte Kapitel über »Allgemeinheit, Toleranz und Menschenliebe in der Kunst« in den *Herzensergießungen* überführt geradewegs die aufklärerische Idee der Universalität der Vernunft in die Konzeption eines allgemein menschlichen »Kunstgefühls«, in dem sich »ein und derselbe himmliche Lichtstrahl« wie in einem farbigen Spektrum breche.[196] Solches Brechungsgesetz mag den Reichtum an Artikulation in den Künsten der Völker begründen, aber gerade nicht mehr den Herrschaftsanspruch *einer* Religion. Gegenüber einem Aufklärer wie Lessing, an dessen *Nathan* ja die *Herzensergießungen* auch durch die gleichnamige Gestalt des »Klosterbruders« erinnern, ist hier auch die theozentrische Perspektive zu beachten. Nicht mehr ist der Gedanke einer sich selbst aus eigener Kraft zu sich befreienden Menschheit leitend, sondern die Idee der Rückbindung des Menschen an eine transzendente Instanz.

Der Toleranzgedanke ist zweifellos leitend auch für die Schleiermachersche Religionsphilosophie und die ihr verpflichtete Idee einer neuen Mythologie bei Novalis und Friedrich Schlegel. Schleiermacher weiß, »daß die Religion nie rein erscheint«[197] und geht sogar so weit, den Glauben an die Heilige Schrift und an den *einen* Gott als nicht eigentlich zum Wesen *der* Religion gehörig anzusehen.[198] Auch für Schleiermacher ist »die Gottheit nichts anderes [...] als eine einzelne religiöse Anschauungsart«,[199] wobei hier auf die religionsgeschichtlichen Voraussetzungen im Pietismus, in dem aufklärerischen Gedanken der natürlichen Religion und der pantheistischen Philosophie Spinozas nur am Rande hingewiesen werden kann.[200] Der oben zitierte Kommentar von Novalis zeigt klar, daß auch er sich des im Sinne der traditionellen Theologie »irreligiösen« Charakters der neuen Mythologie bewußt war. Die frühromantische Idee einer Ablösung der Religion von der Mittlerschaft der Bibel wie der Kirche zugunsten einer selbstgeschaffenen Heiligen Schrift, einer »neuen Religion« und eines universalisierten Mittlertums – ein Messianismus »im Pluralis«[201] ist der Ausdruck eines neuen, aufklärerisch-säkularisierten Religionsbegriffs, der freilich in seiner Zuspitzung auch Züge jener gottgleichen Selbstüberhebung trägt, gegen die er zugleich opponiert. Politisch gesehen aber erlaubt die schon aufklärerische und eben auch romantische Säkularisierung des Heilsanspruchs, den Gedanken einer »Aussöhnung der christlichen Religion mit der heidnischen« zu denken. So formuliert es ein Paralipomenon zum *Ofterdingen:*

> »Hinten die Poetisierung der Welt – Herstellung der Märchenwelt. Aussöhnung der christlichen Religion mit der heidnischen.«[202]

Nur sehr vordergründig kann man in Novalis' Werk eine plane Glorifizierung des christlichen Mittelalters finden. In der Figur der aus dem Morgenland verschleppten, auf der christlichen Ritterburg festgehaltenen Sklavin Zulima entlarvt der Erzähler im 4. Kapitel des Romans den Unsinn der Kreuzzüge. Die Kritik ist verhalten, wird ohne Aggression vorgetragen, aber stellt desto nachhaltiger die Idee eines sogenannten »Heiligen Krieges« in Frage:

»Wie ruhig hätten die Christen das Heilige Grab besuchen können, ohne nötig zu haben, einen fürchterlichen unnützen Krieg anzufangen, der alles erbittert, unendliches Elend verbreitet, und auf immer das Morgenland von Europa getrennt hat.«[203]

Auch die erzählerische Gewichtung ist in diesem Zusammenhang bemerkenswert. Der Erzähler kontrastiert die laut tönende »kriegerische Begeisterung« der christlichen Ritter mit dem stillen Edelmut und der seelischen Schönheit der Orientalin. Er widmet den zweiten Teil des Kapitels nur ihrem Schicksal und verdeutlicht so, am Vorabend eines neuen Kreuzzuges, das mit solchen Kreuzzügen angerichtete Leid. Darüber hinaus transponiert Novalis das über Lessings *Nathan* vermittelte Brudermotiv in die Begegnung Ofterdingens mit Zulima. Heinrich von Ofterdingens Anblick erweckt in ihr »eine sonderbare Erinnerung aus frohen Zeiten. O! mir ist, als glicht Ihr einem meiner Brüder, der noch vor unserm Unglück von uns schied, und nach Persien zu einem berühmten Dichter zog«.[204] Die zum Beschluß des Romans vorgesehene Versöhnung der Religionen sah auch eine symbolisch-familiare Verknüpfung der christlichen mit der orientalischen Welt vor. Der aufklärerische Toleranzgedanke als Aufhebung jedweden Absolutheitsanspruchs *einer* Religion hätte diesen Roman ganz offensichtlich auch zur Vision einer in der Biographie seiner Figuren stellvertretend vollzogenen Versöhnung der Religionen und Völker geführt, und dies im Medium einer Romanform, welche den fiktional-utopischen Charakter solcher Zukunftsvision durchaus mitreflektiert.

3.3 Konfliktsituation

An der Frühromantik zeigt sich aber auch die Problematik einer spezifischen Rezeptionssituation, die sich einerseits vom normativen Anspruch einer Religion gelöst hat, aber andererseits doch im Einflußfeld christlicher Tradition wie der heidnisch antiken Mythologie steht. Im Grunde tritt auch hier ein seit der Frührenaissance angelegter Langzeitkonflikt an die Oberfläche. Wenn die Renaissance, das Barock und im wesentlichen noch die Frühaufklärung mit Hilfe des Allegoriebegriffs die große antike Dichtung als allegorische Antizipation christlicher Offenbarung zu begreifen versuchten und sie damit gegenüber dem Absolutheitsanspruch scholastischer Philosophie und Theologie überhaupt zugänglich gemacht haben, so rüttelt diese defensive Argumentation zunächst nicht am Wahrheitsanspruch der christlichen Offenbarung selbst.[205] Aber die Geschichte der Aufklärung mit ihrer Tendenz zur rationalen Reduktion des Gottesbegriffs einerseits, zur Historisierung von Mythos und Religion andererseits relativiert diesen Anspruch. In der Frühromantik prallen – in dieser Schärfe erstmals in der deutschen Literatur – die lange harmonisierten kontroversen Ansprüche von christlicher und heidnischer Religiosität aufeinander und verbinden sich dabei mit der in Kapitel zwei beschriebenen psychologisch-soziologischen, wie auch geistesgeschichtlichen Problematik.

Geistesgeschichtlich begründet die Aufklärung, das betonten wir mehrfach, u. a. eine perennierende Wertkrise, die von der frühromantischen Generation umso schroffer erfahren wurde, als sie – zumal in Preußen – mit einer praktischen Umsetzung von Aufklärung konfrontiert war, die jede sensible Wahrnehmung erschüttern mußte. Wir haben Tiecks Klagen darüber im Ohr. Aber es geht um mehr. Im *Sternbald* sagt die Heinses Kraftmensch Ardinghello nachempfundene, aber viel gebrochenere Figur Ludovico über Protestantismus und Aufklärung:

»[...] und so überzeugt sich statt der Fülle einer göttlichen Religion eine dürre vernünftige Leerheit, die alle Herzen schmachtend zurückläßt, der ewige Strom voll großer Bilder und kolossaler Lichtgestalten trocknet aus, die dürre gleichgültige Welt bleibt zurück und einzeln, zerstückt, und mit ohnmächtigen Kämpfen muß das wiedererobert werden, was verloren ist, das Reich der Geister ist entflohn, und nur einzelne Engel kehren zurück.«[206]

Ganz ähnliche Formulierungen finden sich bei Novalis:

»Ehemals war alles Geistererscheinung. Jezt sehn wir nichts, als todte Wiederholung, die wir nicht verstehn. Die Bedeutung der Hieroglyfe fehlt. Wir leben noch von der Frucht besserer Zeiten.«[207]

Die tiefgehende Erfahrung einer Sinndefizienz in der aufklärerisch-bürgerlichen Gesellschaft und des Leidens daran ist konstitutiv für die frühromantische Generation. Denn sie verbindet sich – zumal bei Tieck – mit den Mangel- und Einsamkeitserfahrungen der frühen Sozialisationsphase in jener Gesellschaft. Die oben zitierte Epochenanalyse von Tiecks Gestalt Ludovico geht denn auch bruchlos über in die Erinnerung an seine eigene einsame und lieblose Kindheit.

Der Roman *Sternbald* aber beschreibt in der uns vorliegenden fragmentarischen Form einen Wanderweg, der zugleich als geistige Bewegung epochengeschichtlich interessant ist: der Weg aus der altdeutschen Welt Nürnbergs, deren Kunstideal in der Gestalt Albrecht Dürers verkörpert ist: »ernst und deutsch«[208] durchdrungen von der »wahren Religion«, dem »Glauben an Gott und Seligkeit«,[209] in die Welt Italiens, dessen Lebensgefühl Sternbald exemplarisch in der Malerei Correggios gestaltet findet. So beschreibt er enthusiasmiert die Wirkung dieses Malers an seinen in der Heimat verbliebenen Freund Sebastian:

> »Es ist, als hätte der Gott der Liebe selber in seiner Behausung gearbeitet und ihm die Hand geführt [...] Es ist mehr, als wenn Venus uns mit ihrem Knaben selber besuchte, der Genuß an diesen Bildern ist die hohe Schule der Liebe, die Einweihung in die höchsten Mysterien [...]«.[210]

Die Beschreibung eines sich anschließenden bacchantischen ländlichen Festes bezeugt, daß der Erzähler seinen Protagonisten solche dionysische Sinnlichkeit nicht nur im sublimierten Reich der Kunst erleben lassen will. Freilich wird Sternbald sodann auch von inneren Skrupeln geplagt, und der abrupt aufgesetzte vorläufige Schluß – Sternbalds Wiedersehen mit der Jugendliebe Maria – vermittelt die Extreme nicht wirklich. Ein tieferer Grund dafür, daß Tieck den Roman nie zu Ende gebracht und Sternbald nicht an das Grab Dürers zur inneren Läuterung zurückgeführt hat, liegt in der Unlösbarkeit des in ihm angelegten Konfliktes selbst: des Mythen- und Religionskonflikts zwischen asketisch-christlicher und heidnisch-sinnlicher Religiosität. Der Erzähler beschreibt letztere viel zu einnehmend, um sie einem Bußgang in die Welt der ersteren aufopfern zu können.

Die unversöhnte Antinomie zwischen christlicher und heidnischer Religion begegnet uns als Formproblem auch in dem Kunstmärchen *Der getreue Eckart,* dessen erster Abschnitt die Legende des bis zur Selbstaufopferung treuen christlichen Kriegs- und Lehnsmannes Eckart am Burgundischen Hof beschreibt, der zweite die 100 Jahre später spielende Geschichte des österreichischen Dichters Tannhäuser. Dieser flieht im Zustand innerer Verwüstung in den Venusberg. Diesen Ort beschreibt der Erzähler ähnlich wie das Italien im *Sternbald* als ein sinnliches Paradies.

»Dicht am Herzen fühlte ich die Gegenwart der gesuchten, endlich gefundenen Herrlichkeit. und in mich spielten die Entzückungen mit allen ihren Kräften hinein. So kam mir das Gewimmel der frohen heidnischen Götter entgegen, Frau Venus an ihrer Spitze, alle begrüßten mich; sie sind dorthin gebannt von der Gewalt des Allmächtigen, und ihr Dienst ist von der Erde vertilgt; nun wirken sie von dort in ihrer Heimlichkeit.«[211]

Das Kunstmärchen hat eine durchgeführte tiefenpsychologisch deutbare Bedeutungsschicht: Tannhäuser erzählt seine Geschichte dem Freund Friedrich in dem Wahn, dessen Frau Emma, die er liebt, umgebracht zu haben. Der Freund Friedrich will Tannhäuser von diesem Wahn befreien. Anderntags allerdings hört Friedrich ein Schreien aus dem Zimmer seiner Frau und findet diese ermordet, offenbar von Tannhäuser. Die ganze Erinnerungshandlung präsentiert sich also als antizipierende Mordphantasie, die Geschichte des Protagonisten Tannhäuser ist die einer aus zerstörter Liebe wahnhaft entstellten, destruktiven Einbildungskraft.

In diesem Zusammenhang aber interessiert zunächst der Mythen- und Religionskonflikt: er artikuliert sich in der auf zwei Protagonisten verteilten Gegenüberstellung zwischen einer christlich-asketischen Kämpfer- und Opferhaltung, verkörpert in der martialischen Gestalt des Eckart, der heidnisch-sinnlichen, gänzlich unkriegerischen Welt der Frau Venus andererseits. Die Eckart-Handlung ist geprägt von einer volksliedhaft vereinfachten Prosa- und Liedsprache, im Tannhäuserteil dominieren, zumal in der Beschreibung des Venusberges, bildplastische Metaphern, in der sich die Bedeutungsfelder Natur und Liebe durchdringen: »in den Blumen brannte der Mädchen und der Lüste Reiz, in den Körpern der Weiber blühte der Zauber der Blumen«.[212]

In der Gestalt des Kunstmärchens wird also ein historischer Mythen- und Religionskonflikt ausgetragen: die Überwindung einer matriarchalisch-bacchantischen Religiosität, repräsentiert in der heidnischen Göttin Venus, durch die Herrschaft alttestamentarisch-patriarchalischer Religion und Ethik. Die »Gewalt des Allmächtigen« hat die Göttin der Liebe und der Sinnlichkeit in eine Unterwelt verdrängt, die im Kontext der psychologischen Ebene der Erzählung sehr wohl mit den Schichten des Unterbewußten in Zusammenhang gebracht werden kann. Daß die aus solchen Zonen wirkende Gewalt heidnischer Sinnlichkeit auch die bürgerliche Existenz ruinieren kann, verdeutlicht die Erzählung *Der Runenberg,* in welcher der in ›gutbürgerlichen Verhältnissen‹ lebende Protagonist beinahe zwanghaft dem Ruf »seines Liebesdranges« in die Welt eines »Waldweibes« folgen muß, wobei auch hier alle im Bereich der Fiktion ontologischen Strukturen in Entwürfe einer möglicherweise wahnhaften Einbildungskraft transformiert sind.

Entscheidend aber in diesem Kontext ist die geradezu magische Anziehung einer heidnisch-antiken Form matriarchalischer Religiosität unter der Oberfläche christlich-patriarchalischer Religionsmuster. Man kann darauf hinweisen, daß die Literatur der Frühromantik die Entdeckung der matriarchalischen Mythen, wie sie später Bachofen gelungen ist, vorwegnimmt, wie auch die Entdeckung des Dionysischen in der Antike. Die Beschreibung der Frau Venus ist wahrlich unterschieden von jenem durch Winckelmann propagierten Bild »edler Einfalt und stiller Größe« und weist voraus auf Nietzsche.[213]

Tieck hat den in Frage stehenden Mythen- und Religionskonflikt in seinen poetischen Entwürfen nicht vermitteln können, vielmehr zeigen seine Kunstmärchen und auch der Sternbald bis in die formale Struktur hinein die Antinomie als ungelöst und unlösbar. Daß aber die heidnisch-matriarchalische Mythenstruktur eine solche nachhaltige Faszination auf ihn ausübte, wird auch aus den sozialpsychologischen Voraussetzungen der Zeit abzuleiten sein. Wenn die in Kapitel zwei entwickelte These richtig ist, daß die streng patriarchalisch organisierte Familienstruktur der frühbürgerlich-aufklärerischen Gesellschaft die patriarchalische Herrschaftsstruktur der Gott-Vatervorstellung kopiert, und dabei womöglich noch durch Strenge die realpolitische Ohnmacht kompensiert, dann stellt sich in der Faszination des matriarchalischen Mythos auch die Alternative zu einer auf Herrschaft, Subordination und Strenge basierenden Familienstruktur dar. Oder anders gewendet: die Suche nach Alternativen zu einer solchen zwischenmenschlichen Kommunikation schickt die frühromantische Literatur auch auf die Suche nach einem korrektiven, religiös-weltanschaulichen Rahmen. Sie entdeckt dabei das durch patriarchalische Religionsstrukturen eher verdrängte Potential matriarchalischer Religiosität. Tieck vermag dieses jedoch nicht in den christlichen Rahmen zu integrieren. Er fällt vielmehr in seinen christlichen Dramen *Genoveva* und *Octavian,* die in der Forschung lange Zeit als »typisch romantisch« galten, in eine vergleichweise eindimensionale Religiosität und wunderlich vereinfachte Psychologie zurück.

Unter den Frühromantikern aber hat Novalis den groß angelegten Versuch einer Synthese zwischen den Religionen unternommen und dabei auch die das abendländische Denken seit der vorsokratischen Philosophie und Plato beherrschende tiefe Spaltung in Diesseits und Jenseits, Zeitlichkeit und Ewigkeit, Sinnlichkeit und Vernunft, Körper und Seele aufzuheben versucht. Diese Denkanstrengung hat zu einer neuen, kühnen Metaphorik geführt: Einer Wechseltropik, welche die entfremdeten Sphären zusammenführt und so fusioniert, daß die diesseitige Welt auf religiöse Sinnerfahrung hin sich öffnet und wiederum diese an jene rückgebunden wird.

Wenn romantische Religiosität, wie gezeigt, in der Tradition des aufklärerischen Toleranzdenkens steht, so nimmt sie andererseits – und just aus demselben Motiv heraus – gegen eine andere Tendenz der Aufklärung Stellung: den Absolutheitsanspruch einer sich vorgeblich selbst setzenden Form von Subjektivität und Systemphilosophie. Es ist diese kritische Opposition, die Wackenroders Kunstphilosophie und seine Sprache prägt. Die *Herzensergießungen* setzen sich ja explizit und immer wieder in Form eingeschobener Reflexionen zur Darstellungsform vom Systemdenken ab. Systemglaube, so Wackenroder, ist *auch* eine und noch schwerer wiegende Form des Aberglaubens:

»Wer ein *System glaubt,* hat die allgemeine Liebe aus seinem Herzen verdrängt! Erträglicher noch ist Intoleranz des Gefühls, als Intoleranz des Verstandes; – *Aberglaube* besser als *Systemglaube.* –«[214]

Diese der Systemkritik Hamanns und Jacobis verwandte Reflexion wird in den *Herzensergießungen* konsequent in eine Sprache umgesetzt, die jede Form der theoretisch-begrifflichen Festschreibung meidet. Eben: »Herzensergießungen« in der Tradition des Pietismus und der Empfindsamkeit, aber auch mit einer kritischen Wendung gegen deren Subjektivismus. Den *Herzensergießungen* nach liegt das Wesen der Kunstpraxis – gegen *jegliche* Form einer narzißtischen Selbstverhaftetheit des Ich – in ihrer religiösen Rückbindung. Gleich das Eingangskapitel »Raffaels Erscheinung« kehrt den Blick auf dieses, für die Frühromantik zentrale Moment religiöser Inspiration und bestimmt darüberhinaus den gesamten Erzählrahmen. Der Erzähler, die fiktive Gestalt des Klosterbruders, spricht zum Leser aus der Abgeschiedenheit des Sakralraumes und vermittelt über alte, in Wahrheit umstilisierte Kunstschriften, also aus zeitlich und räumlich entrückter Distanz.[215] Dies gibt der Kunstreflexion, an der die lockere Folge der *Herzensergießungen* ihre Einheit hat, den Charakter quasi religiöser Meditationen. Es wird betont, daß sie »nicht im Ton der heutigen Welt abgefaßt« seien.[216] um so stärker ihre Appellfunktion an eine aus wesentlichen Bezügen herausgefallene Gegenwart. Der Text versucht nun, den Leser über die Biographien großer Künstlerfiguren – Raffael, Michelangelo, Dürer, Leonardo da Vinci – an einen Punkt zu führen, an dem er sieht, daß Kunstpraxis letztlich auf einem Moment »göttlicher Eingebung« beruht,[217] einem Numinosum also, das sich der Planbarkeit und Berechenbarkeit des Subjekts entzieht.[218] Dabei ist die Kunstpraxis nur der Ort, an dem sich eine für die Frühromantik entscheidende Rückbindung des Menschen an eine von ihm selbst nicht wie immer ›gesetzte‹ oder ›gemachte‹ Transzendenz vollzieht, mithin das durch solche *Rückbindung* geprägte Wesen des Menschen exemplarisch sich offenbart. Das Inspirationsmoment ist der Maßstab der Kritik für alle Künstlerfiguren und auch die Kunstpraxis eines Raffael selbst, dessen Phantasie, der Wackenroderschen Beschreibung nach so lange »im Finstern arbeitete«, bis ihm ein Traum die visionären Impulse für die Gestaltung des in Arbeit befindlichen Madonnenbildes eingab.[219]

Diese frühromantischen Texte Wackenroders lesen sich heute nicht ganz ohne Widerstand. Man wird an ihnen auch die Sprachnot einer Form von Kunstreflexion feststellen müssen, die – in kritischer Frontstellung zur Vernunftphilosophie und ihrer Begriffssprache – das über die Subjektivität hinausführende Moment religiöser Inspiration nur mittelbar und auch nur in der Gefühlssprache der Zeit zur Darstellung bringen kann. Freilich ist dies ein altes Problem der religiösen Sprache und so auch aus der Tradition der Mystik seit langem bekannt.

Eine der Dichtung Wackenroders durchaus verwandte Denkbewegung vollzieht sich im literarischen und poetologischen Werk von Novalis. Dabei besteht in der Forschung kein Zweifel darüber, daß die literarische Frühromantik in seinem Werk sowohl ihrem literarischen wie gedanklichen Niveau nach kulminiert. In diesem Werk ist die innere Gegenläufigkeit der Frühromantik als Denkbewegung nachzuvollziehen: Einige poetologische Fragmente im Anschluß an die Kant- und Fichtestudien radikalisieren den Gedanken einer absoluten, von jeglicher Voraussetzung eines Nicht-Ich abgekoppelten Eigenproduktivität der Einbildungskraft. Bereits in den Fichtestudien aber deutet sich auch die Kehre an: die Abwendung vom Immanentismus, Konstruktivismus und dem Allmachtsanspruch eines vorgeblich absoluten Subjekts. Der Vorgang vollzieht sich durchaus tastend und eher in Frageform

»Was verstehn wir unter Ich? Hat Fichte nicht zu willkührlich alles ins Ich hineingelegt? mit welchem Befugniß? Kann ein Ich sich als *Ich* setzen, ohne ein anderes Ich oder Nichtich –«[220]

Im Kern denkt Novalis hier, ohne sich dessen schon ganz bewußt zu sein, von einer anderen Warte aus gegen Fichte an: er denkt nicht mehr von der allein tätigen Kraft des setzenden Subjekts her, sondern aus der *Einheit eines kommunikativen Zusammenhangs von Ich und Nicht-Ich,* er denkt aus der Vermittlung und überwindet damit den solipsistischen Ansatz der reinen Vernunft.[221] An einer Fülle von Formulierungen ist dieser zunächst noch mit der Terminologie Fichtes sich von Fichte emanzipierende Denkprozeß nachzuzeichnen. Er vollzieht sich im wesentlichen über die Betonung der Unabhängigkeit der Sphäre des Nicht-Ich als Voraussetzung des Ich: »Es muß ein Nichtich seyn, damit Ich sich, als Ich setzen kann.«[222] Er exponiert den Begriff des Gefühls als Stoffgeberin für das Ich:

»Die Filosofie bedarf daher allemal *etwas Gegebenes* – ist *Form* – und doch *real* [...] Die Grenzen des Gefühls sind die Grenzen der Filosofie. Das Gefühl kann sich nicht selber fühlen. Das dem Gefühl Gegebne scheint mir die Urhandlung als Ursache und Wirkung zu seyn.«[223]

Der Prozeß vollzieht sich schließlich über einen nicht orthodoxen Gottesbegriff als Inbegriff des den Menschen umschließenden Universums und den ihn korrelierenden Begriff des Glaubens.[224] Schließlich finden sich aber auch schon Formulierungen, die den kommunikativen Zusammenhang von Ich und Welt als solchen thematisieren. Die Vermittlung selbst erscheint so als das Primäre. Novalis spricht vom »Transitus«, »auf welchem alles beruht«[225] und faßt den Begriff des Seins als »relativen Begriff«, als »Grund aller Relation« auf.[226] Die Abnabelung von der Subjektphilosophie der Aufklärung vollzieht sich jedoch keineswegs gradlinig und unvermittelt. Es ist insbesondere der Fichtesche Gedanke der Produktivität der Einbildungskraft, den Novalis in das neue Bezugsdenken herübernimmt.

Die Art nun, wie Novalis Relationen denkt, deutet sich auch bereits in den Fichtestudien an: »Die Natur wird transzendent, indem sie heruntersteigt – die Person, indem sie heraufsteigt.«[227] Zeichnet sich doch hier eine Vermittlungsanstrengung des »herunter« und »herauf« an, welche die eben nicht aus dem Ich gesetzten und daher getrennten Sphären zusammengeführt. Solche nicht mehr idealistischen, will sagen: subjektphilosophisch gedachten Vermittlungsversuche werden geistesgeschichtlich durch die Einflüsse ganz anderer Denktraditionen gestützt: Plotin, Jakob Böhme, Spinoza, Hemsterhuis, Schelling, um nur die wichtigsten zu nennen. Anders gewendet: die Suche nach Alternativen zur Subjektphilosophie der Neuzeit führt die Frühromantik in extensiver Lektüre beinahe zwangsläufig auf die Fährte anderer Denker, deren Einfluß auf Novalis die Forschung in Spezialuntersuchungen analysiert hat.[228]

Dazu kommt ein anderes, in der Novalis-Forschung lange Zeit überbetontes Erlebnismoment: der Tod der Verlobten Sophie von Kühn und die Vision am Grab der Braut. Man versteht diese Entrükkungserfahrung aber wohl angemessen nur, wenn man sie im epochengeschichtlichen Deutungsrahmen frühromantischen Denkens ansiedelt. Das Sophienerlebnis ist selbst auch Ausdruck einer Einbildungskraft, welche den Zusammenhang des Universums nicht mehr idealistisch aus dem Ich heraus konstruieren kann und will, sondern als ›Wechseltranszendenz‹ beschreibt. Die berühmte dritte Hymne an die Nacht, welche dieses Erlebnis schildert, beschreibt solche Erfahrungsstruktur in Bewegungsmetaphern. Ausgangspunkt ist die Erfahrung der Einsamkeit und der Eingeschlossenheit in den engen Grenzen des Ich: »[...] und ich einsam stand am dürren Hügel, der in engen dunkeln Raum die Gestalt meines Lebens barg [...]«.[229] Das Aufbrechen dieser Enge und Einsamkeit geschieht plötzlich (»da kam [...] mit einemmale riß das Band der Geburt [...]«) und als eine Bewegung des Subjekts aus sich heraus (»über der Gegend schwebte mein entbundner, neugeborner Geist«), wie der in der verstorbenen Geliebten inkarnierten Transzendenz in die Immanenz eines in der poetischen Einbildungskraft sich neukonstituierenden Erfahrungsraumes.

Damit zeichnet sich die Grundstruktur der Novalis'schen Dichtung ab: das Einrücken der Transzendenz in die Immanenz und die korrelative Öffnung der Diesseitserfahrung auf Transzendenz hin. Die gesamten *Hymnen an die Nacht* vollziehen diese Bewegung, deren Kühnheit wesentlich auch in der konkreten Bildlichkeit liegt, mit der das säkularisiert-christologische Erlösungsmotiv mit der Semantik sinnlicher Liebeserfahrung fusioniert wird. Die Geliebte selbst wird so sakralisiert zum Mittler zwischen Immanenz und Transzendenz. Auch die Abendmahlshymne aus den *Geistlichen Liedern* deutet so das Mysterium der Transsubstantiaton um.

»Des Abendmahls
Göttliche Bedeutung
Ist den irdischen Sinnen Rätsel;
Aber wer jemals
Von heißen, geliebten Lippen
Atem des Lebens sog,
Wem heilige Glut
In zitternde Wellen das Herz schmolz,
Wem das Auge aufging,
Daß er des Himmels
Unergründliche Tiefe maß,
Wird essen von seinem Leibe
Und trinken von seinem Blute
Ewiglich.«[230]

Die formal freirhythmische Hymne überführt das religiöse Bedeutungsfeld konsequent metaphorisch in die Semantik sinnlich körperlicher Liebe und transformiert umgekehrt dieses Bedeutungsfeld ins Religiöse. Dabei löst sich der Dualismus körperlicher und geistiger Liebe auf, die Bereiche durchdringen sich wechselseitig, der Sensualismus wird spirituell, der Spiritualismus sensuell. Novalis hat solche Wechseltropik von Körper und Geist auch in alltäglicher Erfahrung aufgespürt.

»In der Freundschaft ißt man in der Tat von seinem Freunde, oder lebt von ihm. Es ist ein echter Trope, den Körper für den Geist zu substituieren – und bei einem Gedächtnismahle eines Freundes in jedem Bissen mit kühner, übersinnlicher Einbildungskraft, sein Fleisch, und in jedem Trunke sein Blut zu genießen. [...] So genießen wir den Genius der Natur alle Tage und so wird jedes Mahl zum Gedächtnismahl – zum Seelennährenden, wie zum Körperhaltenden Mahl – zum geheimnisvollen Mittel einer Verklärung und Vergötterung auf Erden – eines ›mystischen‹ belebenden Umgangs mit dem Absolut Lebendigen.«[231]

Es gibt bis heute trotz der Flut von Novalis-Literatur keine germanistische Arbeit, welche die Kühnheit solcher Wechseltropik, die religiöse Erotik und erotische Religion des Novalis wirklich angemessen beschreibt. Insofern herrscht in der Novalis-Forschung eine ähnliche Situation wie lange Zeit in der Büchner-Forschung, die ebenfalls das Zentralproblem der Liebe bei diesem Autor eher verdrängt hat.[232]

Wenn die frühromantische Religiosität eines Novalis entscheidend sich in der Abhebung von der aufklärerischen Ichphilosophie formiert, so trägt sie andererseits in der Negation der Endlichkeit, der Zeitlichkeit des Ich, der Tendenz zur göttlichen Überhöhung des Diesseits und Verdiesseitigung des Jenseits auch Züge der spezifisch neuzeitlichen Selbstüberhebung des Ich. Im romantischen Märchen, so sieht es der Schluß des *Ofterdingen* vor, soll überall »schon das Überirdische durchschimmern«,[233] eine Art Anbruch des Himmelreichs auf Erden. Weist ein Paralipomenon wie »Heinrich errät den Sinn der Welt – Sein freiwilliger Wahnsinn«[234] nicht auf einen noch überspitzteren Erkenntnisanspruch hin als er in den kühnsten Theoriesätzen der Aufklärung uns begegnet? Diese Frage wäre auch an Novalis' Konzept eines »Magischen Idealismus« zu richten.

Und dennoch: es dürfte deutlich geworden sein, daß die deutsche Frühromantik ein Sinnpotential bereithält, das in dem Maße auch für unsere Gegenwart herausfordernd bleibt, als diese unsere Gesellschaft eine von jener nicht gewollte einseitige Tendenz zur Technisierung, Ökonomisierung, Rationalisierung der Welt aufweist. Die Frühromantik war der vielleicht letzte große Versuch in der europäischen Geistesgeschichte, die getrennten Sphären: Körper und Geist, Diesseits und Jenseits, Vernunft und Sinnlichkeit, Mensch und Natur, Philosophie, Wissenschaft und Poesie im Medium der poetischen Einbildungskraft zu synthetisieren, welcher als Dichtertraum entworfen, nicht nur Fiktion bleiben, sondern die Wirklichkeit verändern, politisch gestalten und, in Zurücknahme des aggressiven Selbstbehauptungsanspruches des Menschen, die Welt menschlicher machen sollte.

Anmerkungen

1 Herbert A. und Elisabeth Frenzel, Daten deutscher Dichtung. Chronologischer Abriß der deutschen Literaturgeschichte. Bd. 1: Von den Anfängen bis zur Romantik, München[12] 1976, S. 296. Ähnlich datieren die einschlägigen Literaturgeschichten von Gerhard Fricke/Mathias Schreiber, Geschichte der deutschen Literatur, Paderborn [18]1979, S. 162ff., und Leo Krell/Leonhard Fiedler, Deutsche Literaturgeschichte, Bamberg [17]1981, S. 211ff.

2 Die unter dem Titel »Herzensergießungen eines kunstliebenden Klosterbruders« herausgegebenen Kunstreflexionen von Wackenroder und Tieck erschienen 1796 anonym im Verlag von Johann Friedrich Unger in Berlin, der

kurz zuvor (1795/96), im gleichen Format und in derselben Type gesetzt, Goethes »Wilhelm Meister Lehrjahre« herausgebraucht hatte. Goethe erhielt schon im Dezember 1796 von A. W. Schlegel ein Exemplar der »Herzensergießungen« zugesandt.

3 Die Ausgabe in drei Bänden erschien mit dem Zusatz »herausgegeben von Peter Leberecht«. Diese Herausgeberfiktion knüpft an die Figur des Peter Lebrecht aus dem gleichnamigen Roman von 1795 an. Die »Volksmärchen« – ihr Titel erinnert an die 1782–86 von Musäus herausgegebenen »Volksmährchen der Deutschen« – wurden vielfach in der Forschung als eigentlicher Beginn der Deutschen Romantik angesehen.

4 Rudolf Haym, Die romantische Schule. Ein Beitrag zur Geschichte des deutschen Geistes, Berlin 1870.

5 Die Geburtsjahre der in Frage stehenden Autoren liegen um das Jahr 1770: Wackenroder wird am 13. 7. 1773 in Berlin geboren, Tieck am 31. 5. 1773 in Berlin, Novalis am 2. 5. 1772 auf dem Gut Oberwiederstedt bei Weißenfels, August Wilhelm Schlegel am 5. 9. 1767 in Hannover, sein Bruder Friedrich am 10. 3. 1772 ebendort.

6 Siehe: Wilhelm Dilthey, Das Erlebnis und die Dichtung. Lessing, Goethe, Novalis, Hölderlin, Leipzig 1906. Der in diese Sammlung integrierte Novalis-Aufsatz datiert bereits aus dem Jahr 1865.

7 Das früheste Tagebuchblatt von Novalis stammt aus dem Jahr 1790. Novalis, Schriften. Die Werke Friedrich von Hardenbergs. Hg. von Paul Kluckhohn (†) und Richard Samuel, Stuttgart 1960 ff. (im Folgenden zitiert: HKA = Historisch-kritische Ausgabe). Bd. 4: Tagebücher, Briefwechsel, zeitgenössische Zeugnisse. Hg. von Richard Samuel in Zusammenarbeit mit Hans-Joachim Mähl und Gerhard Schulz, Stuttgart ²1975, S. 3. – 1790 beginnt Friedrich Schlegel sein Studium der Rechtswissenschaften und der Philologie an der Universität Göttingen, auch der Freundschaftsbund zwischen Tieck und Wakkenroder datiert etwa um diese Zeit.

8 Diese Definition von G. Jacoby findet sich in: Georgi Schischkoff, Philosophisches Wörterbuch, Stuttgart 1965, S. 139.

9 Dazu: Silvio Vietta, Romantikparodie und Realitätsbegriff im Erzählwerk E. T. A. Hoffmanns, in: Zeitschrift für deutsche Philologie 100 (1981), S. 575–591.

10 Haym, Die romantische Schule, S. 17 ff., 723 ff. Auch der Epochenbegriff Romantik wird bei Haym nicht selten verwandt.

11 Wilhelm Dilthey, Das Erlebnis und die Dichtung, Leipzig ¹¹1939, S. 269.

12 Jean Paul, Sämtliche Werke. Hg. von Norbert Miller, Bd. 5, München 1963, S. 31 ff. Es handelt sich um den Paragraphen 2 des ersten Programmes der »Vorschule der Ästhetik«.

13 Heinrich Heine, die romantische Schule, in: Heinrich Heine, Historisch-kritische Gesamtausgabe der Werke. Hg. von Manfred Windfuhr, Hamburg 1975 ff. (im Folgenden zitiert: HKG), Bd. 8, 1, S. 121 ff.

14 Theodor Echtermeyer/Arnold Ruge, Der Protestantismus und die Romantik. Zur Verständigung über die Zeit und ihre Gegensätze. Ein Manifest, in: Hallesche Jahrbücher 1839, S. 245–303; 1840, S. 53–64.

15 Hermann Hettner, Die romantische Schule in ihrem inneren Zusammenhang mit Goethe und Schiller, Braunschweig 1850; Georg Gottfried Gervinus, Schriften zur Literatur. Hg. v. g. Erler, Berlin 1962, S. 437ff.

16 Ricarda Huch, Die Romantik. Bd. I, Leipzig 1899; Bd. II, Leipzig 1902.

17 Eberhard Lämmert, Zur Wirkungsgeschichte Eichendorffs in Deutschland, in: H. Singer/B. v. Wiese (Hg.), Festschrift für Richard Alewyn, Köln/Graz 1967, S. 346–378.

18 Martin Doehlemann, Germanisten in Schule und Hochschule. Geltungsanspruch und soziale Wirklichkeit, München 1975.

19 Werner Weiland, Politische Romantikinterpretation, in: Dieter Bänsch (Hg.), Zur Modernität der Romantik, Stuttgart 1977.

20 Klaus Peter (Hg.), Romantikforschung seit 1945, Königstein 1980, S. 1ff.

21 Rudolf Unger, Hamann und die Aufklärung. Studien zur Vorgeschichte des romantischen Geistes im 18. Jahrhundert. Bd. 1, Jena 1911, S. 579. Beispiele für solche ontologischen Wesensbestimmungen älteren Datums sind auch die Studien von Max Deutschbein, Das Wesen des Romantischen, Cöthen 1921; Georg Stefansky, Das Wesen der deutschen Romantik, Stuttgart 1923; Julius Petersen, Die Wesensbestimmung der deutschen Romantik, Leipzig 1926; Benno von Wiese, Zur Wesensbestimmung der frühromantischen Situation, in: Zeitschrift für Deutschkunde 42 (1928), S. 722–729; Oskar Walzel, Wesensfragen deutscher Romantik, in: Jahrbuch des freien deutschen Hochstiftes 29 (1929), S. 253–276; Hermann August Korff, Das Wesen der Romantik, in: Zeitschrift für Deutschkunde 43 (1929), S. 545–561. Die drei letztgenannten Aufsätze sind wiederabgedruckt in: Helmut Prang (Hg.), Begriffsbestimmung der Romantik, Darmstadt 1968.

22 Fritz Strich, Deutsche Klassik und Romantik oder Vollendung und Unendlichkeit. Ein Vergleich, München [3]1928, S. 13.

23 Petersen, Die Wesensbestimmung der deutschen Romantik, S. 32.

24 Ebd., S. 33.

25 Dabei kann und soll hier nicht auf die Differenzen in den verschiedenen Versuchen der Wesensbestimmung der Romantik eingegangen werden.

26 Peter (Hg.), Romantikforschung seit 1945, S. 14.

27 Allerdings wurden diese literaturtheoretischen Schulen in Deutschland erst sehr spät rezipiert, so der russische Formalismus über Juri J. Striedters Übersetzung: Russischer Formalismus, München 1969. Zum Epochenbegriff im russischen Formalismus als »ein System mit einer systemspezifischen ›Einstellung‹ und ihr entsprechenden ›Dominanten‹« siehe ebd., S. LXV. Die Ideen des Strukturalismus fanden Eingang u. a. über René Wellek/Austin Warren, Theorie der Literatur, Berlin 1963 (englisch zuerst 1942). Zum amerikani-

schen New Criticism: Ulrich Halfmann, Der amerikanische ›New Criticism‹, Frankfurt 1971. Zum Stand der Literaturtheorie Anfang der siebziger Jahre: Silvio und Susanne Vietta (Hg.), Literaturtheorie, München 1976, S. 10ff.

28 Eine Hilfe dazu bieten auch zwei sehr solide Studien geistesgeschichtlicher Provenienz zur Begriffsgeschichte der Romantik: Richard Ullmann/Helene Gotthard, Geschichte des Begriffes ›Romantisch‹ in Deutschland. Vom ersten Aufkommen des Wortes bis ins dritte Jahrzehnt des neunzehnten Jahrhunderts, Berlin 1927; Raymond Immerwahr, Romantisch. Genese und Tradition einer Denkform, Frankfurt 1972.

29 Hermann August Korff, Das Wesen der Romantik, in: Prang (Hg.), Begriffsbestimmung der Romantik, S. 197. Das folgende Zitat ebd., S. 197f.

30 Richard Brinkmann (Hg.), Romantik in Deutschland. Ein interdisziplinäres Symposion, Stuttgart 1978, S. 1ff.

31 Werner Kohlschmidt, Nihilismus der Romantik [Erstdruck 1953], in: Peter (Hg.), Romantikforschung seit 1945, S. 53–66; Walter Hof, Pessimistisch-nihilistische Strömungen in der deutschen Literatur vom Sturm und Drang bis zum Jungen Deutschland, Tübingen 1970.

32 Peter (Hg.), Romantikforschung seit 1945, S. 55, 57.

33 Dieter Arendt, Der ›poetische Nihilismus‹ in der Romantik. Studien zum Verhältnis von Dichtung und Wirklichkeit in der Frühromantik, Tübingen 1972. Dieter Arendt hat auch einen für die Geistesgeschichte des Nihilismus nützlichen Band herausgegeben: Nihilismus. Die Anfänge von Jacoby bis Nietzsche, Köln 1970.

34 Helmut Schanze, Romantik und Aufklärung. Untersuchungen zu Friedrich Schlegel und Novalis, Nürnberg 1966, S. 1ff.

35 Werner Vordtriede, Novalis und die französische Symbolisten. Zur Entstehungsgeschichte des dichterischen Symbols, Stuttgart 1963; Ingrid Strohschneider-Kohrs, Die romantische Ironie in Theorie und Gestaltung, Tübingen 1960; Silvio Vietta, Sprache und Sprachreflexion in der modernen Lyrik, Bad Homburg 1970.

36 Benno von Wiese (Hg.), Deutsche Dichter der Romantik. Ihr Leben und Werk, Berlin 1971.

37 Hans Steffen (Hg.), Die deutsche Romantik. Poetik, Formen und Motive, Göttingen 1967, S. 3.

38 Horst Albert Glaser (Hg.), Deutsche Literatur. Eine Sozialgeschichte. Bd. 5: Zwischen Revolution und Restauration: Klassik und Romantik 1786 bis 1815, Reinbek 1980, S. 11.

39 Novalis, Schriften. Die Werke Friedrich von Hardenbergs. Hg. v. P. Kluckhohn (†) und R. Samuel, Stuttgart 1960ff. Eine Neuedierung der Werke Tiecks bereitet der Suhrkamp Verlag vor, das Werk Wackenroders wird neu ediert von Richard Littlejohns und Silvio Vietta.

40 Friedrich Schlegel, Kritische Ausgabe seiner Werke. Hg. von Ernst Beh-

ler, Jean-Jacques Anstett und Hans Eichner, Paderborn 1958 ff. (im Folgenden zitiert: KA).

41 Hans-Joachim Mähl, Die Idee des goldenen Zeitalters im Werk des Novalis. Studien zur Wesensbestimmung der frühromantischen Utopie und zu ihren ideengeschichtlichen Voraussetzungen, Heidelberg 1965.

42 Eine Weile schien sich der Marxismus in dieser Rolle anzubieten. Aber auf der Grundlage des groben und letztlich undialektischen Schemas von »Basis« und »Überbau« konnte eine überzeugende Vermittlung psychologischer und kunstgeschichtlicher Dimensionen mit der Sozialgeschichte nicht wirklich gelingen. Immerhin haben Autoren wie Ernst Bloch und Jean Paul Sartre in seiner Flaubert-Biographie aus marxistischen Voraussetzungen heraus sensible Beschreibungsverfahren für die Geschichtszusammenhänge der Literatur entwickelt. Siehe dazu auch die Dokumentation von Fritz J. Raddatz (Hg.), Marxismus und Literatur, 3 Bde., Reinbek 1969.

43 Theodor W. Adorno, Rede über Lyrik und Gesellschaft, in: ders., Noten zur Literatur 1, Frankfurt 1965, S. 76f.

44 So gesehen weicht die Literatur der Romantik keineswegs so eindeutig vom Grundsatz der Mimesis ab, wie dies die Poetik der deutschen Romantik zu suggerieren scheint. Vgl. Wolfgang Preisendanz, Zur Poetik der deutschen Romantik I: Die Abkehr vom Grundsatz der Naturnachahmung, in: Steffen (Hg.), Die deutsche Romantik, S. 54ff.

45 Am preußischen Hof wurde zeitweilig einer der Brüder Schlegel für den Verfasser von *Glauben und Liebe* gehalten, bis man den »Neveu des Ministers Hardenberg« als den Autor ausfindig machte. Novalis, HKA II, S. 479.

46 Friedrich Schlegel, KA, Bd. 7: Studien zur Geschichte und Politik, Paderborn 1966, S. 11ff.

47 Wilhelm Heinrich Wackenroder, Werke und Briefe. Heidelberg 1967, S. 405.

48 Dokumentiert in: Ullmann/Gotthard. Geschichte des Begriffs ›Romantisch‹ in Deutschland, S. 71f.

49 Heinrich Heine, HKG 8, 1, S. 126, 131.

50 So auch die Einschätzung von Gervinus, die geradezu idealtypisch den stereotypen Vorwurf der Wirklichkeitsflucht zusammenfaßt: »Das Kennzeichen der eigentlichen Romantik dagegen ist überall die Flucht in über- und unterirdische Regionen, in das Reich der Träume und Geister und in die Fernen der Zeit und Völker, die Wiederbelebung der Dichtungswerke dieser abgelegenen Zeitalter, die Verleugnung der Gegenwart, der Neuzeit und des wirklichen Lebens.« Georg Gottfried Gervinus, Schriften zur Literatur. Hg. v. G. Erler, Berlin 1962, S. 438.

51 Besonders Heine hat diese Form der satirisch-karikierenden Darstellung gewählt: »Unsere Poesie, sagten die Herren Schlegel, ist alt, unsere Muse ist ein altes Weib mit einem Spinnrocken, unser Amor ist kein blonder Knabe, sondern ein verschrumpfter Zwerg mit grauen Haaren, unsere Gefühle sind abge-

welkt, unsere Phantasie ist verdorrt: wir müssen uns erfrischen, wir müssen die verschütteten Quellen der naiven, einfältiglichen Poesie des Mittelalters wieder aufsuchen, da sprudelt uns entgegen der Trank der Verjüngung.« HKG 8, 1, S. 138.

52 Carl Schmitt, Romantik, in: Prang (Hg.) Begriffsbestimmung der Romantik, S. 89.

53 Georg Lukács, Fortschritt und Reaktion in der deutschen Literatur, Berlin 1947 (insbes. Kap. 3); ders., Die Zerstörung der Vernunft, Neuwied 1962.

54 In: Zur Modernität der Romantik, S. 1ff.

55 Novalis, HKA II, S. 494, 489.

56 Novalis, HKA III, S. 524.

57 Wilfried Malsch, »Europa«. Poetische Rede des Novalis. Deutung der Französischen Revolution und Reflexion auf die Poesie in der Geschichte, Stuttgart 1965.

58 In: Deutsche Literatur und Französische Revolution. Sieben Studien, Göttingen 1974, S. 172ff.

59 Ebd., S. 181.

60 Ebd., S. 182.

61 Wackenroder hörte bei Erduin Julius Koch in Berlin »ein Kollegium über die allgemeine Literaturgeschichte, vornehmlich über die schönen Wissenschaften unter den Deutschen« und machte dort »manche sehr interessante Bekanntschaft mit altdeutschen Dichtern« (Werke und Briefe, S. 380). Über seine genauen Studien und Funde in der Bibliothek Kassel zum Beispiel informiert ein Brief an Koch vom 13. März 1794 (ebd., S. 456ff.).

62 Ebd., S. 52. Die Zitate aus dieser Ausgabe wurden nach den Erstdrucken berichtigt.

63 Ebd., S. 53f.

64 Werner Krauss, Französische Aufklärung und deutsche Romantik, in: G. Dischner/R. Faber (Hg.), Romantische Utopie – Utopische Romantik, Hildesheim 1979, S. 93ff.

65 Ebd., S. 101.

66 Walter Dietze, Klassisches-literarisches Erbe und sozialistisches Traditionsverständnis, in: Impulse. Aufsätze, Quellen, Berichte zur deutschen Klassik und Romantik, Bd. I, Berlin/Weimar 1978, S. 9ff.

67 Alexander Dmitrijew, Zu den zwei Strömungen in der europäischen Romantik, in: ebd., S. 44ff. Claus Träger hat mit seinen Aufsätzen zur Romantik in den Weimarer Beiträgen 2 (1975) und 5 (1978), Heft 4 – dieses ist mit fünf Beiträgen fast ganz der Romantik gewidmet – zum bedeutenden Wandel des Romantikbildes in der DDR-Forschung wesentlich beigetragen. Er wurde auch zu dem Romantik-Colloquium in Mannheim eingeladen, konnte aber wegen anderer Verpflichtungen nicht teilnehmen.

68 Claus Träger, Ursprünge und Stellung der Romantik, in: Weimarer Beiträge 2 (1975), S. 49.

69 Ebd., S. 46, 55.

70 Zum – wenn man so will – romantischen Konzept der Versöhnung von Natur und Geschichte beim frühen Marx siehe: Karl Marx, Nationalökonomie und Philosophie, in: Die Frühschriften. Hg. v. S. Landshut, Stuttgart 1964, S. 273 ff.

71 Novalis, HKA II, S. 583.

72 Novalis, HKA I, S. 99.

73 Max Horkheimer/Theodor W. Adorno, Dialektik der Aufklärung. Philosophische Fragmente, Amsterdam 1947.

74 Arthur Henkel, Was ist eigentlich Romantisch?, in: H. Singer/B. v. Wiese (Hg.), Festschrift für R. Alewyn, Köln/Graz 1976, S. 292 ff. Henkel nennt die Romantik in Anlehnung an den Philosophen Gerhard Krüger die „erste Selbstkritik der Neuzeit" (S. 296). Sie freilich kann man schon bei Autoren wie Pascal oder Shaftesbury angelegt finden.

75 Pierre Bertaux, Hölderlin und die Französische Revolution, Frankfurt 1969; Robert Minder, ›Hölderlin unter den Deutschen‹ und andere Aufsätze, Frankfurt 1968.

76 Panajotis Kondylis, Die Aufklärung im Rahmen des neuzeitlichen Rationalismus, Stuttgart 1981.

77 Ebd., S. 126.

78 Kondylis handelt diese Problematik unter dem Gesichtspunkt der Zweideutigkeit des Primats der Anthropologie in der Neuzeit ab (ebd., S. 119 ff., 170 ff.). Eine neuere kritische Darstellung der philosophischen Begründung neuzeitlicher Rationalität und der von ihr auf die Literatur ausgehenden Sprachproblematik findet sich in: Silvio Vietta, Neuzeitliche Rationalität und moderne literarische Sprachkritik. Descartes, Georg Büchner, Arno Holz, Karl Kraus, München 1981.

79 In diesen Zusammenhang gehört letztlich auch das von H.-J. Schings und G. Mattenklott untersuchte Phänomen der Melancholie im 18. Jahrhundert: H.-J. Schings, Melancholie und Aufklärung, Stuttgart 1977; G. Mattenklott, Melancholie in der Dramatik des Sturm und Drang, Stuttgart 1968.

80 Vor allem L. Crocker hat in diesem Sinn das von P. Hazard gezeichnete Bild der Aufklärung korrigiert. Seiner Meinung nach steht die Krise nicht, wie Hazard annahm, am Ende der Aufklärung, sondern begleitet sie von ihren Anfängen an. Vgl. L. Crocker, An Age of Crisis. Man and World in Eighteenth Century French Thought, Baltimore 1959; ders., Recent Interpretations of the French Enlightenment, in: Cahiers d'histoire mondiale 8 (1964), S. 426 ff. Auch die vor allem an der Erkenntnistheorie der Aufklärung interessierten Arbeiten von P. Cassirer sind in diesem Sinne zu korrigieren. Die Aufklärungsforschung hat sich in den letzten Jahrzehnten vor allem mit dem revolutionären Umbruch des Denkens und der Erkenntnistheorie vom Mittelalter zur Neuzeit beschäftigt. Zu nennen sind hier insbesondere die Studien von Thomas Kuhn, Die Struktur wissenschaftlicher Revolutionen, Frankfurt [3]1978 – Kuhn führte

zur Kennzeichnung solcher Epochenschwellen den Begriff »Paradigmawechsel« ein –, Jürgen Mittelstrass, Neuzeit und Aufklärung. Studien zur Entstehung der neuzeitlichen Wissenschaft und Philosophie, Berlin/New York 1970, sowie die vielfältigen Untersuchungen von Hans Blumenberg zur »Genesis der kopernikanischen Welt« – so der Titel eines seiner Bücher (Frankfurt 1975).

81 Bereits bei Hobbes findet sich dieser Satz: »Wissenschaft dient nur der Macht! Die Theorie [...] dient nur der Konstruktion! Und alle Spekulation geht am Ende auf eine Handlung oder Leistung aus« (Thomas Hobbes, Vom Körper. Übers. von M. Frischeisen-Köhler, Hamburg [2]1967, S. 9). Nietzsche hat diesen expliziten und impliziten Gestus der Übermächtigung in der Theoriebildung der frühen Neuzeit und zumal bei Descartes klar durchschaut: »Daß die ihm [Descartes] am meisten das Gefühl von Macht und Sicherheit gebende Hypothese am meisten von ihm bevorzugt, geschätzt, und folglich als wahr bezeichnet wird [...]. Also die höchsten Grade in der Leistung erwecken für das Objekt den Glauben an dessen ›Wahrheit‹, das heißt ›Wirklichkeit‹.« Friedrich Nietzsche, Werke. Hg. von K. Schlechta, Band 3, Darmstadt 1966, S. 539. Freilich hat es Nietzsche bei der kritischen Analyse des Willens zur Macht im Denken der Neuzeit nicht bewenden lassen, sondern diesen selbst als eigentliche Metaphysik der Neuzeit allererst in sein Recht zu setzen versucht.

82 Horkheimer/Adorno, Dialektik der Aufklärung, S. 16ff.

83 Die Vorgeschichte des Begriffs reicht ja in das ausgehende 18. Jahrhundert. Siehe: Arendt (Hg.), Nihilismus.

84 Wolfgang Preisendanz, Zur Poetik der deutschen Romantik I: Die Abkehr vom Grundsatz der Naturnachahmung, in: Die deutsche Romantik, S. 54ff.

85 Wackenroder, Werke und Briefe, S. 290f. Es handelt sich hier um einen Brief Tiecks an Wackenroder vom 10. Mai 1972.

86 Ebd., S. 367.

87 Dem reisenden Sternbald bietet der Kaufmann Vansen in Antwerpen die Möglichkeit, eine bürgerliche Existenz zu gründen, was Sternbald ausschlägt (Ludwig Tieck, Frühe Erzählungen und Romane. Hg. v. M. Thalmann, München 1963, S. 823ff.). William Lovell zerstört, je weiter er sich auf seiner ›Bildungsreise‹ von seinem englischen Landsitz und seiner Verlobten Amalie entfernt, desto mehr die Möglichkeit der Rückkehr in bürgerliche Verhältnisse.

88 »Allein das allerabscheulichste sind noch all die andern Verhältnisse, worin der Künstler eingestrickt wird. Von allen dem ekelhaften Neid und hämischen Wesen, von allen den widrig-kleinlichen Sitten und Begegnungen, von aller der Subordination der Kunst unter den Willen des Hofes [...]« (Wackenroder, Werke und Briefe, S. 126). Dabei sei schon hier darauf hingewiesen, daß der Begriff »bürgerlich« in einem für das 18. Jahrhundert kennzeichnenden weiteren Sinn gebraucht wird (siehe 2.2).

89 Nichtsdestoweniger wurde dieser Roman bei seinem Erscheinen mit ge-

hässigen Rezensionen überhäuft. Vgl. Friedrich Schlegel, KA, Bd. 5: Dichtungen, Paderborn 1962, S. XLVI ff.

90 Novalis, HKA IV, S. 3.

91 Dabei ist anzumerken, daß der hier verwendete Kommunikationsbegriff nichts gemein hat mit der von der Nachrichtentechnik abgeleiteten Modellvorstellung eines Informationsaustausches zwischen sogenannten »Sendern« und »Empfängern«, wie sie in einer frühen Phase der Linguistik der zwischenmenschlichen Kommunikation übergestülpt wurde.

92 Siehe u. a. Georg Lukács, Literatur als Widerspiegelung gesellschaftlicher Wirklichkeit, in: Vietta/Vietta (Hg.), Literaturtheorie, S. 133 ff.

93 Georg Lukács, Theorie des Romans. Ein geschichtsphilosophischer Versuch über die Formen der großen Epik, Neuwied [2]1963, S. 53 (1. Auflage 1920).

94 Ebd., S. 93.

95 Hans-Georg Gadamer, Wahrheit und Methode. Grundzüge einer philosophischen Hermeneutik, Tübingen [4]1975, S. 352 ff. Gadamer zitiert hier Collingwoods Applikation der Logik von Frage und Antwort auf die geschichtliche Überlieferung, die Gadamer selbst dann auf das Verhältnis von Text und Auslegung im Verstehensprozeß überträgt.

96 Rudolf Köpke, Ludwig Tieck. Erinnerungen aus dem Leben des Dichters nach dessen mündlichen und schriftlichen Mitteilungen. Erster Theil, Leipzig 1855, S. 10 f.

97 Ludwig Tieck, Schriften. Bd. VIII, Berlin 1828, S. 21.

98 Ebd., S. 55. Zu erwähnen ist, daß Omars nihilistische Philosophie sich aus einem vulgarisierten Spinozismus entwickelt.

99 Siehe Köpke, S. 205. Man muß hier allerdings anmerken, daß solche Selbsterfahrung sich im Werk Tiecks nie direkt, sondern stets literarisch überformt, z. T. verbrämt mit schauerliterarischen Motiven, darstellt. Das ist nicht einfach nur mit dem Spekulieren des jungen Autors auf den Geschmack eines Publikums zu erklären, das sich an Schillers *Geisterseher,* Grosses *Genius,* Walpoles *Castle of Otranto* delektierte, sondern ist selbst bereits als Bestandteil der Identitätsproblematik in einer frühbürgerlich-aufgeklärten Gesellschaft zu begreifen, in der Selbsterfahrungs- und Selbstfindungsprozesse sich in dem Maße über die Identifikation mit literarischen Mustern vollziehen mußten, wie rigide Kommunikationsnormen in Schule und Elternhaus diese verhinderten. Die Problematik solcher Sozialisation ist auch aus Moritz' *Anton Reiser* recht genau bekannt.

100 Die Gestalt des Andrea entpuppt sich am Ende als jener mit dem Vater Lovells in Todfeindschaft lebende Engländer Waterloo, der die Organisation einer geheimen Gesellschaft nurmehr als Instrument seiner zerstörerischen Machtlust mißbraucht. Der Roman selbst gibt in der fiktiven Mitteilung des Testaments von Andrea diese rationale Auflösung des Handlungsgeschehens,

dessen vergleichsweise krude Psychologie durch den Atheismus und Nihilismus Andreas geistesgeschichtlich vertieft wird.

101 Tieck, Frühe Erzählungen und Romane, S. 355.

102 Insbesondere die Theater- und Gefängnismetaphorik des Romans hat D. Arendt untersucht (Der ›poetische Nihilismus‹ in der Romantik, S. 362 ff.). Eine wichtige Studie zum Frühwerk Tiecks insgesamt ist die Untersuchung von H. G. Falkenberg (Strukturen des Nihilismus im Frühwerk Ludwig Tiecks, Diss. Masch. Göttingen 1956), die auch einen Vergleich der verschiedenen Romanfassungen liefert. K. Weigand (Tiecks ›William Lovell‹. Studie zur frühromantischen Antithese, Heidelberg 1975) unternimmt den verfehlten Versuch, den im Roman kritisch aufgezeigten Egozentrismus der Figuren zu rechtfertigen: »Im Solipsismus steckt auch ein aufbauendes Element, ein kühnes, befreiendes Prinzip« (S. 75). Eine neuere, bündige Darstellung des Gesamtwerks von Tieck gibt Ernst Ribbat, Ludwig Tieck. Studien zur Konzeption und Praxis romantischer Poesie, Kronberg 1978.

103 Tieck, Frühe Erzählungen und Romane, S. 383.

104 Ebd., S. 892.

105 Ebd., S. 931.

106 Ebd., S. 909.

107 Ebd., S. 930 f.

108 Forschungsgeschichtlich hat insbesondere der Aufsatz von R. Alewyn, Wackenroders Anteil. In: The Germanic Review XIX (1944), S. 48 ff., dieses Klischeebild Wackenroders korrigiert.

109 Wackenroder, Werke und Briefe, S. 128.

110 Ebd., S. 230.

111 Ebd., S. 130.

112 Ebd., S. 131.

113 Friedrich Schlegel, KA, Band 5, S. 36.

114 Novalis, HKA I, S. 319.

115 Ebd., S. 326. Der Arzt Sylvester charakterisiert so den Vater Heinrichs und Heinrich selbst fügt hinzu: »Seine Bekannten halten ihn für sehr glücklich, aber sie wissen nicht, wie lebenssatt er ist, wie leer ihm oft die Welt vorkommt, wie sehnlich er sich hinwegwünscht, und wie er nicht aus Erwerbslust, sondern um diese Stimmung zu verscheuchen, so fleißig arbeitet.«

116 Ebd., S. 312.

117 Ebd., S. 329.

118 Ebd., S. 135.

119 Köpke, Ludwig Tieck, S. 5. Freilich ist gegenüber dieser ja erst Mitte des 19. Jahrhunderts entstandenen Biographie Distanz geboten, auch wenn sie auf »mündlichen und schriftlichen Mittheilungen« Tiecks beruht. Der Autor war damals über achtzig Jahre alt.

120 Ebd., S. 19.

121 Ludwig Tieck, Die Märchen aus dem Phantasus. Dramen. Hg. von M. Thalmann, München 1978, S. 10f.

122 Köpke, Ludwig Tieck, S. 70.

123 Ebd., S. 223f.

124 Friedrich Schlegels Briefe an seinen Bruder August Wilhelm. Hg. von O. Walzel, Berlin 1890, S. 63. Der Brief datiert vom 21. November 1792.

125 Zitiert in: Ernst Behler, Friedrich Schlegel, Reinbek ³1978, S. 16.

126 Novalis, HKA IV, S. 133.

127 Ebd., S. 105.

128 Ebd., S. 104ff., 136.

129 Wolfgang Schaer, Die Gesellschaft im deutschen bürgerlichen Drama des 18. Jahrhunderts. Grundlagen und Bedrohung im Spiegel der dramatischen Literatur, Bonn 1963; Helmut Möller, Die kleinbürgerliche Familie im 18. Jahrhundert. Verhalten und Gruppenkultur, Berlin 1969. Die strikt ständische Abgrenzung des Bürgertums gegen die neu entstehende Klasse des Proletariats vollzog sich erst im Verlauf des frühen 19. Jahrhunderts.

130 Chr. Sintenis, Der Mensch im Umkreis seiner Pflichten, Bd. II: Das größere Buch für Familien, Leipzig 1805, S. 93.

131 Siehe: K. F. v. Klöden, Jugenderinnerungen. Hg. von M. Jähns, Leipzig 1874; J. M. Miller, Die Geschichte Gottfried Walthers, eines Tischlers, und des Städtchens Erlenburg, Ulm 1786; F. X. Bronner, Leben, von ihm selbst beschrieben, 3 Bde, Zürich 1795–97; W. Harnisch, Mein Lebensmorgen, Berlin 1865; J. Chr. Brandes, Meine Lebensgeschichte, Berlin 1799/1800, und eben die mehrfach erwähnte Biographie Tiecks von R. Köpke.

132 Horst E. Richter, Der Gotteskomplex. Die Geburt und die Krise des Glaubens an die Allmacht des Menschen, Reinbeck 1979.

133 Miller, Die Geschichte Gottfried Walthers, S. 284.

134 Jürgen Habermas sieht in dieser Binnensphäre geradezu den Ursprungsort bürgerlicher Öffentlichkeit: »Das Selbstverständnis des öffentlichen Räsonnements ist spezifisch von solchen privaten Erfahrungen geleitet, die aus der publikumsbezogenen Subjektivität der kleinfamilialen Intimsphäre stammen. Diese ist der geschichtliche Ursprungsort von Privatheit, im modernen Sinne gesättigter freier Innerlichkeit« (J. H., Strukturwandel der Öffentlichkeit, Neuwied ⁵1971, S. 43). Eine »freie Innerlichkeit« allerdings hat sich in Deutschland kaum entfalten können. Vielmehr wirken die verengten territorialen und kleinabsolutistischen Verhältnisse auf die Binnenstruktur des Privatlebens ein.

135 Horst E. Richter (Der Gotteskomplex, S. 46) sucht dies psychoanalytisch so zu deuten: »Die Überbetonung von Zwang, Disziplin, Schuldigkeit, Gehorsam verweist auf einen erheblichen abgewehrten Triebdruck. Die aggressive Färbung der zahlreichen triebfeindlichen Äußerungen in der ›Praktischen Vernunft‹ zeigt, psychoanalytisch formuliert, die Notwendigkeit einer Gegenbesetzung gegen das verdrängte Triebmoment [...] Wenn man Kants

Ethik als repräsentativ für die geistige Situation einer historischen Periode ansehen will, so könnte man aus ihr schließen, daß inzwischen eine anhaltende Expansion eines egozentrischen Lebensgefühls stattgefunden hat, dessen bedrohliches Anschwellen eben zu dem Versuch führen mußte, es durch eine komplette Verleugnung nach dem Muster einer zwangsneurotischen Reaktionsbildung in Schach zu halten.«

136 Siehe: Zedlers Großes vollständiges Universal Lexikon aller Wissenschaften und Künste, Halle/Leipzig, 1732/54, Stichwort »Ehestand«, und noch Kants einschlägige Definition. Für die Bedeutung des Tätigkeits- und Nützlichkeitsprinzips in der bürgerlichen Gesellschaft gibt es viele Belege. Ein besonders prägnanter: Friedrich G. Resewitz, Die Erziehung des Bürgers zum Gebrauch des gesunden Verstandes, und zur gemeinnützigen Geschäftigkeit. Kopenhagen [2]1776 [1773]. Hier wird mit Hinblick auf zu gründende neue Realschulen das Ideal einer bürgerlich-nützlichen Erziehung dargelegt. Der Begriff ›bürgerlich‹ meint dabei die »geschäfftigen Stände«, der Aufklärungsanspruch reduziert sich auf ein Wissen, was »nützlich und applicabel« sei (S. 13). So auch die Grundmaxime: »Bringe alles, was dein Schüler wissen und verstehen soll, für den gemeinen Menschenverstand« (S. 18).

137 Zur Rehabilitation der Sinnlichkeit in der Aufklärung siehe u. a.: Kondylis, Die Aufklärung, S. 48ff., 170ff. Dabei wäre ergänzend zu Kondylis in der deutschen Geistesgeschichte auf Herder hinzuweisen. Dazu auch: N. Merker, Die Aufklärung in Deutschland, München 1982, S. 113ff. Zur Rehabilitation der Gefühlssphäre in der Aufklärung: Gerhard Sauder, Empfindsamkeit. Bd. I, Stuttgart 1974. Die aufklärerische Toleranzforderung datiert zurück auf die Staatsphilosophie von Thomas Morus, Jean Bodin, Spinoza und John Locke (insbes. dessen Epistola de tolerantia, London 1989).

138 Siehe: Hans Peter Dreitzel, Die gesellschaftlichen Leiden und das Leiden an der Gesellschaft, Eine Pathologie des Alltagslebens, Stuttgart [3]1980, S. 239ff. Sind die Normen einer Rollenerwartung so engmaschig, »daß sie die zum Rollenspiel notwendige Ich-Leistungen erdrücken« (S. 252), so ist nach Dreitzel keine Distanznahme zur Rolle mehr möglich und damit auch die Bildung einer eigenen Persönlichkeitsstruktur unterbunden. Dreitzel handelt dieses Phänomen unter dem Durkheimschen Begriff der »Anomie« und dem der »Entfremdung« ab.

139 Tieck, Die Märchen aus dem Phantasus, S. 11. Bertha internalisiert die Vorwürfe gegen sie so sehr, daß sie schließlich wirklich agiert wie ein »einfältiges dummes Kind«: »und wirklich war ich äußerst ungeschickt und unbeholfen, ich ließ alles aus den Händen fallen, ich lernte weder nähen noch spinnen, ich konnte nichts in der Wirtschaft helfen« (S. 10). Solche Ichblockade geht einher mit dem Rückzug in Tagträume, die Eltern »mit Gold und Silber« zu überschütten, Suizidphantasien und führt schließlich zur Flucht.

140 Ebd., S. 10. Eine Reihe von Interpretationen vor allem amerikanischer Germanisten haben die Erzählung mit psychologischen Deutungsmustern auf-

zuhellen versucht. So Ralph W. Ewton, Childhoot without End: Tieck's ›Der blonde Eckbert‹, in: The German Quarterly 46 (1973), S. 410ff.; Thomas Fries, Ein Romantisches Märchen: ›Der blonde Eckbert‹ von Ludwig Tieck, in: Modern Language Notes 88 (1973), S. 118ff.; V. C. Hubbs, Tieck, Eckbert und das kollektive Unbewußte, in: Publications of the Modern Language Association of America 71 (1956), S. 686ff.; Raymond Immerwahr, ›Der blonde Eckbert‹ as a Poetic Confession, in: The German Quarterly 66 (1961), S. 103ff.; Kenneth Northcott, A Note on the Levels of Reality in Tieck's ›Der blonde Eckbert‹, in: German Life and Letters 6 (1966), S. 292ff.; Victoria Rippere, Ludwig Tieck's ›Der blonde Eckbert‹: A Psychological Reading, in: Publications of the Modern Language Association of America 85 (1970), S. 473ff. In diesen Interpretationen werden zumeist Zusammenhänge mit Tiecks eigener Biographie herausgearbeitet, ohne jedoch die sozialgeschichtlichen Voraussetzungen der in Tiecks Biographie wie seiner Erzählung sich darstellenden Kommunikationsstrukturen angemessen zu berücksichtigen. Der Aufsatz von Christa Bürger, Der blonde Eckbert. Tiecks romantischer Antikapitalismus, in: J. Bark (Hg.), Literatursoziologie. Bd. II, Stuttgart 1974, S. 139ff., scheut sich nicht, das Kunstmärchen mit groben Klischees und Pauschalurteilen abzukanzeln: »[...] in der romantischen Dichtung verkommt nun das Gefühl zum Selbstmitleid [...] Selbstmitleid und ein auffälliger Hang zu ästhetisierender Wahrnehmung charakterisieren diese subjektivistische Wirklichkeitsauffassung« (S. 140).

141 Alice Miller, Das Drama des begabten Kindes und die Suche nach dem wahren Selbst, Frankfurt 1979, S. 68ff.: »Eigentlich ist die Grandiosität die Abwehr gegen die Depression und die Depression die Abwehr des tiefen Schmerzes über den Selbstverlust« (S. 68). Dabei wird dieser Selbstverlust und das ihn begleitende Gefühl der inneren Leere psychoanalytisch auf die Störung eines frühkindlichen, legitimen Narzismus zurückgeführt, in der das rudimentäre Selbst als Kern des Ich in einer Sphäre der Geborgenheit sich eigentlich hätte bilden sollen, dies aber aufgrund überzogener Fremdbestimmungen nicht konnte. Siehe dazu auch Heinz Kohut, Narzißmus. Eine Theorie der psychoanalytischen Behandlung narzistischer Persönlichkeitsstörung, Frankfurt 1973.

142 Tieck, Frühe Erzählungen und Romane, S. 727: »Franz trat ihm näher, und der Alte sagte: ›Du bist mein Sohn nicht, liebes Kind.‹ – Indem kam die Mutter zurück [...], der Alte brach sehr schnell ab und sprach von gleichgültigen Dingen. ›Morgen‹, sagte er heimlich zu Franz, ›morgen!‹«

143 Ebd., S. 729.

144 Ebd., S. 717.

145 Interessanterweise ist auch die Abwehr einer Aufhellung der die eigene Sozialisation prägenden Faktoren in der Biographie Tiecks vorgeprägt. In einem seiner aufschlußreichsten Briefe, in welchem er auch das Versprechen erwähnt, »die Geschichte meiner Empfindungen und Ideen von meiner Kindheit

an niederzuschreiben«, wehrt er sich zugleich vehement gegen »das elende Spötteln über die Väter« in einem zeitgenössischen Theaterstück und flucht einer Form der Vernunft, »die uns lehrt, daß Dankbarkeit und Liebe gegen Eltern nur Vorurteile sind« (Wackenroder, Werke und Briefe, S. 322, 326f.). Auch der *Sternbald* kreist das Problem der Herkunft ein, ohne die in ihm verschlüsselten Strukturen aufzulösen.

146 Tieck, Frühe Erzählungen und Romane, S. 709.

147 Die Vermittlung der romantischen Künstlerproblematik erfolgt vor allem über das Erzählwerk E.T.A. Hoffmanns und findet einen späten Niederschlag noch in Thomas Manns Künstlerfiguren: Hanno in den »Buddenbrooks«, Aschenbach im »Tod in Venedig«, Adrian Leverkühn im »Doktor Faustus«.

148 Diese Kritik äußert sich im »William Lovell«, im »Sternbald« und bei Joseph Berglinger vor allem in der Form einer hellsichtigen Selbstkritik in Briefform.

149 Friedrich Nicolai, Beschreibung einer Reise durch Deutschland und die Schweiz im Jahre 1781. Nebst Bemerkungen über Gelehrsamkeit, Industrie, Religion und Sitten, 12 Bde, Berlin/Stettin 1783–96.

150 Wackenroder, Werke und Briefe, S. 333.

151 Ebd., S. 327.

152 Martin Opitz, Gedichte. Hg. von J. D. Müller, Stuttgart 1970, S. 42.

153 Dabei attackiert die an Molières *Tartuffe* sich anlehnende Aufklärungskomödie der Gottschedin, wie bereits der Name anzeigt, die pietistische Frömmelei und ihren Mißbrauch, der *Anton Reiser* den Quietismus.

154 Kondylis, Die Aufklärung, S. 119ff.; Horst E. Richter, Der Gotteskomplex, S. 19ff.

155 Nietzsche, Werke, Bd. 3, S. 635: »Denn warum ist die Heraufkunft des Nihilismus nunmehr *notwendig?* Weil unsre bisherigen Werte selbst es sind, die in ihm ihre letzte Folgerung ziehn; weil der Nihilismus die zu Ende gedachte Logik unsrer großen Werte und Ideale ist«.

156 Köpke, Ludwig Tieck, S. 62.

157 Ebd., S. 99f.

158 Nietzsche, Werke, Bd. 3, S. 557.

159 Köpke, S. 22, 54.

160 Ebd., S. 100.

161 Wackenroder, Werke und Briefe, S. 290f.

162 Ebd., S. 389.

163 Ebd., S. 367.

164 Johann Gottlieb Fichte, Grundlage der gesamten Wissenschaftslehre [1794], Hamburg 1961, S. 11ff.

165 »Das Ich sowohl, als das Nicht-Ich sind beides Produkte ursprünglicher Handlungen des Ich, und das Bewußtsein selbst ist ein solches Produkt der er-

sten ursprünglichen Handlung des Ich, des Setzens des Ich durch sich selbst.« Ebd., S. 27f.

166 Abgedruckt in: Arendt (Hg.), Nihilismus, S. 113.

167 Ebd., S. 113f.

168 Ebd., S. 129. Im selben Brief nennt Jacobi diese Form von Idealismus »Chimärismus«, »Nihilismus« (S. 131).

169 Novalis, HKA III, S. 483.

170 Friedrich Schleiermacher, Über die Religion. Reden an die Gebildeten unter ihren Verächtern [1799], Hamburg 1958, S. 29, 31. Der Untertitel zeigt an, daß Schleiermacher sich an ein bürgerlich-aufgeklärtes Publikum wendet. Er baut denn in seine selbstaufklärerisch liberale Argumentation auch die zeitgenössisch-aufklärerische Kritik an der Religion ein.

171 Ebd., S. 69.

172 Tieck, Frühe Erzählungen und Romane, S. 354f.

173 Ebd., S. 352.

174 Athenäum. Ersten Bandes Zweytes Stück, Berlin 1798, Neudruck Darmstadt 1980, S. 205f.

175 Athenäum. Dritten Bandes Erstes Stück, Berlin 1800, Neudruck Darmstadt 1980, S. 7. Das Fragment entstammt der »Ideen« überschriebenen Sammlung.

176 Novalis, HKA III, S. 493.

177 Ebd., S. 388, und HKA II, S. 650.

178 Hugo Kuhn, Poetische Synthesis oder ein kritischer Versuch über die romantische Philosophie und Poesie aus Novalis Fragmenten, in: Zeitschrift für philos. Forschung 5 (1950/51), S. 161ff., 358ff.; Johannes Hegener, Die Poetisierung der Wissenschaften bei Novalis, Bonn 1975; Stefan Summerer, Wirkliche Sittlichkeit und ästhetische Illusion. Die Fichterezeption in den Fragmenten und Aufzeichnungen Friedrich Schlegels und Hardenbergs, Bonn 1974.

179 Novalis, HKA I, S. 286.

180 Novalis, HKA II, S. 583, und HKA I, S. 99.

181 Novalis, HKA III, S. 385.

182 Bereits in meiner Dissertation (Sprache und Sprachreflexion in der modernen Lyrik, Bad Homburg 1970) habe ich diese Wende im Denken des Novalis darzustellen versucht: »Novalis hat den Gedanken der Produktivität einer autonomen Einbildungskraft mit letzter Konsequenz zu Ende gedacht. Das hat ihn befähigt, gerade auch dessen Kehrseite zu sehen« (S. 46). Unabhängig davon konstatiert die Tübinger Dissertation von Bernhard Rank (Romantische Poesie als religiöse Kunst. Studien zu ihrer Theorie bei Friedrich Schlegel und Novalis, Tübingen 1971) im Werk des Novalis ein »Spannungsfeld zwischen unbedingtem Schöpfertum und fremder Abhängigkeit« (S. 142) und sieht ebenfalls im Jahr 1798 eine Wende in der Poesiekonzeption des Novalis (S. 146).

183 Rolf Engelsing, Die Perioden der Lesergeschichte in der Neuzeit. In:

Ders., Zur Sozialgeschichte deutscher Mittel- und Unterschichten, Göttingen 1973, S. 122, 145.

184 Daß es sich hierbei um eine dünne Schicht höherer Stände handelt, hat die Lesersoziologie ebenfalls deutlich gemacht. Unter- und Mittelschichten waren neben der Heiligen Schrift in ihrer Lektüre auf einen Kanon von Gebrauchsliteratur wie Hausbücher, Almanache und Kalender festgelegt. Siehe dazu auch Rudolf Schenda, Volk ohne Buch, Frankfurt 1970.

185 Engelsing, Die Perioden der Lesergeschichte, S. 139. Siehe dazu auch Jürgen Habermas, Strukturwandel der Öffentlichkeit, S. 60ff.

186 Der Lehrer am Berliner Gymnasium Rambach benutzte Tieck als Gehilfen bei der Anfertigung von Ritter- und Räubergeschichten wie der Geschichte des bayerischen Hiesel und dem Roman »Die eiserne Maske«, für den Englischlehrer Seidel fertigte der Schüler Teile einer Middleton-Übersetzung an.

187 Novalis, HKA II, S. 662, 578.

188 Friedrich Schlegel, KA, Bd. 1, Paderborn 1979, S. 219.

189 Ebd., S. 222.

190 Ebd., S. 224, 228.

191 Athenäum. Ersten Bandes Zweytes Stück, Berlin 1798. Neudruck Darmstadt 1980, S. 204ff.

192 Friedrich Schlegel, KA, Bd. 2: Charakteristiken und Kritiken I (1796–1802), Paderborn 1974, S. 312f.

193 Heinz Gockel, Poesie und Mythos. Zum Mythosbegriff in Aufklärung und Frühromantik, Frankfurt 1981.

194 Daß romantische Mythologie nicht als chiliastische Naherwartung des Heils mißverstanden werden darf, verdeutlicht der Beitrag von H.-J. Mähl in diesem Band.

195 Novalis, HKA III, S. 488.

196 Wackenroder, Werke und Briefe, S. 54.

197 Schleiermacher, Über die Religion, S. 27.

198 Ebd., S. 68f.

199 Ebd., S. 69.

200 Siehe dazu Wolfgang Sommer, Schleiermacher und Novalis. Die Christologie des jungen Schleiermacher und ihre Beziehung zum Christusbild des Novalis, Bern/Fankfurt 1973. Dort auch Hinweise auf den Einfluß des herrnhutischen Pietismus sowohl auf Schleiermacher als auch auf Novalis (S. 29ff.).

201 Novalis, HKA III, S. 493.

202 Novalis, HKA I, S. 347.

203 Ebd., S. 237.

204 Ebd., S. 236.

205 Siehe dazu R. Bachem, Dichtung als verborgene Theologie. Ein dichtungstheoretischer Topos vom Barock bis zur Goethezeit und seine Vorbilder, Bonn 1956.

206 Tieck, Frühe Erzählungen und Romane, S. 930.

207 Novalis, HKA II, S. 545.

208 Tieck, Frühe Erzählungen und Romane, S. 769.

209 Ebd., S. 779.

210 Ebd., S. 965f.

211 Tieck, Die Märchen aus dem Phantasus, S. 56. Zur Quellengeschichte: Wolfgang Golter, Tannhäuser in Sage und Dichtung, in: Ders., Zur deutschen Sage und Dichtung, Leipzig 1911.

212 Ebd., S. 56.

213 Friedrich Nietzsche, Die Geburt der Tragödie [erschienen 1871], in: Nietzsche, Werke, Bd. 1, S. 7ff. Zehn Jahre zuvor war Johann Jakob Bachofens Schrift »Das Mutterrecht. Eine Untersuchung über die Gynaikokratie der alten Welt nach ihrer religiösen und rechtlichen Natur« erschienen. Beide Schriften führen, bei allen Differenzen, die Genese der antiken Kultur und ihrer ›appollinischen‹ Geistphilosophie auf eine frühe chtonisch-matriarchalische bzw. dionysische Kulturstufe zurück. Zumindest für Bachofen ist dabei auch der Einfluß der Naturphilosophie Schellings leitend gewesen.

214 Wackenroder, Werke und Briefe, S. 55.

215 Die wichtigsten Quellen, die Wackenroder für seine Kunstreflexionen benutzte, waren: Giorgio Vasari, Le Vite de' più eccellenti Pittori, Scultori e Architetti, vermutlich in der Ausgabe von Bottari, Roma 1759, und Joachim von Sandrart, Die Teutsche Akademie der Bau, Bild und Mahlereikunst, Nürnberg 1675–79. Die nach wie vor wichtigste Arbeit zur Quellennutzung Wackenroders ist die Untersuchung von Paul Koldewey, Wackenroder und sein Einfluß auf Tieck. Ein Beitrag zurQuellengeschichte der Romantik, Leipzig 1904.

216 Ebd., S. 9.

217 Ebd., S. 12.

218 Die Forschung hat denn auch zu Recht den Durchbruchscharakter der »göttlichen Eingebung« und dessen Voraussetzung im Erlebnis- und Sprachfeld des Pietismus herausgearbeitet. Vgl. Marianne Frey, Der Künstler und sein Werk bei W. H. Wackenroder und E.T.A. Hoffmann. Vergleichende Studien zur romantischen Kunstanschauung, Bern 1970, S. 21f.

219 Wackenroder, Werke und Briefe, S. 14f. In einem bemerkenswerten Aufsatz hat Ladislao Mittner (Galatea. Die Romantisierung der italienischen Renaissancekunst und -dichtung in der deutschen Frühromantik, in: Deutsche Vierteljahrsschrift für Literaturwissenschaft und Geistesgeschichte 27 [1953], S. 555ff.) herausgearbeitet, in welchem Maße Wackenroder Raffaels Bemerkung, er folge bei seinen Frauendarstellungen dem inneren Bilde einer »certa idea«, ins Religiöse umstilisiert hat und sich dabei auch nicht von der Tatsache stören ließ, daß das Frauenbild, in deren Entstehungsphase diese Äußerung fiel, gar nicht die Madonna, sondern eine Galatea darstellen sollte. Mittner sieht in dieser Umstilisierung den Beginn der Frühromantik. Es ließe sich je-

doch dagegen halten, daß er dabei noch einen zu einseitig auf christliches Mittelalter fixierten Romantikbegriff zugrunde legt. Dies gilt auch für die Arbeit von Heinz Lippuner, Wackenroder, Tieck und die bildende Kunst, Zürich 1965 – auch Lippuner spricht in bezug auf die Raffealinterpretation Wackenroders von einer »romantischen Verfälschung«. Siehe zu diesem Problemkomplex auch: Friedrich Strack, Die ›göttliche‹ Kunst und ihre Sprache. Zum Kunst- und Religionsbegriff bei Wackenroder, Tieck und Novalis, in: Brinkmann (Hg.), Romantik in Deutschland, S. 389ff.

220 Novalis, HKA II, S. 107.

221 Darauf hat bereits auch die Arbeit von Manfred Dick, Die Entwicklung des Gedankens der Poesie in den Fragmenten des Novalis, Bonn 1967, aufmerksam gemacht: »Nicht das Subjekt und nicht das Objekt ist das Ursprünglichere und Letztbedingende. Das ist allein die Beziehung als Ganzes, in der beide immer schon stehen« (S. 27). Allerdings wird aus der Arbeit von Dick nicht deutlich, daß diese Position sich erst allmählich in den Fichtestudien und Fragmenten des Novalis herauskristallisiert. Die bereits erwähnte Arbeit von Bernhard Rank (Romantische Poesie als religiöse Kunst) sieht diese »grundsätzliche Wende« (S. 104) in den Fichte-Studien sich vollziehen und charakterisiert diese durch die zunehmende Bedeutung, die Novalis der Rezeptivität des Ich gegenüber der Fichteschen Idee einer absolut setzenden, d. h. tätigen Ichheit bemißt.

222 Novalis, HKA II, S. 107.

223 Ebd., S. 113f.

224 Bemerkenswert in diesem Zusammenhang ist die philosophiegeschichtliche Selbstverortung des Autors: »Spinotza stieg bis zur Natur – Fichte bis zum Ich, oder der Person. Ich bis zur These Gott« (ebd., S. 157).

225 Ebd., S. 200.

226 Ebd., S. 219.

227 Ebd., S. 160.

228 Siehe dazu die informativen Einführungen zu den Philosophischen Studien des Novalis von Hans-Joachim Mähl in: Novalis, HKA II, S. 29ff., 299ff. Die Studien zum Einfluß der genannten Autoren auf Novalis zu nennen und zu gewichten, ist hier nicht der Ort.

229 Novalis, HKA I, S. 135.

230 Ebd., S. 167.

231 Ebd., S. 179.

232 Reihold Grimm hat das in einem Aufsatz schlechterdings einen »Skandal« genannt (Coeur und Carreau. Über die Liebe bei Georg Büchner, in: Text und Kritik. Sonderband Georg Büchner. Hg. v. Heinz Ludwig Arnold, München 1979, S. 299ff.). Bei Novalis hat die Germanistik die geradezu blasphemische Sinnlichkeit seiner Bilder unter dem Klischee des todessüchtigen Jünglings zu verstecken versucht. Immerhin gibt es Ansätze zu einer Korrektur, so

die Arbeit von Ernst-Georg Gäde, Eros und Identität. Zur Grundstruktur der Dichtung Friedrich von Hardenbergs, Marburg 1974.

233 Novalis, HKA I, S. 342.

234 Ebd., S. 344.

Gerhard Sauder

Empfindsamkeit und Frühromantik

Die Rede vom »Romantischen« ist im 18. Jahrhundert und noch in Texten der Spätaufklärung nichts Auffälliges. Aus heutiger Sicht scheint die Vokabel »romantisch« nach »rückwärts« emigriert zu sein – sie muß sich allerdings schnell als »faux ami« zu erkennen geben. Mit Vorliebe verwenden Ästhetiker und Lesepädagogen das Wort, um die Romane als minderwertige Lesenahrung zu diskreditieren. Da der Roman seit Huet und Gotthard Heideggers *Mythoscopia Romantica* von 1698 vor allem wegen seiner Fiktionalität als Lügengeschichte und aufgrund seiner zahlreichen Liebesgeschichten mit Verwicklungen aller Art als unmoralisch, unflätig, abenteuerlich und der gesunden Vernunft widersprechend charakterisiert wurde, ist es nicht verwunderlich, daß die zum »Roman« gehörenden Adjektive »romanhaft« oder »romantisch« überwiegend negative Konnotationen hervorrufen. In Snells *Lehrbuch der Kritik des Geschmacks* heißt es noch 1795:

»Das Uebertriebene in Charakteren, Gesinnungen, Gefühlen und Handlungen, wodurch alle Wahrscheinlichkeit aufgehoben wird, nennt man das Romanhafte.«[1]

Diese Beurteilung des »Romanhaften« und »Romantischen« reicht bis ins 19. Jahrhundert – selbstverständlich in Konkurrenz mit der Aufwertung seit Blanckenburg und durch die romantischen Autoren. Der in mancher Hinsicht nicht zuletzt für Kant so bedeutsame Sulzer, dem wichtige Formulierungen einer empfindsam orientierten Ästhetik zu verdanken sind, verzichtet in seiner *Allgemeinen Theorie der Schönen Künste* (II, 543f.) auf ein eigenes Stichwort »Roman«. Stattdessen heißt es unter »Romanhaft«:

»Man nennt eigentlich dasjenige so, was in dem Inhalt, Ton oder Ausdruk den Charakter hat, der in den ehemaligen Romanen herrschend war, wie das Abentheuerliche, Verstiegene in Handlungen, in Begebenheiten und in den Empfindungen. Das Natürliche ist ohngefähr gerade das Entgegengesetzte des Romanhaften.«

Immerhin deutet Sulzer an, daß dieses »Romanhafte« eher in den »ehemaligen Romanen« geherrscht habe – die seit Beginn der siebziger Jahre erschienenen Exempla dieser Gattung könnten wohl für sich in Anspruch nehmen, in ihrer Handlungsstruktur, in der Wahl des Plot und in der Evokation der Empfindungen dem wie auch immer zu bestimmenden »Natürlichen« eher zu entsprechen. Dieses »Natürliche« bezieht sich auf Vernunft, sittliches Gefühl und Geschmack als »Fühlbarkeit« für das Schöne. Dem entspricht die Funktion der Künste: Sie sollen rühren und Empfindungen wecken. Einer Wirkung der Kunst über die Empfindungen entspricht die Förderung des sittlichen Gefühls, der »Fühlbarkeit« für das Sittlich-Gute. Dadurch hat die Kunst eine genuin gesellschaftliche Aufgabe. Sie soll zur Besserung jedes einzelnen beitragen und so die allgemeine Glückseligkeit heben. Dieser maßvollen Verwendung der Emotionalität und einer die gesellschaftlichen Folgen bedenkenden Ästhetik der Empfindungen folgen noch die Wirkungsästhetik des bürgerlichen Trauerspiels bei Lessing, der frühe Klopstock, Gellert mit seinem Roman, seinen Fabeln, Gedichten und Moralischen Vorlesungen, Sophie La Roche, Hermes u. a. In den frühen siebziger Jahren wird diese empfindsame Proportionalität allerdings immer mehr gefährdet. Unter den Gattungen damaliger Literatur gewinnt allmählich der Roman das Ansehen, im Gefolge der Leserevolution und des allmählichen Übergangs von intensiver zu extensiver Lektüre bei einem stark anwachsenden bürgerlichen Lesepublikum *das* Medium der neuen Tendenzen überhaupt zu sein. Die Verpflichtung auf die Förderung der Moral, wie sie Sulzer formulierte, geben die nun in großer Zahl erscheinenden empfindsamen und empfindelnden Romane nicht auf: Sie wollen Tugend durch den Appell an die Gefühle ausbreiten. Wie schwierig die »proportionierliche« Verwendung der Affekte für die um 1750 geborene Generation wurde, zeigt paradigmatisch der *Werther*, und, trotz seines paränetischen Grundzugs, auch der *Siegwart*. Hatte sich die frühe empfindsame Romanliteratur den Verdikten, allzu »romanhaft« und »romantisch« zu sein, noch entziehen können, so lauten die Urteile vieler Kritiker nun mindestens so abschätzig wie bei Heidegger. Diejenigen Aufklärer, die über die Folgen der neuen Literatur am besten befinden zu können glaubten, die Pädagogen, haben in zahlreichen Schriften auf die drohenden Gefahren der neuen Lektüre hingewiesen, z.B.:

»Und nun die Folge von allem diesen? Der arme, durch solche Geist- und Herzverderbliche Lectüre verwahrloßte Schüler und Jüngling schüttelt Regeln, Grundsätze, Ordnung, Application, alles von sich ab, überspringt mit seiner durchglühten, in eine idealische Romanenwelt entzückten Phantasie alle Gränzen seiner wirklichen Verhältnisse, wird selbst Romanenheld, verführt unschuldige Mädchen, oder fällt, in Ermangelung jener, in die Fallstricke feiler Dirnen, vertändelt seine Zeit, versplittert sein Geld, wimmert, siegwartisiert, singt Mondenserenaden, wird ein Geck, ein fader Süßling, wird unglücklich auf immer – oder er geräth ins tragische, wird ein Kraftgenie mit großen Stiefeln und knotichtem Stock, wertherisirt, oder repräsentirt, wie die unglücklichen Schüler in Leipzig, Schillers Räuber in natura. Und aus solchen Knaben und Jünglingen sollen Männer mit Thatkraft und Strebsamkeit, mit Selbstverleugnung fürs Gemeinwohl, und Muth im Selbsthandeln, sollen würdige Bürger, Gatten, Väter werden; Eine herrliche Generation, die diese Zuckerpuppen, oder Kraftmänner einst geben werden!«[2]

Wir wissen heute, was aus einigen Lesern so romanhafter Bücher geworden ist – sie wurden selbst romantische Autoren! Rektor Böttiger spricht hier zwar direkt von den üblen Folgen der Lesewut unter den jungen Leuten, er warnt vor dem »Siegwartisieren«, »Wertherisieren« und der allzu wörtlichen Nachahmung von Schillers *Räubern*. Doch hat er damit den führenden Anteil, den die Literatur an der Ausbreitung der Empfindsamkeit hat, richtig eingeschätzt. Die empfindsame Tendenz ist seit ihren Anfängen in den vierziger Jahren durch Moralische Wochenschriften, Popularphilosophie, Gedichte, Dramen und Romane ausgebreitet worden. Für Jünglinge und Mädchen mit pietistischer Sozialisation war das neue Ideal empfindsamer Tugendliebe eine Möglichkeit der Emanzipation aus der religiösen Norm der Eltern! Empfindsamkeit wurde vor allem in der Jugend, in studentischen Zirkeln und Literatenkreisen, vom bürgerlichen Frauenzimmer, aber auch vom Landadel, sofern man dort schon an Lektüre Geschmack fand, praktiziert. Sie bestimmte die Lebenspraxis während zweier Jahrzehnte zumindest mehr oder weniger intensiv. Das Vorbild war Literatur, und die »neue« Literatur zehrte weniger von genuinen empfindsamen Erfahrungen als von Literatur aus Literatur. In der nicht empfindsamen Literatur der Aufklärung war zwar hie und da auch von der Lektüre der Protagonisten erzählt worden, doch hatten solche Passagen meist nur geringe Funktionen. Der empfindsame Roman aber kann seine Protagonisten nur dadurch als empfindsame entwickeln, daß er sie zunächst als lesende vorführt. Meist stellt eine empfindsame Mutter bereits in der frühkindlichen Sozialisation das Kind auf seine spätere emotionale Erziehung ein. Sobald es lesefähig ist – meist beginnt der Plot des empfindsamen Romans erst mit der Pubertät –, wird gleichsam seine ganze Bibliothek vorgeführt. Die Autoren empfindsamer Werke werben für die Tendenz, indem sie immer wieder die empfindsamen Klassiker in der Hand ihrer jungen Leser zeigen. Damit schaffen sie ein Referenzsystem, das durch ein Textcorpus folgender Werke ermöglicht wird: Klopstocks Oden und *Messias*, Gellerts *Leben der schwedischen Gräfin von G****, La Roches *Geschichte des Fräuleins von Sternheim,* Goethes *Werther* und *Stella,* Millers *Siegwart, Geschichte Karls von Burgheim und Emiliens von Rosenau, Beytrag zur Geschichte der Zärtlichkeit. Aus den Briefen zweyer Liebenden,* Kaysers Briefroman *Adolfs gesammlete Papiere,* Benedikte Nauberts *Heerfort und Klärchen. Etwas für empfindsame Seelen,* Jacobis *Allwill* und *Woldemar.* Hinzu kommen die englischen und französischen Vorbilder, die Romane von Richardson, Sterne und Rousseau. Wie empfindsame Helden, Situationen, nichtempfindsame Eltern und Autoritäten, »kalte« und »unempfindliche« Worte beschaffen sein sollen, aber auch und vor allem, wie sich empfindsame Kommunikation vollzieht, war aus diesen Werken detailliert zu erfahren. Selten wurden wohl in der neueren Literaturgeschichte fiktionale Werke wie Romane so intensiv als Anweisungen für ein richtiges Leben benutzt. Was Predigern und Moralisten mit Erbauungsbüchern und Wochenschriften, Traktätchen und Lehrgedichten nur in Ansätzen gelungen war, erreichten die Romanschriftsteller: Mit ihren Fiktionen warben sie für einen neuen Verhaltensstandard, der gerade auf die ansprechbarste Lesergruppe, die jungen Leser beiderlei Geschlechts, größten Eindruck machte.

»Manches Tuch ward um den armen Werther naß geweint, und manche Gesellschaft durch eine von Werthers Leiden inspirirte Sprecherin, in schwermüthige Stimmungen gesetzt. Keiner konnte sich in dieser Epoke mit einigen Anstand erschießen, oder er mußte es über dem aufgeschlagenen Werther thun; zum allerwenigsten mußte er den Tag vorher im Werther geblättert haben, wenn er nur einigermaßen, den Beyfall der Modewelt haben und mit all seinem Heldenmuth nicht unbemerkt aus der Welt schleichen wollte. – Ich glaube nicht zuviel zu behaupten, wenn ich sage, daß über den geschriebenen Werther mehr Thränen als je um einen wirklichen Werther floßen.«[3]

In Goethes *Triumph der Empfindsamkeit* wird die autoreferentielle Tendenz der Empfindsamkeit satirisch vorgeführt: Eine Puppe, die der Prinz außer einer »Reisenatur« mit sich führt, hat an Stelle des

Herzens einen Sack, in dem sich mehrere empfindsame Romane befinden, darunter auch *Siegwart* und *Werther*! Es wäre allerdings verfehlt, aus der erstaunlichen »Intertextualität« empfindsamer Literatur den Schluß zu ziehen, die Empfindsamkeit sei insgesamt nur eine literarische und papierene Erscheinung der siebziger und achtziger Jahre gewesen. Die zahlreichen Satiren und Preisschriften, Spottgedichte und Traktate gegen die Empfindsamkeit trafen die literarisch leicht auszubeutende Empfindelei, nicht aber die Empfindsamkeit selbst. Als Element der Lebenswelt erfährt sie mit positiver Wertung außerhalb der Schönen Literatur wesentlich differenziertere Darstellungen in der Ästhetik, philosophischen Ethik und Popularphilosophie. Neben dem »Text« der Empfindsamkeit, der beispielsweise durch das genannte Textcorpus partiell repräsentiert wird, besteht der eher diskursive »Text« der Empfindsamkeit in den genannten nichtfiktionalen Gattungen. Der Verzicht auf einen der beiden »Texte« bedeutet jeweils eine Vernachlässigung des Kontextes – die spärlichen Forschungen zur Empfindsamkeit glaubten ohne Einbußen so verfahren zu können. Das moralisch verstandene Empfinden, wie es uns heute als geradezu archaisch anmutendes praxisorientiertes Programm in den Texten des 18. Jahrhunderts begegnet, wird meist aus der Perspektive des frühen 19. Jahrhunderts auf den Aspekt der *ästhetischen* Sinnlichkeit, der »Innerlichkeit« oder des reflektierten Gefühls eingeschränkt. Für die Aufklärung ist Empfindsamkeit das »Genie zur Tugend«. Villaume nennt die Empfindsamkeit »zu unsrer Zeit die große Haupttugend des Menschen«; man kenne »für sich keinen größeren Ruhm, und für andre kein erhabners Lob. *Empfindsam,* heißt eben so viel, als *tugendhaft, vortrefflich.*«[4] Durch die Identifizierung von »Tugend« mit »Empfindsamkeit« erhielt diese den Rang der höchsten gesellschaftlichen Tugend. Zwischen 1760 und 1780 etwa gehörte es zur Verhaltensnorm, zumindest den Anschein eines empfindsamen Herzens zu erwecken und von einer Tugend zu sprechen, woran das Herz Anteil habe. Im Traktat eines unbekannten Autors mit dem Titel *Beitrag zur Geschichte des menschlichen Herzens ohne Vorrede und Dedication* (o.O. 1780) heißt es:

»*Das Herz wird durch Gegenstände gerührt, die es interessiren.* [...] *Interesse,* sagt der scharfsinnige Verfasser der Anmerkunen zu *Fergusons* Moral: ist nicht Vortheil, nicht Eigennutz, es ist die Theilnehmung an jeder Sache, in sofern sie unmittelbar auf unsre Person, und auf diese allein einen Einfluß hat. [...] Jede Sache, fährt er fort, muß mit uns in Verbindung stehen: aber nicht jede unmittelbar, viele erst vermittelst der menschlichen Gesellschaft, auf welche sie und die hinwiederum auf uns einen Einfluß hat. [...] Der allgemeine Antheil, den wir an einer Sache als Menschen nehmen, der aus unsern sittlichen Empfindungen herrührt, wird gemeiniglich, durch den besondern Antheil, den wir nach der unterschiedenen Lage, in der wir mit einer Sache stehen, bekommen müssen, wo nicht ganz aufgehoben, doch geschwächt. Der engere Cirkel, in dem wir als Bürger, als Freunde herumirren, ist in dem grössern eingeschlossen, in dem wir als Menschen stehen [...].«[5]

Der Autor dieser Zeilen und viele andere nährten die Hoffnung, wenigstens unter den Gleichgesinnten – und dies waren neben den Angehörigen der »mittleren Stände« auch die des niederen Adels – sympathetische Solidarität erwarten zu können. Die Vorstellung allgemeiner sympathetischer Solidarität verlor jedoch ihre regulative Kraft schon im Bereich des ökonomischen Systems – Adam Smith hat die moralischen Empfindungen *und* den Reichtum der Nationen analysiert, ohne eine Verbindung zwischen Geld und Moral herzustellen. Es war eine schöne Utopie, von der »wahren Empfindsamkeit« großen Tatenreichtum für die ganze bürgerliche Gesellschaft zu erwarten. Dennoch ist Empfindsamkeit als kollektive Mentalität, als »empfindsame Tugend« – zwischen Idee und Verhaltensnorm – Teil der für die Aufklärung fundamentalen Auffassung von Moral im Sinne einer vernünftigen Praxis der »mittleren Stände«. Empfindsamkeit ist weder einfach »Irrationalismus« noch »Präromantik«. Sie strebt zwar eine »Aufklärung der Empfindungen« an, läßt sich jedoch nicht auf »Reflexion des Fühlens« reduzieren.

Ihr ideengeschichtlicher Ursprung ist die in der englischen und schottischen Philosophie entwickelte und von anglikanischen liberalen Geistlichen verbreitete Theorie des »Moral Sense«. Sie setzt voraus, daß jedem menschlichen Herzen ein »natürliches Gesetz« des »immediate feeling und finer internal sense« eingeschrieben sei, wobei die Vernunft als Regulativ von Hutcheson und Hume ausdrücklich in ihrer Funktion bestätigt wird. Shaftesbury hat den Menschen als ein von Natur mit »benevolence« begabtes, geselliges Wesen verstanden, das sich den Affekten unter Leitung der Vernunft anvertrauen kann. Das moralische Gefühl ist Richter über Tugend und Laster. In radikalen Interpretationen wird sogar behauptet, es könne zwischen Gut und Böse so spontan wie das Ohr zwischen Harmonie und Disharmonie unterscheiden.

In der anhaltenden Diskussion über den »Moral Sense« wurden im

18. Jahrhundert immer schlagendere Argumente gegen die Gründung der Ethik auf das Gefühl vorgebracht. In dieser Ausschließlichkeit haben allerdings weder Shaftesbury noch Hutcheson und Hume ihren Ansatz formuliert. Adam Smith verzichtete wie die meisten deutschen Vertreter der Theorie vom »Moralischen Gefühl« auf die Fiktion eines eigenen »Sinnes« und erkannte »Sympathie« als Mitgefühl mit jeder Art von Affekten als Prinzip der Morallehre. Trotz solcher Kontroversen breitete sich, hie und da zusätzlich aus pietistischer Tradition inspiriert, empfindsame Moralistik langsam auch in den sich selbst aufklärenden mittleren Ständen aus. Die Forderung nach Gleichgewicht zwischen »Kopf« und »Herz«, die Suche nach richtiger Proportion der Vermögen konnte sich auf die früh schon in den Wochenschriften gepriesene »Zufriedenheit« als wesentliche Bürgertugend berufen. Die Leidenschaften wurden als Störungen des affektiven Gleichgewichts verstanden. Kant kritisierte sie in der »Anthropologie« als Krebsschäden für die reine praktische Vernunft – sie behinderten jede Wahl- und Entscheidungsfreiheit. Nur die sanften Empfindungen wie Mitleid, die vermischten, zärtlichen und moralischen Empfindungen wie Wohlwollen und Sympathie lassen sich in das System der affektiven Proportionalität integrieren. Enthusiasmus und Schwärmerei trüben die Erkenntniskraft; Empfindelei gilt als überspannte Einbildungskraft, als »Empfindnis« aus Phantasmen. Auch Hypochondrie und Melancholie wurden als »Imaginationskrankheiten«, als Übersteigerungen von Einbildungskraft und Selbstbeobachtung, eingeschätzt. Wurde aber in der wohlproportionierten Empfindsamkeit ein Ausgleich zwischen Selbst- und Mitgefühl erreicht, gewann Empfindsamkeit als Selbstgefühl der Vollkommenheit ihren höchsten Wert und offenbarte ihre eigentümliche anthropologische und soziale Funktion. Mit den Worten Lessings: »*Der mitleidigste Mensch ist der beste Mensch,* zu allen gesellschaftlichen Tugenden, zu allen Arten der Großmut der aufgelegteste. Wer uns also mitleidig macht, macht uns besser und tugendhafter [...]«[6]

Diese Darstellung der Empfindsamkeit als literarisches und als moralisches Phänomen war notwendig, um genauer beurteilen zu können, was davon in der frühromantischen Literatur Eingang fand, was transformiert wurde oder völlig untergegangen ist. Der in diesem Rahmen notwendigen Vereinfachung wegen beschränke ich mich auf das Frühwerk von Tieck und Wackenroder. Dabei ist zunächst der Briefwechsel der Freunde (vom Mai 1792 bis März 1793) wichtigste

Quelle. Vor allem Wackenroder führt von Anfang an den Briefdialog als einen ausgesprochen empfindsamen. Für den Briefwechsel haben beide als Grundsatz absolute Aufrichtigkeit vereinbart. In den besonders am Briefbeginn geradezu topischen Bekundungen des Trennungsschmerzes und der um den fernen Freund vergossenen Tränen haben diese Briefe zumindest in den ersten Monaten völlig die Qualität eines empfindsamen Briefwechsels in der Tradition von Gleim und Jacobi. In Gedanken wird die Stube des Freundes vorgestellt und zur »Reliquie« erhoben. Auf die gemeinsamen Spaziergänge im Tiergarten, die gemeinsame Lektüre und Wackenroders Klavierspiel beziehen sich zahlreiche Erinnerungen. Die Freunde wetteifern zunächst miteinander, wer dem anderen mehr fehle. Allmählich verhält sich Tieck, der in Göttingen zahlreiche neue Freunde gefunden hatte, gegenüber Wackenroders ausschließlicher und besitzergreifender Freundschaft distanzierter. Er schätzt den Enthusiasmus und die Freundschaftsseligkeit Wackenroders, der mit erotischen Formulierungen und geschriebenen Küssen auf den Mund und langen Umarmungen nicht spart. Selbst die empfindsamen Romane waren etwas zurückhaltender! Wackenroder nennt Tieck sogar gelegentlich einen »Engel«. Damit wird bei Miller die Geliebte bezeichnet.

Der Briefwechsel bedient sich nicht nur der empfindsamen Stilmittel und forciert nicht nur die Formulierung von Empfindungen. Er soll auch dem ästhetisch-kritischen und literarischen Austausch der Freunde dienen. In einer längeren Diskussion über das Erhabene wird ausführlich der Unterschied zwischen »Empfindsamkeit« und »Empfindelei« besprochen. Tieck definiert die Rührung bei Trauerspielen wie ein Theoretiker der sechziger oder siebziger Jahre: [...] »denn die Rührung ist ja nichts anders als Sympathie, mit denen Personen, die uns rühren, ein Freundschaftszug, der uns zu ihnen hinzieht und macht, daß wir an allen ihren Schicksalen teilnehmen [...].«[7] Bei der Besprechung von Trauerspielen und Dramen ist wichtigste Kategorie die Sprache der Empfindungen. Der Körpersprache der Schauspieler wird im Hinblick auf ihre Fähigkeit zum Empfindungsausdruck höchster Wert beigemessen. Zwischen den Freunden wird eine empfindsame Lyrik-Theorie verhandelt, wobei Tieck den Freund von der Anschauung einer »individuellen Empfindungssprache« mit guten Gründen abzubringen versucht.

Wackenroders Reflexionen zur emotionalen Musik-Theorie und die von Tieck erwähnten Traktate von Dubos und Sulzer zeigen, daß beide die Tradition der Ästhetik des Emotionalismus[8] kennen. Sowohl ihre Überlegungen zur Rezeption als auch zur schöpferischen Produktion sind davon geprägt. Der Dichter wird – nach Longin – mit einer großen und erhabenen Seele ausgestattet; dem poetischen Menschen wird eine eigene Empfindung zugesprochen. Der Dichter soll empfinden statt zu denken – nur dann kann er »rühren«. Die Verpflichtung der Kunst auf moralischen Nutzen wird vorsichtig zurückgewiesen; das Schauspiel habe in allen seinen Teilen schön zu sein, dann könne sich moralischer Nutzen gleichsam zufällig einstellen.

Von den Schwierigkeiten, in dieser Welt poetisch zu leben, sprechen beide. Tieck plädiert für den Rückzug in die Einsamkeit und die Ideenwelt, Wackenroder klagt über die Problematik, mit seiner Empfindsamkeit Jurist werden zu müssen. Er müsse seinen kalten Verstand brauchen, wo Herzen gegeneinander stießen. Nur »Schaffen bringt uns der Gottheit näher; und der Künstler, der Dichter, ist Schöpfer. Es lebe die Kunst! Sie allein erhebt uns über die Erde, und macht uns unsers Himmels würdig.«[9] Obwohl er Tiecks Enthusiasmus für die Französische Revolution zu teilen vorgibt, bekennt er, darüber wenig nachzudenken, auch keine Zeitungen zu lesen. Einzig die »idealische Kunstschönheit« sei der »Lieblingsgegenstand seines Geistes« – die fernen Vorgänge stimmten nicht zum »idealischen Gange meiner Phantasie«.[10]

Während des fast einjährigen Briefwechsels hat sich bei beiden Autoren eine verwandte Form des Selbstverständnisses herausgebildet. Obwohl sie noch weitgehend in der Tradition empfindsamer Literatur und Ästhetik schreiben und denken, entfernen sie sich – Tieck am frühesten – immer mehr von der moralischen Empfindsamkeit. Für diese ist der höchste Wert die Tugend als Voraussetzung menschlicher Glückseligkeit. Für Wackenroder und Tieck bleibt die Forderung nach Tugend erhalten – Tieck nennt Empfindsamkeit und Liebe Kinder des Himmels –, doch steht das Kunstschöne noch über ihr. Wackenroder spricht wiederholt von Tiecks Göttin, der Phantasie, von seinem »Schoßkinde, der Phantasie«.[11] In solchen Umwertungen wird deutlich, daß das Textcorpus der Empfindsamkeit, das skizziert wurde, immer selektiver verwendet wird; es wandelt sich in den Schriften der Freunde zu einem Medium der *Ästhetik* des Emotionalismus. Dieser ist als Geschichte der Rezeption der Ästhetik von Dubos in Deutschland charakterisiert worden. Sie führt über Johann Ulrich König, Breitingers *Critische Dichtkunst*, Mendelssohn, Georg Friedrich Meier und Sulzer bis zu Heydenreichs Ästhetik.[12]

Die neue Akzentuierung des Emotionalismus, die sich schon in Ansätzen im Briefwechsel der Freunde gezeigt hat, tritt in Wackenroders literarischem Werk vollends zutage. In den *Herzensergießungen* demonstriert er vor allem durch die Lebensgeschichte des Tonkünstlers Joseph Berglinger, daß die moralische Empfindsamkeit nicht mehr zufriedenstellen könne – es geht nun um eine bedingungslose Hingabe der Existenz an die Kunst. Für die Schärfe von Wackenroders Analyse spricht, daß er auch die Aporien der Künstler-Existenz früh schon erkannt hat. In der Gegenüberstellung von Vater und Sohn Berglinger wird der hier auch als Generationsunterschied angelegte qualitative Sprung von moralischer Empfindsamkeit zu poetisch-ästhetischer Empfindung besonders anschaulich:

»Dieser Vater war ursprünglich ein weicher und sehr gutherziger Mann, der nichts lieber tun mochte, als helfen, raten und Almosen geben, soviel er nur vermögend war; der nach einer guten Tat besser schlief als gewöhnlich; der lange, mit herzlicher Rührung und Dank gegen Gott, von den guten Früchten seines Herzens zehren konnte und seinen Geist am liebsten mit rührenden Empfindungen nährte. Man muß in der Tat allemal von tiefer Wehmut und herzlicher Liebe ergriffen werden, wenn man die beneidenswerte Einfachheit dieser Seelen betrachtet, welche in den gewöhnlichen Äußerungen des guten Herzens einen so unerschöpflichen Abgrund von Herrlichkeit finden, daß dies völlig ihr Himmel auf Erden ist, wodurch sie mit der ganzen Welt versöhnt und immer in zufriedenem Wohlbehagen erhalten werden. Joseph hatte ganz diese Empfindung, wenn er seinen Vater betrachtete; – aber ihn hatte der Himmel nun einmal so eingerichtet, daß er immer nach etwas noch Höherem trachtete; es genügte ihm nicht die bloße Gesundheit der Seele und daß sie ihre ordentlichen Geschäfte auf Erden, als arbeiten und Gutes tun, verrichtete; – er wollte, daß sie auch in üppigem Übermute dahertanzen und zum Himmel, als zu ihrem Ursprunge, hinaufjauchzen sollte.«[13]

Ein traditioneller empfindsamer Text würde die Gegenüberstellung nutzen, um die wahre Empfindsamkeit, verkörpert durch den alten Berglinger, Doktor der Arzneigelehrsamkeit, dem Sohn, der dann als Empfindler figurieren würde, als Muster vorzuhalten. In der Beschreibung der väterlichen Tugenden dominiert die tätige Empfindsamkeit; Eigenschaften wie »weich« und »gutherzig« kennzeichnen die frühe und mittlere Empfindsamkeit. Die literarischen Figuren dieser Phase werden mit Vorliebe aktiv gezeigt; sie »zehren« von den

»guten Früchten« ihres Herzens und nähren den »Geist am liebsten mit rührenden Empfindungen«. Affektive Tendenzen und Pflichtbewußtsein stimmen überein und führen zur »beneidenswerten Einfachheit dieser Seelen«.

Der Sohn hingegen gibt sich mit dieser bescheidenen, mit der Welt versöhnenden Lebensweise der »bloßen Gesundheit der Seele« nicht zufrieden. Er ahnt früh schon etwas »Höheres«, einen Himmel auf Erden, den er in der Musik findet, die sein ganzes Leben erfaßt und ihn in einen »schönen poetischen Taumel«, einen »ätherischen Enthusiasmus« versetzt. Um so schneidender ist der Kontrast zum »prosaischen Leben«, der täglich erfahren wird. Wackenroder folgt in der Konfrontierung von Vater und Sohn auch bei der Evokation des Musik-Enthusiasmus dem Schema der Empfindelei-Darstellung. Statt der Musik ist es dort die auf minimale Anlässe angewiesene Empfindung, die dann mittels der Phantasie ein Eigenleben entwickeln kann, auf das alle Formulierungen passen, die Wackenroder für Berglingers »mannigfaltige Empfindungen« beim Hören von Musik findet. Wie beim Empfindler ist der »Rückfall« in den Alltag auch hier desto schmerzlicher, je mehr die Seele zuvor »ganz ein Spiel der Töne« war.[14] Diese Erfahrung verliert sich keineswegs, nachdem Joseph Berglinger selbst Musiker und Komponist geworden ist. Der Zweifel an der Rechtfertigung seiner Kunst, von Kunst überhaupt, angesichts der alltäglichen Forderungen einer »vita activa« lähmt ihn zusehends. Während der Empfindler jede Kritik an seiner Untätigkeit und seinem phantasierenden Luxurieren in den Empfindungen als hartherzige Argumentation von gefühllosen »Pflanzenseelen« zurückweist, zerbricht Joseph Berglinger an der Unversöhnbarkeit von Kunst und praktischem Leben. Er hält es immer mehr für eine unglückselige Idee, die Kunst zu seinem »ganzen Zweck und Hauptgeschäft« gemacht zu haben und sich überdies »von ihren großen Wirkungen auf die menschlichen Gemüter tausend schöne Dinge einzubilden.« Die außerordentlich reduzierte Funktion der Kunst – zumindest für seine Zeitgenossen –, die mit dem Kartenspiel oder jedem anderen Zeitvertreib gleichzusetzen sei, zwingt Berglinger die Erkenntnis auf, sein »tiefes Gefühl« und sein »inniger Kunstsinn« brächten der Welt keinerlei Nutzen – zumindest viel weniger als die Arbeit jedes Handwerkers.

Moritz, Goethe und Schiller faßten die alles Denken durchdringende Verpflichtung auf »Nutzen« gerade als Provokation auf, um ihre Konzeption vom autonomen Kunstwerk auszubilden. Darin folgten ihnen auch Wackenroder und Tieck. Ging Wackenroder in der Problematisierung von Phantasietätigkeit/Ästhetik und werktätigem Leben auch andere Wege als sein Lehrer Moritz, so folgte er ihm doch in der Unterscheidung zwischen Kunstgenuß und Schöpfungskraft. Die »Kraft der Phantasie«, die Berglinger schließlich aufreibt, kann an die wundervolle, göttliche und »unbegreifliche Schöpfungskraft« nicht heranreichen. Berglingers »hohe Phantasie«, deren Verwandtschaft mit der assoziativen Produktion von Empfindungen in der Empfindelei nachgewiesen wurde, hat ihn wohl eher dazu veranlagt, »Kunst zu genießen als auszuüben«. Der für Berglinger nicht mögliche Ausgleich zwischen Kunsttätigkeit und »prosaischem Leben« kommt in Fragen des Erzählers der Berglinger-Geschichte zum Ausdruck:

> »Sind diejenigen vielleicht glücklicher gebildet, in denen die Kunst still und heimlich wie ein verhüllter Genius arbeitet und sie in ihrem Handeln auf Erden nicht stört? Und muß der Immerbegeisterte seine hohen Phantasien doch auch vielleicht als einen festen Einschlag kühn und stark in dieses irdische Leben einweben, wenn er ein echter Künstler sein will?«[15]

Die denkbare Versöhnung kommt erstaunlich dem Bild von Berglingers Vater nahe, der, bevor er durch Fixierung auf medizinische Studien und seine Praxis immer einseitiger wurde, in der »ursprünglichen Güte seines Gemüts« eine versöhnte Existenz zu führen schien: Die »Früchte seines Herzens«, die »rührenden Empfindungen«, die sich aus seinem praktischen Leben ohne gezwungene Affektation ergaben, schenkten ihm zunächst eine »proportionierte« und »diätetische« Existenz, deren »Gesundheit« zwar von Joseph Berglinger geringgeschätzt, deren Mangel aber auch immer intensiver erfahren wurde. Wie aber für den Vater das eifrige Studium der Medizin zum »heimlichen, nervenbetäubenden Gift« wird, das »viele klingende Saiten des menschlichen Busens bei ihm zernagte«, so verliert sich auch Joseph, dessen »Inneres ganz und gar zu Musik ward«, in den »dämmernden Irrgängen poetischer Empfindung«.[16]

Nicht nur durch die hier skizzierte Vater-Sohn-Konstellation schimmert das Schema Empfindsamkeit-Empfindelei durch. Schon der Titel von Wackenroders Prosa greift auf die Tradition der siebziger Jahre zurück – plakativ soll der Widerspruch zur Spätaufklärung verkündet werden. Der Begriff »Herzensergießungen« läßt eine Verwendung in pietistischen Texten vermuten. Erstaunlicherweise fehlt bei Langen jeder Beleg.[17] Die Wortbildung stammt jedoch aus dem

Bereich der »Wassermetaphorik«, die in Mystik, Pietismus und Empfindsamkeit von außerordentlicher Bedeutung für die Evokation psychischer Zustände ist. Das Herz wird wie ein Gefäß betrachtet, das ein Übermaß nicht fassen kann oder will und überfließt. So meint die Ergießung des Herzens ein Hervortreten des Gefühls über das gewohnte Maß hinaus – die gesteigerte Intensität des »Ergießens« scheint in den letzten Jahrzehnten des 18. Jahrhunderts verlorenzugehen. So werden dann die »Ergießungen des Herzens« zur metaphorischen Wendung für Gefühlsäußerungen überhaupt. Allem Anschein nach hat die Literarisierung des Begriffs mit Bürger eingesetzt: Das II. Kapitel *Aus Daniel Wunderlichs Buch* ist mit »Herzensausguß über Volks-Poesie« überschrieben und erschien 1776.[18]

Unabhängig davon, ob der Titel als ganzer auf einen Einfall von Johann Friedrich Reichardt zurückgeht oder ob dieser nur statt »Mönch« »Klosterbruder« – in Erinnerung an Lessings Wortwahl im *Nathan* – vorschlug –, der Titel ist so programmatisch wie die ganze Schrift. Richard Alewyn wollte darin die drei Elemente erkennen, aus denen das Werk zusammengesetzt sei: Empfindsamkeit, Kunst und Religion.[19]

Gewiß ist der »Klosterbruder« als fiktive Figur, durch die der Text als Einheit erscheint, auch mit religiösen Bedeutungsmomenten verbunden. Doch ist zu bedenken, daß nicht nur der Begriff »Klosterbruder« im Text selbst nicht mehr auftaucht, sondern daß auch von Religion weitaus seltener die Rede ist, als dies der Titel vermuten ließe. Der Klosterbruder ist seit den siebziger Jahren des 18. Jahrhunderts nicht zuletzt eine literarische Figur. Der empfindsame Pater Lorenzo in Sternes *Sentimental Journey* (1768) und vor allem Millers *Siegwart. Eine Klostergeschichte* (1776) zeigten den Mönch nicht mehr nur aus der Perspektive aufklärerischer Mönchs- und Kloster-Kritik, sondern auch als liebenswürdigen, nicht bloß kontemplativ lebenden Menschen. Sternes und teilweise auch Millers Mönche hoben sich positiv vom zeitgenössischen Negativbild ab, das Sterne in die Formel von der »fetten ruhigen Unwissenheit« faßte.[20] Sowohl Bode in seiner Sterne-Übersetzung als auch Miller im *Siegwart* verwenden den Begriff »Klosterbruder« nicht – sie sprechen vom »Mönch« oder, genauer, von Kapuzinern, Franziskanern etc. Lessing dürfte den weniger gebräuchlichen Ausdruck gewählt zu haben, um die Festlegung auf einen Orden zu vermeiden. Hinzu kommt, daß für protestantische Leser der Begriff »Klosterbruder« in seiner Allgemeinheit offensichtlich positiver zu rezipieren war als der aus der Kloster-Kritik diskreditierte »Mönch«. So dürfte die literarische Figur des »Klosterbruders« dem Protestanten Wackenroder gewiß angenehmer als jeder andere Ausdruck des Mönchswesens gewesen sein.

In Verbindung mit »Klosterbruder« ließ sich auch das Epitheton »kunstliebend« ohne Schwierigkeiten verwenden – die Mönche der empfindsamen literarischen Tradition hatten kaum ästhetische Interessen. Wackenroders Kunstfigur des Klosterbruders hat aber noch eine weitere und gewiß nicht sekundäre Bedeutung. Die *Herzensergießungen* sind sowohl Setzung eines rückwärts gewandten Ideals der Kunst (Raffael, Dürer), aus dem die gegenwärtige Kunst sich regenerieren soll, als auch Negation der klassizistischen Kunst im letzten Jahrzehnt des 18. Jahrhunderts. Gegenüber der alles zu umfassen drohenden Forderung nach Nutzen und Zweck rettet sich diese Gegenwartskunst in die Autonomie. Wackenroder vertritt mit Tieck deren Positionen, sucht aber durch seine emphatischen Hinweise auf eine mittelalterliche (in Wahrheit Renaissance-)Kunst eine Epoche als Orientierung zu empfehlen, in der die Kunst ohne jede Anfechtung ihre Funktion von der Religion zugewiesen bekam. Dem Funktionsverlust der Kunst in seiner Gegenwart setzt die fiktive Figur des Klosterbruders die harmonische Funktionseinheit von Kunst und Religion gegenüber. Im Preis mittelalterlicher Religion als »Stab und Stütze« in allen Lebensverhältnissen, als »Wundertinktur, worin sie alle Dinge der Welt auflösen konnten«,[21] verrät sich die Sehnsucht nach einer verlorenen Allgemeinheit des Glaubens, die von den Empfindsamen noch in einer moralisch fundierten, säkularisierten Sympathetik gefunden worden war. Die Vergleiche des Kunstgenusses mit dem Gebet und die Trennung des Denkens an Gott wie an Kunstwerke von der gewöhnlichen Welt deuten schon in den *Herzensergießungen* an, daß eine Grenze zwischen Religion und Kunst kaum noch zu ziehen ist. In den *Phantasien über die Kunst* ist ausdrücklich von einer Vereinigung von Kunst und Religion die Rede, das Land des Glaubens gilt als das eigentliche Gebiet der Kunst, das Land der Musik als Land des Glaubens, die Tonkunst überhaupt als das »letzte Geheimnis des Glaubens«, als die »durchaus geoffenbarte Religion«.[22]

Wenn Religion und Kunst austauschbare Begriffe geworden sind, ist es möglich, nur noch von der Kunst zu sprechen. Dies ist in den *Phantasien* der Fall: Wo nun vom »Höchsten« die Rede ist, ist die Musik gemeint. Hier tauchen auch die Formeln vom autonomen Kunstwerk auf, das nichts nachahmt, nichts verschönert, sich selbst seine Gesetze vorschreibt, unabhängig und frei »eine abgesonderte Welt für sich selbst« darstellt, »spielend und ohne Zweck«.[23] Ist die Musik der Gipfel der Kunst, so gilt dies in ihrem Bereich noch einmal für die Instrumentalmusik. Auf sie sind die Bestimmungen der Autonomie vor allem gemünzt. Sprache, die sich nicht wenigstens der Musik nähere, bleibe der mühseligen Wortwelt verpflichtet und dem eigentlichen Sinn der Kunst äußerlich.

Die Konzeption der Kunst (Musik) als »durchaus geoffenbarte Religion« weist dem Gefühl eine besondere Aufgabe zu. Wenn Kunst die höchste menschliche Vollendung darstellt und »die Blume menschlicher Empfindung zu nennen«[24] ist, so ist ihre Rezeption nur dem Gefühl möglich. Das Auge, Sinnesorgan der Aufklärung, kann das Kunstwerk nicht »sehen« – das Herz muß es anreden, damit es spreche. Kunstwerke sind da, »daß man mit entgegenkommendem Herzen in sie hineingehe, und in ihnen lebe und atme.«[25] Nur enthusiastisch darf von ihnen gesprochen werden: »Wie jedes einzelne Kunstwerk nur durch dasselbe Gefühl, von dem es hervorgebracht ward, erfaßt und innerlich ergriffen werden kann, so kann auch das Gefühl überhaupt nur vom Gefühl erfaßt und ergriffen werden«.[26] Paradigma dieser Kunst der Empfindung ist in den *Phantasien* nicht mehr die Malerei, sondern einzig die Musik als »Seelenton« der Himmelsgeister. In der Musik lerne sich das menschliche Herz erst selber kennen. Da keine Kunst die Empfindungen »auf eine so künstliche, kühne, so dichterische« Weise schildern könne, lerne der Mensch allein durch sie »das Gefühl fühlen«.[27] Die reflexive und insgeheim auch narzißtische Tendenz, die in der späten Empfindsamkeit auftaucht, findet ihren gesteigerten Ausdruck in den *Phantasien*: Die Musik bewirke, daß unser »jauchzendes Herz« schließlich den »Triumphgesang seiner eigenen Vergötterung« höre. Die Musik als schönste Erfindung zur »Aufbewahrung der Gefühle«, die sie auf übermenschliche Art schildere, führe »die mannigfaltigsten und widersprechendsten Bewegungen unsers Gemüts auf dieselben schönen Harmonien zurück«.[28] Aber nicht allein die in Musik verwandelten Empfindungen, sondern diese selbst haben geradezu überirdische Bedeutung:

»Es scheinen uns diese Gefühle, die in unserm Herzen aufsteigen, manchmal so herrlich und groß, daß wir sie wie Reliquien in kostbare Monstranzen einschließen, freudig davor niederknieen, und im Taumel nicht wissen, ob wir unser eignes menschliches Herz, oder ob wir den Schöpfer, von dem alles Große und Herrliche herabkommt, verehren.«[29]

Von dieser Erhebung des Gefühls zum Allerheiligsten bis zur folgenden Aufforderung führt der konsequente Weg einer Ineinssetzung von Kunst und Religion: »Lasset uns darum unser Leben in ein Kunstwerk verwandeln, und wir dürfen kühnlich behaupten, daß wir dann schon irdisch unsterblich sind.«[30] Wenn auch für die Formulierung dieser Kunstreligion aus Empfindung und Musik noch die Metaphorik der Empfindsamkeit verwendet wird – z.B. »auf dem offenen Meere des Gefühls«, »schwebende Äolsharfe«[31] –, so demonstrieren doch solche Konsequenzen einer radikalen Ästhetisierung des Gefühls eindeutig, wie weit sich Wackenroder und Tieck gegen Ende des Jahrhunderts von der empfindsamen Tradition entfernt haben. Für die Empfindsamen stellte zwar das Selbstgefühl der Vollkommenheit eine außerordentliche Möglichkeit dar, die eigene Existenz wahrzunehmen, »sich zu fühlen«, doch waren sie vor einer Selbstvergötterung im Fühlen durch die Verpflichtung auf die Proportionalität der Gefühle gefeit. In den *Phantasien* wird immerhin davor gewarnt, mit den »künstlich zugerichteten Gefühlen frevelhaften Handel und Gewerbe« zu treiben. Aber die maßvoll-stoischen Vorstellungen der Aufklärer werden gleichermaßen der Kritik unterzogen, wenn sie »in einer ewigen Obhut über sich selber« leben und ihr »Herz vor jeder Aufwallung des Schmerzes als der Entzückung« zu bewahren suchen. Dadurch werde »im Leben schon das Leben« entgeistert, der Mensch werde gefühllos und den empfindungslosen Gegenständen ähnlich, ein lebendiger Leichnam. »Aus dieser Verworrenheit erlöst uns, wie mit einem allmächtigen Zauberstabe, die Kunst.«[32]

Empfindung als Medium der moralischen Vervollkommnung – Empfindung als Medium einer Verwandlung des Lebens in Kunst: mit diesen Formeln läßt sich der Gegensatz zwischen Empfindsamkeit und Frühromantik im Hinblick auf die Funktion der Empfindungen charakterisieren.

Erstaunlicherweise verbindet sich mit der Ästhetisierung des Empfindens eine ambivalente Renaissance empfindsamer Literatur. In den *Herzensergießungen* heißt es, die »Empfindung und der Sinn für Kunst« seien »aus der Mode« gekommen und »unanständig« geworden; »bei einem Kunstwerk zu empfinden, wäre grade ebenso fremd und lächerlich, als in einer Gesellschaft auf einmal in Versen und Reimen zu reden, wenn man sich sonst im ganzen Leben mit vernünftiger und gemein-verständlicher Prosa behilft.«[33] Gewiß wird damit nicht der Verlust empfindsamer Kunstrezeption beklagt, wohl aber ein Extrem charakterisiert, das auch Schiller beobachtet hat: Die Verpflichtung des Kunstwerks auf leicht in Lebenspraxis umzusetzende Moral oder auf bloße Unterhaltung schließt eine affektive Rezeption aus; der Nutz-Effekt von Kunst dominiert. Wackenroder und Tieck wenden sich gegen zwei Tendenzen: Zum einen gegen die antiempfindsame Reaktion, die darauf aus ist, Affektivität aus der Kunsterfahrung auszuschließen; zum anderen gegen die Kommerzialisierung der Empfindsamkeit im Rührstück und in der Unterhaltungsliteratur. Tieck schreibt im Vorbericht zum XI. Band seiner *Schriften*, er habe als »leichten Scherz« das Stück *Theegesellschaft* geschrieben, »uebersättigt von allen Empfindsamkeiten und der schlechten Sentimentalität des Theaters«.[34]

Tieck weiß sich für seine Lohnschriftstellerei im Dienste Nicolais der neuesten literarischen Strömungen durchaus zu bedienen. Er arbeitet mit den modischen Versatzstücken und gesteht, sich mit ihnen nicht identifizieren zu können. Die bei Wackenroder schon früh zu beobachtende Wendung des Ästhetischen ins Religiöse, »Mittelalterliche« und Volksbuchartige wird allmählich Tiecks eigenen Weg bestimmen. Aus der »Liebe zur Poesie« entwickelt sich »eine Sehnsucht zum Religiösen«.[35] Die zeitgenössische Poesie vermag diese mit nichts zu befriedigen: »Riesen, Zwerge, Gespenster, Hexen, etwas Mord und Todtschlag, Mondschein und Sonnenuntergang, dieß mit Liebe und Empfindsamkeit versüßlicht, um es glatter hinunterzubringen, sind ungefähr die Ingredienzien, aus denen das ganze Heer der neusten Erzählungen, vom Petermännchen bis zur Burg Otranto, vom Genius bis zum Hechelkrämer, besteht.«[36]

Zwischen 1795 und 1798 schrieb Tieck etwa 15 Erzählungen und ein kurzes Schauspiel für die *Straußfedern*, eine Verlagsunternehmung Nicolais. Musäus hatte unter diesem Titel ein Bändchen freier Bearbeitungen älterer französischer Erzählungen veröffentlicht. Sein Tod schien das Ende der Reihe zu bedeuten. Doch konnte in Johann Gottwerth Müller aus Itzehoe ein fähiger Fortsetzer gefunden werden, der zwei weitere Bändchen besorgte. Nach ihm wurde der junge Tieck von Nicolai mit der Weiterführung beauftragt. Anfangs entsprach er völlig den Erwartungen und bearbeitete ebenfalls französische Vorlagen. Allmählich erlaubte er sich freiere Formen und Abweichungen von den französischen Texten und ging zu eigenen Erfindungen über. Nach

Tiecks Angaben gehören zu diesen: *Der Fremde, Die Freunde, Die beiden merkwürdigsten Tage aus Siegmunds Leben, Ulrich, der empfindsame, Fermer, der geniale, Der Naturfreund, Die gelehrte Gesellschaft, Der Psycholog, Der Roman in Briefen, Ein Tagebuch* und der Roman *Peter Lebrecht*.[37] Selbst aus der Distanz des »Vorberichts« von 1829 betont Tieck den Unterhaltungswert dieser Arbeiten. Sie seien für Leser mittlerer Bildung geschrieben worden, die sich für Müllers *Siegfried von Lindenberg* begeisterten und durch die Nicolaische *Allgemeine Deutsche Bibliothek* informierten und »leichte Aufklärung«, »mäßigen Spaß und die sanfte Satire« schätzten.[38] Zwischen Tiecks entschiedener Orientierung an den Interessen und Bedürfnissen einer spätaufklärerischen Leserschaft und der Wahl bestimmter Gattungen besteht ein Zusammenhang: Abgesehen von den empfindsamen Sujets und Gattungen (Freunde, Empfindsame, Geniale, Psychologe, Lesegesellschaft, Briefroman und Tagebuch) sind mehrere Texte der Empfindsamkeit wesentlich verpflichtet. Offenbar gab es nach wie vor ein Leserinteresse an empfindsamen Themen und Figuren, die – wie auch die spezifisch empfindsamen Gattungen – mit behutsam parodistischen Elementen anscheinend leicht zu rezipieren waren.

Während Tieck mit dem 1792 entworfenen und 1796 abgeschlossenen polyperspektivischen Briefroman *Die Geschichte des Herrn William Lovell* an die von Richardson begründete Tradition anschloß, wandte er sich in der ersten Arbeit, mit welcher er sich stärker von seiner französischen Vorlage zu entfernen versuchte, mit dem Roman *Peter Lebrecht. Eine Geschichte ohne Abentheuerlichkeiten* (2 Teile, 1795), den Romanmodellen Sternes zu. Tieck ließ sich von der zweiten Welle der Sterne-Rezeption in Deutschland tragen, die, nicht ohne Verstärkung durch die späte französische Sterne-Rezeption, in den neunziger Jahren zu einer Renaissance der empfindsam-ironischen Stilmittel von *Tristram Shandy* und der *Sentimental Journey* führte. Peter Michelsen hat die deutsche Rezeption am Ende des Jahrhunderts mit »Standpunktlosigkeit« charakterisiert: »Da man nichts anerkennt, kann man alles einsetzen und sich in Sterneschen Stilkniffen, sentimentalen oder launigen Geschichten ebenso tummeln wie in den alten Romanklischees, die man als Grundlage nicht entbehren will.«[39]

Trotz wiederholter Bekenntnisse zu Sterne verhält sich Lebrecht, der Erzähler seiner eigenen Lebensgeschichte, der Empfindsamkeit gegenüber ambivalent. Er lobt Musäus und dessen *Volksmärchen,* womit er das Gewinsel der Siegwartianer übertönt habe. Er habe damit solchen Erfolg gehabt, daß ihm ein unzählbares Heer von Nachahmern gefolgt sei: »Alles hat sich rasch die Thränen der Empfindsamkeit aus den Augen gewischt, die Cypressen und Myrthen im Haare sind verwelkt, statt der Seufzer hört man Donnerschläge, statt eines Billet doux oder eines Händedrucks, nichts als Gespenster und Teufel! –«[40] Wenn sich Peter Lebrecht auch gegen die modischen Schauer- und Rittergeschichten wendet, so plädiert er doch auch nicht für eine Rückkehr zum *Siegwart*-Stil. Er stellt sich als außerordentlich »normal«, eben ohne »Abentheuerlichkeiten«, vor und gönnt sich nur hie und da ein wenig Empfindsamkeit. Er betont, nicht philanthropisch erzogen und verdorben worden zu sein, berichtet über seine typische Initiation in die Empfindsamkeit durch empfindsame Lektüre. Das Geständnis seiner Liebe zu Louise wird durch eine klassische empfindsame Leseszene mit den obligaten Rühreffekten erleichtert. Empfindsame Liebe zur Welt, zu Menschen und Tieren, Mitleid und Selbstmitleid werden – meist mit leichter Ironie – in den Text eingestreut. Die häufigen Anspielungen auf Sterne durch Erwähnung der Lorenzodose, des Lorenzoordens, des armen Pastetenbäckers aus Versailles und durch Shandy-Weisheiten verbinden sich mit zahlreichen Leser-Adressen. Obwohl auch Rousseaus *Confessions* erwähnt werden und ein sanft-satirisches Kapitel mit *Der neue Siegwart, eine Klostergeschichte* überschrieben ist, kehrt der Icherzähler Lebrecht immer wieder zu seinem Modell Sterne zurück: »O, menschenfreundlicher *Sterne!* wie lieb bist du mir vor allen Schriftstellern immer dadurch geworden, daß du uns nicht gegen Schwächen und Thorheiten zu empören suchst, daß du nicht die Geißel der Satyre schwingst, sondern dich und die übrigen Menschen auf eine gleiche Weise belächelst und bemitleidest.«[41] Gewiß ist die Sternesche Selbstironie für den Erzähler vorbildlich, läßt sie doch auch seine empfindsamen Formulierungen immer als nicht ganz ernst gemeinte verstehen. Doch geht es dabei nicht ohne Unstimmigkeiten ab: Am Ende des I. Teils macht sich der Erzähler über die Forderung nach moralischer Tendenz lustig und behauptet, diese fehle auch seiner Lebensgeschichte nicht. Zu Beginn des Romans hatte er das Ergebnis seiner empfindsamen Sozialisation mit Formulierungen zusammengefaßt, die treffsicher die Empfindsamkeit als moralische Tendenz charakterisieren:

»[...] die menschliche Gesellschaft kam mir als *eine* große, zärtliche Familie vor, in welcher sich nur zuweilen ein Kind vom rechten Wege verliert und nur der Zärtlichkeit bedarf, um sogleich wieder zurückgeführt zu werden. Ich nahm

mir also vor, ein recht edler, fein empfindender Mensch zu werden, um recht viele Verirrte wieder auf den rechten Weg zu bringen; mir stiegen die Thränen in die Augen, wenn ich mir die vielen Edelthaten lebhaft vorstellte, die ich gewiß noch verüben würde. [...] Ja, ich werde glücklich sein, mein Glück im Glücke meiner Brüder zu suchen. [...] Die lauterste, reinste Menschenliebe springt für euch in diesem Herzen.
Ich streckte meine Arme sehnsuchtsvoll aus, es schien, als wenn die sonnenbeglänzte Welt meiner Umarmung entgegenstrebe.«[42]

Bald wird zwar die Idealität dieses empfindsamen Programms durch die Prosa der Verhältnisse ironisiert, doch erfolgt kein prinzipieller Widerruf. Die Frage bleibt offen, ob die Empfindsamkeit als Modell der Lebenspraxis noch einen Rest von Verbindlichkeit besitzt oder ob sie nur noch eine Rolle anbietet, für die in Romanen zumindest ein dürftiges Weiterleben möglich ist.

Die ebenfalls 1796 geschriebene Erzählung *Der Naturfreund* legt dem Leser ein entschiedeneres Urteil über eine bestimmte Form von Empfindsamkeit nahe. Der Kriegsrat Kielmann, der nach anstrengender Arbeit als Geschäftsmann seine angegriffene Gesundheit durch einen Landaufenthalt wiederherstellen will, liebt die Literatur, die Unschuld des Landlebens und die Natur. Hatte er bisher eine Verbindung mit der Tochter eines Kollegen abgelehnt, weil das Mädchen gefühllos und ohne Sinn für Natur und Poesie sei, so glaubt er nun in Mademoiselle Langhof eine schöne und überdies verständige und gefühlvolle junge Dame kennengelernt zu haben. Während er über seine Bekanntschaft einem Freund in der Stadt berichtet, schreibt sie gleichzeitig einer Freundin. Ihr Urteil über Kielmann ist äußerst kühl, während er, ein »empfindsamer Narr«, durch ihre Mutter ermutigt wird, ihr die Ehe anzubieten. Wieder kommt es zu einer bedeutungsreichen Leseszene: Er liest ihr Klopstock vor, wobei sie das Gähnen so unterdrücken muß, daß ihr Tränen in die Augen treten. Er hält dies für den besten Beweis ihrer Empfindsamkeit. Während er nun die Natur doppelt genießt, schreibt seine Braut an ihre Freundin, sie habe schnell »zugeschlagen«, da reiche Männer jetzt selten seien. Nach der schnell vollzogenen Heirat wird der Kriegsrat zum Gespött der ganzen Stadt. Er merkt nun selbst, wie sehr er sich geirrt habe. Tieck hat den größten Teil der Erzählung auf den Kontrast abgestellt, der zwischen den nebeneinander gedruckten Parallelbriefen des Kriegsrats und der Mademoiselle Langhof entsteht. Während sie aus ihrer affektiven Distanz kein Hehl macht und ihre Einwilligung in die Heirat ohne Scham mit

Kielmanns Reichtum begründet, ist Kielmann in seinem realitätsfernen empfindsamen Vorurteil befangen, eine Ehe sei nur als reinste Sympathie der Seelen denkbar. Die aus der Literatur stammende empfindsame Idealität steht aufs neue der »Rechenhaftigkeit« der »Lebenstüchtigen« gegenüber. Bedenkt man, daß der Kriegsrat ein erfolgreicher Geschäftsmann sein soll, so erscheint seine Empfindsamkeit um so erstaunlicher. Sie stellt eine völlig private Gegenwelt dar, die mit seinen Berufsgeschäften nichts gemein hat und deshalb auch am besten in der »unschuldigen Natur« entfaltet werden kann.

Im selben Jahr 1796 erschienen zwei weitere Erzählungen Tiecks, deren Titel schon auf die Bücherwelt anspielen: *Fermer, der geniale* und *Ulrich, der empfindsame.*

Fermer, der gerade von der Universität kommt, über ererbtes Vermögen verfügt und nun seine Braut Louise aufsucht, ist der Typus des Kraftgenies. Seine Lebenserfahrung hat er überwiegend aus Büchern. Selten ist die Stillage seiner Rede der Situation angemessen. Er bedient sich meist eines hohen Stils mit hyperbolischen Wendungen – auch die Freundin, die er in der Universitätsstadt zurückgelassen hat, ist »überhaupt sehr für das Große«.[43] Angesichts seiner Liebe zu zwei Frauen liest er *Clavigo*, aber ein beruhigender Effekt stellt sich nicht ein. Inzwischen sucht er in Grosses *Genius* seine Zuflucht, bis er in Goethes *Stella* das treffende Bild seiner Lage findet. Er begrüßt es, »daß es doch Bücher und Gedichte für alle Menschen und für alle Situationen giebt; wie ich mich hier in jedem Zuge wieder finde.«[44] Nachdem er erfahren hat, daß Louise inzwischen mit einem anderen verlobt ist und seine feurigen Liebesbriefe nur als Stilübungen aufgefaßt hat, deklamiert er die ganze Rede Karl Moors, obwohl er bemerkt, daß sie nicht ganz auf seine Lage passe. Beim Abschied weiß Louise nichts besseres, als Fermer an die schöne Szene in der *Aussteuer* von Iffland zu erinnern. Eine neue Liebe zur Frau eines Hauptmanns, die gegenüber von Fermers Haus wohnt, motiviert seinen Plan eines Ritterromans mit autobiographischen Elementen. Als er jedoch vom Hauptmann zum Duell gefordert wird, das dieser als Farce auffaßt und zum Spott Fermers nach einigen Degenschlägen für beendet erklärt, verläßt der »Geniale« die Stadt. Auf dem Dorfe lernt er die Tochter des Küsters kennen und heiratet sie. Darauf zieht er wieder in die Stadt, bringt seiner Frau Geschmack an Büchern bei und bildet mit seinen inzwischen auch verheirateten ehemaligen Freundinnen und deren Männern einen vertraulichen Zirkel, in dem man »las und sprach und gähnte«.[45] Fermer ist nun tatsächlich Schriftsteller geworden; am Ende der Erzählung werden vier Werke genannt, deren Titel auf Modeliteratur der neunziger Jahre anspielen.

In *Ulrich, der empfindsame* wächst der Titelheld in einer Stadt auf, die sich durch zahlreiche Leihbibliotheken auszeichnet und in der Knaben schon im 12. Lebensjahr Gedichte, im 14. Rezensionen schreiben. Ulrich ist der einzige Sohn eines alten und reichen Kaufmanns und wird allein von seiner Mutter erzogen. »Sie hatte einen eignen kleinen Schrank voll empfindsamer Erziehungsschriften in das Haus gebracht, deren Theorie jetzt bei dem Knaben praktisch angewendet wurde.«[46] Wieder handelt es sich offenbar um philanthropische Schriften. Der Hofmeister, den Ulrich erhält, ist unlängst erst von der Universität abgegangen und über Dessau angereist. Dieser Hofmeister Seidemann eröffnet in der Stadt ein Privattheater. Die Hauptrolle im ersten Stück, einem »empfindsamen Familiengemälde«, spielt Seidemann.

Gegen den Wunsch des Vaters, ebenfalls Kaufmann zu werden, beharrt der herangewachsene Ulrich auf seinem Recht, eine »poetische Existenz« zu führen. Er plant – gleichzeitig mit Seidemann – nach Romanvorbildern die Entführung seiner Freundin. Das Unternehmen scheitert. Ulrich trifft nach manchen Abenteuern auf einen Schriftsteller, der ihn zum Schreiben ermuntert. Beide verstehen sich als Volksaufklärer und leisten auch ihren Beitrag zu aufklärender Kinderliteratur. Aber die Sehnsucht nach Louise quält Ulrich, er schreibt immer empfindsamer. Er begibt sich auf die Suche nach ihr und findet sie in einem Theater – man spielt gerade Großmanns Familiengemälde *Nicht mehr als sechs Schüsseln* (1780), und Seidemann und Louise spielen die Hauptrollen. Ulrich wird selbst erfolgreiches Mitglied der Theatertruppe, heiratet Louise, wird jedoch nach dem Tod seines Vaters Kaufmann, von dem es dann heißt, er »sei ein solider, vernünftiger Mann geworden.«[47]

Lebrecht, Fermer und Ulrich sind zumindest zeitweise Schriftsteller, der Kriegsrat führt sein wahres Leben in der schönen Natur mit Literatur und nicht bei seinen Handelsgeschäften. Tiecks frühe Arbeiten thematisieren nicht nur – nach dem Modell der Empfindsamkeit – in erstaunlichem Umfang Literatur in der Literatur, sie lassen ihre Protagonisten am liebsten gleich Schriftsteller sein. Ernst Ribbat hat mit Recht davor gewarnt, in den Beiträgen zu den *Straußfedern* Erfahrungen und Reflexionen ihres Autors zu suchen.[48] In der Massierung von »Schriftsteller-Helden« in einem Erzählwerk jedoch nur Zufall sehen zu wollen, scheint mir verfehlt. Die Erfahrungen des jungen Lohnschriftstellers Tieck gehen sicher nicht mit biographischen Details in diese Erzählungen ein, sie bilden aber ihren strukturellen Hintergrund. Die Frage sei hier nur gestellt, ob das Problem des wachsenden Erfahrungsverlusts empfindsamer Literatur nicht auch das Problem des jungen Tieck war, so daß es für ihn zu einer Literatur aus Literatur zunächst keine Alternative zu geben schien. Hinzu kommt, daß sich der Exempel-Charakter der Literatur, der sich in der Aufklärung im Funktionsübergang von der Erbauungsliteratur her intensiviert hatte, trotz des vorgeblichen Verzichts auf moralische Tendenz in den 90er Jahren in einem unerwarteten Maße gehalten hat. Es sind nicht nur die vermögenden jungen Rentner, von welchen Ribbat spricht, die aus Mangel an Lebensaufgaben und Arbeitszwang den literarischen Prototypen nachstreben. Wie bei vielen empfindsamen Autoren entsteht auch bei Tiecks Erzählungen der Eindruck, als gebe es in der Lebenspraxis keinerlei Alternativen zu den literarischen Angeboten, als determinierten die literarischen Muster das Leben total. Obwohl dem Schriftsteller die Fähigkeit zugeschrieben wird, mit Hilfe der Einbildungskraft neue mögliche Welten zu entwerfen, wird gerade er zum Paradigma der einfallslosen Nachfolge modischer Musterbücher.

Für die Entstehung romantischer Literatur ist es bezeichnend, daß eine »realistische« Wende keinen Ausweg versprechen konnte. Nur die Rückwendung zu alter und älterer Literatur ließ einen Innovationsschub erwarten. Im *Blonden Eckbert* wird Bertha, dessen Frau, aus dem verzauberten Märchenparadies der Kindheit durch das Lesen einiger alten geschriebenen Bücher, die wunderbare Geschichten enthalten, vertrieben. Die in dieser Erzählung ohne Rücksicht auf Leser vollzogene Amalgamierung von Elementen des Märchens, der modischen Ritterliteratur und der Schauergeschichte mit Wiedergänger-Motiv zeigt, verglichen mit der ebenfalls 1796 entstandenen Wiedergänger-Erzählung *Der Fremde,* wie weit sich Tieck in seiner »freien« Produktion schon vorwagen kann. Jedenfalls ist die Erneuerung der Literatur auch für Tieck nur durch neue literarische Modelle denkbar. Lebrecht empfiehlt schon die Volksbücher, hinzu kommen Märchen, die mittelalterliche und frühneuzeitliche Liedtradition, wie sie in *Des Knaben Wunderhorn* gesammelt wurde. In der Stilisierung der Renaissance zu einem idealischen Mittelalter, einem Zeitalter der Kunst und Religion und eines scheinbar unschuldigen Feudalismus, findet die neue Literatur einen zusätzlichen Beziehungsrahmen ästhetischer und vorformulierter Façon. An die Stelle der Determination durch abgewirtschaftete literarische Modelle, wie sie seit 1770 entwickelt worden waren, tritt die Determination durch ein zu diesem Zweck neu erfundenes Mittelalter. Heine hat über die Problematik, der Literatur durch solche Rückwendung zur Innovation zu verhelfen, Treffendes gesagt.

So erscheint die »spielende Phantasie«, die »blühende, ewig lebendige Phantasie und die zarte Empfindung«, die Tieck in Shakespeares *Sturm* und *Sommernachtstraum*[49] entdeckte, als Moment des Romantischen ebenso in der empfindsamen Literatur schon enthalten wie die Schöpfung von Literatur aus Literatur. Die Einbildungskraft ist – selbstverständlich neben ihrer allgemeinen Darstellung in der Poetik und Ästhetik – ein zentrales Thema der Diskussion über die Empfindsamkeit und Empfindelei. Gegen die Empfindler wird der Vorwurf erhoben, ihre Einbildungskraft negiere jede vernünftige Proportion und mache sie zu Enthusiasten, Schwärmern und Kraftgenies. Die unmäßige Ausbildung der Empfindsamkeit, begleitet von zügelloser und abenteuerlicher Phantasie, führe zur Verwechslung von Einbildungen mit Empfindungen. Entsprechend ließ sich die »Unwirklichkeit« und »Abenteuerlichkeit« romanhafter und romantischer Fiktion mit Ausschweifungen der Einbildungskraft verurteilen.

Immerhin hatte schon Sulzer die Einbildungskraft als »Mutter der schönen Künste« verstanden. Der Erfahrungsseelenkundler Irwing sprach von der »glücklichen Geschäftigkeit der Phantasie und Einbildungskraft, womit sie das Gefühl erweitert, und die Empfindsamkeit über immer zahlreichere Gattungen der Gegenstände ausdehnt«.[50] Wenn die Empfindsamen und die Empfindler »romantische Schwärmer« genannt wurden, so war der Zusammenhang zwischen den beiden Tendenzen durchaus richtig erkannt worden. Empfindsamkeit und Empfindelei sind im Medium der Einbildungskraft zumindest in der frühen Romantik wesentliche Kategorien.[51] Die Literatur aus Literatur ist in der Empfindsamkeit und Romantik auf eine Intensivierung der Leseraktivitäten angewiesen: Der Leser muß seine Einbildungskraft einbringen, will er den Romanfiktionen gerecht werden, ihnen »nachhängen«, um sie zu konstituieren und für sich fortzusetzen. Die »poetische Täuschung« der Empfindelei und der romantischen Fiktion mit Hilfe der Einbildungskraft wendet sich gleichermaßen gegen den »prosaischen Zweifel«.[52] In der Empfindsamkeit ist die Einbildungskraft das Mittel zur Vervielfältigung und Verfeinerung der

Empfindungen, in der Romantik das Mittel zur Produktion romantischer Vorstellungen.

Zu diesem wichtigen Aspekt einer Transformation der Empfindsamkeit in der Frühromantik treten, wie gezeigt wurde, die Analogie einer Literatur aus Literatur, die dennoch in die Lebenspraxis einwirkt, wie es gerade Tiecks Beiträge zu den »Straußfedern« demonstrieren, und die bei Wackenroder manifeste Ablösung der moralischen Empfindsamkeit durch die ästhetisierte und ins Religiöse erhobene Empfindung.

Anmerkungen

1 Christian Wilhelm Snell, Lehrbuch der Kritik des Geschmacks, Leipzig 1795, S. 251, Anm. 3. Zit. n. Georg Jäger, Empfindsamkeit und Roman. Wortgeschichte, Theorie und Kritik im 18. und frühen 19. Jahrhundert, Stuttgart 1969, S. 58.

2 Carl August Böttiger, Ueber den Misbrauch der Deutschen Lectüre auf Schulen und einigen Mitteln dagegen, Leipzig 1787, S. 16f.

3 Karl August Ragotzky, Über Mode-Epoken in der Teutschen Lektüre, in: Journal des Luxus und der Moden, November 1792, S. 551. Zit. n. W. Doktor/G. Sauder (Hg.), Empfindsamkeit. Theoretische und kritische Texte, Stuttgart 1976, S. 119.

4 G. Sauder, Empfindsamkeit. Band I: Voraussetzungen und Elemente, Stuttgart 1974, S. 205f.

5 [Anonym], Beitrag zur Geschichte des menschlichen Herzens ohne Vorrede und Dedication, o.O. 1780, S. 10ff.

6 Gotthold Ephraim Lessing, Werke. Vierter Band: Dramaturgische Schriften, München 1973, S. 163.

7 Wilhelm Heinrich Wackenroder, Werke und Briefe, Heidelberg 1967, S. 309. Vgl. S. 293, 297ff., 308f. Kommentierende Anmerkungen und genauere Datierungen zu den einzelnen Briefen Wackenroders und Tiecks lieferte Oscar Fambach, Zum Briefwechsel Wilhelm Heinrich Wackenroders mit Ludwig Tieck, in: Jahrbuch des Freien Deutschen Hochstifts 1968, S. 257–282.

8 Vgl. Alberto Martino, Emotionalismus und Empathie. Zur Entstehung bürgerlicher Kunst im 18. Jahrhundert, in: Jahrbuch des Wiener Goethe-Vereins Bd. 81/82/83 (1977/1978/1979), S. 117–130.

9 Wackenroder, Werke und Briefe, S. 387.

10 Ebd., S. 412.

11 Ebd., S. 287, 333.

12 Vgl. Anm. 8 und G. Sauder, Mendelssohns Theorie der Empfindungen im zeitgenössischen Kontext, in: Humanität und Dialog: Lessing und Mendelssohn in neuer Sicht. Beiheft zum Lessing Yearbook. Hg. v. Ehrhard Bahr, Edward P. Harris und Laurence G. Lyon, Detroit/München 1982, S. 237–248.

13 Wackenroder, Werke und Briefe, S. 112.

14 Ebd., S. 115f.

15 Ebd., S. 131. Vgl. S. 128, und Hans Joachim Schrimpf, W. H. Wackenroder und K. Ph. Moritz. Ein Beitrag zur frühromantischen Selbstkritik, in: Ders., Der Schriftsteller als öffentliche Person, Berlin 1977, S. 84–106.

16 Wackenroder, Werke und Briefe, S. 112, 113.

17 Vgl. August Langen, Der Wortschatz des deutschen Pietismus, Tübingen ²1968.

18 Zur Wassermetaphorik in empfindsamer Verwendung vgl. Claus Lappe, Studien zum Wortschatz empfindsamer Prosa, Diss. Saarbrücken 1970, S. 271ff., 290f.

19 Vgl. Richard Alewyn, Wackenroders Anteil, in: The Germanic Review 19 (1944), S. 49ff.

20 Laurence Sterne, Empfindsame Reise. In der Bodeschen Übersetzung neu hrsg., mit einem Essay *Zum Verständnis des Werkes* und einer Bibliographie versehen von Wolfgang Clemen, Hamburg 1957, S. 10.

21 Wackenroder, Werke und Briefe, S. 138.

22 Vgl. ebd., S. 79ff., 147, 250, 204, 251. Eine kritische Analyse dieser Konstrukte hat Martin Bollacher vorgelegt: Wackenroders Kunst-Religion. Überlegungen zur Genesis der frühromantischen Kunstanschauung, in: Germanisch-Romanische Monatsschrift 61 (1980), S. 377–394.

23 Vgl. Wackenroder, Werke und Briefe, S. 245, 254.

24 Vgl. ebd., S. 71, 52.

25 Vgl. ebd., S. 81.

26 Ebd., S. 222.

27 Ebd., S. 223f.

28 Ebd., S. 237, 207.

29 Ebd., S. 206.

30 Ebd., S. 195.

31 Vgl. ebd., S. 210, 233.

32 Ebd., S. 238, 235.

33 Ebd., S. 125.

34 Ludwig Tieck, Schriften. Eilfter Band, Berlin 1829, S. XL.

35 Ebd., S. LXXIII.

36 Ludwig Tieck, Schriften. Vierzehnter Band: Erzählungen und Novellen, Berlin 1829, S. 164.

37 Vgl. Tieck, Schriften. Eilfter Band, S. XLVIf.

38 Ebd. S. XXXIIIf., XLVII.

39 Peter Michelsen, Laurence Sterne und der deutsche Roman des achtzehnten Jahrhunderts, Göttingen ^{2}1972, S. 116.

40 Tieck, Schriften. Vierzehnter Band, S. 165.

41 Tieck, Schriften, Funfzehnter Band, S. 18.

42 Tieck, Schriften. Vierzehnter Band, S. 175f.

43 Tieck, Schriften. Funfzehnter Band, S. 187.

44 Ebd., S. 189.

45 Ebd., S. 203.

46 Ebd., S. 124.

47 Ebd., S. 180.

48 Ernst Ribbat, Ludwig Tieck. Studien zur Konzeption und Praxis romantischer Poesie, Kronberg 1978, S. 32.

49 Ludwig Tieck, Shakespeare's Behandlung des Wunderbaren (1793), in: Ludwig Tieck, Ausgewählte kritische Schriften. Mit einer Einleitung hrsg. von Ernst Ribbat, Tübingen 1975, S. 2, 4.

50 Karl Franz von Irwing, Erfahrungen und Untersuchungen über den Menschen. Bd. 1, 2., vermehrte und verbesserte Ausgabe, Berlin 1777, S. 210. Zit. n. W. Doktor/G. Sauder (Hg.), Empfindsamkeit, S. 58.

51 Über den Zusammenhang von Empfindsamkeit, Empfindelei und Einbildungskraft vgl. G. Sauder, Empfindsamkeit. Band I, S. 162ff.

52 Tieck, Schriften. Funfzehnter Band, S. 161.

Lothar Pikulik

Die Frühromantik in Deutschland als Ende und Anfang

Über Tiecks *William Lovell* und Friedrich Schlegels Fragmente

Die Frühromantik fällt in die Spätzeit von Aufklärung und Empfindsamkeit. Fragt man nach ihrem Epochencharakter, denkt man unwillkürlich an Johan Huizinga und sein berühmtes Buch über das Spätmittelalter. Huizinga berichtet in der Vorrede der 1. Auflage, wie es zur Idee und zum Konzept dieses Buches kam. Ausgehend von dem Bedürfnis, »die Kunst der Brüder van Eyck und derer, die ihnen gefolgt waren, besser zu verstehen und sie im Zusammenhang mit dem Leben ihrer Zeit zu erfassen«,[1] hatte er ursprünglich im ausgehenden Mittelalter die Anfänge der Neuzeit aufspüren wollen. Im Laufe der Untersuchung ergab sich ihm jedoch ein anderes Bild. »Es zeigte sich, wie gerade das 14. und 15. Jahrhundert in Frankreich und in den Niederlanden viel mehr dazu geeignet sind, uns von dem Ende des Mittelalters und von den letzten Erscheinungsformen der mittelalterlichen Kultur einen Begriff zu geben, als uns die erwachende Renaissance vor Augen zu führen.«[2] In einer Lebenserinnerung hat Huizinga diesen Blickwechsel sogar auf eine plötzliche Inspiration zurückgeführt. Auf einem Spaziergang eines Sonntagnachmittags außerhalb Groningens sei ihm die Einsicht aufgegangen: »das späte Mittelalter ist nicht Ankündigung eines Kommenden, sondern ein Absterben dessen, was dahingeht.«[3] Denk- und zitierwürdig ist noch die prinzipielle Überlegung, die Huizinga seinem nunmehr *Herbst des Mittelalters,* nicht etwa *Frührenaissance* oder *Frühling der Renaissance* genannten Werk vorausschickt: »Unser Geist richtet sich mit Vorliebe auf das Erkennen der ›Ursprünge‹ und ›Anfänge‹. Das Versprechen, das eine Zeit an die kommende bindet, scheint uns meistens wichtiger als die Erinnerungen, die sie mit der vorhergehenden verknüpfen.«[4]

Was ist die Frühromantik? Ist sie, wie der Name suggeriert und wie in der Tat viele meinen, Beginn des Neuen, Frühzeit der Romantik, wenn nicht gar Frühling der Moderne? Oder ist sie nicht doch eher Reife und Abschluß des Vorhergehenden, »Herbst« des 18. Jahrhunderts?

Die Texte geben die Antwort. Befragen wir zwei von ihnen, den einen ausführlicher: Ludwig Tiecks Briefroman *Geschichte des Herrn William Lovell* aus den Jahren 1793–96 (Erstausgabe 1795/96), den anderen, der ohnehin viel zu komplex ist für eine genauere Analyse in diesem Rahmen, mehr im Vorbeigehen und im Vergleich mit dem ersten: Friedrich Schlegels Fragmentensammlung aus der Zeit zwischen 1796 und 1806 *(Philosophische Lehrjahre).*

Ob Tiecks Roman noch 18. Jahrhundert oder schon Romantik ist, entscheidet sich selbstverständlich nicht dem Buchstaben, sondern dem Geist des Werkes gemäß. Darum sind es nicht die Quellen, die motivischen Entlehnungen, die dem *Lovell* den gebührenden historischen Ort zuweisen. Sonst wäre die ganze Romantik, nicht nur Tiecks Roman, kaum mehr als ein Ableger des 18. Jahrhunderts. Ist es doch offensichtlich, daß nahezu sämtliche Motive des romantischen Romans auf die vorromantische Gothic Novel zurückgehen und daß das romantische Märchen in gleichem Maße von der Tradition des älteren Feenmärchens abhängt. Zu fragen ist vielmehr, zu welchem inneren Zweck der Autor sich vorgeprägter Schemata bedient, mit welch innerer Substanz Tieck die verschiedenen wohlbekannten Muster erfüllt, die er sich aus den literarischen Moden der damaligen Zeit zusammengelesen hatte: die Form des Briefromans, die Form des Geheimbundromans, die Form auch des negativen Entwicklungsromans, wie er sie im *Paysan perverti* von Rétif de la Bretonne (1775) vorfand. Was bedeutet es, wenn wir Zeuge eines Schicksals werden, das, äußerlich zwar abenteuerlich genug, dennoch weit mehr von der Seite seiner psychologischen Voraussetzungen interessiert? Denn es scheint nicht annähernd so wichtig, daß William Lovell zu seinem Verderben in die Netze einer Geheimen Gesellschaft gerät, die ihn zu lasterhaften Taten verführt, wie daß er sich heillos in dem Labyrinth seines eigenen komplizierten Inneren verliert, ein Irrweg, den er mit dem Verlust von Besitz und Stand, Liebe und Freundschaft, Glück und Zufriedenheit bezahlt.

Den ersten Schritt zum adäquaten Verständnis dieser Geschichte tun wir, wie mir scheint, wenn wir annehmen, daß Tieck ihren Verlauf und ihr Ende trotz der Anlehnung an ein vorgegebenes Handlungsmuster (Rétif de la Bretonne!) nicht in jeder Hinsicht vorausgesehen hat.

Der Roman hätte, der Vorlage zum Trotz, auch anders verlaufen können. Damit soll nicht der Autor von der Verantwortung für sein Werk freigesprochen werden. Aber man muß sich von der Vorstellung lösen, daß Literatur immer nur wiedergibt, was vorher bereits erkannt und geplant ist und fix und fertig im Kopf des Autors bereit liegt. Seit dem 18. Jahrhundert schreiben Autoren auch, um zu erkunden, was sie noch nicht wissen, d. h. sie verfahren, wenn sie so schreiben, experimentell. Am Anfang jedes Experiments steht die Frage: »Was geschieht, wenn...?« Der Wenn-Satz nennt dabei die Bedingungen und Voraussetzungen, unter denen ein Prozeß, dessen Ergebnis man noch nicht kennt, in Gang gesetzt wird. Nicht anders, so ist anzunehmen, geht Tiecks Roman die unausgesprochene Frage voraus: Was geschieht, wenn ein Mensch mit diesen und jenen Anlagen in diese und jene Situation gerät und sich so und so verhält? Worauf dann der Roman selber die unvorhergesehene Antwort erteilt.

Den zweiten Schritt zur angemessenen Deutung tun wir, wenn wir sehen, wie sehr Tieck bei diesem Experiment selber involviert ist, nicht nur als schreibendes Subjekt, sondern auch als behandeltes Objekt. Ist *William Lovell* offensichtlich die Geschichte einer Krise, so ist es die Krise nicht nur des Helden, sondern auch seines Autors. Man kann geradezu sagen, daß der Autor den Helden stellvertretend für sich vorschiebt. Denn eigentlich geht es ihm darum herauszufinden, wo es mit ihm selber hinaus will. Da er aber in der Realität für sich selbst nicht die äußeren Bedingungen schaffen kann, die ein solcher Versuch erfordert; da er, auch wenn er sie schaffen könnte, seine Existenz aufs Spiel setzen müßte, wollte er höchstpersönlich und in Wirklichkeit die Rolle eines Lovell spielen, so operiert er mit einer fiktiven Figur in einer fiktiven Welt und macht mit ihnen im Rahmen der Fiktion zwar bitter Ernst, beläßt das Geschehen aber vom Standpunkt der Wirklichkeit und im Sinne des Experiments auf der Ebene des bloß Möglichen. Tiecks Verhältnis zu seinem Helden ist daher sowohl durch Identifikation wie durch Distanz gekennzeichnet. Er schöpft die Möglichkeit zu den Verirrungen Lovells aus dem eigenen Inneren, er bürdet deren Aktualisierung aber allein der fiktiven Figur auf.[5]

Es ist im übrigen nicht zu übersehen, daß die Gesamtheit alles dessen, was Lovell ist und werden kann und was er nicht ist und nicht wird, nicht nur an ihm selber, sondern auch an einer großen Zahl von Nebenfiguren sichtbar wird. Fast alle diese Figuren stehen zu Lovell in irgendeiner Weise im Verhältnis der Spiegelung oder des Kontrastes und beleuchten daher ihn selbst, diese Konzeption bedeutet andererseits aber auch eine Multiplizierung des experimentellen Ansatzes und eine Multiplizierung der Lösungsmöglichkeiten, denn jede dieser Figuren hat auch Eigengewicht und ist einer Sonderentwicklung fähig.

Komplex wie die multipersonale und multiperspektivische Anlage des Romans ist auch das zentrale Problem oder das, was wir beiläufig »Krise« genannt haben. Lovell erlebt zunächst eine Krise im seelischen Sinne, eine Krise seines Fühlens und Erlebens. Darin tritt er das Erbe eines Werther, eines Eduard Allwill, eines Woldemar, eines Anton Reiser an. Es ist schon früh bemerkt worden, daß Tiecks Roman in der Tradition der Empfindsamkeit steht, und in der Tat, wer in der Frühromantik nach Elementen der empfindsamen Gefühlskultur sucht, der findet sie hier alle versammelt: die Hochschätzung des Gefühls und die Analyse des Gefühls, die Lust am Leiden und die Lust am Mitleiden, das Schwärmen für Freundschaft und Liebe und die Exaltation des Naturgefühls, die Melancholie und die Hypochondrie, die hochfliegende Erwartung und die Enttäuschung über die nüchterne Wirklichkeit. Aber, wie man ebenfalls erkannt hat, mehr noch als bei Werther und den übrigen genannten Vorgängern werden hier auch die problematischen Seiten der Empfindsamkeit und ihre schlimmen Folgen aufgedeckt: die Ichbezogenheit und Wirklichkeitsarmut, die Abnutzung der Gefühlsfähigkeit und das ständige Reizen der Gefühle, die Auspowerung des Gefühlshaushaltes infolge des ständigen Reizes und die Degeneration der ganzen Empfindsamkeit zur bloßen Affektation und Schauspielerei. Wenn Lovell früh schon an Herzensleere krankt, dann ist daran nicht zuletzt eine Eigenschaft schuld, die den empfindsamen Typus von allem Anfang an prägt: die Reflektiertheit des Fühlens. Schon H. A. Korff hat darauf hingewiesen, daß sich zwischen Lovell und sein Erleben stets das zuschauende Bewußtsein schiebt und damit die wachsende Gefühlsimpotenz begründet,[6] aber er hat vergessen hinzuzufügen, daß diese Reflektiertheit noch durch eine weitere überboten wird. Denn in Tiecks Roman präsentiert sich die Empfindsamkeit nicht nur als das, was sie von jeher ist, als bewußtes Gefühl, sondern auch als Bewußtheit dieser Bewußtheit, als Empfindsamkeit, die sich selbst in allen Belangen durchschaut und sich nichts mehr vormacht. In dieser Hinsicht ist der Roman Höhepunkt und Abschluß zugleich, in dieser Hinsicht ist er allerdings auch am wenigsten Experiment. Denn über die problematischen Seiten des empfindsamen Fühlens wußte Tieck frühzeitig Bescheid, nicht nur durch die literarischen Vorbilder, und darin brauchte er nur seine eigenen, längst gemachten Erfahrungen zu befragen.

Auf einer anderen Ebene ist der experimentelle Charakter viel greifbarer. Mehr noch als um die Darstellung einer seelischen Krise ging es Tieck offenbar um die Darstellung einer Sinnkrise. Auch dieser Sachverhalt ist wieder komplex und nicht auf einen einzigen Nenner zu bringen.

Da werden wir zum einen mit einem grundsätzlichen und pauschalen Pessimismus konfrontiert, der in manchem barock klingt, aber jegliche Hoffnung auf ein besseres Dasein im Jenseits vermissen läßt:[7] »unser ganzes Leben [ist] ein unnützes Treiben und Drängen [...], das elendeste und verächtlichste Possenspiel, ohne Sinn und Bedeutung«, heißt es etwa (II, 30). Oder: »euer Leben fährt wie ein Rauch dahin und euer Ruhm ist eine halbe Stunde, in der ein müßiger Schwätzer von euch spricht und euch verachtet.« (II, 34) Oder wie könne es noch Menschen geben, die »noch gar nicht darauf gefallen sind, sich selbst und andre näher zu betrachten, wie lächerlich, possenhaft und weinerlich alles, alles, selbst Sterben und Verwesen ist?« (II 31f.) Dieses Credo, das einem totalen und unheilbaren Sinnverlust entspringt und das einem Thomas Bernhard alle Ehre machen würde, findet sich nun freilich weniger in den Briefen Lovells als in denen seines Freundes Balder, eines finsteren Melancholikers, der im Wahnsinn endet.

Lovell selbst ist von seinem Autor eine andere Form von Sinnkrise zugedacht worden, zwar keine mildere, aber eine offenere: der Skeptizismus. Wie bisher für viele Interpreten offensichtlich, wie aber auch der Autor selber zu verstehen gegeben hat, berühren wir damit den innersten Nerv des Romans. Tieck hat viele Jahre später, anläßlich der dritten Ausgabe des Romans in den *Schriften,* einigermaßen selbstkritisch bekannt, daß das, was bei dem Unternehmen Pate gestanden habe, die bohrenden Zweifel seines jugendlichen Gemüts gewesen seien, die sich mit den überlieferten und offiziell gelehrten Wahrheiten nicht zufrieden geben wollten. Im sogenannten *Vorbericht zur zweiten Lieferung* schreibt er: »Schon früh, in jener Zeit, wenn die meisten Menschen fast unbewußt ihrer Jugend froh genießen, führte mich mein Gemüth zu den erntesten und finstersten Betrachtungen. Unbefriedigt von dem Unterrichte, den ich von Lehrern und Büchern erhielt, versenkte sich mein Geist in Abgründe, die zu durchirren und kennen zu lernen wohl nicht die Aufgabe unsers Lebens ist. [...] Ein vorwitziger, kecker Zweifel, ein unermüdliches, finsteres Grübeln hatten für mich den Baum des Lebens entblättert«.[8]

Das ist, wie man sieht, die Diagnose einer inneren Krise. Handfeste äußere Tatsachen, wie sie unsere heutige junge Generation als Grund für ihre Trost- und Hoffnungslosigkeit anführt, werden von Tieck nicht genannt. Und auch bei seinem Helden erwächst die Malaise aus dem Inneren, erkennt man doch, daß sich das Erlebnis der äußeren Wirklichkeit nach seiner Stimmung und seinem Gefühl richtet.

Wenn aber eine problematische Subjektivität nicht auf ein einzelnes Individuum beschränkt zu sein braucht, sondern ein Kollektivschicksal sein kann, dann mag die Sinnkrise bei Tieck auch sozialpsychologisch bedingt sein. Der Roman entstand in einem geistigen Klima, das zum einen durch die nachlassende Glaubwürdigkeit der traditionellen Normen, zum anderen durch das Postulat der Aufklärung geprägt war, keine der gängigen Lehrmeinungen ungeprüft zu übernehmen. Durch Selbstprüfung und Selbsttätigkeit solle man vielmehr alles, was wert zu lernen sei, zu einem selbsterworbenen Besitz machen, ein Postulat, das bei den jungen aufgeweckten Geistern der Berliner Intellektuellenkreise offene Ohren gefunden hatte. Sie ließen sich damit freilich auf geistige Kämpfe und Abenteuer ein. Tieck schreibt im *Vorbericht:* »Die Mehrzahl der Menschen empfängt alles vom Hörensagen und begnügt sich damit in einer Bescheidenheit, die unbegreiflich seyn würde, wenn sich in der Regel mit ihr nicht Eitelkeit und Hochmut am leichtesten verbänden. Das so wohlfeil Empfangene ist nur ein Scheinbesitz [...] Da dergleichen Gemüther niemals verlangen, daß Gedanke, Wissenschaft, Kunst und sogenannte Bildung ein Erlebtes, Errungenes seyn soll, so lächeln viele von ihnen vornehm genug auf jene ernsteren Naturen hinab, denen das Leben ein Kampf wird, weil sie alles, was sich ihnen als ächt und groß ankündigt, in ihrem Innern wahrhaft erfahren, es mit ihrem eigensten Selbst verbinden, und so für alle Zeiten besitzen wollen.«[9] Damit scheint mir der Anteil der Aufklärung an dem Tieckschen bzw. Lovellschen Skeptizismus aber auch schon erschöpft. Um zu begreifen, aus welchen viel tiefergehenden Wurzeln dieser Skeptizismus hauptsächlich stammt, ist es zweckmäßig, ihn gewissermaßen in statu nascendi zu betrachten.

Tieck findet für sein Zweifeln auch den Ausdruck »unermüdliches, finsteres Grübeln«, und der Leser seines Romans merkt auf, da dies die Geistes- (oder soll man besser sagen: Seelen-) Tätigkeit ist, durch die auch ein Lovell, ein Balder häufig charakterisiert wird. Was ist damit gemeint?

Grübeln ist eine introvertierte Form des Denkens. Der Grübelnde versenkt sich in sich selbst und forscht in seinem eigenen Inneren, und er vollzieht dabei stufenweise eine Bewegung, durch die die Erkenntnis immer tiefer zu gelangen sucht. Das Wort schon weist in seiner Grundbedeutung auf diesen Vorgang hin: ›grübeln‹ ist eine Iterativbildung zu ›graben‹ und meint somit ein ständiges oder, wie Tieck sagt, »unermüdliches« Sich-in-die-Tiefe-Vorarbeiten, und zwar, da der Ausdruck seit ältester Zeit vornehmlich im geistigen Sinne gebraucht wird, in die Tiefe des eigenen Gemüts. Dieser Bedeutung adäquat sind Bilder aus dem Bereich des Gebirges und Bergwerks. Sein Geist habe sich in »Abgründe« versenkt, sagt Tieck im *Vorbericht.* Im Romantext selbst ist von den »ungeheuren Abgründe(n) der Zweifelsucht« die Rede (III, 167) oder davon, daß das Denken in »ungeheure Klüfte« führe (II, 23). Einmal dichtet Lovell Verse, in denen er sich als Bergmann tief im Inneren der Erde sieht, verlockt von der Aussicht auf einen Schatz, aber rettungslos eingeschlossen wie zur Strafe für seinen Vorwitz (II, 352 ff.). *Schrecken des Zweifels* überschrieb Tieck später das Gedicht, als er es in seine Gedichtsammlung (1821–23) aufnahm.

Diese introvertierte Tiefschürfung ist im Prinzip nun freilich wieder nicht sehr neu. Erinnern wir uns noch einmal an Figuren wie Werther, Woldemar, Eduard Allwill, Anton Reiser oder nehmen wir einen Text wie Lavaters *Tagebuch eines Beobachters seiner selbst,* so liegt auf der Hand, daß in Tiecks bzw. Lovells Grübeln die von jenen Gestalten wohlbekannte Introspektion und Selbstanalyse wiederkehrt. Auch dieses Problem des Romans also entspringt der Empfindsamkeit, aber nicht ihrer emotionalen, sondern ihrer intellektuellen Seite.

Neu ist andererseits die Radikalität, mit der das empfindsame Grübeln hier vorgeht, und wie in Tiecks Roman die Empfindsamkeit in emotionaler Hinsicht auf die Spitze getrieben und an ein Ende[10] geführt wird, so wird sie es nicht minder in intellektueller Hinsicht. Denn das Grübeln ist von innen, was Lovells Weg über weite Strecken auch von außen ist: eine Reise ins Unwegsame und Richtungslose, eine Verirrung in ein Gelände, in dem es an Wegweisern fehlt oder falsche Markierungen den Umherschweifenden von einer Ausweglosigkeit in die andere taumeln lassen. Das wird dem Grübler selber gegenwärtig: »Ich sinne oft dem Gange meiner Ideen nach, und verwickele mich nur um so tiefer in diese Labyrinthe, je mehr ich nachsinne.« (II, 262)

»Die Sucht über uns selbst zu grübeln, liegt in uns, und doch lernen wir beim aufmerksamsten Studium nichts und alles Einfache, und Gute verliert sich aus uns bey diesen Betrachtungen.« (III, 24) »Was ist alles Grübeln und Träumen, was alle Freygeisterey? Luxus und Verschwendung, bey denen der arme menschliche Geist am Ende darben muß.« (III, 466)

Warum führt dieser Weg in die Verwirrung, in den Verlust, in die Armut oder, wie es das Bild vom »Abgrund« sagt, in die Bodenlosigkeit? Der grüblerische Zweifel ist ein fortgesetztes Infragestellen, ein permanentes Relativieren von Werten und Standpunkten. Alles, was Lovell anfangs noch teuer ist und für ihn Bestand hat, zerrinnt ihm nach und nach zu Wert- und Wesenlosem: die Tugend, die Reinheit, der Anstand, der Edelmut, die Liebe, die Freundschaft, die allgemeine Menschengüte, es zerfällt ihm auch die Wirklichkeit, ja die ganze Weltordnung. So bliebe ihm absolut nichts als Wüste und Chaos, wenn es nicht doch auch zu dem Versuch käme, diese Verluste wieder wettzumachen.

Denn offensichtlich hat der Skeptizismus hier nicht nur eine destruktive, sondern auch eine kompensatorische Funktion. Tieck hätte den Roman wohl kaum geschrieben, wenn er es nur beim Relativieren hätte belassen wollen. Er wollte offenbar gerade ausprobieren, ob sich über der Auflösung aller verbindlichen Prinzipien nicht eine neue Verbindlichkeit und damit ein neuer Haltepunkt finden lasse. Und genau besehen ist ja das Grübeln eine Doppelbewegung. Indem der Geist immer tiefer gräbt, stellt er von Mal zu Mal das Gesichtete und Geortete in Frage, aber er forscht auch nach dem Punkt, der der letzte und endgültige ist, und insofern vollzieht er nicht nur den Akt des Zweifelns, sondern auch den des Suchens. Man wird freilich einem Schatzgräber wie Lovell nicht soviel Ehre antun wollen, das Gold, nach dem er untertage schürft, im philosophischen Sinne zu deuten. Nicht so sehr die reine Wahrheit lockt ihn, sondern die Aussicht auf Erlösung in psychologischer, um nicht zu sagen psychiatrischer Hinsicht. Was er sucht, ist die Befreiung von einem seelischen Druck, von den Frustrationen des Zweifels, und so kann ihm prinzipiell jeder Stand- und Haltepunkt recht sein, wenn es nur einer ist, der vom Grübeln nicht so leicht untergraben werden kann. Ein Königreich für eine Überzeugung! »Geben Sie mir nur Eine Ueberzeugung und ich bin zufrieden. Dieser Zweifel ist der Henker, der unsre Seele auf die Folter legt.« (II, 355)

Dieses therapeutische Bedürfnis begründet bei Lovell denn auch das, was man seine »Ideologieanfälligkeit« nennen könnte. Wenn der Emissär der Geheimen Gesellschaft, der Italiener Rosa, dem schwankenden Skeptiker eine neue Lehre in die Ohren träufelt, dann akzeptiert Lovells Geist auffällig schnell und willig diese Doktrin, wie ein Ertrinkender, der nach dem ersten besten Rettungsmittel greift. Rettung scheint Rosas Ideologie, die in zwei primitiven Dogmen gipfelt, durchaus zu versprechen; denn wenn einer der beiden Lehrsätze den hemmungslosen Genuß predigt, dann verheißt das die Auflösung aller quälenden Zweifel in gnädiges Vergessen gewährendem Rausch. Freilich liegt in dieser Lehre zugleich eine für Lovells Selbstgefühl schmeichelhafte Bestätigung und eine für sein Denken verführerische Plausibilität. Der andere Kardinalsatz besagt nämlich, daß das Ich der unumschränkte Herr der Welt sei, und dieser Satz schmeichelt Lovells empfindsamer, von Beginn an vorhandener Egozentrik. Und wenn sein grüblerischer Geist dabei ist, alle objektiven Werte und Standpunkte der physischen und moralischen Außenwelt aufzulösen, dann scheint es im Umkehrschluß durchaus einleuchtend, anzunehmen, daß alles, was den äußeren Anschein von objektiver Geltung hervorruft, durch eine subjektive Setzung geschaffen ist.

Wo Tieck einige der in diesem Zusammenhang geäußerten philosophischen Weisheiten her hat, ist nicht schwer zu erkennen. Gewiß nicht von Fichte, den der junge Autor damals noch gar nicht kennen konnte. Aber ersichtlich handelt es sich um Strandgut der Kantschen Erkenntnistheorie, das der junge Tieck in den intellektuellen Zirkeln Berlins sowie an seinen Studienorten Halle und Göttingen aufgelesen haben mag und das er auf eigene Faust zu einer Prä- und Pseudo-Fichteschen Ich-Philosophie weiterentwickelte. Wenn Kant gelehrt hatte, daß wir die Welt nur als Erscheinung erfassen und daß Eigenschaften der Welt wie Raumzeitlichkeit und Kausalität Formen unserer Anschauung und unseres Verstandes sind, so wird diese kopernikanische Wende zum subjektiven Bestimmungsgrund unserer Erfahrung von Lovell brav repetiert: »Freilich kann alles, was ich außer mir wahrzunehmen glaube, nur in mir selber existiren. Meine äussern Sinne modificiren die Erscheinungen, und mein innerer Sinn ordnet sie, und giebt ihnen Zusammenhang.« (I, 320) Auch das »Ding an sich« spukt in Lovells Gedanken. Hatte er vorher mit Kant richtig befunden, daß wir »nicht die wahre Gestalt der Dinge erkennen« (I, 314), so bildet er sich nunmehr dennoch von dieser wahren Gestalt eine Vorstellung, die allerdings von Kant inspiriert sein könnte: »Wüst und chaotisch liegt alles umher, unkenntlich und ohne Form für ein Wesen, dessen Körper und Seele anders, als die meinigen organisirt wären: aber mein Verstand, dessen erstes Prinzip der Gedanke von Ordnung, Ursach und Wirkung ist, findet alles im genausten Zusammenhange, weil er seinem Wesen nach das Chaos nicht bemerken *kann*.« (I, 320f.) Darauf folgt das selbstherrliche, eher unkantische Fazit: »So beherrscht mein äußrer Sinn die physische, mein innerer Sinn die moralische Welt. [...] *Ich selbst* bin das einzige Gesetz in der ganzen Natur, diesem Gesetze gehorcht alles.« (I, 322f.)

Man sieht aber, daß diese frohe Botschaft den Rettungsuchenden nicht erlöst, was auch nicht im Sinne des Verführers Rosa und seines Auftraggebers wäre. Die Ausbildung zum »Genußmenschen«, um mit Wedekind zu reden, mißlingt, weil Lovell, wie oben dargelegt, zur dauerhaften Hingabe an den Genuß aufgrund seiner seelischen Disposition nicht fähig ist. Und es liegt in der Eigenart des grüblerischen Zweifels, daß ihm keine Position standhält und daß er nicht ruht, bis die letzte Sicherheit vertilgt ist. So fragt sich Lovell bald, nachdem er Rosas Lehre geschluckt hat: »Und ist denn meine jetzige Meinung nicht vielleicht eben so wohl Täuschung, als meine vorhergehende? [...] wer steht mir dafür ein, daß ich nicht einen weit größeren Irrthum gegen einen kleineren eingetauscht habe?« (II, 22) Wäre Lovell seiner autonomen Gesetzgeberschaft so sicher, könnte er selbstbewußt und stolz sein Leben weiterführen. In Wahrheit sieht es mit seinem Selbstbewußtsein nicht zum besten aus. Anfälle von Kleinmut und vor allem Selbstverachtung suchen ihn im weiteren Verlauf immer wieder heim, und sie sind nichts anderes als Symptome dafür, daß die Sinnkrise sich bei ihm zu einer Ich- und Identitätskrise ausweitet.

Der Roman bringt die Problematik der Selbstentfremdung außer in zahlreichen verbalen Bekundungen durch sein Handlungsgespinst und seine Motivik zum Ausdruck. Im groben eine Verführungs- und Intrigengeschichte, baut er genauer besehen eine mehrfach gestaffelte Drahtzieher- und Marionettenwelt auf. In dieser Welt ist jeder, der andere zu ziehen glaubt, selbst ein Gezogener, entpuppt sich jede scheinbare Unbedingtheit, wenn jeweils ein höherer Beobachtungsort eingenommen wird, als etwas Bedingtes. So ist der sich autonom dünkende Lovell eine Marionette Rosas, wie Rosa wiederum eine Marionette Waterloos ist. Aber auch Waterloo, der scheinbar oberste Drahtzieher, ist seinem Gefühl nach wieder nur der Narr seiner selbst, wobei er sich fragt, wer denn dieses Selbst überhaupt ist: »Ich habe mich auch in manchen Stunden für etwas recht Besonderes gehalten – und was bin ich am Ende? [...] Wer ist das seltsame *Ich*, das sich so mit mir selber herumzankt?« (III, 456)

Ein zweites wichtiges Leitmotiv des Romans ist das des Rollenspiels. Es ist nicht nur ein alter Topos, wenn Lovell, und er nicht allein, befindet, daß die Menschen nur Schauspieler sind (vgl. bes. II, 211 f.), wie er selbst und andere dies denn auch durch das eigene Verhalten bestätigen. Im Kontext der Identitätskrise bedeutet eine Rolle spielen auch innerlich hohl sein, eine Hülse, der der Inhalt, das Ich, abhanden gekommen ist. Ich verweise in diesem Zusammenhang auch auf Bonaventuras *Nachtwachen,* wo das Ich seiner Schalen so lange entkleidet wird, bis von ihm wie bei einer Zwiebel nichts mehr übrig ist.[11]

Hier angekommen, wäre nun mit allem, was dem Leben Sinn, dem Menschen Würde, der Wirklichkeit Substanz verleiht, tabula rasa gemacht, wenn Lovells Grübeln, das ja auch immer ein Suchen ist, nicht noch auf eine letzte Möglichkeit stieße: sich selbst, sich selbst in seiner Verfassung als Zweifeln, in Frage zu stellen und dem zermarterten Bewußtsein nahezulegen, in einem gewaltigen Satz entweder hinter sich zurück und über sich hinaus zu springen.

In der Tat sind das die beiden Schlußlösungen der ganzen Geschichte, Lösungen, die sich allerdings schon frühzeitig entwickeln und die Korrespondenten des Romans in zwei ganz verschiedene Lager teilen. Die eine, die gewissermaßen in der Gesundschrumpfung des Bewußtseins besteht, findet ihren Anwalt in einigen Freunden und Bekannten Lovells, die zum Teil selber innerlich gefährdet sind, seinem Treiben aber mit wachsendem Schrecken zuschauen und für sich daraus die Konsequenz der Bescheidung und Mäßigung ziehen. Sie sagen dem Schwärmen ebenso wie dem Zweifeln ab und erlauben sich – Ausdruck einer geistigen und seelischen Hygiene – nur noch einfache und alltägliche Gefühle und Gedanken. Als Tieck den Roman später überarbeitete, mochte er empfinden, dieser Ansicht noch zu wenig Geltung verschafft zu haben. In der Fassung der *Schriften* streicht er sie entschiedener heraus, etwa mit dem Diktum: »Das Schwelgen an den Kräften des Gemüthes [und gemeint ist hier auch das Zweifeln] ist die unerlaubteste aller Verschwendungen, die schlimmste aller Verderbtheiten.«[12] Das äußere Pendant zur inneren Gesunderhaltung ist eine Lebensführung, die von Figuren wie Eduard Burton und Mortimer vorexerziert wird und sich nach ausgesprochen bürgerlichen Maximen richtet: Heirate und gründe eine Familie. Überlasse dich nicht dem Müßiggang, sondern sei tätig und fleißig. Suche Glück und Zufriedenheit nicht irgendwo in der Ferne, sondern im Hier und Jetzt und im simplen Alltagsleben. Bescheide dich mit dem, was du hast und was du bist, und freu dich deiner Beschränktheit, auch wenn du nur dem Durchschnitt angehörst.

Ob der Autor des Romans dieser bürgerlichen Lösung, die doch sehr nach dem Philister schmeckt, den Vorzug gibt, darf man bezweifeln. Aber bevorzugt er denn etwa die zweite, die eine ganz andere ist und von Lovell selbst vertreten wird, zwar durchaus nicht konsequent und begleitet von zahlreichen Rückfällen ins Grübeln, aber jedenfalls mit dem wachsenden Mute der Verzweiflung und der verzweifelten Hoffnung dessen, dem inzwischen längst auch die Rückkehr zur Bürgerlichkeit versperrt ist und der deshalb keine andere Wahl mehr hat?

Lovell versucht den intellektuellen Bankrott dadurch wettzumachen, daß er sich aus dem Skeptizismus in eine Haltung jenseits aller Rationalität katapultiert, in den Glauben an das Wunderbare. Daher sein Attachement an die Geheime Gesellschaft, die ihm die angeblichen Wunder vermittelt und an der er sich, nachdem sie ihn umstrickt hat, seinerseits krampfhaft festklammert. Das kann man, wenn der Glaube an das Wunderbare ein Kriterium für Romantik ist, eine »romantische« Lösung nennen.

Es erscheint aber zweifelhaft, ob die Romantik damit schon kanonisiert ist. Denn es ist ganz einfach eine Tatsache, daß Lovell mit diesem Glauben einem Betrüger, jenem Drahtzieher Waterloo, zum Opfer fällt und durch Waterloo schließlich eine vernichtende Desillusionierung erfährt. Noch am Ende des Romans raunt es zwar sehr romantisch, wenn es in Waterloos Testament heißt: »Es liegt etwas Dunkles in jeder Brust, eine Ahndung, die das Herz nach fremden unbekannten Regionen hinzieht.« (III, 446f.) Aber das besagt nicht viel. So oder ähnlich hatten sich schon andere Autoren und viel früher im 18. Jahrhundert, z.B. Wieland und Musäus, geäußert. Und Tatsache ist wiederum, daß Waterloo diesen weitverbreiteten Hang zum Wunderbaren als ziemlich törichte Schwäche auslegt, durch die man Leute wie Lovell an der Nase herumführen kann, und daß der Roman diesem Zynismus, der offenbar die epigrammatische Pointe des Ganzen ist, nichts Anderslautendes mehr hinzufügt.

Die Romantik kündigt sich hier also allenfalls als Versuchsballon an, der nach kurzem Aufstieg ernüchternd zerplatzt. Tieck steht am

Scheidewege und experimentiert und kokettiert mit der einen wie der anderen Lösung. Aber er entscheidet sich nicht. Sicher ist nur, daß er einen Ausweg aus den Qualen seines Grübelns sucht. Das Grübeln seinerseits ist noch nicht der geheimnisvolle Weg nach Innen, den Novalis beschreiten wird. Er führt zwar in die Tiefe des eigenen Inneren, aber es wird noch nicht die Tür zum Unbewußten aufgestoßen. Zuzugeben ist freilich, daß Tieck an diese Tür bereits anklopft.[13] In einem denkwürdigen Moment höherer Einsicht rätselt Lovell über das, was sein Handeln im Innersten bestimmt, und gelangt zu Fragen, die von der Entdeckung eines präexistentiell bestimmten und triebbesessenen »Es« nicht mehr weit entfernt sind: »Wer weiß, was es ist, was uns regelt und regiert, welcher Geist, der außer uns wohnt, und nur allmächtig und unwiderstehlich in uns hineingreift. Aus meinen Kinderjahren fallen mir manche Tage ein, wo ich unaufhörlich etwas Gräuliches und Entsetzliches denken mußte, wo ich statt meinem stillen Gebete Gott mit den gräßlichsten Flüchen lästerte und darüber weinte, und es doch nicht unterlassen konnte, wo es mich unwiderstehlich drängte, meine Gespielen zu ermorden, und ich mich oft schlafen legte, blos um es nicht zu thun [...] *was* war es denn nun, das mich trieb, und mit gräßlicher Hand in meinem Herzen wühlte? [...] O wir sollten überhaupt zu unsern Kinderjahren in die Schule gehn, und das lernen, was wir so gern verlernen, und es dann mit nichtiger Eitelkeit die Ausbildung unserer Seele nennen. Es ist, als wenn noch ein flüchtiger Schein einer früheren Existenz in die zarten Kinderjahre hineinspiegelte, wie der Widerschein eines Glanzes, bedeutend und doch räthselhaft« (II, 267 ff.).

Soviel zu Tiecks *William Lovell.* Lassen Sie mich nun noch einige Bemerkungen zu Friedrich Schlegels Fragmentenwerk hinzufügen. Es mag verwegen erscheinen, so Verschiedenes wie einen Briefroman und philosophische Aphorismen miteinander vergleichen zu wollen, aber epochale Gemeinsamkeit muß sich gerade am äußerlich Heterogenen bewähren. Und befragt man also jene rund 7500 Fragmente umfassende Sammlung, die zwischen 1796 und 1806 entstand und der Schlegel den Titel *Philosophische Lehrjahre* gab, auf die in ihr zu Sprache geronnene Gedankenbewegung, so trifft man auf einige merkwürdige Analogien zu Tiecks experimentellem Roman. Ein solcher Kenner des Schlegelschen Werkes wie Ernst Behler hat die *Philosophischen Lehrjahre* wie folgt charakterisiert: »Das allgemeine Merkmal dieser Aufzeichnungen besteht geradezu darin, daß in immer erneuten

Anläufen entgegengesetzte denkerische Standpunkte experimentierend aufgegriffen und die verschiedensten Blickpunkte adoptiert werden. Schlegels Denken versucht zwischen absoluten Gegensätzen zu operieren. In diesem Sinne werden die Positionen der Mystik, Skepsis, Kritik und Dogmatik angenommen. Idealismus und Realismus, mystische Selbstanschauung und mythologische Naturanschauung, Fichte und Spinoza werden als mögliche denkerische Haltungen erprobt« usw. »Insgesamt betrachtet wird das Dasein in einer verwirrenden Vielfalt von Perspektiven ausgelegt«.[14]

Das erinnert auf Anhieb an den Perspektivismus des multipersonalen Briefromans. Eine noch größere Familienähnlichkeit liegt darin, daß wir auch in Schlegels Denken den Stachel des dauernden Infragestellens spüren; denn es wird nicht nur eine Vielfalt von Perspektiven entwickelt, die Perspektiven relativieren sich auch gegenseitig oder »annihilieren« sich, wie eine Lieblingsvokabel Schlegels lautet.

Zum führenden Prinzip, das für die Relativierung besonders zuständig ist, ernennt Schlegel bekanntlich die Ironie. Und zu einem allgemeinen Denk- und Weltanschauungsprinzip erhöht und ausgeweitet, vollzieht die Ironie eine Bewegung, die anmutet wie eine euphemistische Form des Grübelns. Denn wie das Grübeln in einem unermüdlichen Weiterdringen besteht, so ist auch die Ironie ein nicht zur Ruhe kommender Prozeß, und wie beim Grübeln jede erreichte Position aufs neue untergraben wird, so wird von der Ironie – allerdings eher in einer Aufwärts- als in einer Abwärtsbewegung – jeder erreichte Standpunkt überflügelt. Die Ironie, so steht es in einem der Lyzeums-Fragmente, »enthält und erregt ein Gefühl von dem unauflöslichen Widerstreit des Unbedingten und des Bedingten«,[15] d. h. sie entlarvt jede scheinbare Unbedingtheit von einem jeweils höheren Standort als wiederum bedingt, so wie in Tiecks Roman jeder, der von seiner eigenen Perspektive aus die Drähte zu ziehen meint, in Wahrheit ein Gezogener ist. Nur darf man nicht verkennen, daß die Ironie leichtfüßig und schwebend daherkommt, in der munteren Gesellschaft des Witzes und des Einfalls, während das Grübeln intellektuelle Schwerstarbeit ist und von den Spuren der mühevollen Anstrengung gekennzeichnet ist.

Andererseits gibt es wohl niemanden, der so blind wäre, den tieferen Ernst dieses fröhlichen Ironisierens zu verkennen. Schlegel, der sich das Image des frivolen und virtuosen Gedankenspielers zu geben wußte, war von Haus aus wie Tieck ein empfindsamer, schon frühzeitig zu »zergliedernder schwermütiger Selbstreflexion« neigender Charakter.[16] Von einer »eigensinnig in sich grübelnde(n) Dialektik« hat er einmal mit Bezug auf einige Philosophen gesprochen, die auf ihn von Einfluß waren, u. a. Fichte und Schleiermacher,[17] er hätte diese Charakteristik aber auch auf sich selbst beziehen können. Einem scharfsichtigen Kritiker wie Hegel ist dieser empfindsam-subjektivistische Ausgangspunkt des Schlegelschen Denkens nicht entgangen. In seiner *Ästhetik* kennzeichnet er Schlegels Ironie als »Konzentration des Ich in sich«,[18] und wenn man hierfür, was legitim ist, Introspektion und Selbstanalyse setzt, dann ist das so weit von Tieck-Lovell nicht entfernt. »Seligkeit des Selbstgenusses«[19] spornt das ironisierende Ich aber nicht allein, wie man nach Hegel glauben könnte. Wie die Ironie die Abspannung im Genuß eigentlich verschmäht, indem sie ruhelos jede erreichte Position sogleich wieder in Frage stellt und weiterstrebt, so wird sie ebensowohl wie bei Tieck von den Kräften des Skeptizismus, Resultanten einer Sinnkrise, bewegt. Und wie Schlegels Philosophie auf der Kehrseite ihrer intellektuellen Ausgelassenheit ein permanentes Zweifeln ist, so ist sie nicht minder ein permanentes Suchen, ein Suchen nach Orientierung, nach einem Grund, in dem man ankern kann. Die Philosophie, so hat er einmal in den Pariser Vorlesungen bemerkt, sei weniger selbst eine Wissenschaft als ein Streben nach Wissenschaft, sie sei »überhaupt mehr ein Suchen«.[20]

Kann nun aber dieses Suchen gerade von der Ironie irgendeinen Erfolg erwarten? Sie ist ein auflösendes Prinzip, berufen, Orientierungsmarken zu »annihilieren«, nicht zu setzen, ja es liegt in der Ironie, sich schließlich selbst in Frage zu stellen, als »Ironie der Ironie«, wie es in Schlegels Beitrag *Ueber die Unverständlichkeit* heißt.[21] Er sagt dabei zwar auch, daß das, was er unter Ironie der Ironie verstanden wissen möchte, »auf mehr als einem Wege« entstehe, und er zählt eine ganze Menge solcher potenzierter Ironien auf, aber er äußert durch Verdruß an all diesen Ironien und wünscht sich eine, die die Eigenschaft hätte, alle anderen »zu verschlucken und zu verschlingen«.[22]

Das ähnelt dem Verdruß des Zweiflers Lovell am Zweifel, und wie Lovell den Sprung aus dem Skeptizismus in den Glauben an das Wunderbare zu tun versucht, so sieht man Schlegel in einem fortgeschrittenen Stadium seines Denkens, im III. Band des *Athenaeums,* wo sich auch der Essay *Ueber die Unverständlichkeit* findet, plötzlich auf einem neuen Experimentierfeld. Im *Gespräch über die Poesie* ruft er nach einer »neuen Mythologie«, in der Fragmentensammlung *Ideen* feiert er, inspiriert von Schleiermacher, den Wert der Religion und beschwört aufs neue die von ihm selbst schon in frühen Jahren (z. B. in Briefen an den Bruder) geäußerte Sehnsucht nach dem »Unendlichen«.

Ob hier nun, in dieser mehr kecken als frommen Wendung, ein entscheidender Neuanfang zu sehen ist, erscheint sowenig gewiß wie bei Tieck am Ende der Lovell-Geschichte. Nicht jeder, der »Herr, Herr!« sagt, ist ein Christ, und nicht jeder, der Schlüsselworte der Romantik wie Glaube, Wunder, Geheimnis, Sehnsucht, Unendlichkeit usw. im Munde führt, ist deshalb schon ein Romantiker. Kriterien eines wirklichen Umschlags scheinen mir zu sein, erstens, daß mit dem Glauben an das Wunderbare nicht nur intellektuell gespielt, sondern Ernst gemacht wird, zweitens, daß dieser Glaube in Poesie, nicht bloß in Theorie umgesetzt wird. Tieck hat dies im Anschluß an den *Lovell,* nachdem er als Mitarbeiter Nicolais an den *Straußfedern* kurzfristig zunächst eine Art Erholungspause eingelegt hatte, bereits 1796 mit dem *Blonden Eckbert* getan, Novalis tat das gleiche wenig später u. a. mit den *Hymnen an die Nacht* und dem *Heinrich von Ofterdingen.* Überall dort hingegen, wo die Frühromantik ins Grübeln versenkt und von des Gedankens Blässe angekränkelt ist, trägt sie noch sichtbar die Spuren des 18. Jahrhunderts, insbesondere der empfindsamen Tradition. Sie ist in dieser Hinsicht, um den Einleitungsgedanken noch einmal aufzugreifen, Ende und Abschluß, »Herbst«, allerdings ein Ende, das über sich hinaustreibt und Neues zumindest signalisiert.

Anmerkungen

1 Johann Huizinga, Herbst des Mittelalters. Studien über Lebens- und Geistesformen des 14. und 15. Jahrhunderts in Frankreich und den Niederlanden. Hg. von Kurt Köster, Stuttgart [11]1975, S. XIII.

2 Ebd.

3 Zitiert nach dem Vorwort des Herausgebers, ebd., S. VII.

4 Ebd., S. XIII.

5 Tieck hat viele Jahre später in einem Brief an Solger geäußert: »Es [*William Lovell*] ist das Denkmal, das Mausoleum vieler gehegten und gelösten Leiden und Irrtümer; aber als es gebaut ward, war der Zeichner und Arbeiter schon von diesem Leiden frei; ich war fast immer sehr heiter, als ich dieses Buch schrieb, nur gefiel ich mir noch in der Verwirrung.« Zitiert nach James Trainer, William Lovell: Tieck's World of Chaos, in: Etudes Germaniques 23 (1968), S.

198. Diese Äußerung belegt sowohl die Distanz wie die Identifikation. Einem Mißverständnis ist allerdings vorzubeugen. Daß Tieck bei der Abfassung des Romans von seinem »Leiden frei« war, besagt nicht, daß er auch aller Ungewißheiten ledig war. »Verwirrung« nennt er den Arbeitsprozeß. Wenn der Autor aber nur betrachtend, nicht leidend am eigenen Schicksal beteiligt ist, vermag er sich in der Behandlung seiner selbst zu genießen. Das wiederum kommt der empfindsamen Haltung Lovells sehr nahe und läßt selbst die Distanz als Form der Identifikation zwischen Autor und Held erscheinen. Zum Problem der Empfindsamkeit s. weiter unten.

6 Hermann August Korff, Geist der Goethezeit, III. Teil, Leipzig ^{2}1949, S. 54f.

7 Zitiert wird aus dem Roman nach der Erstausgabe, erschienen ohne Angabe des Verfassers in drei Bänden, Berlin und Leipzig 1795–96. Bei den Nachweisen gibt die römische Ziffer die Bandzahl, die arabische die Seitenzahl an.

8 Ludwig Tieck, Schriften, Bd. 6, Berlin 1828, S. V.

9 Ebd., S. Xf.

10 »Ende« im evolutionären Sinne. Es liegt mir fern zu bestreiten, daß die Empfindsamkeit ein Nachleben im 19. und selbst noch im 20. Jahrhundert gehabt hat.

11 Vgl. den Briefwechsel zwischen Hamlet und Ophelia in der *Vierzehnten Nachtwache.*

12 Schriften, Bd. 7, S. 275.

13 Vgl. dazu Emil Staiger, Ludwig Tieck und der Ursprung der deutschen Romantik, in: ders., Stilwandel, Zürich 1963, S. 175–204, bes. S. 185f.; Karlheinz Weigand, Tiecks *William Lovell.* Studie zur frühromantischen Antithese, Heidelberg 1975, bes. S. 133ff.

14 Ernst Behler, Klassische Ironie, romantische Ironie, tragische Ironie. Zum Ursprung dieser Begriffe, Darmstadt 1972, S. 94f.

15 Friedrich Schlegel, Kritische Schriften. Hg. von Wolfdietrich Rasch, Darmstadt 1971, S. 20.

16 Ernst Behler, Friedrich Schlegel, Reinbek 1966, S. 14.

17 Friedrich Schlegel, Kritische Ausgabe seiner Werke. Hg. von Ernst Behler, Jean-Jacques Anstett und Hans Eichner. Bd. 18: Philosophische Lehrjahre, Paderborn 1963, S. 573.

18 Georg Wilhelm Friedrich Hegel, Werke, Bd. 13, Frankfurt am Main 1970, S. 95. Den Hinweis auf diese und die in Anmerkung 17 genannte Stelle verdanke ich Willy Michel.

19 Ebd.

20 Zitiert nach Behler, Ironie, S. 98.

21 Athenaeum. Hg. von August Wilhelm Schlegel und Friedrich Schlegel, Berlin 1798–1800. Fotomechanischer Nachdruck: Stuttgart 1960, Bd. 3, S. 348.

22 Ebd., S. 349.

Wolfgang Frühwald

Der Zwang zur Verständlichkeit

August Wilhelm Schlegels Begründung romantischer Esoterik aus der Kritik rationalistischer Poetologie

Im Jahre 1798 erst wurde Friedrich Nicolai, für viele seiner Zeitgenossen Inbegriff einer öden, aber doch auch redlichen und verständlichen Auffassung von Poesie, ordentliches Mitglied der Königlichen Akademie der Wissenschaften zu Berlin. Der fünfundsechzigjährige Nicolai wurde in die philosophische Klasse, nicht, wie es sein Biograph und Freund Leopold Friedrich Günther von Göckingk für besser gehalten hätte, in die historisch-philologische aufgenommen; er wurde als Kritiker, Herausgeber, Verleger, Publizist und Popularphilosoph, nicht als Schriftsteller geschätzt. Daß Nicolai nicht schon früher in die Akademie aufgenommen wurde, »lag nicht an dieser, sondern darin, daß N. unter der vorigen Regierung, zunächst durch des Ministers v. *Wöllner* Einfluß, theils als Herausgeber der allgem. d. Bibliothek, theils als Verfasser einmüthiger, gegen Verketzerung und Schwämerey eifernder Schriften, nicht nach Verdienst geschätzt wurde.«[1] Erst nach dem Regierungsantritt Friedrich Wilhelms III., der als die »personifizierte Rechtschaffenheit auf dem Thron«[2] für kurze Zeit die Sympathien der moralistischen Spätaufklärung, der Konservativen und der romantisierenden Jugend auf sich vereinen konnte, gelang es, die Identifikationsfigur des deutschen Rationalismus auch in Preußen offiziell zu istallieren. Daß aber aus dem Kreise der Akademie-Mitglieder schon im Jahre 1805 der Vorschlag gemacht wurde, Johann Gottlieb Fichte in die Klasse aufzunehmen, welche es sich soeben zur Ehre angerechnet hatte, Nicolai zu den Ihrigen zu zählen, und dieser Vorschlag, unter anderem auf ein Votum Nicolais hin, abgelehnt wurde, belegt die heftigen Auseinandersetzungen zwischen den Rationalisten und ihren romantischen Antipoden, die im Jahrzehnt vor der Gründung der Universität Berlin ihren Höhepunkt erreichten. Friedrich Nicolai stützte sein ausführlich begründetes Votum gegen Fichtes Aufnahme in die Akademie vor allem auf dessen Schrift *Friedrich Nicolais Leben und sonderbare Meinungen. Ein Beitrag zur Literaturgeschichte des vergangenen und zur Pädagogik des angehenden Jahrhunderts,* der das Berliner Oberkonsistorium, für August Wilhelm Schlegel »seltsamerweise«, für jeden Leser dieser Schrift aber verständlicherweise, »die Zensur geweigert hatte«,[3] die deshalb Schlegel als Herausgeber in Jena hatte drucken und mit dem Verlagsort Tübingen 1801 hatte erscheinen lassen. Schlegel sah auch die Edition dieser Schrift Fichtes als ein Gefecht im umfassenden Kampf zwischen dem frühromantischen Kreis und dem »unterjochten bösen Prinzip in unserer Literatur«,[4] und forderte deshalb den Erlanger Philosophen Gottlieb Ernst August Mehmel zu einer Besprechung von Fichtes Pamphlet in der Erlanger Literaturzeitung auf. Es scheint, daß vor allem Begriff und Praxis der Toleranz zwischen den Romantikern und ihren rationalistischen Gegnern umstritten waren. Nicolai zitierte in seinem Votum für die Berliner Akademie Fichtes Schrift in ihren heftigsten Ausfällen und erreichte wohl gerade durch diese Zitatmontage, daß sein Gegner, der zu dieser Zeit durch den Atheismusstreit weithin bekannt war und eine Professur in Erlangen innehatte, nicht in die Akademie aufgenommen wurde:

»In der gedachten Schrift«, schreibt Nicolai, »sagt er unter andern von mir folgendes: ›Das vollendetste Beyspiel einer radikalen *Geisteszerrüttung* und *Verrückung*, war mir *Friedrich Nicolai*‹ – [...] ›N. war bey seiner *extremen Dummheit der allerunverschämteste unter seinen Zeitgenossen.*‹ – ›Es ist zu beklagen, daß N. nicht unmittelbar, nachdem er die Widerlegung wider mich zu Ende gebracht hatte, *aufgehenkt worden,* damit er im Bewußtseyn des glorreichen Arguments seine speculative Laufbahn beschlossen hätte.‹ – ›Wir würden ein großes Mißtrauen auf die Penetration unsers Lesers setzen, wenn wir nöthig fänden, nach allem Gesagten hinzuzusetzen, daß wir N. für den *einfältigsten Menschen seines Zeitalters* halten, und nicht glauben, daß *irgend etwas menschliches an ihm gewesen, außer der Sprache.*‹ [...] Ich mußte auch obige Stellen anführen, damit man deutlich sähe, wie tief unter die Würde eines wahren Gelehrten Herr F. herabsinkt, und wie wüthend er in seiner Leidenschaft wird. Daß Herr F. in seiner Philosophie einseitig, und gegen seine Gegner intolerant ist, hat er freilich mit vielen andern Philosophen gemein; aber ihm war es vorbehalten, in einer öffentlichen Schrift zu wünschen: daß sein Gegner *aufgehenkt* würde, damit er seine speculative Laufbahn beschlossen hätte.«[5]

Die »wütende Leidenschaft« also ist der Gegenbegriff Nicolais gegen den in der Spätaufklärung nahezu sakrosankten Begriff der Toleranz, und eben diesen Begriff greifen die Romantiker mit unbestreitbarer Leidenschaft an. Die Toleranz, die Nicolai selbst, wenn auch nicht in seinen Schriften, so doch stets im persönlichen Verkehr gewahrt hat, gehört zusammen mit »Denkfreyheit, Publicität, Humanität«[6] zu den Zentralbegriffen dessen, was August Wilhelm Schlegel in seinen Berliner *Vorlesungen über schöne Literatur und Kunst* in den Jahren 1801–1804, seinem Zeitalter folgend, als »Aufklärung« benannt und denunziert hat. Die Toleranz, »als Zubehör der Aufklärung«,[7] hat Schlegel akzeptiert, wenn sie, wie in Lessings Schauspiel *Nathan der Weise,* als Maxime des ungestörten politischen Zusammenlebens von Menschen verschiedener Religionen in einem Staate betrachtet wird, als Gesinnungsingredienz hingegen hielt er sie nur für »verkleideten Indifferentismus«:

» [...] denn unmöglich kann es einem gleichgültig seyn, ob Menschen, für die er sich interessirt, über die wichtigsten Angelegenheiten mit ihm gleich denken. [...] Überhaupt liegt in dem Worte Toleranz, so bescheiden und friedlich es klingt, eine große Anmaßung. Laßt uns doch erst fragen, in wie fern die andern, verschieden gesinnten, uns dulden und ertragen mögen. So viel ist ausgemacht, daß von Toleranz noch gar nicht die Rede seyn sollte, wo man sich das Recht anmaaßt, irgend eine religiöse Ansicht mit dem Namen Schwärmerey, d. h. nur schonender ausgedrückt, Verrücktheit zu belegen.«

Dieser Angriffsgeist der Romantik ist charakteristisch, er war notwendig zur Durchsetzung einer jungen Bewegung gerade auch im akademischen Bereich, wo in den großen geisteswissenschaftlichen Disziplinen, in Theologie, Philosophie, Jurisprudenz, Philologie etc., der Rationalismus mit eiserner Strenge herrschte.

Die Geschichte der deutschen Romantik als einer akademischen Bewegung, das heißt einer Bewegung von Studenten und Professoren, die sich in Jena, Halle, Heidelberg, Landshut, Berlin und München bemühten, Einfluß auf die Berufungspolitik und damit auf den an den Universitäten herrschenden Geist zu gewinnen, ist noch nicht geschrieben. Dabei ist es höchst erstaunlich, wie exakt ein so unpolitischer Kopf wie Clemens Brentano über Gehaltsforderungen und Berufungszusagen der Heidelberger Professoren unterrichtet war. Er überliefert Goethes unmutiges Wort, »daß die Gelehrten nichts mehr studieren als wie sie sich versteigern sollen«, so daß Goethes Rat lautete, »künftig die Professoren wie die Schauspieler auf bestimmte Jahre zu engagieren«; Brentano hat die romantische Bewegung – in Heidelberg – als eine Lebensbewegung gekennzeichnet, die sich durch Kleidung, Wohn- und Essensgewohnheiten, aber auch – wie der junge Privatdozent Joseph Görres – durch ihren Vorlesungsstil provokativ von den »alten Professoren« absetzten. »Zu den alten gehören alle, die keine neumodischen Röcke anhaben, nicht schön meublirt sind und um 12 Uhr zu Mittag essen. Heise und Paetz essen um drei, auch Creuzer hat es gewagt, wird aber zurücktreten müssen, da die erstern nun um vier Uhr essen werden.«[8] Erst mit der Humboldtschen Bildungsreform und der Gründung der Universität Berlin 1809/10 konnten die Romantiker einen Teil ihrer Ziele verwirklicht sehen, weil das, was sie in Heidelberg gegen die – von ihnen so genannte – »Vossische Clique« nicht hatten durchsetzen können, nun in Berlin wenigstens für eine kurze Zeit Wirklichkeit wurde, und zumal die Berufungspolitik der neuen Universität auf den Freundeskreis des romantischen Zirkels ausgerichtet war.

Dies bedeutet, daß die Fülle der Privatvorlesungen, von denen Berlin im ersten Jahrzehnt des 19. Jahrhunderts überschwemmt wurde, den Boden für die Gründung der Friedrich-Wilhelm-Universität mit bereitet hat. Am 1. Dezember 1801 hat »Herr Professor *A. W. Schlegel* aus Jena« wöchentlich zweimal für die Freunde der schönen Literatur und Kunst in Berlin mit Vorlesungen »über diese Gegenstände«[9] begonnen, wobei das Publikum dieser Privatvorlesungen von Caroline Schlegel als »eine glänzende Versammlung, fast lauter Adeliche [...] worunter sehr viel Damen sind«, charakterisiert wurde.[10] Im Wintersemester 1802/03 kündigte der Mathematiker und Philosoph Lazarus Bendavid Ästhetikvorlesungen an, andere folgten, so daß 1804 auch Fichte mit solchen Vorträgen begann. »Im Sommerhalbjahr 1804 verzeichnet die Neue Allgemeine Deutsche Bibliothek bereits acht Privatvorlesungen über die verschiedensten Gegenstände; und im Wintersemester 1804/05 füllen die Ankündigungen bereits zwei Seiten derselben Zeitschrift.«[11] Daß sich unter Schlegels Zuhörern auch ein Prinz befand und die Teilnahme des Hochadels – etwa gar der Königin – nur daran scheiterte, daß die Vorlesungen nur zwei Friedrichsd'or und nicht vier Louisd'or kosteten,[12] belegt nochmals den Einfluß, den Schlegel mit diesen Vorträgen auszuüben vermochte.

Das durch die Preisgestaltung anvisierte Publikum ist demnach das gebildete Publikum und der niedere Adel, der Kreis, den die Romantiker als die »denkende Klasse« bezeichneten, in die mit ihren Schriften einzudringen, ihnen jedoch weitgehend verwehrt war. Was Schlegel – einem Wort Richard Hayms zufolge – »in echter und edler Popularität«[13] anstrebte, war, »die höheren gebildeten Stände unserer Nation« mit einer Kunst und einer Literatur bekannt zu machen, die in Praxis und Theorie über das bloße Gesellschaftsspiel, über Zwecke der Zerstreuung, Unterhaltung und Erbauung hinausging. Wir geben uns noch heute leicht der Täuschung hin, daß zu allen Zeiten der »Zweck« der Kunst solche »Zwecke« habe in den Hintergrund treten lassen; die sensationelle Wirkung der dilettantischen Gedichte König Ludwigs I. von Bayern auf das gebildete Bürgertum seiner Zeit beruhte vor allem darauf, daß Wissenschaft und Kunst – professionell ausgeübt – des Adels unwürdige Beschäftigungen waren. Einer der großen – erst in der Prinzregentenzeit voll zur Wirkung kommenden – Reformgedanken Ludwigs I. war die Absicht, Künstler und Gelehrte »in der Gesellschaft« zu erheben;[14] noch 1826 aber lehnte der Freiherr Philipp von Hormayr die Berufung auf einen Münchener Lehrstuhl ab, »um seinen Töchtern die opinion ihrer Abkunft nicht zu verderben«.[15]

Es scheint eine allgemeine, freilich korrekturbedürftige Forschungsmeinung zu sein, daß August Wilhelm Schlegel kein selbständiger Denker und poetisch wenig begabt gewesen sei.[16] Selbst wenn man davon absieht, daß er ein großer Kritiker, ein kongenialer Übersetzer, ein berühmter Sonettdichter und ein von Finderglück begünstigter Wiederentdecker verschollener und vergessener Literatur gewesen ist, so liegt seine Bedeutung doch darin, daß er kompilierend, interpretierend und – bei aller ihm vorgeworfenen Simplifizierung – auch systematisierend das Gedankengut der Frühromantik als einen in dieser Form nie vorhandenen und so nie intendierten Schulzusammenhang an die »denkende Klasse« Deutschlands und des Auslandes vermittelt hat. Der in Frankreich noch heute ungemein einflußreiche Heinrich Heine konnte nur deshalb von einer »romantischen Schule« sprechen, weil er ein, zunächst enthusiasmierter, dann besonders kritischer, Schüler August Wilhelm Schlegels gewesen ist.

Durch August Wilhelm Schlegel, dessen popularisierendes ästhetisches und kunsttheoretisches System ohne Zweifel voll in den Schriften Herders, Schellings, Fichtes, Schleiermachers, seines Bruders Friedrich Schlegel und der Freunde Hardenberg und Tieck wiedergefunden werden kann, wurde die seither auch von der Literaturwissenschaft reproduzierte Vorstellung einer Antithese von »Aufklärung« und »Romantik« verbreitet, da Schlegel sich nicht scheute, von *»den*

Aufklärern«, »*der* Aufklärung«, der »gewöhnlichen Aufklärung«[17] zu sprechen, wenn er nur den in literarischer Kritik und Wissenschaft seiner Zeit einflußreichen Kreis der Erben aufklärerischen Gedankengutes meinte, der sich um den Berliner Rationalismus scharte. Zu ihm rechnete Schlegel außer Friedrich Nicolai auch Garlieb Merkel (1769–1850), den »hölzernen Götzen«[18] August von Kotzebue (1761–1819), den Kreis um Johann Heinrich Voß u. a. Immer wieder sprach er im Gegensatz dazu von dem eigenen »engen geschloßnen Zirkel«,[19] in dem es sich vergnügt leben lasse, von seinem Gleichmut gegenüber den Vorwürfen »gegen unsre Faktion, Clique usw.«, schließlich von der Absicht seiner Gegner, »uns sämtlich nicht aufkommen zu lassen«; dieses »uns« ist relativ eng umgrenzt, denn im Kern gehören dazu nur die Brüder Schlegel mit ihren Frauen, Hardenberg, Tieck und Schelling.[20] Es ist gelegentlich fast so, als hätte sich – schon in der Frühromantik – der romantische Zirkel, die, wie August Wilhelm Schlegel sie nannte, »Partey in der Literatur«,[21] die Gegner selbst geschaffen, um eine Folie zu haben, von der sie sich als die literarische und kunsttheoretische Moderne ablösen und in Auseinandersetzung mit der sie das Eigene polemisch oder satirisch begründen konnte. So postulierte August Wilhelm Schlegel in den Berliner Vorlesungen kurzweg, daß »die Deutschen eine von den haupt-schreibenden Mächten Europa's« seien, daß es eine deutsche Literatur aber nur als »einen unverdauten Wust, ein rohes Aggregat von Büchern« gebe:

»Heißt aber Literatur ein Vorrath von Werken, die sich zu einer Art von System unter einander vervollständigen, worin eine Nation die hervorstechendsten Anschauungen ihrer Welt, ihres Lebens niedergelegt findet, die sich ihr für jede Neigung ihrer Fantasie, für jedes geistige Bedürfniß so befriedigend bewährt haben, daß sie nach Menschenaltern, nach Jahrhunderten mit immer neuer Liebe zu ihnen zurückkehrt: so leuchtet es ein, daß wir keine Literatur haben.«[22]

Mit Scharfsinn hat Schlegel damit jenen gravierenden Geschmackswandel benannt, der sich in den letzten Jahrzehnten des 18. und den ersten Jahrzehnten des 19. Jahrhunderts vollzogen hat, so daß noch heute unser literarisches Geschmackskontinuum knapp bis zu Lessing zurückreicht. In diesem Zusammenhang aber wird auch jene charakteristische deutsche Divergenz benannt, daß sich die Sprachbildung gerade der Gebildeten nicht an der Sprache des Volkes und dessen Bildungsquellen, auch nicht an der Sprache der »berühmten und verehrten« Schriftsteller, sondern lediglich an den »beliebten« Schriftstellern vollzieht, daß damit Literatur- und Standardsprache in unheilvoller Weise auseinanderfallen, weil man zwar die Verdienste der Berühmten – etwa Klopstocks, Wielands oder Goethes – nicht bezweifelt, wohl aber ignoriert:

»[...] man stellt sie in Bibliotheken auf, aber lieset sie wenig, geschweige, daß man sie sich zu beständigen Begleitern und vertrauten Freunden erwählen sollte. [...] Die beliebten Schriftsteller hingegen sind Geschöpfe der Mode: zum Beweise, daß selbst diejenigen, welche ihre Zeit mit ihnen verderben, nichts haltbares daran zu finden wissen, werden sie immerfort von andern verdrängt, und dann rein vergessen. Sie verdorren wie das Gras auf dem Felde, und ihre Stätte kennet sie nicht mehr.«[23]

Außer der verallgemeinernden Identifizierung eines kleinen Kreises von aktuellen Gegnern mit *der* Aufklärung insgesamt, findet sich in August Wilhelm Schlegels Definitionsbemühungen um die Aufklärung doch auch eine tiefergreifende Auseinandersetzung mit dem Zeitalter des Verstandes, die besser als Bestimmungen nach Generationszugehörigkeit, nach Wissenschafts- und Kunstpolemik und nach dem elitären, zirkelhaften und akademischen Charakter der frühromantischen Bewegung geeignet scheint, Gemeinsamkeiten innerhalb dieses Freundeskreises erkennen zu lassen, wobei diese Gemeinsamkeiten dann auf die Spätromantik ausgestrahlt und so ein grundlegendes Prinzip im Selbstbewußtsein der Romantik, als einer Kunstbewegung, gebildet haben.

Wilhelm von Humboldt hat in seiner Charakteristik des 18. Jahrhunderts die Notwendigkeit einer Bilanz gesehen, da »kein andres Jahrhundert so sehr [...] durch den Einfluss aller vorhergehenden gebildet ist, da nicht leicht in irgend einem andern eine gleich geschäftige Wissbegierde so weit umherschweifte, noch eine gleich bildsame Bestimmbarkeit die Möglichkeit so verschiedener Einwirkungen verstattete; [...]«[24] Die Erkenntnis des Epochenschnittes teilte Humboldt mit Goethe und den Frühromantikern, doch erkannte er auch die ungemeine Beschleunigung des Erfahrungswandels als die eigentliche Signatur des Zeitalters:

»[...] wer auch nur mit flüchtiger Aufmerksamkeit den heutigen Zustand der Dinge mit dem vor funfzehn bis zwanzig Jahren vergleicht, der wird nicht läugnen, dass eine grössere Ungleichheit darin, als in dem doppelt so langen Zeitraum am Anfange dieses Jahrhunderts herrscht.«[25]

Das 18. Jahrhundert war demnach das Zeitalter eines sich rasch ausbreitenden, empirisch gewonnenen Wissens. Wenn die Sprache ein Indikator des menschlichen Wissens ist, so belegt das historische Lexikon zur politisch-sozialen Sprache[26] in Deutschland in der »Sattelzeit« der Moderne, das heißt in den drei letzten Jahrzehnten des 18. Jahrhunderts, eine die Menschen beängstigende Beschleunigung bei der Ausdehnung des Erfahrungshorizontes.[27] Man könnte von einer Wissensexplosion sprechen, durch die sich Sinn- und Erfahrungshorizonte spalten, so daß Philosophie und Theologie nicht mehr bewältigen, was die empirischen Wissenschaften an Erfahrungswissen produzieren. Georg Büchner hat wohl am deutlichsten diese Grunderfahrung des Zeitalters in seiner 1836 in Zürich gehaltenen Probevorlesung *Über Schädelnerven* benannt, wenn er davon spricht, daß es bis jetzt nicht gelungen sei, zwischen »dem Dogmatismus der Vernunftphilosophen [...] und dem Naturleben, das wir unmittelbar wahrnehmen, eine Brücke zu schlagen«:

»Die Philosophie a priori sitzt noch in einer trostlosen Wüste; sie hat einen weiten Weg zwischen sich und dem frischen grünen Leben, und es ist eine große Frage, ob sie ihn je zurücklegen wird. Bei den geistreichen Versuchen, die sie gemacht hat, weiter zu kommen, muß sie sich mit der Resignation begnügen, bei dem Streben handle es sich nicht um die Erreichung des Ziels, sondern um das Streben selbst.«[28]

Der Anatom Büchner hat diese Einschätzung der Zeitlage gegeben, als der letzte Versuch, den sich beschleunigt ausbreitenden Erfahrungshorizont mit dem Sinnhorizont wieder zu vereinen, eben der romantische Versuch offenkundig gescheitert war. August Wilhelm Schlegel hat gesehen, daß die Versuche des rationalistischen Denkens zur vollen Begreifbarkeit einer sich dem Verstand durch das von ihm selbst produzierte Wissen zunehmend entfremdenden Welt zu einer unerträglichen Simplifizierung und schließlich zur Verödung des geistigen Lebens überhaupt führen mußte. Der »herrschende Charakter« seiner Zeit lag für ihn in »einem allgemeinen Verkennen der Ideen, beynahe in einem Verschwinden derselben von der Erde« begründet, wobei er »Ideen« als »organische Gedanken« definierte, »nach deren Hinwegnahme nur ein todter Mechanismus zwischen den ihnen untergeordneten Begriffen übrig bleibt«.[29] Er kritisierte also den modernen Empirismus, der alles menschliche Wissen zu einem Aggregat ohne Unterordnung und Zusammenhang« mache,[30] der das »Zweckmäßige« und das »Nützliche« an die Stelle des Guten und des Wahren setze. »Brauchbarkeit«, »Nützlichkeit« und »Zweckmäßigkeit« sind die Begriffe, denen Schlegel den Begriff einer neuen Poesie gegenüberstellte, der Progression, Autonomie und Universalität vereint, um gleichsam im Handstreich jenen höher gelegenen Standpunkt zu erobern, von dem aus allein es gelingen könnte, nicht das Erfahrungswissen einzudämmen oder seine beschleunigte Ausbreitung zu hindern, aber es zu integrieren und damit in einem übergeordneten Sinne »verständlich« und das heißt nicht nur »anwendbar« zu machen.[31] Dem unerträglichen Zwang zur Verständlichkeit, wie ihn die rationalistische Kritik der Kunst am Ende des 18. Jahrhunderts proklamierte, hat sich die Frühromantik programmatisch entzogen, wobei August Wilhelm Schlegel – durchaus in Anlehnung an die genannten eigenständigen Denker und an das Werk des Jean Paul – das popularisierende Programm formulierte. Er hat in der Antithese vom Licht des empirisch gewonnenen Wissens und dem scheinbaren Dunkel des poetischen Ideen-Glaubens eine paradoxe Esoterik geschaffen, eine Geheimnislehre, die durch programmatische Unverständlichkeit den Boden für eine universale Verstehbarkeit bereiten sollte.[32] Da der Zwang zu Verständlichkeit und Begreifbarkeit – auch in der Theologie – aus dem rationalistischen Kunstpostulat des »prodesse« herrührte, die Rationalisten aber – nach Schlegel – bei der Unterordnung der Wahrheit unter die Nützlichkeit zu der »vollendeten Absurdität« gelangten, »ein *Nützliches an sich* zu constituiren, welches nicht das bloß Angehme seyn soll, und auch nicht das Gute an sich ist, wofür sie es jedoch ausgeben möchten«,[33] ist für Schlegel die in den Zeitschriften der Jahrhundertwende verbreitete Kunstdefinition der schroffste Gegensatz zur romantischen Poesieauffassung und verhält sich zu ihr, wie die Heteronomie zur Autonomie:

»Ein Haus dient, um darin zu wohnen. Aber wozu dient in diesem Sinne wohl ein Gemählde oder ein Gedicht? Zu gar nichts. Viele haben es gut mit den Künsten gemeynt, aber schlecht verstanden, wenn sie sie von Seiten ihrer Nützlichkeit zu empfehlen gesucht haben. Das heißt sie auf's äußerste herabwürdigen und die Sache geradezu auf den Kopf stellen. Vielmehr liegt es im Wesen der schönen Künste nicht nützlich seyn zu wollen.«[34]

Der rationalistische Empirismus und die aus ihm entspringende dämonische Langeweile einer scheinbar völlig transparenten, gesetzmäßig funktionierenden Weltenuhr widerstreitet dem romantischen

Postulat des Wunderbaren auch insofern, als die Romantiker das Interessante als ästhetische Kategorie wiedererweckt und weithin bewußt gemacht haben.[35] Das aus empirischem Wissen zusammengesetzte Licht der Aufklärung – die »physikalischen Erfahrungswissenschaften« machen für Schlegel die »glänzendste Seite unserer Gelehrsamkeit« aus[36] – widerstreitet dem Dunkel und der Unbegreiflichkeit der Natur, zu welcher allein die Kunst über das alles fundierende Reich der Ideen Zutritt hat. Die Nacht des »Gemütes« – von Schlegel wohl in Anlehnung an Novalis als die Gesamtheit der »inneren Welt« verstanden – und die an ihrem Himmel leuchtenden Gestirne der Ideen sind die Basis der romantisch-poetischen Existenz; das vom Rationalismus gepriesene Licht des Verstandes eröffnet nur die Aussicht in eine Wüste der Zweckmäßigkeit. »Die Nacht [...] eröffnet uns dagegen durch die Gestirne die Aussicht in die Räume der Möglichkeit; sie ist die Zeit der Träume.«[37] Die Methode, die August Wilhelm Schlegel demnach als die Methode der Poesie, der Mutter aller Künste, beschreibt, und die von den Rationalisten als Obscurantismus, Mystizismus und Schwärmerei bekämpft wurde, hat Novalis den »Zauberstab der Analogie« genannt; ihr liegt die Vorstellung von der Konsonanz alles Geschaffenen, der inneren Verwandtschaft aller Dinge der Natur- und der Menschenwelt zugrunde.[38] Theodor W. Adorno, Richard Alewyn, Oskar Seidlin u. a. haben darauf hingewiesen, daß durch die Erfüllung dieses Programms – zumal in der Lyrik Joseph von Eichendorffs – der Weg über Baudelaire und seine Idee der »correspondances« unmittelbar zum modernen Symbolismus führt.[39]

Das von August Wilhelm Schlegel vorgestellte Programm versucht nochmals, ehe solch programmatische Erklärungsversuche der Seinstotalität – nach Hegel – zu bedrohlichen Vereinfachungen einer immer komplexer werdenden Realität verkamen, dem explodierenden Erfahrungswissen in der Idee einer universalen Poesie jene zusammenhangstiftende Basis zu geben, durch welche Religion, Liebe und Kunst sich nur als verschiedene Namen für die ursprüngliche paradiesische Einheit alles Lebendigen erweisen. Schlegel entwirft in einer der romantischen Poesie eigentümlichen Distributionsform, im kommentierenden Autorvortrag, der mehr als die private Lektüre zur Verbreitung romantischer Wortkunst beigetragen hat, eine Systematik romantischen Denkens, welche den gedanklichen Zusammenhang der aphoristisch aufgefaßten und großenteils aphoristisch mißverstandenen, kunsttheoretischen Äußerungen seines Kreises erweisen sollte. Wie jede programmatische Bewegung, so versteht sich auch die Frühromantik im Gegensatz zu einer ihr vorausgehenden Bewegung, deren zu überwindende Kräfte und Elemente besonders negativ und damit undifferenziert pauschal gekennzeichnet werden. Wie sich der programmatische Realismus nach 1848 ein Bild von idealistischer Kunst und Kunsttheorie konstruierte, das der historischen Nachprüfung nicht standhält, so konstruierte sich die Frühromantik ein Bild des Rationalismus, das, »Aufklärung« benannt, nicht einmal für die namentlich immer wieder gekennzeichneten Protagonisten zutreffend war. Es scheint, daß auch die am Ende des 18. Jahrhunderts erkennbare »Auswanderung der poetischen Intelligenz in die Tempel«, daß Fichtes, Arnims, Brentanos Entgleisungen im Kampf mit ihren Gegnern, das Zurücktreten der »Idee einer allgemeinen Öffentlichkeit, an der auch die Verantwortung des Künstlers sich orientiert, [...] hinter der partikularen Arkan-Öffentlichkeit der ums ästhetische Gebilde gescharten Auswerwählten«[40] vor allem aus dieser programmatischen Antithese herrührt. Die Übersteigerung einer als Integrationsmodell verstandenen Kunstautonomie ist auch die Folge eines rationalistischen Utilitarismus, der das Horazische »aut prodesse aut delectare« in ein »cum delectatione docere« verwandelte.[41] Zwar gilt für August Wilhelm Schlegel, im Anschluß an Herders Sprachtheorie, die Poesie als eine kommunikative Uranlage des Menschen, als eine gleichermaßen über die Menschen aller Zeiten und Völker verfügende Grundkraft, doch schwindet mit der Annäherung an die verstandeskalte Gegenwart ihre Macht über die Menschen und deren Sprachfähigkeit, bis ihr die »ausschließliche Richtung aufs Nützliche [...] eigentlich ganz den Abschied geben« müßte.[42] Trotz Lessing, Klopstock, Bürger, ja sogar trotz Schiller hält August Wilhelm Schlegel, in einer seiner charakteristisch hybriden und provozierenden Programmthesen in Bezug auf die Poesie »das meiste, was die Deutschen in der letzten Periode verehrt haben, für durchaus null«.[43] Die Zeitgenossen haben den kritischen Mut der Brüder Schlegel bewundert oder befehdet. Karl August Varnhagen von Ense hielt sie gar für »ein Paar ächte Revoluzionsmänner«:

»Mit welchem Erstauen sah man ihr gewaltsames Verfahren mit Schriftstellern und Werken, die eines königlichen Ansehns genossen! Ihr kühner Mut bot jeder verjährten Anmaßung Trotz, ihre umgestaltende Kraft drang in alle Zweige menschlichen Bildens und Forschens; [...]«[44]

So wurden schon 1811 die von den Brüdern Schlegel in der Literatur und im gesamten kulturellen System Deutschlands ausgelösten Wirkungen mit den Umwälzungen der Französischen Revolution verglichen; und die Privatvorlesungen schienen die schärfste Waffe im Kampf um die Gebildeten:

»Wie die Beredsamkeit öffentlich vor dem Volke auftrat, und von der Tribüne herab donnerte, was sonst im stillen Kabinet der Fürsten verhandelt wurde, so zogen auch diese beiden Männer zuerst, durch populäre Vorlesungen für ein gemischtes Publicum, woran auch Frauen Theil nahmen, auf bisher unerhörte Weise den Antheil der ganzen gebildeten Gesellschaft in ihre Streitsache hinein, und bewegten heftig diese Masse durch Gegenstände, die man sonst nur in der Einsamkeit akademischer Hörsäle vorzutragen pflegte.«

In den Brüdern Schlegel und ihren Freunden und Schülern sah Varnhagen seine Idee einer Republik des Geistes ansatzweise verwirklicht, so daß der entsprechend modifizierte Begriff eines »poetischen Republikanismus« auf die Frühromantiker – vielleicht mit noch größerem Recht als auf Jean Paul, dem er meist zugeordnet wird – angewendet werden könnte: »Wer es nicht erlebt hat, wird sich kaum vorstellen können, welche Gährung damals in Berlin war, wie alle Begriffe Ansichten und Urtheile schwankten und wütheten. Durch die Lucinde allein waren alle bisherigen sittlichen Vorstellungen erschüttert worden. Berühmtheiten, wie Wielands, Kotzebues, Matthissons, wurden gänzlich vernichtet, der unerschrockene Muth drang weiter, und unter den verwegensten Angriffen wankten sogar solche, wie Schillers und Jean Paul Richters.«[45]

August Wilhelm Schlegel hat an der Reaktion der Zeitgenossen auf sein Drama *Ion*, das am 2. Januar 1802 in Weimar erstmals aufgeführt wurde, die geschmacksbildende Kraft spätaufklärerischer Anstands- und Korrektheitsvorstellungen kennen und kritisieren gelernt. Weil er anders als Euripides nicht die patriotische Komponente in den Vordergrund rückte – das Stück spielt an Ions 16. Geburtstag, der durch die Enthüllung von Ions apollinischer Abstammung zum wahren ersten Geburtstag des Jünglings und zugleich zum Geburtsfest des Stammes der Jonier wird –, weil er also den Akzent auf das »heroische Familiengemälde« setzte und die Rolle der Kreusa angeblich »schlüpfrig« gestaltet hat, haben Herder, Wieland und Schiller an diesem Stück Anstoß genommen, kam es in Berlin zu einem kleinstädtischen Skandal. Herder hat Schlegel vorgeworfen, daß er »ohne alle

Schonung« verfahren sei, und Wieland erklärte, er habe »gegen das prepon angestoßen«, wobei sich diese Urteile fatal mit dem moralistischen Verdikt jenes Doctor Mayer mischten, der in Berlin seiner Gattin nicht erlauben wollte, die Rolle der Kreusa zu spielen:

»Seine reformirte Candidaten- und Erzieher-Moral ist schon von selbst stutzig geworden, über den scandalösen Fall, daß eine tugendsame Ehefrau *vor* der Ehe heimlich soll ein Kind von einem Gotte gehabt haben, und daß es grade *seine* Ehefrau war die diese Person vorstellte. Dazu kam noch, daß er [bei der Aufführung] grade neben ein Paar Gensd'armes-Offiziere zu stehn kam, die nach ihrer Weise Hurenglossen darüber machten und dabei die Person der Rolle gar nicht von der Schauspielerin zu unterscheiden sich bemühten: so daß er ganz in Wuth das Schauspiel verließ.«[46]

Schlegel hat – im Verein mit Goethe – sein Stück gegen die »Ehrbarkeits-Pedanten« verteidigt und die poetische Sittlichkeit des Dramas betont. Die »sittlichen Verhältnisse zwischen den Personen«, die nach Schlegel von Euripides verletzt wurden, sind in der modernen Fassung des Stückes geheilt, weil der irdische Gemahl der Kreusa in den Bund des Vertrauens mit einbezogen wird. Daß selbst Phorbas, dem mörderischen Pädagogen, verziehen wird, ist dann ein von Wilamowitz-Moellendorf mit Recht gerügtes Zugeständnis an eine sittlichende und bessernde Zeittendenz, verwandt jener Tendenz von Goethes *Iphigenie,* die ihr Autor bekanntlich »ganz verteufelt human« genannt hat, aber nicht verwandt mit dem rationalistischen Humanitätsideal, das Schlegel, ähnlich dem verflachten Toleranzgedanken, als eine »zu gefällige Behandlung des Schlechten und Nichtswürdigen aus Mangel an Ernst und aus eigner Schlaffheit« definierte.[47] Da die »schaffende Fantasie [...] zugleich unbedingt frey und gesetzmäßig« sei, so daß in ihr »keine Zügellosigkeit Statt finden« könne, hat Schlegel das Prinzip rationalistischer Korrektheit scharf getadelt:

»Jene Kritik [...] dringt auf lauter bloß negative Tugenden: Vermeidung des Anstößigen, Unschicklichen u.s.w., und so besteht denn auch ihr Ideal des poetischen Styls darin, daß man in Versen nichts sage, was man nicht auch in Prosa (der bürgerlichen gemeinnützigen Sprache) sagen dürfte, wie sich ja überhaupt alles Überschwengliche im Menschen der Nutzbarkeit fügen soll.«[48]

Ebenso wie Schlegel eine Negativfolie für sein romantisches Programm hat, findet sich bei ihm und seinem Kreis in der frühen Jenaer und Berliner Zeit auch ein strahlendes Vorbild dessen, was Poesie der modernen Zeit sein und bedeuten könnte. *Goethe,* heißt es in den Berliner Vorlesungen, bleibe »doch der Wiederhersteller der Poesie in Deutschland.«[49] An ihm orientierte sich nicht nur die zur Kunstsuprematie übersteigerte Kunstautonomie des romantischen Programms, die Romantiker interpretierten auch eigene Produktionsideen in Goethes Werk hinein, so daß die spätere Entfremdung zwischen Goethe und der Romantik schon früh angelegt war. Wenn somit die These von Sigbert Salomon Prawer richtig ist, daß »das [in der Satire] Angegriffene und Verworfene [...] zugleich auch das Unbewältigte, Verfängliche und Anziehende ist; daß also das, wovon z. B. die Satire befreien soll, zugleich das ist, wovon der Dichter sich nicht befreien kann«, so ist die gesamte Romantik durch ein Übermaß an Intellekt, durch Rationalität und spätzeitliche Enzyklopädistik angefochten, die sie auch in ihrer Kunsttheorie nicht überwinden konnten. Durch die umfassende Thematisierung des Erkenntnistriebes im Bild des Sündenfalles, schon bei Kleist und vor allem bei den Heidelberger Romantikern, ist diese These beweiskräftig. Die zumal an Clemens Brentano gerügte »scharfsinnige Ungelehrsamkeit« scheint eine Gefahr der Romantik von Anfang an, geboren aus der Frontstellung gegen den als bedrohlich empfundenen Erkenntnisfortschritt der »physikalischen Erfahrungswissenschaften«, aus einem »horror plenitudinis«,[50] den die Romantiker auch gegenüber der eigenen Sprach- und Kunstfertigkeit empfunden haben. Sie haben die Ausdrucks- und die Empfindungsfähigkeit der Literatursprache so gesteigert, daß notwendig ein Umschlag erfolgen mußte, und die Zeit der Romantik zugleich eine Zeit der ersten großen Welle von Sprachthematik, Sprachskepsis und Sprachverzweiflung geworden ist. Das provokativ gegen den Verständlichkeits- und Korrektheitszwang gesetzte Postulat der Unverständlichkeit führte zu Sprachspiel, Sprachexperiment und zu dithyrambischen Übersteigerungen, in denen mit Sensibilität und Selbstironie nicht nur die Naturformen, sondern auch die Kunstformen der Tollheit erprobt wurden.[51]

Einem Mißverständnis ist dabei nochmals zu begegnen: Sowohl bei Friedrich Schlegel – in dessen Athenaeums-Aufsatz *Über die Unverständlichkeit* –, wie vor allem bei August Wilhelm Schlegel bedeutet »Unverständlichkeit«, als eine der vielen von den Rationalisten gerügten Paradoxien, eine in tieferem Sinne universale Verständlichkeit, weil romantische »Unverständlichkeit« die Welt der Phantasie und der Ideen aus den Erklärungsversuchen der Realität nicht ausschließt, sondern die verlorene Totalität der geistigen und der sinnlichen Welt wiederherzustellen versucht. In die Vorstellung der Rekonstruktion eines »Ideenparadieses« durch die progressive Poetisierung aller Lebensbereiche ist auch die – esoterisch unwirksame – Vorstellung einer Aufhebung der Klassengegensätze durch die Sprache einbezogen, deren Dringlichkeit u. a. Büchners *Hessischer Landbote*[52] belegt.

Der Schlegelkreis ging an der Schwelle des neuen Jahrhunderts zunächst von einer optimistischen Zukunftsperspektive aus. August Wilhelm Schlegel hat mit seinen Freunden im Enthusiasmus der Entdeckung von inneren Welten, und damit der Abenteuerfähigkeit der »Tiefenperson«, »den Anfang einer neuen Zeit auf mancherley Art, in Gedichten und in Prosa, im Ernst und im Scherz verkündigt«.[53] Das Phänomen des Schwellenbewußtseins,[54] in dem die Romantik verharrte und an dem sie letztendlich auch gescheitert ist, hängt mit der Jahrhundertwende zusammen, doch ist die spezifisch sprachliche Darstellung dieses Bewußtseins einer Wende, eben die mythisierende Charakterisierung dieses an jeder Jahrhundert- und Jahrtausendwende auftauchenden Phänomens von Schwellenbewußtsein, Umbruchstimmung, Zukunftsangst und -hoffnung als einer geschichtsmächtigen Zeittendenz, Ingredienz der kunsttheoretisch-literarischen Utopie der Frühromantik. Goethe, der »die lange schlummernde Poesie zuerst wieder geweckt« hat,[55] markiert die Schwelle einer neuen Zeit, welche – in deutlicher Anspielung auf die Umwälzungen in Frankreich – »die Revolution in unserer Sprache« bringen wird. Wenn, so meinte Schlegel in den Berliner Vorlesungen, der durch Goethe gelegte Keim nicht erstickt, sondern »gehörig gepflegt und entfaltet wird, so kann sich unsre Sprache nach allen Seiten hin noch ins unendliche poetisiren«.[56] Für diese Poetisierung freilich hat August Wilhelm Schlegel stärker technisch-rhetorische als poetische Anweisungen gegeben, weshalb Schelling auch meinte, daß »mehreres [...] eher in die Rhetorik als in die Poetik« gehöre,[57] doch haben die Lyriker der Hoch- und Spätromantik dieses Programm erfüllt, und unter ihnen gerade der bekannteste und begabteste von Schlegels Schülern: Heinrich Heine. So scheint erklärbar, weshalb die Romantik die Schwellenbildlichkeit zu einem zentralen Bildbereich gewählt hat, es wird deutlich, weshalb sie bei der Entfaltung ihrer »Tropen- und Rätselsprache« weniger mit gesunkenem Kulturgut als mit der Integration von Requisiten und Stereotypen populärer Lesestoffe arbeitete. Sie hat Ausschau gehalten nach Autoren, die nicht nur berühmt, sondern zugleich beliebt waren, die sprachdurchformend und poetisierend wirkten; sie hat – freilich vergeblich – versucht, Goethe im deutschen Sprachbereich auf die Stufe der von ihr wiederentdeckten und eingedeutschten Shakespeare, Dante und Calderon zu heben. Die in August Wilhelm Schlegels Kunstlehre aufgestellte Hierarchie der Poesie lautet: Elementarpoesie – Mythologie als Potenz der ersten durch Sprache gelungenen Naturdarstellung – freie, selbstbewußte Poesie, welche den Mythos wieder als Stoff verwendet. Die letzte Stufe auf dieser Leiter der Poetisierung von Sprache und Einbildungskraft des Menschen aber wäre dann die über die sogenannte »Unverständlichkeit« erreichte völlige Verständlichkeit, die totale Poetisierung der Sprache, welche das gemeinsame Idiom der Gebildeten und der Unterschichten in einem einzigen, durch Poesie und Kultur geschaffenen »Volk« bildete:

»So muß auch der heutige Dichter über das Wesen seiner Kunst mehr im klaren seyn, als es ehemalige große Dichter konnten, die wir daher besser begreifen müssen, als sie sich selbst; eine höhere Reflexion muß sich in seinen Werken wieder in Unbewußtseyn untertauchen. Deswegen ist jetzt Universalität das einzige Mittel, wieder etwas Großes zu erschwingen.«[58]

Es gehört zu den tatsächlichen und nicht nur den scheinbaren Paradoxien der Romantik, daß ihr Streben nach einer solchen Art von Verständlichkeit ihr nicht nur selbst die Grenzen des Sprachmaterials bewußt gemacht, sondern sie auch in esoterische Vereinsamung gestürzt hat, da sie sich sowohl den Gebildeten, wie dem Volk entfremdete. Niemand hat dies klarer gesehen als Schlegels unbotmäßiger Schüler Heinrich Heine, der als erster die Romantik als eine Epoche des Übergangs nach den in ihr sich vollziehenden Ablösungsvorgängen definierte. Mit einer wenig geschmackvollen Bildlichkeit hat er den Skandal der nicht vollzogenen und schon in der Hochzeitsnacht gescheiterten Ehe zwischen August Wilhelm Schlegel und Sophie Paulus, der Tochter des bekannten rationalistischen Theologen, zur Darstellung von Unfruchtbarkeit, Impotenz und Resonanz-, wie Kommunikationsverlust der Romantik verwendet. Da die ersehnte Ehe zwischen romantischem und rationalistischem Denken scheiterte, scheiterte auch die über den Intellekt in der Theorie der Kunst versuchte Herstellung einer menschlichen Einheit. Die Sinnenhaftigkeit des Menschen wird jetzt als das neue Experimentierfeld der Totalitätsversuche eröffnet. Es ist kein Zweifel, daß Heine seinen Angriff auf August Wilhelm Schlegel nicht nur kaltblütig vorbereitet, sondern auch als eine Art von Vatermord geplant hat.[59] Er setzte sich selbst an die Stelle des Lehrers und verfuhr als der selbständig gewordene Schüler mit ihm so, wie dieser einst mit seinem Lehrer Gottfried August Bürger verfahren war:

»Da ich einst zu den akademischen Schülern des ältern Schlegel gehört habe, so dürfte man mich vielleicht in Betreff desselben zu einiger Schonung verpflichtet glauben. Aber hat Herr A. W. Schlegel den alten Bürger geschont, seinen literärischen Vater? Nein, und er handelte nach Brauch und Herkommen. Denn in der Literatur, wie in den Wäldern der nordamerikanischen Wilden, werden die Väter von den Söhnen todtgeschlagen, sobald sie alt und schwach geworden.«[60]

Anmerkungen

1 Friedrich Nicolai's Leben und literarischer Nachlaß. Hg. v. L. F. G. v. Göckingk, Berlin 1820, S. 54f.

2 Max Braubach, Von der Französischen Revolution bis zum Wiener Kongreß, in: Bruno Gebhardt (Hg.), Handbuch der deutschen Geschichte, Bd. 3, ^{8}1960, S. 32.

3 August Wilhelm Schlegel, Ausgewählte Briefe. Hg. v. Edgar Lohner, Stuttgart 1974, S. 81 (Brief Schlegels vom 1. 6. 1801 an Gottlieb Ernst August Mehmel).

4 Ebd., S. 80. August Wilhelm Schlegels Vorwort zu Fichtes Pamphlet steht in der Aggressivität des Tones diesem nicht nach. Vgl. August Wilhelm von Schlegel's sämmtliche Werke. Hg. v. Eduard Böcking, Bd. 8, Leipzig 1846, S. 140f.

5 Vgl. F. Nicolai's Leben und literarischer Nachlaß, S. 69–71.

6 A. W. Schlegels Vorlesungen über schöne Litteratur und Kunst. Erster Teil (1801–1802). Die Kunstlehre; Zweiter Teil (1802–1803). Geschichte der klassischen Litteratur; Dritter Teil (1803–1804). Geschichte der romantischen Litteratur. Hg. von Jacob Minor, Heilbronn 1884 (zitiert als Schlegel I–III). Zitat: Schlegel II, S. 65.

7 Schlegel II, S. 76, das folgende Zitat ebd.

8 Vgl. dazu vor allem Clemens Brentanos Briefe aus Heidelberg an Friedrich Carl von Savigny, in: Das unsterbliche Leben. Unbekannte Briefe von Clemens Brentano. Hg. v. Wilhelm Schellberg und Friedrich Fuchs, Jena 1939, S. 326ff., hier S. 334f.

9 Schlegel I, S. VIIf.

10 Caroline. Briefe aus der Frühromantik. Nach Georg Waitz vermehrt hg. v. Erich Schmidt, Bd. 2, Leipzig 1913, S. 223; Brief Carolines an ihre Freundin Luise Gotters (von November 1801, mit dem »Zusatz Julchens«).

11 Schlegel I, S. XIII.

12 Caroline. Briefe aus der Frühromantik, S. 225 (Brief Carolines an A. W. Schlegel vom 3. 12. 1801); vgl. Schlegel I, S. VIII.

13 Schlegel I, S. V.

14 Max Spindler, Die Regierungszeit Ludwigs I. (1825–1848), in: ders. (Hg.), Bayerische Geschichte im 19. und 20. Jahrhundert. Erster Teilband: Staat und Politik, München 1978, S. 128, Anm. 3.

15 Ebd.

16 Noch immer steht August Wilhelm Schlegel zu Unrecht im Schatten seiner poetisch begabteren Freunde Tieck und Novalis und seines theoretisch begabteren Bruders Friedrich. Edgar Lohners Schlegel-Essay hat dabei in die allgemeine Forschungsmeinung eine erste Bresche geschlagen (vgl. Edgar Lohner, August Wilhelm Schlegel, in: Benno von Wiese [Hg.], Deutsche Dichter der Romantik. Ihr Leben und Werk, Berlin 1971, S. 135–162), doch blieb die von Lohner begonnene Umwertung nicht nur deshalb unvollendet, weil er über der Ausführung dieses Planes gestorben ist, sondern auch wegen der mangelnden philologischen Qualität der von ihm bei Kohlhammer unternommenen Ausgabe von A. W. Schlegels Kritischen Schriften und Briefen. Die drei Vorlesungsreihen Schlegels in Berlin zwischen 1798 und 1809 untersucht – mit entschieden positiver Wertung – Gregory Thomas Mico, August Wilhelm Schlegel: The Berlin Lectures and the Romantic Theory of Language and Literature, Diss. Stanford University 1979. Zur Wirkung Schlegels in England vgl. u. a. Thomas George Sauer, A. W. Schlegel's Shakespearean Criticism in England, 1811–1846, Diss. Indiana University 1979.

17 Schlegel II, S. 75.

18 A. W. Schlegel, Briefe, S. 58 (Brief Schlegels an Johann Diederich Gries vom 10. 5. 1799).

19 Ebd., S. 63 (Brief Schlegels an Goethe vom 7. 1. 1800); die folgenden Zitate ebd., S. 80 und 63.

20 Vgl. dazu ebd., S. 72.

21 Schlegel II, S. 87.

22 Ebd., S. 17.

23 Schlegel II, S. 17f. Zur Problematik der deutschen Sprachdivergenz vgl. Wolfgang Frühwald, »Ruhe und Ordnung«. Literatursprache – Sprache der politischen Werbung. Texte, Materialien, Kommentar, München 1976.

24 Wilhelm von Humboldt, Das achtzehnte Jahrhundert, in: Wilhelm von Humboldt. Werke in fünf Bänden. Hg. v. Andreas Flitner und Klaus Giel, Bd. 1, Darmstadt 1960, S. 396.

25 Vgl. ebd., S. 399.

26 Otto Brunner/Werner Conze/Reinhart Koselleck (Hg.), Geschichtliche Grundbegriffe. Historisches Lexikon zur politisch-sozialen Sprache in Deutschland, Stuttgart 1972ff.

27 Vgl. dazu bes. ebd., Bd. 1, S. XV, das Vorwort von Reinhart Koselleck

sowie Wolfgang Frühwald, Das Wissen und die Poesie. Anmerkungen zu Leben und Werk Clemens Brentanos, in: Detlev Lüders (Hg.), Clemens Brentano. Beiträge des Kolloquiums im Freien Deutschen Hochstift 1978, Tübingen 1980, S. 47–73.

28 Georg Büchner, Werke und Briefe in einem Band. Hg. v. Karl Pörnbacher u. a., München o. J., S. 276f.

29 Schlegel II, S. 49f.

30 Ebd., S. 89.

31 Vgl. Schlegel II, S. 74f., S. 66–70 u. S. 72 und dazu Wolfgang Frühwald, Romantische Lyrik im Spannungsfeld von Esoterik und Öffentlichkeit, in: Karl Robert Mandelkow (Hg.), Europäische Romantik I, Wiesbaden 1982, S. 355–392. Einzelne Thesen der vorliegenden Arbeit habe ich in diesem Aufsatz bereits vorgetragen.

32 Vgl. Schlegel II, S. 15.

33 Ebd., S. 67.

34 Schlegel I, S. 8.

35 Walther Rehm (Kierkegaards ›Antigone‹, in: ders., Begegnungen und Probleme. Studien zur deutschen Literaturgeschichte, Bern 1957, S. 277) hat erklärt, daß die Romantiker das Interessante »zur Würde einer ästhetischen Kategorie« erhoben hätten, doch ist die genuine Leistung der deutschen Romantik auch in der Kunst nicht die Erfindung, sondern die Entdeckung; auch das Interessante als eine ästhetische Kategorie haben sie im 18. Jahrhundert vorformuliert gefunden und an die Moderne vermittelt.

36 Schlegel II, S. 56.

37 Ebd., S. 69.

38 Novalis, Die Christenheit oder Europa, in: Novalis, Schriften. Hg. von Paul Kluckhohn u. Richard Samuel, Bd. 2, Leipzig o. J., S. 78.

39 Vgl. dazu u. a. Theodor W. Adorno, Zum Gedächtnis Eichendorffs, in: ders., Noten zur Literatur I, Frankfurt a. M. 1958, S. 119; Oskar Seidlin, Die symbolische Landschaft, in: ders., Versuche über Eichendorff, Göttingen [2]1978, S. 53.

40 Vgl. Karl Eibl, Prodesse et delectare: Lyrik des 18. Jahrhunderts vor der Schwelle zur Autonomieästhetik, in: Walter Müller-Seidel (Hg.), Historizität in Sprach- und Literaturwissenschaft. Vorträge und Berichte der Stuttgarter Germanistentagung 1972, München 1974, S. 293.

41 Vgl. ebd., S. 287.

42 Schlegel II, S. 83.

43 Ebd., S. 92.

44 Vgl. den Erstdruck dieses Textes in: Briefe von und an August Wilhelm Schlegel (Hg. von Josef Körner). Erster Teil: Die Texte, Zürich 1930, S. Vf.

45 Ebd., S. VI.

46 Vgl. ebd. S. 146–148 den Brief von Hans Christian Genelli an August Wilhelm Schlegel (aus Berlin vom 29. 5. 1802); Zitat S. 146. Zur Deutung von

Schlegels *Ion* vgl. meinen Artikel in Kindlers Literatur-Lexikon, Bd. 5 (1964), S. 4868.

47 Schlegel II, S. 77.

48 Ebd., S. 84.

49 Ebd., S. 93.

50 Diesen, wie ich meine, erhellenden Terminus hat Hermann Timm in der Diskussion der vorliegenden Arbeit beim Mannheimer Kolloquium gebraucht. Den »horror plenitudinis« hat insbesondere Hugo von Hofmannsthal (im *Ad me ipsum*) als den Lebenszustand der Geschwister Bettine und Clemens Brentano gekennzeichnet.

51 Vgl. Elisabeth Stopp, »Ein literarisches Mondkalb«. Görres' »tollgewordener Epilogus« to his »Schriftproben von Peter Hammer«, in: German Life and Letters. Special Number for L. W. Forster, Oxford 1980, S. 114.

52 Vgl. Büchner, Werke, S. 246: »[...] sie wohnen in schönen Häusern, sie tragen zierliche Kleider, sie haben feiste Gesichter und reden eine eigne Sprache; das Volk aber liegt vor ihnen wie Dünger auf dem Acker.«

53 Schlegel II, S. 86.

54 Vgl. Frühwald, Romantische Lyrik, S. 374, das Kapitel »Schwellenbildlichkeit« und die dort angegebene Literatur. John F. Fetzer (University of California, Davis) hat zu diesem Aspekt der deutschen Romantik eine Monographie angekündigt.

55 Schlegel I, S. 314.

56 Ebd.

57 Vgl. ebd., S. XI.

58 Schlegel II, S. 90.

59 Vgl. Kurt Weinberg, Die Entsublimierung des Unheimlichen im Werke Heines, in: Raymond Immerwahr/Hanna Spencer (Hg.), Heinrich Heine: Dimensionen seines Wirkens. Ein internationales Heine-Symposium, Bonn 1979, S. 89f.

60 Heinrich Heine. Historisch-kritische Gesamtausgabe der Werke. Hg. v. Manfred Windfuhr. Bd. 8, 1, Hamburg 1979, S. 165 (aus dem Zweiten Buch von Heines *Romantischer Schule*).

Hans-Joachim Mähl

Philosophischer Chiliasmus

Zur Utopiereflexion bei den Frühromantikern*

I.

Wenn man von der Geschichte des utopischen Denkens im ausgehenden 18. Jahrhundert sprechen will, dann denkt man zunächst an jene Zäsur, die als Ablösung der (insularen) Raumutopien durch die *Zeitutopie* (nach Muster Merciers, 1770) bestimmt werden kann. Dieser Romantypus hat aber in Deutschland bekanntlich eine nur spärliche und überdies wenig bedeutende Nachfolge gefunden.[1] Wer den Einschnitt als Ablösung einer Denkform studieren will, muß sich vielmehr der Geschichtsphilosophie im letzten Drittel des 18. Jahrhunderts zuwenden, die wiederum im deutschen Bereich in einem z. T. recht bewußt artikulierten Säkularisierungsprozeß mit dem pietistischen Chiliasmus des mittleren 18. Jahrhunderts (Bengel, Oetinger, Lavater) im Zusammenhang zu stehen scheint.[2] Kant hat dafür seit 1784 den bezeichnenden Terminus eines *»philosphischen Chiliasmus«* geprägt (ein Begriff, den ich im folgenden Abschnitt erläutern werde). Als Erben dieser Geschichtsphilosophie treten die Frühromantiker um 1795 in Erscheinung; sie haben sie im Anschluß an Kant und Fichte weiter entwickelt, z. T. radikalisiert und auch die neuen literarischen Präsentationsformen für die utopische Dimension dieses Denkens ausgebildet.

In der Romantikforschung hat der Utopiebegriff freilich bisher eine eher verhängnisvolle Rolle gespielt, nicht zuletzt aufgrund seiner Unschärfe und subjektiv beliebigen Verwendung.[3] Ich möchte daher zunächst eine Definition dessen, was ich als literarische Utopie bezeichne, an den Anfang stellen. Es handelt sich um eine Definition, die zwischen Scylla und Charybdis angesiedelt ist, d. h. sie sucht die Einengung des Begriffs auf die Tradition der Sozialutopie nach Muster von Morus ebenso zu vermeiden wie die neuerdings beliebte Ausweitung auf eine Kategorie des Ästhetischen schlechthin, womit alle Literatur als utopisch deklariert werden kann.

Als literarische Utopie bezeichne ich den Entwurf einer hypothetisch möglichen, d. h. unter Setzung bestimmter Axiome denkbaren/vorstellbaren Welt (Gesellschaftsverfassung, Lebensform), entworfen in räumlicher oder zeitlicher Projektion als Gegenbild (Negation) zu den explizit oder implizit kritisierten gesellschaftlichen Mißständen der jeweiligen Zeit. Im Unterschied zu expositorischen Texten (z. B. dem philosophischen Traktat) gehört es zur Intention der literarischen Utopie, das Gegenbild zu versinnlichen, d. h. deskriptiv und/oder narrativ zu vergegenwärtigen bzw. ›wahrscheinlich‹ zu machen.

Das ist eine elementare Klassifikationsformel, die ich hier nicht weiter begründen will, die aber wichtige Merkmale operational als Analyseanweisungen markiert. Sie ist nicht etwa auf die Frühromantiker zugeschnitten – bei ihnen müßte das antizipatorische Moment der Zeitutopie stärker akzentuiert und die utopische Intention ausdrücklicher benannt werden –, erfaßt aber ihre utopischen Entwürfe ebenso wie diejenigen des frühen 18. Jahrhunderts. Eines muß allerdings, als letzte Vorbemerkung, noch vorausgeschickt werden.

Die Frühromantiker verfügen nicht über den *Begriff* »Utopie«. Das hängt mit der Begriffsgeschichte im 18. Jahrhundert zusammen, innerhalb derer der Name »Utopia« sich zwar längst vom Werk des Thomas Morus abgelöst hatte und zur Bezeichnung einer Reihe von Werken in dessen Nachfolge diente (»ficta respublica« oder »politische Fabeln und ander dergleichen Erdichtungen«, wie es dann etwa heißt[4]), in der die Kategorie des »Utopischen« aber eher pejorativ für eine logisch widersinnige, unstimmige, der abenteuerlichen Einbildungskraft folgende Erdichtung verwendet und aus dem Bereich der Ästhetik verbannt wurde (so bei A. G. Baumgarten 1735).[5]

Die Frühromantiker sprechen stattdessen, wie Fichte, von notwendigen »*Ideen« oder »Idealen*», von »*absoluten Postulaten*«, die den Versuchen gleichgestellt werden, die »Quadratur des Zirkels« oder den »Stein der Weisen« zu finden; sie sprechen mit Kant von »*regulativen Ideen*«, die – »ganz aus der Sphäre des Wirklichen« herausgenommen, »ohne die mindeste Realität im eigentlichen Sinne« – dennoch absolut notwendig seien, als Regulative »von unendlichem Gebrauch«. Ideen dieser Art sind, wie Friedrich Schlegel schreibt, »Gottähnliche Gedanken«, oder wie Novalis hinzufügt, »Idole ungeborner Welten«.[6] Ihre Funktionsbestimmung läßt sie, wie wir noch sehen werden, als Utopien erkennbar werden – etwa die Idee der Universalwissenschaft oder der neuen Mythologie oder des poetischen Staates oder der neuen Kirche. Von ihnen gilt, was Fichte 1794 über das Endziel der Geschichte schreibt, nämlich »die vollkommene Übereinstimmung des Menschen mit sich selbst, und [...] die Übereinstimmung aller Dinge außer ihm mit seinen notwendigen praktischen Begriffen von ihnen, – den Begriffen, welche bestimmen, wie sie *sein sollen* « –, ein ideales Endziel, dessen Funktion er folgendermaßen bestimmt: wir wissen, »daß Ideale in der wirklichen Welt sich nicht darstellen lassen [...] Wir behaupten nur, daß nach ihnen die Wirklichkeit *beurteilt,* und von denen, die dazu Kraft in sich fühlen, *modifiziert* werden müsse.«[7]

II.

Es wird hier also vom Anteil der Frühromantiker an der Geschichte des utopischen Denkens und an der Ausbildung neuer literarischer Formen für dieses Denken die Rede sein. Dabei geht es mir vor allem um ihre Utopie*reflexion*, die nach meinem Urteil viel zu wenig beachtet worden ist. Sie scheint mir in bestimmten Punkten bereits eine Vorwegnahme der späteren Utopie-Kritik zu implizieren, d. h. lenkt unsere Aufmerksamkeit auf eine präzisere Bestimmung der veränderten utopischen Intention in dieser Zeit. Die Frühromantik zwischen 1794–1804, auf die sich mein Beitrag aus guten Gründen beschränkt, definiere ich als Romantik im Zeichen der Französischen Revolution – im Unterschied zu den folgenden Phasen der Hoch- und Spätromantik, die im Zeichen der Napoleonischen Freiheitskriege bzw. nach 1815 im Zeichen der Metternichschen Restauration stehen. Mit diesen historischen Bezugspunkten ist bereits etwas über den tiefgreifenden Wandel der romantischen Bewegung als Gesamterscheinung ausgesagt.

Die Frühromantiker, also der Jenaer Kreis um Fr. Schlegel, Novalis, den jungen Schelling, sehen in der französischen Revolution *die* Signatur der Zeit, ein weltgeschichtliches Zeichen, das ihren Glauben an die Möglichkeit einer Neuschöpfung der Welt, der politischen und gesellschaftlichen Wirklichkeit, aus der Kraft des Gedankens, des Geistes, entzündet. So hatte schon Fichte das säkulare Ereignis gedeutet und zugleich seine Philosophie, das »erste System der Freiheit« (wie er erklärt), zu ihr in Beziehung gesetzt: »wie jene Nation [die französische] von den äußern Ketten den Menschen losreis't, reist mein System ihn von den Feßeln der Dinge an sich, des äußern Einflußes los, und stellt ihn in seinem ersten Grundsatze als selbstständiges Wesen hin«.[8] Es ist bekannt und braucht hier nicht ausgeführt werden, wie die junge Generation der um 1770 Geborenen Fichte folgend die Revolution als einen »Schlüssel« zum Verständnis der gesamten modernen Geschichte begreift und sie nicht nur mit der Philosophie Fichtes in Beziehung bringt, sondern als »universelles Prinzip« auf alle Bereiche der Gesellschaft, auf alle Wissenschaften und Künste übertragen wissen möchte.[9] »So lange die Sonne am Firmamente steht und die Planeten um sie herum kreisen«, so hat es Hegel später im Rückblick formuliert, »war *das* nicht gesehen worden, daß der Mensch sich auf den Kopf, das ist auf den Gedanken stellt, und die Wirklichkeit nach diesem erbaut.«[10]

Dieser grenzenlose Optimismus, die Überzeugung von der wirklichkeitssetzenden Kraft des Gedankens mußte folgerichtig zu einem neuen Aufschwung des utopischen Denkens führen, ebenso allerdings auch dessen Kritiker nach 1793 verstärkt auf den Plan fordern. »Heutzutage muß man mit dem Titel Traum doch nicht zu verschwenderisch sein«, schreibt Novalis 1794 an Schlegel. »Es realisieren sich Dinge, die vor zehn Jahren noch ins philosophische Narrenhaus verwiesen wurden.«[11] Und vier Jahre später, in einem Brief, in dem er sich als »Ideenschöpfer« bezeichnet, der eine neue Natur und Welt zu bauen habe, heißt es: »Mir ist jezt, als säß ich im *Comité du Salut public universel*.« (Eine Anspielung auf den Pariser Wohlfahrtsausschuß, wobei der Zusatz »universel« bezeichnend ist.)[12]

Von daher kommt es zu jenen Äußerungen, die oft chiliastisch, im Sinne einer ekstatischen ›Naherwartung‹ gedeutet worden sind, mit denen die Geschichte teleologisch auf das Reich Gottes, auf ein tausendjähriges Reich bezogen wird. »Der revolutionäre Wunsch, das Reich Gottes zu realisieren«, erscheint Schlegel in den Athenäumsfragmenten als »Anfang der modernen Geschichte« und ihrer »progressiven Bildung« schlechthin. »Was in gar keiner Beziehung aufs Reich Gottes steht, ist in ihr nur Nebensache.«[13] Im Hintergrund steht letztlich eine Prämisse der Aufklärung, nämlich die Theorie der Perfektibilität: »Der reine Satz der Vernunft von der nothwendigen unendlichen Vervollkommnung der Menschheit ist ohne alle Schwierigkeit.«[14] Novalis wiederum reflektiert über das »Princip der Vervollkommnung in der Menschheit« und notiert: »Die Menschheit wäre nicht Menschheit – wenn nicht ein tausendjähriges Reich kommen müßte.« Auch dort, wo dieses Diktum noch als Frage formuliert wird (»Ist ein tausendjähriges Reich möglich – werden einst alle Laster exuliren?«), wird diese zunächst ganz im Sinne Lessings beantwortet: »Wenn die Erziehung zur Vernunft vollendet seyn wird.«[15] Chiliastisch gedacht ist das nicht – hier fehlt die ekstatische Glaubenserwartung, die sich auf den Einbruch der Transzendenz ins Diesseits bezieht –, und es genügt auch nicht, zur Kennzeichnung der Differenz auf die *spiritualistische* Ausdeutung der Parusie Christi hinzuweisen, wie sie später von Novalis in der Europa-Rede verkündet worden ist: dort, wo von der »heiligen Revolution« die Rede ist, die wie ein »Messias im Pluralis«, in »tausend Gliedern zugleich« auf Erden erschienen sei.[16] Die Differenz ist tiefer begründet, mit ihr ist zugleich der Unterschied zwischen dem utopischen und dem chiliastischen Denken getroffen.

Schon Kant hatte 1784 in seiner *Idee zu einer allgemeinen Geschichte in weltbürgerlicher Absicht* die Geschichte der Menschengattung evolutionär »als die Vollziehung eines verborgenen Plans der Natur« gedeutet, »um eine innerlich- und zu diesem Zwecke auch äußerlich vollkommene Staatsverfassung zu Stande zu bringen, als den einzigen Zustand, in welchem sie alle ihre Anlagen in der Menschheit völlig entwickeln kann.« Und er hatte hinzugefügt: »Man sieht: die Philosophie könne auch ihren *Chiliasmus* haben; aber einen solchen, zu dessen Herbeiführung ihre Idee [...] selbst beförderlich werden kann, der also nichts weniger als schwärmerisch ist.«[17] Die Beziehung auf den christlichen Chiliasmus wird hergestellt, obwohl Kant die hier bezeichnete Aufgabe einer vollkommenen Staatsverfassung als unlösbar ansieht, weil ihr »Hindernisse in der menschlichen Natur« entgegenstehen: »aus so krummem Holze, als woraus der Mensch gemacht ist, kann nichts ganz Gerades gezimmert werden. Nur die *Annäherung zu dieser Idee* ist uns von der Natur auferlegt.«[18]

Die Beziehung auf den Chiliasmus erklärt sich einerseits aus der endgeschichtlich gedachten Zukunftsprojektion, die das zentrale Unterscheidungsmerkmal zur Denkstruktur der Raumutopie darstellt, andererseits aus der funktionalen Bedeutung, die Kant nunmehr der »Idee« einer vollkommenen Staatsverfassung als Telos der Geschichte und als Regulativ moralischen Handelns für den Menschen zuschreibt. In diesem Sinne unterstreicht er 1793 in seiner *Religions*schrift die Möglichkeit einer symbolischen Auslegung der biblischen Apokalypse und erklärt, daß der Chiliasmus (als Glaube an ein sichtbares Reich

Gottes auf Erden, unter der Regierung seines wieder herabgekommenen Stellvertreters und Statthalters) »vor der Vernunft« eine »gute symbolische Bedeutung« annehmen könne: diese Vorstellung, zur größeren Belebung der Hoffnung und des Mutes ausgemalt, sei nämlich »ein schönes *Ideal* der [...] *moralischen,* im Glauben vorausgesehenen Weltepoche bis zu ihrer Vollendung«, auf die wir nur »im continuirlichen Fortschreiten und Annäherung« hinzublicken haben, um uns »*jederzeit*« (damit wird dem Symbol nach Kant der »intellectuelle Sinn« unterlegt) als berufene Bürger eines »göttlichen (ethischen) Staats« ansehen zu können.[19] Damit ist ein schon im schwäbischen Pietismus, bei Oetinger (1759) eingeleiteter und bei Lessing, in seiner *Erziehung des Menschengeschlechts* (1780) weitergeführter Säkularisierungsprozeß zum Abschluß gebracht: nicht nur wird der »Natur« überantwortet und einer immanenten Fortschritts- und Entwicklungsidee zugeschrieben, was im älteren Chiliasmus vom Einbruch der Transzendenz abhängig gemacht wurde; auch das antizipierte Zielbild der Geschichte wird »symbolisch« als moralischer Imperativ oder, erkenntnistheoretisch gesprochen, als eine regulative Idee betrachtet, die das menschliche Denken und Handeln bestimmen und leiten sollen, ohne daß die Vollendung in geschichtlich-absehbarer Zeit erhofft werden könnte.

Überall dort, wo Kant später vom philosophischen Chiliasmus spricht, da ordnet er ihm zugleich die ältere Utopietradition ein, deren Funktion er damit freilich neu bestimmt.[20] So heißt es in der *Kritik der reinen Vernunft* von der »Platonischen Republik«, daß sie eine »nothwendige Idee« sei, deren Sinn durch »die pöbelhafte Berufung auf vorgeblich widerstreitende Erfahrung« nicht in Frage gestellt werde, wenn man sie als ein »*Urbild*« betrachte, »um nach demselben die gesetzliche Verfassung der Menschen der möglich größten Vollkommenheit immer näher zu bringen«.[21] Eine solche Staatsschöpfung, »als dereinst, so spät es auch sei, vollendet zu hoffen«, ist freilich »ein süßer Traum«, wie Kant im *Streit der Fakultäten* erklärt – (und das gilt von Platon wie von Morus' *Utopia*, Harringtons *Oceana* oder Vairasse' *Severambia*); ihr widerspricht z. B. ein unaufhebbarer Antagonismus in der menschlichen Natur, die »ungesellige Geselligkeit«, die der Neigung sich zu »vergesellschaften« den ebenso starken Hang sich zu »vereinzelnen (isoliren)« entgegensetzt. Damit wird allerdings ein anthropologisches Grundaxiom der älteren Utopietradition radikal in Frage gestellt bzw. abgelöst. Aber (als neue Funktionsbestimmung):

sich diesem Traum »immer [mehr] zu näheren«, ist nicht allein »*denkbar*«, sondern moralische »*Pflicht*«.[22]

Die Utopie wird normativ aus der Moral begründet, zugleich verinnerlicht, und als regulative Idee betrachtet. Ich möchte diese Bestimmung im Hinblick auf die Frühromantiker nicht als kritische Einschränkung oder gar Aufhebung der Utopie betrachten,[23] sondern als *ein* neues Strukturmoment der Utopie in dieser Zeit.

Kants symbolische Auslegung der Apokalypse zeigt darüber hinaus den Punkt an, wo alle älteren mythischen oder chiliastischen Heilsvorstellungen (als sinnliche Bilder, denen ein »intellektueller Sinn« unterlegt werden kann) der Utopiekonzeption zur Verfügung stehen oder verfügbar gemacht werden können – und auch dies ist ein Erbe, das die Frühromantiker antreten und nutzen.[24]

So ist für Kant auch »der philosophische Chiliasm, der auf den Zustand eines ewigen, auf einen Völkerbund als Weltrepublik gegründeten Friedens hofft«, keine Schwärmerei; enthält doch dieses Prinzip (wie das moralische Reich Gottes, wie die Idee der »unsichtbaren Kirche«) »den Grund einer continuirlichen Annäherung zu dieser Vollkommenheit«.[25] Noch in den berühmten Schlußworten des philosophischen Entwurfs *Zum ewigen Frieden* (1795) – der auf Novalis und Schlegel von stärkstem Einfluß gewesen ist –, wird diese Funktion der Utopie unterstrichen: »Wenn es Pflicht, wenn zugleich gegründete Hoffnung da ist, den Zustand eines öffentlichen Rechts, obgleich nur in einer ins Unendliche fortschreitenden Annäherung wirklich zu machen, so ist der *ewige Friede* [...] keine leere Idee, sondern eine Aufgabe, die, nach und nach aufgelöst, ihrem Ziele [...] beständig näher kommt.«[26]

III.

Wenn wir uns nun wieder den Frühromantikern zuwenden, so scheint der Unterschied zu Kant zunächst vor allem in der beschwörenden *Naherwartung* zu liegen, mit der das unendliche Zukunftsziel (des ewigen Friedens) bei Novalis oder Schlegel als unmittelbar bevorstehend geschildert wird. Chiliastisch klingt der Schluß der Europa-Rede: »Nur Geduld, sie wird, sie muß kommen, die heilige Zeit des ewigen Friedens, wo das neue Jerusalem die Hauptstadt der Welt seyn wird«.[27] Ähnlich schließt Schlegels Rede über die Mythologie mit jenem Appell an die »divinatorische Kraft« im Menschen, der die Realisierung der kommenden goldnen Zeit »*eben jetzt*« beginnen läßt: »Und so laßt uns denn, beim Licht und Leben! nicht länger zögern, sondern jeder nach seinem Sinn die große Entwickelung beschleunigen, zu der wir berufen sind.«[28] Aber gerade hier werden wir zur Vorsicht verwiesen, denn beiden Reden ist eine bestimmt rhetorische Wirkungsabsicht und Illusionierungstechnik eigen, die wiederholt Gegenstand der Reflexion beider Autoren gewesen ist. Novalis spricht von der »rhetorischen Gewalt des Behauptens«, als Stilmittel zur »Erreichung einer bestimmten Absicht«, nämlich der Erweckung des Glaubens (»der Redner thut, als ob alles vorbey und beschlossen wäre«[29]); Schlegel wiederum spricht von einer »enthusiastischen Rhetorik«, deren Bestimmung es sei, »die Philosophie praktisch zu realisieren«, und er beruft sich dabei auf Rousseau und Fichte: »Rousseau und Fichte verbieten auch denen, die nicht glauben, wo sie nicht sehen, dies Ideal für chimärisch zu halten.«[30] Hier werden wir also auf die Utopie*reflexion* verwiesen, um die literarische Form der Fragmente, der Reden, der Dialoge mit ihrer utopischen *Intention* in Verbindung bringen zu können.

Der Unterschied zu Kant wird natürlich deutlicher dort, wo das triadische Geschichtsverständnis der Frühromantiker, ihre Geschichtsmetaphysik zu erörtern wäre.[31] Dieser Aspekt muß aber aufgrund der bemessenen Zeit hier ausgeklammert werden und damit auch die eigentümliche Funktion der *Vergangenheitsutopien*, die mit guten Gründen[32] in einen strenger gefaßten Utopiebegriff eingeordnet werden können, weil ihre Gegenbildfunktion (als »Annihilation des Jetzigen«) dominierend hervortritt und der futurisch-antizipierenden Utopie (als »Apotheose der Zukunft, dieser eigentlichen bessern Welt«[33]) gewissermaßen die *vor*-geschichtliche Beglaubigung liefern soll. Erinnert sei an Schlegels berühmtes Wort vom Historiker als dem »rückwärts gekehrten Propheten«.[34] – Stattdessen möchte ich jene zahlreichen utopischen Zukunftsprojekte zumindest in einer Auswahl benennen, die mit der eben erwähnten Utopiereflexion in Verbindung zu bringen sind und denen jeweils neu entwickelte literarische Darstellungsformen zugeordnet werden müssen. Ich meine damit:

1. die Utopie des »*poëtischen Staates*« (von Novalis in der Fragmentsammlung *Glauben und Liebe* entwickelt), ein Staatsentwurf, der mit Schlegels Postulat einer Vermittlung von Poesie und Gesellschaft in den Athenäumsfragmenten in Verbindung gebracht werden könnte

(auf dieses Paradigma werde ich mich im folgenden vornehmlich beziehen[35]);
2. die Utopie des »*ewigen Friedens*« in Form der »*neuen Kirche*« als Mittelglied für den europäischen Staatenverein (in Novalis' Rede *Die Christenheit oder Europa,* die oft als geschichtsphilosophische Abhandlung mißverstanden wird);
3. die Utopie einer »*Universalwissenschaft*« (von Novalis unter Rückgriff auf Leibniz, Oetinger, Hemsterhuis, d'Alembert entworfen in seinem Versuch einer Enzyklopädistik); gedacht als »Instrument zum ewigen Frieden (im Reiche des Wissens)«,[36] bei genauerer Betrachtung im engen Zusammenhang mit der Staatsutopie;
4. die Utopie der »*neuen Mythologie*«, die als vermeintlich rein ästhetisches Projekt gerade in ihrer gemeinschaftsstiftenden Funktion betrachtet werden muß, als Vermittlung oder Aussöhnung zwischen den Antinomien Subjekt/Objekt, Individuum/Gattung, Künstler/Gesellschaft; entworfen in Schlegels *Rede über die Mythologie;* in Schellings Philosophie der Kunst als »höchste Idee für die *ganze* Geschichte überhaupt« bezeichnet, der Bildung einer »universellen Kirche« vergleichbar;[37]
5. die Utopie der *verwandelten Natur* oder der wiedergewonnenen Einheit des Menschen mit der Natur (entworfen von Novalis in seinem unvollendeten Naturroman *Die Lehrlinge zu Saïs,* versinnbildlicht in dem eingelagerten Märchen).

Schon diese Auswahl zeigt das universale Utopiekonzept der Frühromantik, d. h. es handelt sich hier um Elemente (oder Teilprojekte) einer übergreifenden *Universalutopie,* die sich auf alle Bereiche des politischen, gesellschaftlichen, kulturellen Lebens erstrecken sollte. (Was natürlich im Blickfeld der Kritik auch negativ, als »hypertropher Utopismus«, wie bei D. Naumann,[38] gekennzeichnet werden könnte.) – Das gleiche Universalkonzept wird deutlich, wenn wir uns nun der *Reflexionsebene* zuwenden, von der ich glaube, daß sie in der Geschichte des utopischen Denkens (und auch der ihr zugeordneten Utopie-Kritik) eine neue Stufe darstellt. Ich gehe dabei von einigen Notizen Hardenbergs aus, von denen man kaum annehmen möchte, daß sie der Dichter der *Hymnen an die Nacht* geschrieben hat. 1798 notiert er sich (unter dem Stichwort »Enzyklopädistik«[39]):

»Jede Wissenschaft hat ihren Gott, der zugleich ihr Ziel ist. So lebt eigentlich die *Mechanik* vom Perpetuo mobili – und sucht zu gleicher Zeit, als ihr höchstes

Problem, ein Perpetuum mobile zu construiren. So die *Chymie* mit dem Menstruo universali – und dem geistigen Stoffe, oder dem Stein der Weisen. Die *Philosophie* sucht ein erstes und einziges Princip. Der *Mathematiker* die Quadratur des Zirkels und eine Principalgleichung. Der *Mensch* – Gott. Der *Mediciner* ein Lebenselixier – eine Verjüngungsessenz [...] Der *Politiker* einen vollkomnen Staat – Ewigen Frieden – Freyer Staat.«

Es handelt sich hier, wie aus den historischen Beispielen hervorgeht, um »szientifische Ideale«, um Postulate, die als solche unerreichbar sind und insofern immer wieder täuschen, die aber als notwendige Zielprojektionen betrachtet werden, weil sie stimulierend auf den Fortschritt der Wissenschaften einwirken.[40] Die alchimistische Idee des Steins der Weisen hat zwar immer wieder die Menschen getäuscht und widerspricht der Erfahrung, aber nur durch sie hat sich schließlich die Chemie des 18. Jahrhunderts (bis hin zu Lavoisier) entwickeln können und ist z. B. das Porzellan erfunden worden. »Jede immer getäuschte und immer erneuerte Erwartung deutet auf ein Capitel in der Zukunftslehre hin«, so führt Novalis seinen Gedankengang weiter.

»Über die Hindernisse der Auflösung jeder dieser Aufgaben. (*Approximationsprincipe.* Hierzu gehört auch das absolute Ich.) Es liegt nur an der mangelhaften Natur, an den unvollkommnen Verhältnissen der gewählten Constructionselemente der Gegenstände dieser Aufgaben, [...] daß sie nicht gelöst werden. Die Aufgaben sind theoretisch wahr und identische (pleonastische) Sätze, so z. B. Perpetuum mobile, ewiges Leben – Gemessener Zirkel. *Philosophie dieser Aufgaben.*«

Das ist eine der wichtigen Meditationen zur Utopie bei Novalis. Auch wenn der Begriff nicht fällt, wird erkennbar, daß jeder Wissenschaft ihr spezifisches utopisches Konstrukt (als absolute Vollendung gedacht) zugeordnet wird, der Mathematik wie der Medizin, der Philosophie wie der Politik, – daß die *Funktion* der Utopie aber zugleich in ihrer Wirksamkeit als »Approximationsprinzip« gesehen, d. h. als Mittel der unendlichen Annäherung an dieses Ziel bestimmt wird. Das gilt auch von den Zielprojektionen, die sich auf den Menschen als moralisches Wesen oder auf den Staat und das Verhältnis der Staaten zueinander beziehen. Der Sinn der Utopie ergibt sich nicht aus ihrer Realisierbarkeit; er ist aber auch nicht ausschließlich (wie in der älteren Tradition) auf ihre normative Gegenbildfunktion zu beziehen. Hindernisse der Auflösung dieser »Aufgaben« sieht Novalis in der mangelhaften Natur und in den unvollkommenen oder unvollkommen zugeordneten Konstruktionselementen, die aber offenbar (im Sinne der Annäherung) verbesserungsfähig sind. (So wird etwa in *Glauben und Liebe* behauptet, daß »jede Verbesserung unvollkommener Constitutionen« darauf hinausläuft, »daß man sie der *Liebe* fähiger macht« – Konstitution hier in bewußtem Doppelsinn auf die menschliche wie auf die Staatskonstitution bezogen.[41]) Das Zielbild freilich gehört jener »menschlichen Zukunftslehre« an, von der Novalis sagt, daß in ihr alles, »was [jetzt] von Gott praedicirt wird«, auf den Menschen übertragen werden soll; denn: »Wenn unsre *Intelligenz* und unsre *Welt* harmoniren – so sind wir Gott gleich.«[42]

Auf die interessante Verbindung zur Mathematik und die Tatsache, daß Novalis im Anschluß an Leibniz die Infinitesimalrechnung ins Spiel bringt, um die Annäherung an das Ideal oder die »unendlichen Grade der Auflösung« solcher Aufgaben zu ermitteln,[43] kann ich hier nicht eingehen. Wohl aber ist das mathematische Beispiel der Quadratur des Zirkels zu erwähnen, denn Novalis hat wiederholt die von ihm entwickelte Utopie des vollkommenen Staates als »*politische* Quadratur des Zirkels« bezeichnet, – und er sah die Auflösung dieses Problems als die wichtigste an, weil sie seiner Meinung nach »unermeßlich untergeordnete Auflösungen« in allen anderen Wissenschaften nach sich ziehen werde.[44] Der mathematischen Aufgabe einer »Quadratur des Zirkels« liegt nach seiner Erklärung eine »*Hypothese*« zugrunde, nämlich »daß der Urtyp der Zirkelform das Quadrat sey« (was nur durch eine »unendliche Teilungszahl« aller Figuren aufgelöst werden könnte: das ist zwar denkbar, aber nicht durchführbar).[45] In der Fragmentsammlung *Glauben und Liebe* wird nun aber die politische Quadratur des Zirkels als gelöst vorgestellt (darin besteht die *Utopie*). Der Entwurf geht bekanntlich aus von einer doppelten Negation des Bestehenden. Negiert wird die Realität des preußischen Staates von 1798, der als Fabrik verwaltet, durch seine »maschinistische Administration« zugrunde gerichtet werde. Negiert wird auch die naturrechtliche Staatstheorie der Aufklärung: der Zwangscharakter des Staates als Koordinierung der egoistischen Interessen einzelner. Dem »poëtischen Staat« zugrunde liegt die Hypothese, daß Monarchie und Demokratie (oder »ächter Republikanismus«), als entgegengesetzte politische Elemente, die in der Erfahrungswirklichkeit nur als »unauflösliche Antinomie« zu begreifen sind, sich in einem »wahren Universal-Staat« vereinigen ließen (der zugleich als Grundlage für eine europäische Staatenunion, als Vorstufe zum »universellen Staat« betrachtet wird).[46] Das setzt freilich ein weitergehendes (anthropologisches) Axiom voraus: daß die Moralisierung des Menschen und damit die Liebe als »öffentliche Gesinnung« sich verbreiten. Und da jede »*Idee*«, wie Novalis meint, eines »*Symbols*«, d. h. einer sinnlich-sichtbaren Vergegenwärtigung bedarf,[47] knüpft er in seiner Verkündigung des Idealstaats an die Realität, an die preußische Monarchie des Jahres 1798 und an das neue, von hohen Erwartungen begrüßte Königspaar, Friedrich Wilhelm III. und Luise, an. Aber: »Wer hier mit seinen historischen Erfahrungen angezogen kömmt, weiß gar nicht, wovon ich rede, und auf welchem Standpunct ich rede«, schreibt Novalis im 15. Fragment.[48] Das heißt, der Verfasser weiß, daß sein Entwurf Erfahrungen außer Kraft setzt, daß er mit Möglichkeiten experimentiert, die aber durch fiktionale Vergegenwärtigung als realisierbar vorgestellt werden. In seinen Notizheften spricht er von der »*Wunderkraft der Fiction*«, die er als ein »Gegenwärtigmachen des Nichtgegenwärtigen« oder als »Repräsentation« bestimmt.[49] Repräsentiert wird aber in *Glauben und Liebe* nun nicht nur der vollkommene Staat durch das ideale Herrscherpaar, das jenen Geist, jene öffentliche Gesinnung der Liebe verbreiten soll, durch welche die Menschen künftig, statt durch eigennützige Interessen, als Staatsglieder in eine neue, der Familienform analoge Verbindung eintreten sollen. Repräsentiert wird mehr noch der *Glaube* an die Möglichkeit eines solchen Staates (und auch das wird reflektiert). »Mein Glauben und Liebe beruht auf Repraesentativen Glauben«, erklärt Novalis. »So die *Annahme* – der ewige Frieden ist schon da – Gott ist unter uns – hier ist Amerika oder Nirgends – das goldne Zeitalter ist hier – [...] *wir sind moralisch* und so fort.«[50]

Die Fiktion wird also eingesetzt, um Glauben zu erwecken – jene »Wunderkraft des Glaubens«,[51] die nach Novalis allein zur Tätigkeit und assimilierenden Wirksamkeit in dieser Welt führen kann. Die Illusion wird zum Instrument der Wahrheit, oder, wie in den Notizheften vermerkt wird, »alle Progression [...] fängt mit Illusion an«.[52] Aber der repräsentative Glaube des Dichters, der sich innerhalb der Fiktion durch die eingesetzten Stilmittel äußert, beruht auf *Annahmen, Hypothesen*. (Ich erinnere an die eingangs erläuterte Definition der Utopie: als Entwurf einer nur hypothetisch möglichen, d. h. unter Setzung bestimmter Axiome und Suspendierung bestimmter Erfahrungsregeln denkbaren/vorstellbaren Welt.) Auf solchen Annahmen beruhen frappierende Aussagen der Fragmentsammlung wie: »Wer den *ewigen*

Frieden jetzt sehn und lieb gewinnen will, der reise nach Berlin und sehe die Königin.« Oder, unter Aufnahme eines alten Topos aus der chiliatischen Überlieferung, hier auf das preußische Königspaar bezogen: »Wenn die Taube, Gesellschafterin und Liebling des Adlers wird, so ist die *goldne Zeit* in der Nähe oder gar schon da, wenn auch noch nicht öffentlich anerkannt und allgemein verbreitet.«[53]

Es gehört nun zu den Kunstgriffen des romantischen Utopisten, daß er die Hypothesen, die stillschweigenden Voraussetzungen solcher Fiktion in seinen *Politischen Aphorismen* und *Dialogen* selbst reflektierend aufdeckt. (Diese sind allerdings durch den Einspruch der preußischen Zensur nicht zur Veröffentlichung gelangt.) Das Idealbild eines vollkommenen Monarchen wird dort mit ironischer Distanz eine »Hypothese«, ja ein »Dichtertraum« genannt.[54] Fürsten, für sich betrachtet, sind »Nullen«. Und das »*Hypothesiren*« wiederum wird (in deutlicher Anlehnung an die ältere Utopie-Kritik!) als »szientifische Unzucht« oder als bloße Spielerei eines »fantastischen Verstandes« bezeichnet. In einem Distichon aber wird erwidert:

> »Hypothesen sind Netze, nur der wird fangen, der auswirft.
> Ist nicht America selbst durch Hypothese gefunden?«

Das heißt: der Entwurf eines hypothetisch möglichen Staates ist eine Notwendigkeit, weil er über die empirische Erfahrung hinaus in die Zukunft weist, weil er als antizipierender Vorgriff gelten kann, der etwas aus dieser Wirklichkeit auf die Zukunft hin fortreißt. Auch Amerika war einst eine Hypothese (wie die Idealmonarchie), aber es wäre ohne diese utopische Zielsetzung – (nämlich den Weg nach Westindien zu finden!) – nicht entdeckt worden. »Der ächte Hypothetiker ist kein andrer, als der Erfinder, dem *vor* seiner Erfindung oft schon dunkel das entdeckte Land vor Augen schwebt«, heißt es in dem hier zitierten Dialog weiter,[55] der eigentlich vollständig behandelt werden müßte, weil man ihn als einen sehr modernen Diskurs über das Verhältnis von Utopie und Wirklichkeit betrachten könnte. Aus ihm geht auch hervor, was Novalis an diesem Streitgespräch zwischen dem Hypothetiker und dem Skeptiker gereizt hat, – nämlich die »Reibung« beider Standpunkte, das Spannungsfeld zwischen Utopie und Empirie, die Konfrontation der Ideen mit der Erfahrung, aus deren mannigfacher Berührung und Reibung wie zwischen elektrischen Polen (Plus und Minus) sich schließlich ein »*Drittes*« als neue Kraft (das neu ›entdeckte Land‹) ergeben müsse. Dann hat die Utopie ihre transitorische

Funktion erfüllt, weil sie als »Erziehungsmittel zu diesem fernen Ziel« gewirkt hat.[56]

IV.

Diese erstaunlich weit fortgeschrittene Utopiereflexion, die ich hier nur in Ansätzen habe skizzieren können, scheint nun jenen Interpretationen zu widersprechen, die von der ekstatisch-chiliastischen »*Ungeduld*«, von dem »*Apokalyptiker*« Novalis und von dem »*utopischen Anarchismus*« der Frühromantiker insgesamt sprechen. Ich erspare mir hier den Hinweis auf die entsprechende Forschungsliteratur und gehe nur auf eine Arbeit näher ein: Jürgen Kreft hat 1965 den interessanten Versuch unternommen, unter Rückgriff auf die von Mannheim entwickelten Kategorien für das utopische Bewußtsein, bei Novalis das Nebeneinander sowohl der chiliastischen wie der liberal-humanitären wie der konservativen Utopie nachzuweisen, die sich schließlich in einem dialektischen Geschichtsschema vereinigten.[57] Kreft übersieht dabei, daß die Mannheimschen Kategorien idealtypische Abstraktionen sind und die historischen Phänomene höchst unzureichend erfassen;[58] er übersieht vor allem, daß die Utopie-Reflexion (die Kreft als *eine* Form des utopischen Bewußtseins, nämlich der liberalen Fortschrittsutopie ansieht) in Wahrheit alle unterschiedlichen Ausprägungen der Utopie bei Novalis *übergreift,* auch die vermeintlich konservativen Vergangenheitsutopien, auch die vermeintlich chilisastische *Europa*-Rede (die Kreft einem »echten«, d. h. »anarchistischen Chiliasmus« zuordnet[59]).

Ich leite daraus folgende Thesen ab:

1. Die Frühromantiker sind Kantianer oder Fichteaner auch darin, daß sie die Wendung zum »philosophischen Chiliasmus« hin nachvollzogen haben. Betrachtet man sie als Chiliasten im Sinne einer »ekstatischen Naherwartung«, so wird damit ihre Utopiereflexion ebenso verkannt wie die Funktion, die der »enthusiastischen Rhetorik« (um das Stichwort Schlegels aufzunehmen) in ihren Überlegungen zukommt. Die chiliastische Komponente, die bei Novalis aufgrund pietistischer Einflüsse stärker hervortritt, macht in ihrer spiritualistischen Ausprägung (als Glaube an die »Allfähigkeit der innern Menschheit«[60]) den Säkularisierungsprozeß, der von Oetinger über Lessing bei Kant zum Abschluß gelangt war, nicht wieder rückgängig – bringt aber gegenüber Kants Moralbegriff etwas Neues ins Spiel, da der moralische Sinn

hier ungleich weiter gefaßt wird und den religiösen wie den Kunstsinn umgreift. Das Christentum soll, wie Novalis postuliert, aus einer »historischen Religion« in die »natürliche der Moral« und dann in die »künstliche der Poesie, oder die Mythologie« übergehen.[61] Die beschwörenden Schlußsätze der Europa-Rede mit ihrer Apostrophierung des »neuen Jerusalem« sind nicht Ausdruck chiliastischer Naherwartung, sondern lassen sich in eine stringente Beziehung zur Utopiereflexion bringen (als rhetorische Figur ist diese Wendung im übrigen fast gleichlautend schon bei Lessing, dann bei Fichte, Hölderlin und vielen anderen ausgeprägt[62]).

2. Die Frühromantiker sind auch nicht Vertreter eines »utopischen Anarchismus«, wie dies ebenfalls häufig in der Forschungsliteratur (bei H. W. Kuhn, R. Faber, D. Naumann) behauptet wird.[63] Wenn Schlegel unter ästhetischem Blickpunkt die »Anarchie« als »Mutter der Revolution« bezeichnet oder Novalis die »wahrhafte Anarchie [als] das Zeugungselement der Religion«,[64] so meinen beide damit eine *Diagnose* der zerrütteten Gegenwart, aus der die neue Ästhetik, die neue Religion im dialektischen Umschlag erschlossen werden können; sie meinen aber nicht die Vernichtung aller positiv gesetzten Formen und Institutionen. Um wieder das Beispiel des »poëtischen Staates« heranzuziehen: die Frühromantiker plädieren ja nicht für die *Aufhebung* des Staates, wie dies im sog. *Ältesten Systemprogramm des deutschen Idealismus* gefordert wird (das in der Handschrift Hegels überliefert, aber der umstrittenen Zuweisung nach wohl eher von Schelling unter Mitwirkung Hegels und Hölderlins 1796 entworfen wurde).[65] Sie teilen die Einschätzung des Staates als einer »Maschine«, die freie Menschen zum »mechanischen Räderwerk« erniedrigt – ein Urteil, das Novalis fast wörtlich im 36. Fragment von *Glauben und Liebe* aufnimmt;[66] sie teilen aber nicht die utopische Erwartung, daß es keine »*Idee* vom Staat« gibt, weil es keine Idee von einer *Maschine* geben kann, und daß deshalb »das ganze elende Menschenwerk von Staat, Verfaßung, Regierung, Gesezgebung« »*aufhören*« müsse, wie es wörtlich im Systemprogramm heißt.[67]

Demgegenüber erhält die Anknüpfung an die realhistorische Gegenwart der preußischen Monarchie von 1798 in dem utopischen Entwurf bei Novalis ihren besonderen Sinn. Sie darf als Anknüpfung freilich nur insoweit verstanden werden, als sie die schärfste Kritik und Negation der Realität impliziert.[68] »Ein Mensch ohne Staat ist ein Wilder«, erklärt Novalis; alle Kultur entspringt aus den Verhältnissen eines Menschen mit dem Staate; um Mensch zu werden und zu bleiben, bedarf er des Staates.[69] Was hier in der »poetischen« Staats- und Gesellschaftsform antizipierend vorweggenommen wird – im Sinne einer politischen Quadratur des Zirkels –, weist allerdings auf einen bedeutsamen Unterschied zur Tradition der älteren Sozialutopien hin. Denn letztlich geht es um eine Ablehnung des *Institutionalismus,* der als Voraussetzung der Sozialutopien nie in Frage gestellt worden war,[70] und ebenso um eine Ablehnung der für das frühere utopische Denken charakterstischen »*anti-individualistischen*« Anthropologie, die den Menschen lediglich als Gattungswesen betrachtete.[71] »*Mit den Menschen ändert die Welt sich*«, notiert sich Novalis und unterstreicht diesen Satz zweimal.[72] Das gehört zur Axiomatik der frühromantischen Utopien: die Moralisierung des Menschen, in dem umfassenden Sinne, den dieser Terminus bei Novalis und Schlegel erhält (das ist nicht kantisch gedacht, gemeint ist eine umfassende Sensibilisierung im sinnlichen, seelischen und geistigen Bereich), – diese Moralisierung leugnet das Dogma von der Korruption des Menschen durch die Erbsünde; das Christentum habe, wie Novalis erklärt, die Sünde nur »*annihilando*«, um der Vernichtung und Aufhebung willen gesetzt, wie Fichte dem Ich ein Nichtich entgegensetzte, das im moralischen Handeln approximativ überwunden werden soll.[73] Auf dieser Hypothese beruht letztlich auch der Entwurf des »poëtischen Staates«, – und daher auch die *Negation* der naturrechtlichen Staatstheorie, die bekanntlich (z. B. bei Grotius) vom Sündenfall her begründet wurde: die Welt erweist sich als böse, ihre Grundinstitutionen entstammen nicht dem freien Willen zum Guten, sondern dem Zwang der Konkupiszenz.[74] So wird der projektierte Staat auch nicht so sehr *institutionell,* durch Einführung der »gemischten Regierungsform« etwa, begründet, sondern durch den neuen »Geist«, die öffentliche Gesinnung, die den Menschen auf neue Weise dem Staate verbinden soll und die zu verbreiten eigentlich die Intention der sog. Staatsschrift ausmacht.[75] Von daher, unter dieser hypothetisch gesetzten *Annahme* (»Uneigennützige Liebe im Herzen und ihre Maxime im Kopf«), ergibt sich die weitergehende utopische Dimension des Entwurfs: daß es nämlich letztlich nicht um diese oder jene Organisationsform des Staates oder um neue Institutionen der Gesellschaft geht, sondern darum, den Staat als Herrschaftsform und mit ihm das Zwangsrecht überflüssig zu machen.

»Wären die Menschen schon das, was sie sein sollten und werden können«, erklärt Novalis, »so würden alle Regierungsformen einerlei sein«.[76] Am Ende der Staatsutopie steht, genau betrachtet, nicht die Synthese von Monarchie und Demokratie, also eine institutionelle Begründung, sondern die »erhabene Überzeugung von der Relativität jeder *positiven* Form«, d. h. wenn alle Menschen »thronfähig« geworden sind, wenn dieses »ferne Ziel« erreicht ist, dann wird die »höchste, gebildetste Menschheit« den Streit um die beste Regierungsform, den besten Staat beenden können.[77] Dann, unter dieser Voraussetzung (als hypothetisch möglich für die Zukunft projektiert), wird die Auflösung der Ständegesellschaft erfolgen,[78] wird das Eigentum abgeschafft sein (denn »Eigenthum in unserm rechtlichen Sinne ist nur ein positiver Begriff, der mit dem Zustand der Barbarey aufhören wird«[79]); ja, es werden alle Gesetze überflüssig sein (ein alter Gedanke aus der chiliastischen Tradition, den Novalis hier aufnimmt): »Eine vollkommene Constitution – Bestimmung des Staatskörpers – der Staatsseele – des Staatsgeistes – macht alle ausdrückliche Gesetze überflüssig [...] Gesetze sind das Complement mangelhafter Naturen und Wesen«.[80] Das sind Notizen unter dem Stichwort »Zukunftslehre«, die Novalis wiederholt mit dem Zusatz »Soll seyn – Soll daseyn« versehen hat.[81]

Aber wiederum bedarf es der Erinnerung an die Utopiereflexion, um zu erkennen, daß es sich gleichzeitig um »Approximationsprinzipien« handelt und nicht um den Ausdruck chiliastischer Naherwartung oder um den zitierten »utopischen Anarchismus«. Denn was die Aufhebung der Gesetze angeht,[82] so wird auch hier reflektierend (und nicht verkündend wie in *Glauben und Liebe*) daran festgehalten, daß dies nur *approximativ* zu denken sei: mit wahrer Kultur und Moralisierung des Menschen, z. B. indem man ihn der Liebe fähiger macht, »vermindert sich die Zahl der Gesetze«. Es wird also auf den *Prozeß* der allmählichen Abschaffung insistiert; bis das Ziel erreicht ist, »muß es Gesetze geben«.[83].

Man könnte hier zur Klassifizierung allenfalls die alten, von Andreas Voigt eingeführten Unterscheidungskategorien der »*anarchistischen*« im Gegensatz zur »*archistischen*« Utopie heranziehen;[84] denn das auf Institutionen gegründete und durch ein rigides Ordnungsprinzip geregelte Zusammenleben der geplanten Gesellschaft im alten ›Utopia‹ wird hier in der Tat negiert bzw. durch ein anderes anthropologisches Grundaxiom (»mit den Menschen ändert die Welt sich«) ersetzt.

Daß mit diesem anthropologischen Axiom zugleich das anti-individualistische Prinzip der älteren Sozialutopien negiert wird, bedarf im ausgehenden 18. Jahrhundert eigentlich kaum noch der Erwähnung. Die künftige Gesellschaft wird in allen utopischen Entwürfen der Romantiker als eine »freie Verbindung selbständiger, selbstbestimmter Wesen« definiert. Das *›principium individuationis‹*, das zunächst (philosophisch betrachtet) zum Sündenfall, d. h. zur Entlassung des Menschen aus dem Naturstand, zur Entfremdung von der ursprünglichen Einheit mit sich selbst und der ihn umgebenden Welt geführt hat – Schelling setzt es bekanntlich mit der ersten *Reflexion* gleich[85] –, dieses Individualitätsprinzip soll nicht durch rigide Reduktion des Menschen auf ein Gattungswesen vernichtet, sondern in einer höheren Form der Gemeinschaft aufgehoben werden; denn »gerade die Individualität ist das Ursprünglich und Ewige im Menschen«, wie Schlegel erklärt.[86] So ist auch Schlegels Postulat aus den Athenäumsfragmenten zu verstehen, nach welchem durch die progressive Universalpoesie die *Poesie* »lebendig und gesellig«, das *Leben* und die *Gesellschaft* aber »poetisch« werden sollen.[87] Progression bedeutet bei Schlegel immer das für die Moderne und ihre künstliche Bildung mitzudenkende Moment des »unendlichen« Fortschritts im Sinne der Annäherung an das Ideal (hier besteht also Übereinstimmung mit Novalis). Allerdings ist unverkennbar, daß sich die Gesellschaftsutopie Schlegels zunächst einmal auf die kleinen Zirkel des privaten Lebens bezieht (auf die »Eingeweihten« also, die wie der Kreis der Jenaer Romantiker selbst als neue »Gemeinde« betrachtet werden konnten). Die *»unsichtbare Kirche«*, von der Schlegel, wie so viele andere in dieser Zeit, spricht, versteht sich als Opposition gegen die herrschenden Formen der Gesellschaft und sollte zunächst durch einen »Bund der Künstler« verwirklicht werden, da von ihnen (und nicht von den Gelehrten) das Heil der Welt zu erwarten sei.[88] Aber auch hier – wie in dem in Schlegels Roman *Lucinde* entworfenen Bild eines künftigen, auf »ästhetischer Sittlichkeit« begründeten Lebens – ist die Abwehr des *Institutionalismus* der älteren Utopietradition bezeichnend: denn das ewige Bündnis der Künstler durch ein »dürftiges Institut« zu befestigen, das hieße »die Gemeinde der Heiligen zum *Staat* erniedrigen«, wie es bezeichnenderweise in den Athenäums-*Ideen* von 1800 heißt.[89]

V.

Abschließend noch eine letzte Überlegung zur Dichtung der Frühromantik. Das Märchen ist ja vor allem bei Novalis, seiner Märchentheorie folgend, als »prophetische Darstellung«, als Spiegel der »künftigen Welt« ausgebildet worden[90] und hat damit utopische Funktionen zugewiesen bekommen. Der *Roman* wiederum (in Fortbildung von Goethes *Wilhelm Meister*) ist nach Novalis »aus Mangel der Geschichte« entstanden, da diese »immer unvollständig bleiben« muß; er liefert daher eine »freye Geschichte«, gleichsam »die Mythologie der Geschichte« – nämlich »Geschichte wie sie *seyn soll* – Weissagend und synchronistisch«.[91]

Es kommt hier also auf den Weg, den *Prozeß* der Geschichte an, der symbolisch zur Erscheinung gelangen soll, – und im *Heinrich von Ofterdingen* ist es dieser Prozeß der Weltaneignung durch das poetische Subjekt, mit dem die Verwandlung der Wirklichkeit zur *»poëtischen Weltform«* hin[92] antizipierend aufgezeigt wird. Freilich mit dem Verzicht auf Ausmalung der vollendeten Utopie, es sei denn im ›Märchen‹: und auf diesen bezeichnenden Vorbehalt möchte ich jetzt abschließend zurückkommen.

Das Ziel der Geschichte, die Utopie, liegt jenseits des Prozesses, der sie verwirklicht. Im Roman wird der Prozeß als solcher dargestellt (das entspricht dem gedanklich reflektierten Approximationsprinzip); der utopische Zustand aber, der antizipierend in Erinnerung und Ahnung, in Märchen und Träumen vergegenwärtigt wird, entzieht sich der Darstellung (und das ist *nicht* eine Frage des unvollendeten, an äußeren Gegebenheiten, Krankheit und Tod, gescheiterten Romans). Vielmehr steht der Autor vor einer Schwierigkeit, die ich als die *Parodoxie der erfüllten Utopie* bezeichne und die sich ihm zunächst als ästhetisches Problem darstellt.

»Wie vermeidet man bey Darstellung des Vollkommnen die *Langeweile?*« notiert er sich.[93] Und in Ausweitung der Frage auf die verschiedensten Denkbereiche: Selbst die Betrachtung Gottes, des Inbegriffs der Vollkommenheit, scheint zu *monoton* – daher die Notwendigkeit einer pantheistischen Predigt, einer individualisierten Theologie. Er erinnert an die vollkommenen Charaktere in Schauspielen, die den Betrachter ermüden, an die Trockenheit eines vollkommenen, d. h. reinen philosophischen oder mathematischen Systems usw. Bei genauerem Hinsehen steht der Frühromantiker hier vor der gleichen Schwierigkeit wie Schiller, der 1796 die Paradoxie einer ›utopischen‹ Idylle, mit der in Ablösung von der Pastoraldichtung der Wegweiser von »*Arkadien* nach *Elysium*« umgestellt werden sollte, mit folgenden Worten umschrieben hatte:

»Der Begriff dieser Idylle ist der Begriff eines völlig aufgelösten Kampfes [...] *Ruhe* wäre also der herrschende Eindruck dieser Dichtungsart, aber Ruhe der Vollendung, nicht der Trägheit; eine Ruhe, die aus dem Gleichgewicht, nicht aus dem Stillstand der Kräfte, die aus der Fülle, nicht aus der Leerheit fließt und von dem Gefühl eines unendlichen Vermögens begleitet wird. Aber eben darum, weil aller Widerstand hinwegfällt, so wird es hier ungleich schwieriger [...], die *Bewegung* hervorzubringen, ohne welche doch überall keine poetische Wirkung sich denken läßt. Die höchste Einheit muß sein, aber sie darf der Mannigfaltigkeit nichts nehmen; das Gemüt muß befriedigt werden, aber ohne daß das Streben darum aufhöre. Die Auflösung dieser Frage ist es eigentlich, was die Theorie der Idylle zu leisten hat.«[94]

Für den Frühromantiker Novalis treten zwar Märchen und Roman an die Stelle der Idylle, aber er ist genau diesem Problem konfrontiert worden: – wie läßt sich der Begriff eines »völlig aufgelösten Kampfes« vermitteln, ohne daß Monotonie an die Stelle der Harmonie träte,[95] – wie ein Bild der vollendeten Utopie (als »Darstellung des Vollkommnen«) geben, ohne daß Langeweile, Trägheit, Stillstand der Kräfte einträte, – wie die »höchste Einheit«, ohne daß die »Mannigfaltigkeit« vernichtet, wie die Erfüllung, ohne daß das Streben darum aufhöre. – Die Bewältigung dieses Problems gelingt nur in Form des Märchens, das, wie am Schluß des Klingsohr-Märchens, die Ausmalung der Utopie in den Bildern des kommenden goldenen Zeitalters deshalb wagen darf, weil im *Roman* selbst nur durch die Perspektive von »Erinnerung« und »Ahnung« vermittelt erscheint, d. h. aus dem Prozeß der *Annäherung* nicht heraustritt, die Erfüllung nur im Medium der Sehnsucht und damit als »*Bewegung*« auf das Ziel hin poetisch faßbar werden läßt. Die vielen und immer wieder korrigierten Überlegungen zur Fortsetzung des Romans mit dem allmählichen Übergang in die Märchenwelt widersprechen dem nicht, sondern bestätigen das Problem.

Rückt man die erwähnten Aufzeichnungen in den Zusammenhang der *Utopiereflexion* ein, so ergibt sich als ihr Sinn (und dies überschreitet nun den rein ästhetischen Problemhorizont und reflektiert eine gleichsam vorweggenommene Form der bekanntesten Utopie-Kritik): wenn alle Antagonismen aufgehoben sind, wie das in utopischen Modellen der Fall zu sein pflegt, dann ist auch der *menschliche Geist* als Ermöglichungsgrund jeder Transzendierung von Wirklichkeit aufgehoben, und dies im Sinne der Vernichtung, der Assimilierung des Subjekts an die Gattung. Dann *stirbt* in der so gedachten vollendeten

Utopie der *Geist der Utopie* (als »Traum nach vorwärts«), die Utopie verkehrt sich in ihr Gegenteil, den Widergeist, die Un-menschlichkeit.[96] – Dagegen setzen sich die Frühromantiker (verfolgt man ihre Utopiereflexion und bringt sie auf den Begriff) zur Wehr: auch die Gesellschaft der Zukunft wird immer begriffen als eine »Vereinigung« oder »freye Verbindung selbständiger, selbstbestimmter Wesen«;[97] die »Individualität« als das Ursprüngliche und Ewige im Menschen soll nicht preisgegeben, sondern zur »höchsten, gebildetsten Menschheit« weiter entwickelt werden.[98] Die *Annäherung* an dieses Ziel ist Sinn und Funktion der Utopie, auch dort, wo sie sich in den Dichtungsformen des Märchens oder des Romans durch die Aufnahme altüberlieferter Bilder und Motive, aus der mythischen oder chiliastischen Tradition, sinnlich beglaubigt.

Ich komme damit zu einer letzten These. Die bisher wenig beachtete Utopiereflexion der Frühromantiker zeigt, daß es nicht, wie der Soziologe A. Neusüss behauptet, ein *»naives Bedürfnis«* der utopischen Intention sein kann, »in vorläufigen Entwürfen sich selbst anzuschauen«, Trost zu finden in der »scheinhaften Präsenz eines Bildes«, das doch nur als »Surrogat« des eigentlich Gemeinten und Intendierten verstanden werden darf, – was dann konsequenterweise dort, wo diese utopische Intention sich reflektierter äußert, nach Neusüss zu einem *»Bilderverbot«* führen müßte.[99]

Das ist der Pferdefuß einer soziologischen Theorie des utopischen Denkens, daß sie der Intention *literarischer* Utopien schwerlich gerecht zu werden vermag.[100] In der kritischen Negation der bestehenden Gegenwart ist sicherlich (darin ist Neusüss recht zu geben) die utopische Intention am genauesten zu fassen, und man wird daher auch den Frühromantikern nicht beikommen, wenn man sich bloß an jene *»Bilder«* hält, die sie von der besseren Zukunft entworfen haben; »naiv« ist es aber sicherlich nicht (und auch nicht ein naives, mit zunehmender Reflexion abzubauendes Bedürfnis), wenn neben ihre Utopiereflexion die gleichwohl verfolgte Absicht fiktionaler Vergegenwärtigung – im Spektrum einer Vielzahl von Dichtungsformen – tritt.[101]

Schon Freyer hatte in seinem Buch *Die politische Insel* erklärt, angesichts der Verbindung, die die Utopie im ausgehenden 17. Jahrhundert mit dem Roman eingeht, daß hier die utopische Intention *gebrochen* werde: an die Stelle des politischen Willens, die Utopie zu verwirklichen, trete hier der dichterische Wille, »ihr ästhetische Realität zu geben«.[102] Weder ist, wie das Beispiel von Morus zeigt,[103] das erstere für die Sozialutopie vorauszusetzen, noch erschöpft sich im letzteren die Funktion der literarischen Utopie. Dies bezeugt die Reflexion der Frühromantiker. Eine ganz andere Frage ist es, ob hier dem Ästhetischen nicht zuviel zugetraut und eine permanente *Überforderung der Kunst* erkennbar wurde – eine Frage, die das Gesamtverständnis der Romantik berührt.[104]

Anmerkungen

* Der vorliegende Beitrag stellt die stark gekürzte und überarbeitete Fassung einer Untersuchung dar, die im Rahmen einer Forschungsgruppe zur Funktionsgeschichte literarischer Utopien am Zentrum für interdisziplinäre Forschung der Universität Bielefeld entstanden und vollständig in den Sammelbänden ›Utopieforschung. Interdisziplinäre Studien zur neuzeitlichen Utopie‹, hg. von Wilhelm Voßkamp, Stuttgart 1982, erschienen ist.

1 Z. B. in Daniel Gottlieb Gebhardt Mehring, Das Jahr 2500 oder der Traum Alradi's. Aus einer arabischen Handschrift des sechszehnten Jahrhunderts. 2 Bde., Berlin 1794/95. – Zu der neuerdings diskutierten These, daß der Zeitutopie Merciers in Deutschland viel eher die individualpsychologische und ästhetische Utopie des Bildungsromans korrespondiere, vgl. Wilhelm Voßkamp, Gattungen als literarisch-soziale Institutionen, in: Walter Hinck (Hg.), Textsortenlehre – Gattungsgeschichte, Heidelberg 1977, S. 37.

2 Vgl. meine ältere Untersuchung: Die Idee des goldenen Zeitalters im Werk des Novalis. Studien zur Wesensbestimmung der frühromantischen Utopie und zu ihren ideengeschichtlichen Voraussetzungen, Heidelberg 1965, bes. S. 232–251 (mit Literaturhinweisen).

3 Vgl. das kürzlich erschienene Sammelwerk von Gisela Dischner/Richard Faber (Hg.), Romantische Utopie – Utopische Romantik, Hildesheim 1979. Die Wirrheit und Konfusion der hier vereinigten Arbeiten – an keiner Stelle wird der Utopiebegriff definiert, er wird vielmehr durch einige Bloch-Zitate beliebig garniert und paraphrasiert, als »Nirgendort« oder »Traum nach vorn« metaphorisch umschrieben – bedürften einer eingehenden Kritik, auf die an dieser Stelle verzichtet wird.

4 So bei Pasch-Ahlefeld (Disputatio philosophica de fictis rebuspublicis, 1704) oder bei Gottsched (Versuch einer Critischen Dichtkunst, [4]1751). Zur Begriffsgeschichte im deutschen Sprachraum bis 1742 vgl. jetzt zusammenfassend Ludwig Stockinger, Ficta Respublica. Gattungsgeschichtliche Untersuchungen zur utopischen Erzählung in der deutschen Literatur des frühen 18. Jahrhunderts, Tübingen 1981, S. 100ff.

5 Alexander Gottlieb Baumgarten, Meditationes Philosophicae de Nonnullis ad Poema Pertinentibus, Halle 1735, S. 20–22 (§§ LI–LVII). Faksimiledruck der Originalausgabe: Ed. by Karl Aschenbrenner and William B. Holther, Berkeley/Los Angeles 1954.

6 Novalis, Schriften. Das Werk Friedrich von Hardenbergs. Hg. von Paul Kluckhohn (†) und Richard Samuel (im Folgenden zitiert: HKA). Bde II u. III: Das philosophische Werk I u. II, hg. von Richard Samuel in Zusammenarbeit mit Hans-Joachim Mähl und Gerhard Schulz, Stuttgart 1965–68. Bd. II, S. 252–56, 270; Bd. III, S. 488. – Friedrich Schlegel, Kritische Ausgabe seiner Werke. Hg. von Ernst Behler, Jean-Jacques Anstett und Hans Eichner (im Folgenden zitiert: KA). Bd. II: Charakteristiken und Kritiken I, Paderborn 1967, S. 257.

7 Johann Gottlieb Fichte, Einige Vorlesungen über die Bestimmung des Gelehrten (1794), in: Werke. Hg. von Fritz Medicus, Bd. I, Leipzig 1908, S. 227, 220. (Hervorhebungen in Zitaten hier wie künftig d. Vf., H.-J. M.) – Betont wird also die Gegenbildfunktion (»daß nach ihnen die Wirklichkeit beurteilt«) und normative Veränderungsfunktion solcher Ideale (»und [...] modifiziert werden müsse«).

8 Briefentwurf vom April 1795 (vermutlich an Jens Baggesen): J. G. Fichte, Briefwechsel. Hg. von Hans Schulz. Reprografischer Nachdruck der 2. Auflage 1930, Hildesheim 1967, Bd. I, S. 449f.

9 Vgl. Friedrich Schlegel in den Athenäumsfragmenten (1798) und im »Gespräch über die Poesie« (1800): KA, Bd. 2, S. 198, 207, 247f., 314 usw. – Neuere Arbeiten zu dieser spezifisch deutschen Variante in den Auswirkungen der Revolution: Ernst Behler, Die Auffassung der Revolution in der deutschen Frühromantik, in: Essays on European Literature. In Honor of L. Dieckmann, St. Louis 1972, S. 191–215; Richard Brinkmann, Deutsche Frühromantik und Französische Revolution, in: Deutsche Literatur und Französische Revolution, Sieben Studien, Göttingen 1974, S. 172–191.

10 Georg Wilhelm Friedrich Hegel, Vorlesungen über die Philosophie der Geschichte, in: Sämtliche Werke (Jubiläums-Ausgabe), Bd. XI, Stuttgart 1949, S. 557f.

11 HKA IV (Tagebücher, Briefwechsel, Zeitgenössische Zeugnisse), Stuttgart 1975, S. 140 (die Assoziierung mit der französischen Revolution geht aus dem Kontext des Briefes hervor).

12 HKA IV, S. 260/262.

13 KA, Bd. 2, S. 201 (Nr. 222).

14 Über das Studium der Griechischen Poesie (1795), KA, Bd. 1, S. 263. Es ist bezeichnend – gegenüber der neuerdings wieder stärker ins Blickfeld der Forschung gerückten Beziehung zwischen Romantik und Aufklärung –, daß in der völkisch-irrationalistischen Romantik-Deutung Ende der 20er/Anfang der 30er Jahre, bei Alfred Baeumler und Walther Linden, diese »aufklärerischen Rückstände« in der geistigen Haltung der Frühromantiker und ihre »starke

Reflexivität« von der vermeintlich »echten« Hoch- und Spätromantik (bei Görres, Arnim, Arndt) abgetrennt und als »Euthanasie des Rokoko« dem 18. Jahrhundert, dem zuende gehenden »Jahrhundert des Geistes« zugeschlagen werden sollten. Ausgerechnet das »typisch aufklärerische Ideal der ›unendlichen Perfektibilität‹ bei Schlegel und Novalis«, so heißt es bei W. Linden 1933, werde als romantisch betrachtet, obwohl die Hoch- und Spätromantik »dieser noch halb in der Aufklärung steckenden These [!] durchaus widerspricht.« (Umwertung der deutschen Romantik, in: Helmut Prang (Hg.), Begriffsbestimmung der Romantik, Darmstadt 1968, S. 247/252). Die fatalen Folgen einer solchen ›Umwertung‹ sind bekannt.

15 So in den Fichte-Studien von 1795/96: HKA II, S. 281, 291. Die Begründung stimmt fast wörtlich mit den Ausführungen Schlegels zur »moralischen Revolution« im Studiums-Aufsatz überein: KA, Bd. 1, S. 262f.

16 HKA III, S. 493, 519f. Spiritualistisch ist der Chiliasmus über weite Strecken seiner Geschichte hin aufgetreten, vgl. Mähl, Die Idee des goldenen Zeitalters, S. 187–251.

17 Kants Werke. Mit Zugrundelegung der Ausgabe der Preußischen Akademie der Wissenschaften hg. von August Messer. Bd. III, Berlin/Leipzig o. J. [1924], S. 631. (Akademie-Ausgabe VIII, S. 27.)

18 Ebd., S. 627f. (A.-A. VIII, 23).

19 Die Religion innerhalb der Grenzen der bloßen Vernunft (1793): ebd., S. 143–145. (A.-A. VI, S. 134–136.) Vgl. dazu Mähl, Die Idee des goldenen Zeitalters, S. 176f., 185f., 242ff., 249f.

20 Kant gehört nicht zu den Utopie-Kritikern, die sich auf das Argument der Erfahrung berufen. Denn nur im Hinblick auf die *Natur* »gibt uns Erfahrung die Regel an die Hand und ist der Quell der Wahrheit; in Ansehung der sittlichen Gesetze aber ist Erfahrung (leider!) die Mutter des Scheins, und es ist höchst verwerflich, die Gesetze über das, was ich *thun soll*, von demjenigen herzunehmen oder dadurch einschränken zu wollen, was *gethan wird*«. (Kritik der reinen Vernunft. Hg. von Raymund Schmidt, Leipzig 1930, S. 353; A.-A. IV, S. 203.)

21 Ebd. S. 351f. (A.-A. IV, S. 201f.).

22 Der Streit der Facultäten (1798): Werke, Bd. III, S. 594 Anm. (A.-A. VII, 92.). Zur Begründung des Antagonismus in der menschlichen Natur: Idee zu einer allgemeinen Geschichte in weltbürgerlicher Absicht, ebd., S. 625f., 627f. (A.-A. VIII, S. 20–23.)

23 Im Unterschied zu Dietrich Naumann, der davon spricht, »daß das von Kant formulierte staatstheoretische Ideal [...] jeglichen Utopismus zurücknimmt« (Politik und Moral. Studien zur Utopie der deutschen Aufklärung, Heidelberg 1977, S. 321).

24 Diese grenzenlose Verfügbarkeit über das ›Spielmaterial‹ der utopischen Tradition ist neu und kennzeichnend für die Situation der intellektuellen Elite um 1800; sie erlaubt es nicht, dem bewußt Zitierten – etwa in der messiani-

schen Geste der »heiligen Revolution« – eine vom Chiliasmus her verbürgte Verbindlichkeit zuzuweisen.

25 Die Religion innerhalb der Grenzen der bloßen Vernunft: Werke, Bd. III, S. 42f., 131 (A.-A. VI, S. 34, 122f.). Zur Idee der »unsichtbaren Kirche« vgl. ebd., S. 109. – Zur Genese dieser Vorstellungen seit Leibniz (im Sinne einer Verzeitlichung der Perfectio-Lehre: »progressus est in infinitum perfectionis«) vgl. Reinhart Koselleck, ›Erfahrungsraum‹ und ›Erwartungshorizont‹ – zwei historische Kategorien, in: Ders., Vergangene Zukunft. Zur Semantik geschichtlicher Zeiten, Frankfurt 1979, S. 349–375, 362ff.

26 Werke, Bd. III, S. 778 (A.-A. VIII, S. 386.). – Es bedarf kaum des Hinweises darauf, daß die unendliche Approximation bei Fichte ganz ähnlich bestimmt wird und zugleich Einwänden der älteren Utopie-Kritik (im Hinblick auf die notwendigen »Hindernisse« in der menschlichen Natur) Rechnung trägt: »Es liegt im Begriffe des Menschen, daß sein letztes Ziel unerreichbar, sein Weg zu demselben unendlich sein muß [...] Aber er kann und soll diesem Ziele immer näher kommen: und daher ist die Annäherung ins unendliche zu diesem Ziele seine wahre Bestimmung als Mensch, d. i. als vernünftiges, aber *endliches,* als *sinnliches*, aber freies Wesen [...]« (Werke I, S. 228).

27 HKA III, S. 524. – In diesem Sinne wird in der Forschung gern von der »Ungeduld des ekstatisch-chiliastischen Utopisten« und seiner »eschatologischen Naherwartung« gesprochen (Jürgen Kreft, s. Anm. 57, S. 225f.).

28 KA, Bd. 2, S. 322.

29 HKA III, S. 269, 648. Daß Novalis den *Europa*-Aufsatz ausdrücklich als »öffentliche Rede« bezeichnet und unter rhetorischen Kategorien betrachtet wissen will, geht aus einem Brief an Fr. Schlegel vom 31. 1. 1800 hervor (HKA IV, S. 317f.).

30 KA, Bd. 2, S. 187 (Nr. 137).

31 Das ist in der vollständigen Fassung des vorliegenden Beitrags (Utopieforschung. Interdisziplinäre Studien zur neuzeitlichen Utopie, hg. von Wilhelm Voßkamp, Stuttgart 1982) in einem eigenen Abschnitt berücksichtigt worden.

32 Gegen die ältere Romantikforschung, die den konservativen Geschichtsentwurf, »das geschichtlich rückwärts gewandte Verständnis« betonte und damit die neu gesichtete Vergangenheit, z. B. das Mittelalter, »den Vorrang vor der Zukunft« gewinnen ließ (Benno v. Wiese, Novalis und die romantischen Konvertiten, in: Deutsche Vierteljahrsschrift für Literaturwissenschaft und Geistesgeschichte, Buchreihe, Bd. 16: Romantik-Forschungen, Halle 1929, S. 218–220). – In der neueren Utopieforschung ist diese Frage selten ausdiskutiert worden, weil bei der Zeitutopie im letzten Drittel des 18. Jahrhunderts immer stillschweigend die kontrafaktische *Antizipation*, die *Zukunfts*projektion angenommen wurde. Damit wird das für die deutsche Romantik wichtige und umstrittene Problem der ›konservativen‹ Utopie (Mannheim) ausgeklammert.

33 So Novalis: HKA III, S. 469; IV, S. 274.

34 KA, Bd. 2, S. 176 (Nr. 80). – Wie die Entwurfsnotizen zur »Europa«-Rede zeigen, geht Novalis nicht vom idealen Mittelalter und seiner bewußten Stilisierung als einer »Legende« der Vorzeit aus, sondern von der durch Kriege zerrissenen Gegenwart und dem Zielbild einer kommenden, hypothetisch möglichen Versöhnung: von der »Nothwendigkeit [...] eines Concilii zur Regeneration von Europa« und einer »Teleologie der Revolution«. Erst danach notiert er sich als Stichwort den Entwurf der »ehmaligen großen Welt am päbstlichen Hofe« (HKA III, S. 575). Die Negation der Gegenwart (»Annihilation des natürlichen Staatsrechts«) und das utopische Zielbild der Versöhnung Europas durch das bindende Mittelglied einer »neuen Kirche« bestimmt also den Blick zurück und die mythische Stilisierung der mittelalterlichen »Vorzeit«, mit der die »Europa«-Rede dann *einsetzt*.

35 Das Wort *»poëtisch«* kennzeichnet bei Novalis oder Schlegel oder auch dem jungen Schelling die Produktivität der Einbildungskraft oder das Produktionsvermögen überhaupt (›Poiesis‹, ›poietisch‹), darf also nicht mit der Konnotation »literarisch« gelesen oder auf den Bereich der Dichtung festgelegt werden. Der ›poietische‹ Staat, das heißt: der frei erschaffene, nicht mimetisch an die vorfindliche Wirklichkeit rückgebundene Staat.

36 HKA III, S. 346. Vgl. meine Einleitung zum »Allgemeinen Brouillon«: ebd., S. 237–241.

37 Schellings Werke. Hg. von Manfred Schröter, Bd. III, München 1927, S. 434f.; vgl. auch S. 466–69.

38 Dietrich Naumann, Utopie und Geschichtsphilosophie, in: Ders., Politik und Moral. Studien zur Utopie der deutschen Aufklärung, Heidelberg 1977, S. 297–368; 348f.

39 HKA III, S. 296 (Nr. 314).

40 Vgl. ebd., S. 317 (Nr. 409).

41 HKA II, S. 500 (Nr. 55).

42 HKA III, S. 297 (Nr. 320), S. 253 (Nr. 78).

43 Ebd., S. 329.

44 HKA II, S. 495; vgl. III, S. 393.

45 HKA III, S. 329 (Nr. 447).

46 HKA II, S. 503, 468; vgl. III, S. 273f., 623.

47 Ebd., S. 487 (Nr. 15); vgl. die Aufzeichnungen zur Repräsentationslehre III, S. 246 (Nr. 49), S. 314 (Nr. 398).

48 Ebd., S. 488.

49 HKA III, S. 421.

50 Ebd. (Zu beachten ist dabei, daß das postulierte Prinzip »öffentlicher Gesinnung« auffallend dem in der älteren Utopietradition hypothetisch vorausgesetzten *Normenkonsens* aller Bewohner Utopias entspricht!)

51 Ebd., S. 419.

52 Ebd., S. 372.

53 HKA II, S. 498 (Nr. 41/42). Die Gemeinschaft von Taube und Adler gilt

als Sinnbild des Tierfriedens im goldenen Zeitalter oder tausendjährigen Reich; vgl. Lactantius, Epitome Divinarum Institutionum, Cap. 72,5 (»columba cum accipitre congregabitur«). Hier ist zugleich, im Sinne der von Novalis für seine Fragmentsammlung geforderten »Tropen- und Räthselsprache« (II, S. 485), angespielt auf die Taube als christliches Friedenssymbol gegenüber dem Adler, dem antiken Symbol königlicher Macht und Würde.

54 Ebd., S. 502, 668.

55 Ebd., S. 668–669.

56 Ebd., S. 489.

57 Jürgen Kreft, Die Entstehung der dialektischen Geschichtsmetaphysik aus den Gestalten des utopischen Bewußtseins bei Novalis, in: Deutsche Vierteljahrsschrift für Literaturwissenschaft und Geistesgeschichte 39 (1965), S. 213–245. – Die geistvolle Untersuchung liefert ein besonders eindrückliches Beispiel dafür, daß man mit den Kategorien Karl Mannheims (Ideologie und Utopie, Frankfurt [3]1952, S. 184ff.) im konkreten historischen Bezugsraum nicht arbeiten kann. Daß sie darüber hinaus bei Novalis zu bedenklichen Verzeichnungen gelangt, hängt auch mit der von Kreft noch nicht zur Kenntnis genommenen Chronologie der Fragmente in der historisch-kritischen Ausgabe zusammen.

58 Das gilt z. B. für den Chiliasmus, der angeblich »nur *zwei Zeiten,* die bisherige und die neue, kennt«, während erst »die konservative Utopie das *Dreizeitenschema* als Mitgift« in die romantische Utopie einbringen soll (Kreft, S. 236/238; vgl. Mannheim, S. 203f.). Dagegen ist zu sagen, daß schon der mittelalterliche Chiliasmus Joachims von Fiore durchgehend triadisch strukturiert und auf das ›tertium saeculum‹ ausgerichtet war, daß sich ebenso im pietistischen Chiliasmus des 18. Jahrhunderts (Oetinger) ein ausgeprägtes Triadenschema der Geschichtsmetaphysik nachweisen läßt usw. Die idealtypisch isolierten Formen des utopischen Bewußtseins versagen also gegenüber den geschichtlichen Befunden; welche Verzeichnungen die Folge sind, zeigt die Untersuchung Krefts, die das triadische Geschichtsschema bei Novalis von vornherein der »konservativen Utopie« zuordnet (und dies im *Gegensatz* zur isoliert betrachteten chiliastischen wie zur liberalen Utopie!).

59 Ebd., S. 244. (Fragt man dagegen nach der rhetorischen Wirkungsintention, so zeigt sich, daß Novalis hier nicht etwa »in chiliastischer Ungeduld gegen die von ihm selbst vertretene liberale Utopie protestiert«, wie Kreft, S. 230, merkwürdigerweise annimmt.)

60 Vgl. HKA III, S. 519.

61 Ebd., S. 667 (Nr. 607).

62 Nachweise bei Mähl, Die Idee des goldenen Zeitalters, S. 248f.

63 Vgl. Hans Wolfgang Kuhn, Der Apokalyptiker und die Politik. Studien zur Staatsphilosophie des Novalis, Freiburg/Br. 1961; Richard Faber, Apokalyptische Mythologie. Zur Religionsdichtung des Novalis, in: Faber/Dischner (Hg.), Romantische Utopie – Utopische Romantik, Hildesheim 1979, S.

66–92; Dietrich Naumann, Politik und Moral, S. 334ff. – Dagegen in mancher Hinsicht korrigierend die neuere Arbeit von Klaus Peter, Stadien der Aufklärung. Moral und Politik bei Lessing, Novalis und Friedrich Schlegel, Wiesbaden 1980, S. 85–138.

64 Schlegel KA, Bd. 1, S. 224; Novalis HKA III, S. 517. Vgl. auch Schleiermacher, der in seinen Reden »Über die Religion« (1799) ganz ähnlich von der »gewaltigen Krisis« der Zeit spricht: »Aus dem Nichts geht immer eine neue Schöpfung hervor« (S. 311).

65 Zur Verfasserfrage und zur neueren Ausdeutung vgl. Rüdiger Bubner (Hg.), Das älteste Systemprogramm. Studien zur Frühgeschichte des deutschen Idealismus, Bonn 1973.

66 HKA II, S. 494.

67 Materialien zu Schellings philosophischen Anfängen. Hg. von Manfred Frank und Gerhard Kurz. Frankfurt 1975, S. 110–112.

68 Besonders deutlich im 28. Fragment: »Dort gibt es keine Monarchie mehr, wo der *König* und die *Intelligenz des Staats* nicht mehr identisch sind. Daher war der König von Frankreich schon lange vor der Revolution dethronisirt, und so die meisten Fürsten Europas.« (II, S. 492) Dies gilt als Diagnose auch für den »Neupreußischen Staat«, der von diesem Wunschbild einer Synthese zwischen Geist und Macht weit entfernt war.

69 HKA III, S. 313.

70 Vgl. Thomas Nipperdey, Die Utopia des Thomas Morus und der Beginn der Neuzeit, in: Die moderne Demokratie und ihr Recht. Festschrift G. Leibholz, Bd. I, Tübingen 1966, S. 343–368, hier 347f. (zum »grundsätzlichen Institutionalismus« des utopischen Weltentwurfs: »alles Gewicht liegt in der utopischen Welt doch auf den Institutionen«, der Mensch gilt als »sozial-institutionell bedingt«).

71 Vgl. Ferdinand Seibt, Utopica. Modelle totaler Sozialplanung, Düsseldorf 1972, S. 21. Diese Ausrichtung auf die *Gattung* gilt auch noch für Kant, der im Hinblick auf die utopischen Vorstellungen von anderen Planetenbewohnern im Weltraum bemerkt: »Vielleicht mag bei diesen ein jedes Individuum seine Bestimmung in seinem Leben völlig erreichen. Bei uns ist es anders; nur die Gattung kann dieses hoffen.« (Werke, Bd. III, S. 628 Anm.; vgl. auch den Kernsatz zur Geschichte der Menschengattung im Sinne des philosophischen Chiliasmus: III, S. 631.) – Im Unterschied zu den Frühromantikern diagnostizierte Kant im übrigen die Konkurrenz der Egoismen (von der die naturrechtliche Staatstheorie ausgeht) als vorwärtstreibendes Prinzip der Geschichte und wollte sie auch in einem idealen Staat nur *geregelt,* nicht abgeschafft wissen: »Alle Cultur und Kunst [...] sind Früchte der Ungeselligkeit« (III, S. 625–627).

72 HKA I, S. 140 (Entwurfsnotizen zur 5. »Hymne an die Nacht«).

73 HKA III, S. 491. – Die »Poëtik des Übels«, die Novalis in einer längeren Aufzeichnung entwirft, führt diesen Gedanken weiter: es gibt nichts »absolut

Böses« und kein »absolutes Übel«, beides sind künstliche, d. h. vom Menschen geschaffene Produkte, die er »nach den Gesetzen der Moral und Poësie schlechthin annihiliren soll«, »*allmählich*«, wie immerhin hinzugefügt wird (III, S. 389f.).

74 Zur Auseinandersetzung mit der naturrechtlichen Staatstheorie bzw. zur Naturrechtsdiskussion im ausgehenden 18. Jahrhundert vgl. Klaus Peter, Stadien der Aufklärung, S. 85ff., 199f. (mit weiteren Literaturhinweisen).

75 Vgl. Nr. 28: »Veredlung dieser [öffentlichen] Gesinnung ist die einzige Basis der ächten Staatsreform« (II, S. 492). Man verkennt das Genus der hier behandelten Fragmentsammlung, wenn man sie, wie so häufig, als staatstheoretische oder -philosophische Abhandlung betrachtet. Die weiterführenden, gelegentlich sehr konkreten und institutionell begründeten Überlegungen Hardenbergs finden sich sämtlich in den nicht veröffentlichten Notizheften.

76 HKA II, S. 503.

77 Ebd., S. 503, 488f.

78 HKA III, S. 474.

79 HKA II, S. 292; vgl. III, S. 273 (der vollkommene Bürger »hat kein Eigenthum außer dem Staate«).

80 HKA III, S. 284 (Nr. 250); vgl. III, S. 254f.

81 HKA III, S. 438 (Nr. 885).

82 Schon Oetinger hatte den Fürsten gepredigt, im Hinblick auf das kommende Millenium nicht so sehr »*Geseze* [zu] machen«, als vielmehr »*Glauben und Liebe*« pflanzen zu helfen, »denn da bedarf es keiner Geseze [mehr], sondern jeder wird sodann durch die Weisheit selbst thun, was das Beste ist« (Friedrich Christoph Oetinger, Die güldene Zeit oder Sammlung wichtiger Betrachtungen von etlichen Gelehrten zur Ermunterung in diesen bedenklichen Zeiten zusammen getragen, 1759; 2. erweiterte Aufl. 1774, in: Sämmtliche Schriften, Bd. VI, Stuttgart 1864, S. 38f.).

83 HKA III, S. 284.

84 Vgl. Andreas Voigt, Die sozialen Utopien. Fünf Vorträge, Leipzig 1906, S. 19f. (Voigt unterscheidet »archistische« Utopien, die einen Staat mit starker, allumfassender Zentralgewalt entwerfen, welcher »alle Beziehungen der Staatsangehörigen untereinander aufs strengste regelt«, durch ein dichtes Netz von Institutionen und Verordnungen, von »anarchistischen« Utopien, die ein Gesellschaftsideal der absoluten persönlichen Freiheit entwerfen, »jeden Zwang, jede Art der Herrschaft und darum auch die Organe der Herrschaft, die Regierung, die Polizei [...] verwerfen, und damit den Staat, als den Träger aller Gewalten, negieren.« Da diese Kategorien idealtypisch verstanden und bei konkreten Utopien jeweils nur Dominanzunterschiede in den »Mischungen aus archistischen und anarchistischen Elementen« aufgedeckt werden sollen, scheint eine solche Differenzierung sinnvoll, – so veraltet in forschungskritischer Perspektive das Werk sonst ist.)

85 Friedrich Wilhelm Joseph Schelling, Ideen zu einer Philosophie der Na-

tur (1797), in: Schellings Werke, hg. von Manfred Schröter, Bd. I, München 1927, S. 662f.

86 KA, Bd. 2, S. 262. Vgl. die dazu gehörenden Äußerungen: »Die Bildung und Entwicklung dieser Individualität als höchsten Beruf zu treiben, wäre ein göttlicher Egoismus« (Nr. 60); denn »Gott [...] ist ein Abyssus von Individualität« (Nr. 6), »Gott ist [...] das Individuum selbst in der höchsten Potenz« (Nr. 47).

87 Ebd., S. 182 (Nr. 116).

88 Ebd., S. 243f. (Nr. 414); S. 259 (Nr. 32).

89 Ebd., S. 261 (Nr. 49). – Das Projekt der »neuen Mythologie« bei Schlegel, mit dem im Grunde der Versuch unternommen wurde, die oben erwähnte Isolation des Künstlers von der Gesellschaft zu überwinden, durch die Ausbildung einer gemeinsamen, aus dem Geist der Zeit erwachsenden und durch Wiederbelebung der »nazionellen Phantasie« ermöglichten Symbolsprache, bleibt in dem vorliegenden Beitrag ausgeklammert.

90 Vgl. HKA III, S. 280f., 449, 454f.

91 HKA III, S. 668, 685.

92 Zum Begriff vgl. HKA III, S. 418.

93 HKA III, S. 435.

94 Schiller, Über naive und sentimentalische Dichtung (1795/96), in: Sämtliche Werke. Säkular-Ausgabe in 16 Bänden. Hg. von Eduard von der Hellen, Bd. XII, Stuttgart/Berlin 1905, S. 228–29.

95 Zu erinnern ist daran, daß Novalis als eine der »Einheiten« seines Romans den »Kampf der Poesie und Unpoesie«, »der alten und neuen Welt« bezeichnet hat (HKA III, 639). Der völlig aufgelöste Kampf wäre also die Herrschaft der Poesie, d. h. die »Poëtisirung der Welt – Herstellung der Märchenwelt« (HKA III, S. 677).

96 Vgl. zu diesen Überlegungen Paul Tillich, Politische Bedeutung der Utopie im Leben der Völker, Berlin 1951, S. 61ff.; Ernst Bloch, Antizipierte Realität – Wie geschieht und was leistet utopisches Denken?, in: Rudolf Villgradter/Friedrich Krey (Hg.), Der utopische Roman, Darmstadt 1973, S. 18–29; 26f.

97 HKA II, S. 455f.

98 Schlegel in den Athenäums-Ideen: KA, Bd. 2, S. 262 (Nr. 60); Novalis in ›Glauben und Liebe‹: HKA II, S. 488 (Nr. 16).

99 Arnhelm Neusüss, Schwierigkeiten einer Soziologie des utopischen Denkens, in: Ders. (Hg.), Utopie. Begriff und Phänomen des Utopischen, Neuwied 1968, S. 111f. – Zum ›Bilderverbot‹ (im Anschluß an eine Formulierung von Jürgen Habermas) vgl. S. 31f.

100 Ähnlich hat auch Herbert Marcuse behauptet – was später von ihm revidiert wurde –, daß als »ästhetisches Phänomen« sich die kritische Funktion der Utopie (wie aller Kunst) selbst aufhebe; denn die ästhetische Form versöhne mit dem Inhalt, die Menschen können »genießen – und vergessen« (Eros

und Kultur, in: Neusüss, S. 223). Vgl. dagegen Martin Buber: »Was als *Begriff* unmöglich erschiene, das erregt als *Bild* die Macht des Glaubens« (Pfade in Utopia, in: Neusüss, S. 390).

101 Rainer Warning hat in der Bielefelder Diskussion des vorliegenden Beitrags die Frage aufgeworfen, ob man im Hinblick auf die Utopiereflexion der Frühromantiker mit den Begriffen ›expositorische‹ vs. ›fiktionale‹ Texte noch auskomme, ob nicht vielmehr statt der sinnlichen die ›*reflexive Vergegenwärtigung*‹ durch das Fragment bzw. die Fragmentsammlung ein entscheidender Schritt in der Geschichte der literarischen Utopie sei, so daß sich der utopische Diskurs hier unlöslich mit dem Diskurs *über* Utopie verbinde. – Richtig ist sicherlich, daß die romantische Utopiereflexion im Prinzip über das »*Bild*«, d. h. die sinnliche Vergegenwärtigung des utopischen Entwurfs hinaus ist. Andererseits muß man jedoch berücksichtigen, daß über die »Wunderkraft der Fiktion« (als Gegenwärtigmachen des Nichtgegenwärtigen) ausführliche Überlegungen vorliegen und daß diese Reflexionen nicht etwa in das Märchen, den Roman oder die literarisch komponierte Fragmentsammlung (mit bestimmter Wirkungsabsicht) eingehen, sondern komplementär daneben treten können. Dennoch sehe ich in dieser von Warning hervorgehobenen reflexiven Vergegenwärtigung, d. h. in dem hier erkennbaren *Prozeß der Reflexion* und zunehmenden *Selbstreflexivität* das eigentlich Neue und Weiterweisende in der Geschichte des utopischen Denkens, das zugleich dem vielzitierten, auch in der Mannheimer Tagung wiederholten Vorwurf ›polititischer Naivität‹ bei den Frühromantikern entgegengehalten werden kann. Jedenfalls liegt hier ihr entscheidender Anteil am Durchdenken des Utopieproblems, dasjenige, was die später folgenden Fortschrittsutopien seit Mitte des 19. Jahrhunderts mit ihrem Realisierungsanspruch bei weitem ›naiver‹ und in gewisser Hinsicht anachronistisch erscheinen läßt.

102 Hans Freyer, Die politische Insel. Eine Geschichte der Utopien von Platon bis zur Gegenwart, Leipzig 1936, S. 131.

103 Vgl. dazu besonders Thomas Nipperdey, Die Utopia des Thomas Morus und der Beginn der Neuzeit, S. 350ff.; ders., Die Funktion der Utopie im politischen Denken der Neuzeit, in: Archiv für Kulturgeschichte 43 (1962), S. 359ff.

104 Zur Frage des ›ästhetischen Absolutismus‹ oder einer Verabsolutierung des Ästhetischen in der Romantik vgl. Bernhard Lypp, Ästhetischer Absolutismus und politische Vernunft. Zum Widerstreit von Reflexion und Sittlichkeit im deutschen Idealismus, Frankfurt 1972, S. 12ff.; Hans-Joachim Mähl, Romantik im Spannungsfeld von Kunstglaube, Mythologie und Theologie, in: Richard Brinkmann (Hg.), Romantik in Deutschland. Ein interdisziplinäres Symposion, Stuttgart 1978, S. 332, 337f. (in Verbindung mit den folgenden Beiträgen von Pöggeler, Strack, Paetzold und Zimmerli).

Horst Meixner

Politische Aspekte der Frühromantik

Das Thema »Politische Aspekte der Frühromantik« ist von vornherein der Gefahr ausgesetzt, irrige Vorstellungen zu übernehmen und neue Mißverständnisse zu erzeugen. Um dies zu vermeiden, seien einige Klarstellungen vorausgeschickt. Die folgenden Ausführungen verstehen sich nicht als ein Beitrag zur Frühgeschichte der politischen Romantik. Bereits 1865 hat Wilhelm Dilthey im Hinblick auf die »Weltansicht« der Romantik die Möglichkeit eingeräumt, »dem Mißbrauch, der seit mehr als einem halben Jahrhundert mit diesem Namen getrieben worden ist, einmal dadurch ein gründliches Ende zu machen, daß man sich seiner entledigt«.[1] Was für den Namen einer Weltansicht gilt, gilt in nicht geringerem Maße für eine mit ihm pauschal belegte Epoche oder gar eine Schule, wogegen sich schon Friedrich Schlegel in seinen Wiener Vorlesungen über die Geschichte der alten und neuen Literatur 1812 verwahrte.[2] Der Fortschritt historischer Forschung ist an dem zu messen, was er an Differenzierung leistet, und diese besteht zunächst einmal in der Kritik an pauschalisierten Etikettierungen und Vorurteilen. Besitzt aber der Begriff »Romantik« keinen Erkenntniswert mehr, so fällt mit ihm auch der einer »politischen Romantik«. In der Geschichtswissenschaft spielen ohnehin beide keine Rolle, vielleicht auch deshalb, weil es schwer sein dürfte, die contradictio in adjecto einer »romantischen Politik« als reale Erscheinung auszumachen. Politische Romantik hingegen ist durch das gleichnamige Buch Carl Schmitts ([1]1919, [2]1925) zu einem gängigen Terminus geworden. Schmitt unternimmt den Versuch, die »tumultuarische Buntheit des Romantischen in ihr einfaches Prinzip eines subjektivierten Occasionalismus« aufzulösen.[3] Die Romantiker, allen voran Friedrich Schlegel und Adam Müller, werden dabei zu freischwebenden, ausschließlich ich-bezogenen Intelligenzen, die alle politischen Zeitströmungen von der Revolution bis zur Restauration zum Anlaß einer letztlich ästhetischen Produktivität nehmen. Daran ist einiges richtig und manches falsch. Richtig gesehen ist die Dominanz des Ästhetischen, die ihren Niederschlag in der Tendenz zur universellen Poetisierung findet, richtig gesehen ist das Übergewicht von unsystematischen, sporadischen, immer nur reagierenden Theorieansätzen über die Praxis, kurz: das Fehlen einer Theorie politischen Handelns. »Wo die politische Aktivität beginnt, hört die politische Romantik auf«, heißt es bei Schmitt;[4] da letztere aber in ihrer kritisierenden und theoretisierenden Passivität ästhetisch oder poetisch oder religiös oder dies alles zusammen ist, fällt der Begriff einer »politischen Romantik« in sich zusammen, wird der subjektivierte Occasionalismus im politischen Handeln zum Opportunismus, wie die Entwicklung von Friedrich Schlegel, Gentz und Adam Müller beweist, wobei aber keineswegs übersehen werden darf, daß es sich nicht um den Opportunismus freischwebender Intelligenzen handelt, sondern um den ökonomisch bedingter Existenzen.

Das frühromantische Denken ist gekennzeichnet durch das Paradox einer fragmentarischen Enzyklopädie. Ihr Ausdruck ist die literarische Form des Fragments selbst, das sich immer als Teil eines unendlichen Ganzen versteht, im Unterschied zum in sich abgeschlossenen und vollendeten Aphorismus. Auch eine fragmentarische Enzyklopädie erhebt einen universalistischen Anspruch, das heißt: sie umfaßt nicht nur die Gebiete der Natur und der Kunst, sondern die Totalität aller Lebensbereiche. Also auch den einer »Lebenskunst«. In ihrem Mittelpunkt steht das kommunizierende Ich, stehen die »gesellige Mitteilung«, die »freie Geselligkeit«, bei Friedrich Schlegel ebenso wie bei Schleiermacher, der 1798 den »Versuch einer Theorie des geselligen Betragens«[5] geschrieben hat, und auch Novalis wäre hier zu nennen. Der Salon, die Haus- und Diskussionskreise – wie sie Otto Dann nennt – und die Freundschaften gewinnen für die frühromantischen Autoren eine Bedeutung, die es durch die Intensität der Reflexion erlaubt, innerhalb des Aufklärungszeitalters von einer qualitativen Veränderung des Sozialisationsbereichs zu sprechen. Die Aufklärung wird zwar nicht unmittelbar politische Praxis, wie in Frankreich, aber sie wird lebensunmittelbar. Es sind die Anfänge frühromantischen Denkens, die entschieden jener geläufigen Gleichsetzung von Romantik mit reaktionärer Ideologie, mit gegenaufklärerischen, antirationalistischen, schließlich katholisierenden und dem Mittelalter zugewandten Tendenzen widersprechen. Hier zu differenzieren, setzt allerdings voraus, daß die Aufklärung selbst differenziert gesehen wird. Wer die Aufklärung identisch setzt mit dem Rationalismus, der verkennt die große historische Rolle, die der Sensualismus spielte, und er verkennt, daß es die Rationalisten waren, die den Irrationalismus entdeckten. Wenn Werner Krauss 1962 in seinem bahnbrechenden Aufsatz »Französische Aufklärung und deutsche Romantik« formuliert: »Der Gegensatz von Verstand und Sinnlichkeit wird in der Aufklärung zugunsten der letzteren entschieden«[6], so mag diese Zuspitzung vielleicht etwas übertrieben sein und im Hinblick auf Frankreich, England und Deutschland der Modifizierung bedürfen, zu belegen aber ist sie für Deutschland insbesondere durch die Dominanz der Ästhetik. In der Mitte des 18. Jahrhunderts begründete Baumgarten die Ästhetik, die Lehre von der sinnlichen Erkenntnis, als philosophische Disziplin und setzte damit für den Beginn der »Kunstperiode«, von der noch zu sprechen sein wird, ein bemerkenswerteres Signal als das chronologische Faktum von Goethes Geburt. Über Lambert, Kant, K. Ph. Moritz, Schiller, Friedrich Schlegel, Solger, Schelling bis zu Hegel entfaltet sich eine Diskussion des Ästhetischen, wie sie ihresgleichen sonst nirgends hat. Hätte man die sensualistische Seite der Aufklärung angemessen berücksichtigt, wäre man mit weniger Verlegenheit vor dem Phänomen der Empfindsamkeit gestanden, wären vielleicht auch die Versuche unterblieben, den Sturm und Drang aus der Aufklärung herauszulösen und ihn zum Beginn einer spezifisch deutschen Bewegung zu hypostasieren (Nohl, Erich Rupprecht) und hätte schließlich der Begriff einer »Präromantik«, den Krauss mit guten Gründen zurückweist, die Verwirrungen des Begriffs »Romantik« nicht ins 18. Jahrhundert zurückverlängert.

Es ist gerade der politische Aspekt, unter dem das Verhältnis der sogenannten Romantik und speziell der Frühromantik zur Aufklärung thematisiert wurde. Die Romantik wurde pauschal zur Gegenaufklärung stilisiert, und es ergab sich das bequeme Schema: hier progressive Aufklärung, dort regressive Romantik. Ich vermeide bewußt den Ausdruck »reaktionär«, weil es mit der Eigentümlichkeit der deutschen politischen und gesellschaftlichen Verhältnisse und ihrer Entwicklung im Vergleich mit Frankreich zusammenhängt, daß der deutschen Intelligenz angesichts der Ereignisse im Nachbarland letztlich nur übrig blieb zu reagieren, und zwar von wenigen Ausnahmen abgesehen, wie etwa der Mainzer Republik oder dem Rastatter Kongreß, nur passiv und auf der literarischen Ebene. In diesem Reagieren sind allerdings gewichtige synchrone und diachrone Unterschiede festzustellen, deren Merkmale konstitutiv sowohl für einzelne Individuen als auch für die Gruppenbildung gewesen sind. Es taucht hier mit Absicht nicht der Begriff »Epoche« auf, denn 1789, das unter politischem Aspekt epochale Datum der Aufklärung, war für die deutsche Literatur, Philosophie und Kunst nicht epochenkonstitutiv. Gegenüber dem Epochenbegriff ist überhaupt größte Vorsicht geboten. Den unartikulierten Fluß jedes historischen Geschehens in Zäsuren und Perioden zu gliedern, ist eine legitime Aufgabe des Historikers. Was die Zäsuren setzt, braucht aber nicht immer ein epoche*machendes* Ereignis zu sein, auch wenn dies die Regel sein dürfte. Aber selbst wenn es der Fall ist, sind epochale Ereignisse fast immer partikular, das heißt: sie finden nur innerhalb bestimmter Sektoren der Geschichte statt. Nicht nur zwischen politischer Geschichte und Kulturgeschichte ist dann zu unterscheiden, sondern innerhalb der Kulturgeschichte nochmals im Hinblick auf Literatur, Philosophie, bildende Kunst und Musik. Um ein Beispiel zu nennen: 1945 ging eine Epoche in Deutschland zu Ende, aber im Rückblick zeigt es sich, daß dies in der Geschichte der deutschen Literatur und Kunst keine Stunde Null gewesen ist. Großräumige Periodisierungen entgehen am ehesten der Korrektur durch die einzelnen Bereiche, diese selbst wiederum entgehen der epochalen Hypostasierung nur durch die Einsicht in ihren partikularen Charakter. Aber auch dann noch sind weitere Reduktionen angebracht. Wer den frühromantischen Gruppenbildungen in Berlin und später in Jena, schließlich zusammengefaßt in der literarischen Öffentlichkeit einer Zeitschrift, nämlich dem »Athenäum«, epochalen Charakter beimißt, sieht sich mit dem Problem konfrontiert, daß er die neben Goethe hervorragendsten dichterischen Potenzen des Zeitalters – Jean Paul, Kleist, Hölderlin – schlechterdings nicht einbeziehen kann. Epochen sind ohnehin historische Konstruktionen a posteriori, sieht man von den ganz seltenen Fällen eines zeitgenössischen Epochenbewußtseins ab. In eine ähnliche Richtung gehen Gedanken Claus Trägers.[7] Der Rückgriff auf die Kunstgeschichte und auf die politische Geschichte sind Verlegenheitslösungen, selbst dann, wenn – wie bei Jost Hermand – die Berücksichtigung politisch-historischer Daten den gesellschaftlichen Charakter der Literatur chronologisch zu artikulieren vermag.

Einen überzeugenden Versuch, die aufgewiesenen Schwierigkeiten epochaler und periodisierender Zuordnungen zu lösen, bietet Klaus Peter an, indem er von »Stadien der Aufklärung« spricht und über die Themen Moral, Ästhetik, Religion, Staat und Geschichtsphilosophie den Bogen von Lessing zu Novalis und Friedrich Schlegel spannt. Eine primär binnenliterarische Argumentation, die vom Sachverhalt her geboten ist, die aber auch das Gesellschaftliche und Politische nicht »draußen« läßt, sondern in sich hineinnimmt und dadurch den gängigen Schematisierungen entrinnt.[8]

Die Französische Revolution von 1789 bezeichnet weder den Beginn des Weimarer Klassizismus noch den der Frühromantik, dennoch würde man sich nur im Raum der Geistesgeschichte bewegen, wenn man den großen Einfluß unterschätzte, den diese Revolution vor allem auf die Generation der damals ungefähr Zwanzigjährigen ausübte; sie waren übrigens diejenigen, die im Generationenschema auf die Stürmer und Dränger folgten. Die Skala der Reaktion auf die Französische Revolution in der jungen deutschen Intelligenz reichte von der Bewunderung bis zur Begeisterung. Und diese Reaktion war vorwiegend emotional bestimmt bei denen, die zum frühromantischen Kreis gehörten, und relativ kurzlebig. Die Französische Revolution löste bei ihnen ein literarisches Echo aus, das von denen, welche die Macht besaßen, nicht sonderlich ernst genommen wurde. Deshalb konnte sich Madame de Staël wundern, daß in Deutschland die kühnsten revolutionären Ideen verkündet werden durften, ohne daß dies eine politische Konsequenz hatte. Dies allerdings trifft nicht für Hölderlin und Sinclair zu, um nur eine Beispiel zu nennen. Das literarische Echo auf die Französische Revolution gehört indes unabdingbar zur Signatur der frühromantischen Gruppe. Liest man die frühen Lyceums-Fragmente von Friedrich Schlegel mit dem Blick auf die Zeitgeschichte, so entdeckt man einen Geist der Freiheit, der Unabhängigkeit von Vorurteilen, einer alles Philisterhafte weit hinter sich lassenden Freizügigkeit in der Behandlung moralischer Fragen, zugleich einen Haß gegen Engstirnigkeit, verlogene Konvention und biedermännische Heuchelei, wodurch sich diese Prosa zu einer Höhe erhebt, wie sie später nur von Heine, dem frühen Marx und Nietzsche erreicht wurde.

Unter politischem Aspekt findet sich bei Friedrich Schlegel und Novalis das gesamte Potential an Vorstellungen, welche sowohl das gängige, traditionelle Bild der Romantik bestimmen als auch jene »andere Romantik«, auf die Helmut Schanze hingewiesen hat.[9] Beispielhaft in mehrfacher Hinsicht für diese These erscheinen mir der Essay von Friedrich Schlegel *Versuch über den Begriff des Republikanismus, veranlaßt durch die Kantische Schrift zum ewigen Frieden*[10] und die als Fragment bezeichnete Rede von Novalis *Die Christenheit oder Europa*.[11] Was in diesen Abhandlungen formuliert wird, könnte durch eine

Reihe von Fragmenten ohne weiteres belegt werden. Aber es würde dadurch wahrscheinlich nicht deutlicher werden, was in diesen Schriften gleichsam gebündelt zum Ausdruck kommt: das Verhältnis zur politischen Seite der Aufklärung beim einen, das Verhältnis zu einem utopisch verstandenen Mittelalter beim anderen.

Kants Schrift *Zum ewigen Frieden*[12] ist der bedeutendste und aktuellste Beitrag, der in deutscher Sprache zu einer Politik mit menschheitsgeschichtlichen Perspektiven geleistet wurde. Die Rezension einer solchen Schrift, die Friedrich Schlegel unternommen hat, ist ein Examen rigorosum für den jungen Rezensenten: Er kann sich entweder unsterblich blamieren oder glänzend debütieren. Friedrich Schlegel gelang das letztere, und ablesbar ist dies nicht zuletzt an der Aktualität, die Schlegels Ausführungen für sich beanspruchen können. Ich greife drei Punkte heraus.

1. An die Stelle eines Republikanismus mit repräsentativer Regierungsform, die bei Kant letztlich auf eine konstitutionelle Monarchie hinausläuft, setzt Schlegel die radikale Demokratie, das heißt: eine Demokratie von unten. Der Gedanke der Volkssouveränität impliziert, daß Schlegel von dem Willen einer Mehrheit ausgeht, die keine ständische Gliederung mehr kennt. Damit gewinnt er einen Volksbegriff, dessen politische Implikate weit ins 19. Jahrhundert vorausweisen.

2. Anstelle eines Staaten- bzw. Völkerbundes, eines Föderalismus von Staaten, den Kant nach dem Prinzip des Hospitalismus konzipierte, setzt Schlegel eine Weltrepublik, denn nur eine Weltrepublik unter Ausschluß rivalisierender, sei es despotischer, sei es republikanischer Staaten, garantiert den ewigen Frieden. Gegenüber Kant verstärkt sich der Charakter des utopischen Entwurfs.

3. An die Stelle der Natur als der Garantie des ewigen Friedens setzt Schlegel die »notwendigen Gesetze der Erfahrung« – er argumentiert also historisch – und führt – z. T. Kant zitierend – aus: »*Die Gesetze der politischen Geschichte,* und die *Prinzipien der politischen Bildung* sind die einzigen Data, aus denen sich erweisen läßt, ›daß der ewige Friede keine leere Idee sei, sondern eine Aufgabe, die nach und nach aufgelöst, ihrem Ziel beständig näherkommt‹«.[13] Geschichte als Approximation an ein Unendliches, die erreichbare Utopie – Schlegel erweitert und radikalisiert die Kantischen Vorstellungen; das ist in keinem Punkte gegenaufklärerisch, aber gerade in der utopischen Perspektive vielleicht frühromantisch. Dann besonders, wenn man fol-

gende Sätze bedenkt, die mit Fichtes Kritik an Schillers Briefen *Über die ästhetische Erziehung des Menschen* übereinstimmen, die darüber hinaus im Begriff der »wirklich erreichten Gemeinschaft« den Gedanken der geselligen Mitteilung und freien Geselligkeit von Schlegel thematisieren. »Der *politische Wert* eines republikanischen Staats wird bestimmt durch das extensive und intensive Quantum der wirklich erreichten Gemeinschaft, Freiheit und Gleichheit. Zwar ist die gute moralische Bildung des Volks nicht möglich, ehe der Staat nicht republikanisch organisiert ist, und wenigstens einen gewissen Grad technischer Vollkommenheit erreicht hat: aber auf der andern Seite ist *herrschende Moralität* die notwendige Bedingung der *absoluten Vollkommenheit* (des Maximums der Gemeinschaft, Freiheit und Gleichheit) des Staats, ja sogar jeder höhern Stufe politischer Trefflichkeit«.[14] Die Prioritäten sind klar gesetzt. Die Trikolore erscheint, aber anstelle der Brüderlichkeit taucht das Kommunikationsideal einer »wirklich erreichten Gemeinschaft« auf. Friedrich Schlegel denkt hier eine Synthese des Individuellen und Allgemeinen, des Moralischen und Politischen, bei der keines im anderen verschwindet. Die Linien, die von der Aufklärung zur Frühromantik verlaufen, kennen keine Zäsuren. Was im Rückblick anders erscheint, sind bestenfalls Akzentuierungen.

Wenn man die in sich heterogene frühromantische Gruppe auf die Keimzellen ihrer Sozialstation befragt, dann erscheinen Freundschaften. Aber diese Freundschaften haben – auch hier ist zu differenzieren – einen jeweils anderen Charakter. Der Kunstenthusiasmus einer Schüler- und Studentenfreundschaft, wie sie zwischen Tieck und Wakkenroder herrschte, die von Berlin nach Bamberg und Nürnberg reisten und dort für sich das Mittelalter entdeckten, ist von anderer Art als das, was die Freundschaft zwischen Friedrich Schlegel und Schleiermacher, den man zeitweise seine Ehehälfte nannte, begründete, und diese Freundschaft ist wieder etwas anderes als die Freundschaft Friedrich Schlegels mit Novalis, wobei zu bedenken ist, daß es nicht nur der Tod war, der diese Freundschaften auflöste. Gerade aber im Hinblick auf die Freundschaften Friedrich Schlegels sollte doch einmal die ketzerische Ansicht ausgesprochen werden, daß seine Partner ihm nicht ganz ebenbürtig waren. Friedrich Schlegel war eine überragende geistige Potenz im Zeitraum von 1795 bis 1801 – und nur der steht hier zur Debatte. Was seine Freunde wohl noch anerkannt haben, ging in Schlegels Wirkungsgeschichte verloren. Daran sind drei Faktoren schuld: 1) Der mit seiner Konversion zum Katholizismus verbundene oder ihn begründende intellektuelle Verfall; 2) das Verdikt Hegels; 3) die Kenntnislücken Wilhelm Diltheys, der Schleiermacher als den Vater der neueren Hermeneutik vorstellte und nicht erkannte – darin ist ihm Gadamer gefolgt –, daß Schlegel diese Hermeneutik ebenso begründete wie den Historismus und die Lebensphilosophie. Die weit gediehene Kritische Ausgabe der Werke Friedrich Schlegels, insbesondere die von Hans Eichner edierten Bände, sind in der germanistischen Forschung insgesamt zu wenig berücksichtigt worden, eine Fehleinschätzung läßt sich damit allerdings nicht begründen. Es ist zu hoffen, daß die Habilitationsschrift Willy Michels,[15] der ich eine Fülle von Denkanstößen verdanke, eine schon lange notwendige Zäsur in der Wirkungsgeschichte Friedrich Schlegels bedeutet.

Was den *Europa*-Aufsatz des Novalis mit Friedrich Schlegels *Republikanismus*-Essay und Kants Schrift *Zum ewigen Frieden* verbindet, ist – und zwar expressis verbis – die Friedenssehnsucht. Nimmt man zu den genannten Beispielen aus dem zeitlichen Umkreis noch das größte poetische Zeugnis, nämlich Hölderlins *Friedensfeier* dazu, so ergibt sich die merkwürdige Erscheinung, daß zwischen den proklamierten Revolutionsidealen der Freiheit, Gleichheit und Brüderlichkeit und dem Despotismus Napoleons deutsche Autoren einen Beitrag leisten, dessen Schlüsselwort »Frieden« ist, wobei Frieden ausdrücklich nicht definiert ist als Waffenstillstand, sondern – was er noch nie war und bis heute nicht ist – als ewiger und kosmopolitischer Frieden. Es sei mir die persönliche Bemerkung gestattet: In der derzeitigen weltpolitischen und menschheitsgeschichtlichen Situation haben mich bei der Vorbereitung des Symposiums diese Texte tief betroffen. Hier wird die Aktualität der deutschen Aufklärung und Frühromantik nach über 180 Jahren brennend.

Die Lektüre der Rede *Die Christenheit oder Europa* von Novalis hinterläßt auch beim heutigen, unvoreingenommenen und politisch mündigen Leser einen Eindruck, der den Reaktionen der Freunde vergleichbar ist, die Tieck 1837 zurückblickend mit einigen Übertreibungen, wozu die Einstimmigkeit gehört, folgendermaßen beschreibt: »Da wir uns, als vertrauten Freunden, gegenseitig ein offnes unbefangenes Urteil zugestanden, wie man es vielleicht selten unter Autoren findet, so ward, nach geendigter Lesung, dieser Aufsatz einstimmig verworfen, und beschlossen, daß er nicht durch den Druck bekannt gemacht werden sollte. Wir fanden die historische Ansicht zu schwach und ungenügend, die Folgerungen zu willkürlich, und die ganze Abhandlung schwach, so daß sehr leicht die Blößen von jedem Kundigen entdeckt werden konnten«.[16] Bemerkenswert an der Rede des Novalis ist der geschichtsphilosophische Paradigmenwechsel. An die Stelle des antiken Griechenlands als dem Inbegriff einer sich vollkommen verwirklichenden Menschheit tritt nun das »ächt katholische Mittelalter« als ein goldenes Zeitalter, in welchem sich geistliche und weltliche Gewalt versöhnten, indem die letztere sich der ersteren unterordnete. Die geistliche Herrschaft wird zur Herrschaft des Geistes. Dieser Paradigmenwechsel steht in einem entschiedenen Gegensatz zu Friedrich Schiller, für den in der Nachfolge Winckelmanns die griechische Antike Sinnbild einer menschlichen Totalität war. Aber auch Friedrich Schlegel hat in seinem Republikanismus-Aufsatz nicht die Französische Revolution, sondern die antiken Republiken als Paradigma gewählt.

Es ist gerade in diesem Zusammenhang mit der Vorstellung aufzuräumen, daß die Romantik das Mittelalter entdeckt oder wiederentdeckt habe. Zuletzt hat Wolfgang Harms auf dem VI. Internationalen Germanistenkongreß in Basel 1980 in einem Vortrag – wie zu hoffen ist – endgültig diese Ansicht widerlegt,[17] gerade was die Tradition innerhalb der deutschen Literatur anbetrifft, nachdem ihm Werner Krauss und Victor Klemperer[18] für die französische, aber auch die englische Literatur vorangegangen sind. Es gibt im aufklärerischen Zeitalter eine kontinuierliche Rezeption der mittelalterlichen Dichtung, die jedoch für die geschichtsphilosophischen Konstrukte nicht zum Tragen kam. Um genau zu sein: In der Rede des Novalis handelt es sich um eine Vereinigung von »Geschichtstheologie, Geschichtsphilosophie und Geschichtspoesie«.[19] Wilfried Malsch hat diese Rede mit Recht eine »poetische Rede« genannt, aber ihre politischen Elemente darüber vernachlässigt. Die Zeitgenossen des Novalis haben keineswegs alles mißverstanden und die Kritik der germanistischen Forschung ist nicht mit »banalen Festlegungen« abzutun, wie dies bei Brinkmann geschieht.[20]

An die verklärende Schilderung der »ächtkatholischen oder ächt christlichen Zeiten«[21] schließt sich bei Novalis eine Geschichtsbetrachtung unter dem beherrschenden Thema des Verfalls an. Zu den Verfallserscheinungen einer in der Vergangenheit geleisteten Synthese gehören der Protestantismus, die Aufklärung, die Französische Revolution und die Entwicklung der neuzeitlichen Naturwissenschaft.

Dennoch behält Restauration nicht das letzte Wort. Dem Rückwärtsgewandten, der »Andacht zum Altertum«, der »Anhänglichkeit an die geschichtliche Verfassung«, der »Liebe zu den Denkmalen der Altväter und der alten glorreichen Staatsfamilie« und den »Freunden des Gehorsams« setzt Novalis »das entzückende Gefühl der Freiheit, die unbedingte Erwartung mächtiger Wirkungskreise, die Lust am Neuen und Jungen, die zwanglose Berührung mit allen Staatsgenossen, der Stolz auf menschliche Allgemeingültigkeit, die Freude am persönlichen Recht und am Eigentum des Ganzen, und das kraftvolle Bürgergefühl«[22] entgegen. Was hier der Neffe des Staatskanzlers von Hardenberg ausspricht und was durchaus bürgerlichen Charakter hat, wird im utopisch-politischen Entwurf allerdings wieder zurückgenommen, wenn Novalis allein einer »geistlichen Macht« und einer »sichtbaren Kirche« die Schlichtung der aufgebrochenen Dissonanzen des Zeitalters und die Stiftung des ewigen Friedens zutraut.[23]

Gerade im fiktionalen, nicht-expositorischen Charakter dieser Rede liegt das Problem. Entgegen der Auffassung von Malsch wird in dieser Rede sehr wohl »historisch« erzählt, und dies entgeht auch Brinkmann nicht.[24] Das heißt aber: Es werden Elemente der konkreten historischen Realität aufgenommen, auch in phantastische oder utopische Konzeptionen. Brinkmann verweist darüber hinaus auf Berührungspunkte mit dem *Ältesten Systemprogramm des deutschen Idealismus*. Dieses ist aber, bei entsprechendem utopischem Gehalt, kein fiktionaler, sondern ein philosophischer Text; wesentlich abstrakter als die Rede des Novalis, dafür aber auch frei von deren historischen Konkretionen, die man nicht nur als »Metaphern« abtun kann. Idealismus und Frühromantik sind nicht gleichzusetzen, sie haben aber eines gemeinsam: die Tendenz zur geschichtsphilosophisch-ästhetischen Synthese. Schillers »ästhetischer« und Novalis' »poetischer« Staat verraten prägnant eine Umbiegung des Politischen in den Geist jener »Kunstperiode«, die für Heine mit Goethes Geburt begann und mit seinem Tod endete.[25] In dieser Kunstperiode hat die Frühromantik, vor allem durch den Paradigmenwechsel von der Antike zum Mittelalter, einen gewichtigen Akzent gesetzt. Die Frühromantiker streifen nur das Politische, es gewinnt bei ihnen keine Substanz, das Ziel ihrer Reflexionen sind Poesie und Kunst; sie waren in besonderem Maße, was Hölderlin von den Deutschen sagt: »tatenarm und gedankenvoll«.[26]

1 Wilhelm Dilthey, Das Erlebnis und die Dichtung, Göttingen [15]1970, S. 188. Wiederaufgegriffen wurde dieser Gedanke von Franz Schultz 1924 in seinem Aufsatz: »Romantik« und »romantisch« als literarhistorische Terminologien und Begriffsbildungen, jetzt in: Helmut Prang (Hg.), Begriffsbestimmung der Romantik, Darmstadt 1968, S. 93–111.

2 Zitiert bei Schultz, ebd., S. 99.

3 Carl Schmitt, Politische Romantik, München/Leipzig [2]1925, S. 227.

4 Ebd., S. 224.

5 F. D. E. Schleiermacher, Versuch einer Theorie des geselligen Betragens, in: Schleiermachers Werke. Hg. v. Otto Braun. Band 2, [2]1927, S. 3–38. Vgl. Otto Dann, Gruppenbildung und gesellschaftliche Organisierung in der Epoche der deutschen Romantik, in: Richard Brinkmann (Hg.), Romantik in Deutschland, Stuttgart 1978, S. 116ff.

6 Werner Krauss, Perspektiven und Probleme. Zur französischen und deutschen Aufklärung und andere Aufsätze, Neuwied/Berlin 1965, S. 266.

7 »Auf diese Weise könnte man am Ende auch zu einer Periodisierung vielleicht gelangen, die die *wirklich* vor sich gehenden Prozesse annähernd widerspiegelt: die sowohl den allgemeinen Geschichtsverlauf in seinen Zäsuren und der ihn durchwaltenden Kräftestrukturierung abbildet sowie – innerhalb derselben – die Eigenart und relative Eigenständigkeit der Literatur, d. h. ihren produktiven Widerspruch als gesellschaftliches Verhältnis herausarbeitet. Dabei gilt freilich, daß jede Periodisierung eine Abstraktion darstellt, die weder von den Zeitgenossen so als solche erlebt worden noch alle Besonderheiten zu berücksichtigen in der Lage ist. Wenn irgendwo, dann scheint hier der Hegelsche Satz voll zuzutreffen: daß erst mit der einbrechenden Dämmerung die Eule der Minerva ihren Flug beginne. Periodisierungsfragen repräsentieren Urteile post festum«: Claus Träger, Zur Stellung und Periodisierung der deutschen Literatur im europäischen Kontext, in: Heinz Rupp/Hans-Gert Roloff (Hg.), Akten des VI. Internationalen Germanisten-Kongresses Basel 1980. Teil 1, Bern/Frankfurt/Las Vegas 1981, S. 160.

8 Klaus Peter, Stadien der Aufklärung. Moral und Politik bei Lessing, Novalis und Friedrich Schlegel, Wiesbaden 1980.

9 Helmut Schanze (Hg.), Die andere Romantik. Eine Dokumentation, Frankfurt 1967. Die hier gegebenen Anregungen wurden in vielfacher Weise aufgenommen und weitergeführt in: Dieter Bänsch (Hg.), Zur Modernität der Romantik, Stuttgart 1977.

10 Friedrich Schlegel, Kritische Ausgabe seiner Werke. Hg. von Ernst Behler, Jean-Jacques Anstett und Hans Eichner (im Folgenden zitiert: KA), Band 7: Studien zur Geschichte und Politik, Paderborn 1966, S. 11–25.

11 Novalis, Die Christenheit oder Europa, in: Novalis Schriften. Die Werke Friedrich von Hardenbergs. Hg. v. Paul Kluckhohn (†) und Richard Samuel (im

Folgenden zitiert: HKA = Historisch-kritische Ausgabe), Bd. 3, Stuttgart ²1968, S. 507–524.

12 Immanuel Kant, Zum ewigen Frieden, in: Werke in zehn Bänden. Hg. v. W. Weischedel, Bd. 9, Darmstadt 1968, S. 195–251.

13 Friedrich Schlegel, KA, Bd. 7, S. 23.

14 Ebd., S. 21f.

15 Willy Michel, Ästhetische Hermeneutik und frühromantische Kritik. Friedrich Schlegels fragmentarische Entwürfe, Rezensionen, Charakteristiken und Kritiken (1795–1801), Göttingen 1982.

16 Zitiert von Richard Samuel, in: Novalis, HKA, Bd. 3, S. 500.

17 Wolfgang Harms erwähnt im Zusammenhang der Mittelalter-Rezeption: Opitz, Moscherosch, Lohenstein,Christian Gryphius, Bodmer, Klopstock, den Göttinger Hain, Voß, Herder, Lessing (Rupp/Roloff [Hg.], Akten des VI. Internationalen Germanisten-Kongresses Basel 1980, S. 60–84). Als Begründung der Mittelalter-Rezeption wird vor allem auf den Polyhistorismus des 18. Jahrhunderts verwiesen. Die Anmerkungen bieten ein reiches bibliographisches Material.

18 Krauss, Perspektiven und Probleme, und Victor Klemperer, Romantik und französische Romantik (1922), in: Prang (Hg.), Begriffsbestimmung der Romantik, S. 48–71.

19 Wilfried Malsch, »Europa«. Poetische Rede des Novalis. Deutung der Französischen Revolution und Reflexion auf die Poesie in der Geschichte, Stuttgart 1965, S. 24.

20 Richard Brinkmann, Frühromantik und Französische Revolution, in: Deutsche Literatur und Französische Revolution. Sieben Studien, Göttingen 1974, S. 175.

21 Novalis, HKA, Bd. 3, S. 509.

22 Ebd., S. 522.

23 Ebd., S. 523f.

24 Brinkmann, Frühromantik und Französische Revolution, S. 181.

25 Heinrich Heine, Sämtliche Werke. Hg. v. Hans Kaufmann. Band 8, München 1964, S. 48.

26 Friedrich Hölderlin, An die Deutschen, in: Friedrich Hölderlin, Sämtliche Gedichte. Hg. u. kommentiert von Detlev Lüders. Bd. 1, Bad Homburg 1970, S. 179.

Heinz Gockel

Die alte neue Mythologie

Als Gottsched den Aristotelischen Begriff des μῦθος mit »Fabel« übersetzte,[1] verfuhr er historisch korrekt: das erzählende Wort als Anfang und Seele der Dichtung. Als er den Begriff in Auseinandersetzung mit René Le Bossus *Traité du poème épique* bestimmte, versuchte er – ganz literarischer Aufklärer – der Fabel das zu nehmen, was ihr der Mythos noch bereithielt: das Allegorische der Erzählung im Sinne hermeneutischer Allegorese. Um so erstaunlicher ist zu vermerken, daß auch in der *Critischen Dichtkunst* die Fabel, unter philosophischen Gesichtspunkt gestellt, als eine »Geschichte aus einer andern Welt« anerkannt wird, eine metaphysische Spekulation gewissermaßen. Aber dies geschieht unter dem Vorbehalt der Wahrscheinlichkeitsforderung. Die andere Welt, die Welt der Fiktion, hat doch ihren Richterstuhl in der Welt des Wahrscheinlichen. Und die Identifizierung von Mythos und Fabel ist Ausdruck aufklärerischer Fürsorge in Sachen der Poesie. Der Mythos soll zwar nicht zum Ammenmärchen gestempelt werden, aber unter den Gesichtspunkt der Fabel gestellt, hat er sich vor aufklärerischem Dichtungsverständnis zu verantworten. Die Identifizierung des Mythos mit der Fabel bedeutet zugleich die Freigabe der Mythologie für rationale Erklärung. Und die sorgfältige Trennung, die noch die Antike zwischen Logos und Mythos herzustellen wußte,[2] scheint in der literarischen Aufklärung des 18. Jahrhunderts aufgegeben.

Mythos und Logos: beide meinen das Wort, der Logos das in diskursiver Argumentation als Wahrheit sich erweisende Wort, der Mythos das unmittelbar einsichtige, durch nichts als sich selbst bestätigte Wort. Der Mythos tendiert zur Erzählung, der Logos zur Argumentation. Der Logos braucht die begriffliche Rechtfertigung, der Mythos die narrative. Wenn Gottsched »Mythos« mit »Fabel« übersetzt, überantwortet er das Narrative des Mythos der Auffassung von der Fabel in der literarischen Frühaufklärung und damit der eigenen Dichtungstheorie. Die Identifikation von Mythos und Fabel nimmt der Mythologie das Narrative zugunsten des *exemplarisch* Bildhaften. Der Logos bekommt Herrschaft auch im Bereich des Mythos. So nimmt es nicht wunder, daß im 18. Jahrhundert der literarischen Aufklärung das Herodot-Wort von der mythenschaffenden Tätigkeit der Dichter[3] vergessen zu sein scheint. Vorrang bekommt die rationale Erklärung der Mythenbildung von Christian Adolph Klotz' *Epistolae Homericae* bis zu Gottfried Hermanns *Brief über die Mythologie* an Friedrich Creuzer.[4] Daß dabei die euhemeristische Erklärung vorherrscht, ist ganz im Sinne rationaler Interpretation des Mythos. Denn auf den menschlichen Begriff zu bringen gilt, was als Göttergeschichte allzu fabulöser Provenienz zu sein scheint.

Noch im Jahre 1819 versucht Gottfried Hermann gegenüber Friedrich Creuzer die begriffliche Substitution des Mythos zu behaupten. Creuzers These, Mythen seien nicht erklärbar, nur unmittelbar erlebbar und anschaubar, traf den entscheidenden Nerv aufklärerischer Mythendeutung. Gottfried Hermann weiß genau, wohin das führt: »Denn gesetzt, es wäre so, wie Sie sagen, so würde die Mythologie nichts als Poesie seyn, indem nur Poesie es ist, was ohne bestimmte Begriffe, bloß durch Anschauung gefaßt werden muß.«[5] Mythologie als Poesie: beide Begriffe sind im Munde Gottfried Hermanns mit pejorativem Akzent zu versehen. Dennoch diagnostiziert er richtig. Schon die Identifikation von Mythos und Fabel zeigte, daß das jeweilige Poesieverständnis sich am Verhältnis zur Mythologie zu bewähren hat. Gottfried Hermann erkennt, daß die Creuzersche These auf die Identifikation von Poesie und Mythos hinausläuft und jeder rationalen Erklärung des Mythos den Boden entzieht. Das hieße die Zurücknahme des aufgeklärten Literaturverständnisses. Die deutliche Gegenüberstellung von bestimmten Begriffen auf der einen Seite und bloßer Anschauung auf der anderen dokumentiert 1819 noch einmal eine schon lange überwundene dichtungstheoretische Kontroverse. Daß die Poesie sich dem Begriff unterzuordnen habe, war unter anderem Konsequenz aus der Vorherrschaft der Fabel in der poetologischen Diskussion der literarischen Aufklärung. Der Mythos hatte seine Lehrmeisterin gefunden. Die Mythologie wurde in phylogenetischer Sicht zur Armenbibel eines frühzeitlichen Menschheitsstadiums. Als poetischer Ausweis vorrationaler Weltdeutungen blieb ihr nun das Refugium des Phantastischen vorbehalten. Immer noch ein glücklicher Aufenthalt, denn er ließ dem Mythos, zwar belächelt und abgeschoben, das Heimatrecht seiner Herkunft. Die Gegenwart des Mythos hatte ein Refugium; die Vergangenheit der Mythologie war rationalem Zugriff freigegeben. Das Interesse an der Mythologie wird historisch. Bemerkenswert aber, daß auch in der literarischen Aufklärung Arbeit am Mythos Arbeit am poetischen Bewußtsein ist. Das heißt auch, daß am Verhältnis zur Mythologie das jeweilige Dichtungsbewußtsein abgelesen werden kann. Das ist in der Aufklärung nicht anders als in der Romantik. Weil die Aufklärung das Poetische nicht ohne »bestimmte Begriffe« denken konnte, wußte sie auch das Mythische auf den Begriff zu bringen. So hatten denn Göttergeschichten nurmehr als emblematische Illustration poetische Berechtigung.

Ein neues mythopoetisches Bewußtsein setzt schon ein, als die historische Diskussion um die Mythenbildung noch in vollem Gange ist. Das Datum ist exakt zu bestimmen: Es ist das Jahr 1769. Herder macht auf der Seereise von Riga nach Frankreich die entscheidende mythische Erfahrung. Sein Ausruf »o hätte ich doch keine Critische Wälder geschrieben!«[6] scheint zurückzunehmen, was er in bewundernder Konkurrenz zu Lessing an kritischer Rezensionstätigkeit bislang vorgelegt hatte. Aber gerade durch die *Kritischen Wälder* und die *Fragmente* war Herder für die mythische Erfahrung der Seereise disponiert. In der Auseinandersetzung mit Klotz hat er schon früh sein Konzept der »poetischen Heuristik« der Mythologie formuliert. Klotz hatte in den *Epistolae Homericae* die Mythologie als Ergebnis von Irrtum und Aberglauben abgetan, um ihre poetische Verwendung im Zeitalter der Vernunftreligion zu verhindern. Unter der Forderung begrifflicher Wahrheit hatten mythologische Figuren keine Existenzberechtigung. Herder dagegen: »Der Wahrheit wegen brauche ich sie auch nicht; aber ihrer Poetischen Bestandheit: und wenn es personificirte Dinge sind, der sinnlichen Anschauung wegen.«[7] Das Wort von der poetischen Bestandheit mythologischer Figuren dokumentiert auch im Streit mit Klotz den Zusammenhang des poetischen mit dem mythologischen Bewußtsein. Nur daß sich bei Herder die Vorzeichen geändert haben. Poetische Bestandheit heißt vor allem ikonische Konstanz. Sie läßt »poetische Nebenideen« zu. Auf dieses Verhältnis von ikonischer Konstanz und poetischen Nebenideen kommt es Herder an. Die Berechtigung für die Wiederaufnahme der alten Mythologie in neueren Gedichten gibt ihm der Gedanke der poetischen Nebenideen. Eine Mythologie – so in seiner Auseinandersetzung mit Lessings Laokoon-Aufsatz –, »die nichts als Gestalten in seliger Ruhe lieferte, wäre für den Dichter gewiß eine todte, einförmige Mythologie gewesen, und hätte keine Griechen an Poesie hervorbringen können. Gnug aber, daß dieß Nebenideen, untergeordnete Begriffe, wandelbare Vorstellungen waren; bei solchen befand sich der Dichter recht wohl und der Künstler auch noch so unbequem nicht.«[8] Herder hätte Klotz durchaus recht geben können, wenn zuträfe, daß der poetische Gebrauch der Mythologie notwendig zur Allegorisierung führte. Dann wäre in der Tat wenig für die Dichtung gewonnen. Die poetischen Potenzen mythologischer Erzählungen würden auf den Gehalt illustrierender Allegorese reduziert. Viel für die Dichtung aber ist gewonnen, wenn das Verhältnis von »poetischer Bestandheit« und »poetischen Nebenideen« recht erkannt wird. Die Nebenideen verlangen intellektuelle Anstrengung, die Bestandheit als ikonische Konstanz mythologischer Bilder versorgt das Bedürfnis nach Anschauung. So kann Herder seinen Gedanken der poetischen Heuristik formulieren: »Kurz! als Poetische Heuristik wollen wir die Mythologie der Alten studiren, um selbst Erfinder zu werden. Eine Götter- und Heldengeschichte in diesem Gesichtspunkt durchgearbeitet, – einige der vornehmsten alten Schriftsteller auf diese Weise zergliedert, – das muß Poetische Genies bilden, oder nichts in der Welt.«[9] Die alte Mythologie als poetische Heuristik: das war auch die Aufforderung, das Prinzip der alten Mythologie – Deutung der Welt durch Bilder und Geschichten – für die neue Poesie zu übernehmen. Herders eigener Versuch in den *Paramythien* kann nicht als gelungen gelten. Allzu instrumental wird der Gedanke der poetischen Heuristik umgesetzt. In der Vorrede zur ersten Sammlung der *Zerstreuten Blätter* findet sich eine Definition der Paramythien, die auf die Aristotelische Identifikation von Mythos und Fabel zurückgreift. Paramythien heißen die Geschichten, »weil sie auf die alte griechische Fabel, die Mythos heißt, gebauet sind und in den Gang dieser nur einen neuen Sinn legen.«[10] Das eben ist zu wenig. Der neue Sinn allein reicht nicht aus, um die alten Göttergeschichten wieder poetisch wirksam zu machen. Sie werden zu modernen Exempeln im alten Gewand. Herder weist auf Lessings Umgang mit der Aesopischen Fabel hin und möchte seine Paramythien gern mit Lessings Fabeln verglichen wissen. Der Vergleich konnte ihm nur schaden. Denn so wie in den *Paramythien* sind neues mythisches Weltverständnis und alte mythologische Geschichten nicht zu vereinbaren.

Dabei hatte Herder die neue mythische Erfahrung. Im *Journal meiner Reise im Jahr 1769* ist eingetragen, was zu einem umfassenden mythopoetischen Bewußtsein führt, daß sich nicht mehr nur auf die Mythologie der Alten bezieht. Herder erfährt auf der Seereise die Gegenwärtigkeit des Mythos. Galt das Argument der poetischen Heuristik noch der vergangenen Mythologie, so tritt nun das Argument allzeitiger mythischer Gegenwart in den Vordergrund. Das heißt nicht, daß Herder den Gedanken der poetischen Heuristik zugunsten der Gegenwärtigkeit des Mythos aufgegeben hätte. Nur kommt die Erkenntnis hinzu, daß die alten mythologischen Geschichten nicht nur von historischem Interesse sind. Im Gegenteil, sie berichten von dem, was immer war und jederzeit möglich ist. Die Abenteuer der Mythologie: »habe ich dasselbe nicht selbst erfahren?« Eine »feierliche Sache« ist der Vogelflug nicht mehr nur in den alten Geschichten, er ist es jederzeit »im großen Expansum der Luft und auf der wüsten See.«[11] Das tremendum des Lebens gehört keineswegs nur mythischer Vorzeit an. Es ist erfahrbar zu jeder Zeit und an jedem Ort. Die kindlichen Träume der Mythologie sind Menschheitsträume nicht nur in der Vergangenheit. Und die aus dem mythischen Erlebnis erwachsene Fabulierkunst ist eine Konstante poetischer Mitteilung. Das Wort vom Anfang der Menschengeschichte bekommt im *Journal* einen Sinn, der mehr als den Beginn eines historischen Prozesses meint. Anfänglich ist jedes Bewußtsein, das der Gegenwärtigkeit des Mythos inne wird. Das Argument der Identität von Phylogenese und Ontogenese wird gewissermaßen umgekehrt: Was in der Menschheitsgeschichte als anfänglich mythisches Bewußtsein ausgemacht werden kann, ist jedem Menschen jederzeit erfahrbar. Nun heißt es nicht mehr: wie der einzelne Mensch ein Kindheitsstadium durchlebt, so die ganze Menschheit, nun heißt es: was als Kindheitsstadium der Menschheit erkannt wurde, kann jederzeit mythische Gegenwart sein.

Beides: die Erfahrung der Seereise und der Gedanke der poetischen Heuristik der alten Mythologie wird Herders weiteres poetisches Bewußtsein bestimmen. Als Ergebnis finden wir auf der einen Seite die mythopoetische Exegese der beiden Schöpfungsberichte in der *Ältesten Urkunde,* auf der anderen Seite den Versuch einer modernen Version der alten Mythologie in den *Paramythien.* Die *Älteste Urkunde* stieß bei den meisten Zeitgenossen auf Unverständnis. Selbst Wieland, einer der wenigen Bewunderer, der weiß, wie Herders Schrift gelesen werden will – empfindend und meditierend –, spricht von dem »heiligen ägyptischen Dunkel« in diesem »Prophetenwerk«.[12] Erst Friedrich Schlegel wird ihr in seinen Wiener Vorlesungen zur Geschichte der alten und neuen Literatur Gerechtigkeit widerfahren lassen, wenn er Herder im Blick auf die *Älteste Urkunde* den »Mythologen unserer Literatur« nennt. Diese Bezeichnung erhält Herder nicht wegen seiner Auseinandersetzung mit Klotz um den Gebrauch der alten Mythologie in neueren Gedichten, sondern wegen seines in der *Urkunde* dokumentierten Sinns für Poesie, »dieser Gabe, die alte Sage zu empfinden, sich in alle Gestalten und Hervorbringungen der Phantasie mitempfindend zu versetzen, die selbst einen hohen Grad von Fantasie voraussetzt.«[13] Was Schlegel an Herders *Urkunde* erkennt, mutet an wie die Beschreibung des neuen mythologischen Bewußtseins der Romantik. In der Tat ist Herder mit der mythopoetischen Sicht der *Ältesten Urkunde* näher bei der neuen Mythologie der Romantik als es der biblische Stoff vermuten läßt. Denn die Auslegung der beiden Schöpfungsberichte läßt bis ins Detail erkennen, daß es Herder nicht um eine historisch-kritische Exegese ging, sondern um die symbolische Deutung einer als Dichtung aufgefaßten Urkunde. Der Stoff mit seinen mythisch-archaischen Bildern und seiner Zahlensymbolik kam ihm gelegen. Entscheidend aber ist, daß Herder einer historischen Exegese seine mythisch-symbolische Deutung entgegenstellt. Die biblische Urkunde ist willkommener Anlaß für die Dokumentation eines mytho-poetischen Bewußtseins. Der biblische Bericht über die Erschaffung der Welt und des Menschen wird auf seinen symbolischen Gehalt hin befragt. Und hier ist er sehr ergiebig. So ergiebig wie die antike Mythologie.

Herder ist in seiner Terminologie durchaus großzügig. »Mytho-poetisch«, »symbolisch«, »mythisch«: das ist beinahe auswechselbar und tendiert zum Begriff der Hieroglyphe, wie ihn Herder von Hamann kannte. Noch Friedrich Schlegel ist vergleichbar lässig im Umgang mit den Begriffen. »Mythologie« und »Poesie« sind im *Gespräch über die Poesie* unzertrennlich. In der zweiten Ausgabe des *Gesprächs über die Poesie* ersetzt er, durch Creuzers *Symbolik* veranlaßt, das Wort »Allegorie« durch das Wort »Symbolik«. Gemeint ist auch in der ersten Ausgabe, wenn Schlegel von Allegorie spricht, die hermeneutische Allegorie, die unserem Verständnis von Symbolik entspricht. In den *Philosophischen Lehrjahren* erstellt er ein begriffliches Chaos, in dem die Worte »mythisch«, »symbolisch«, »poetisch« und ähnliche austauschbar werden.

Das Prinzip der symbolischen Deutung hatte Herder von seinem Freund Christian Gottlob Heyne übernommen. Dessen Mytheninterpretation[14] hatte einem ausschließlich historischen Interesse an der

Mythenbildung entschieden widersprochen. Nun war nicht mehr die Frage: wie *konnten* Mythen und mythologische Geschichten entstehen, nun war die Frage: wie *können* Mythen und mythologische Geschichten immer wieder entstehen. Die symbolische Mythendeutung Heynes hatte gegenüber den aitiologischen und euhemeristischen Reduktionen des 18. Jahrhunderts den für romantisches Denken unbestreitbaren Vorzug, das Mythische als Konstante menschlicher Erfahrungen auszumachen. Damit war die Frage nach der historischen Mythenbildung, die die literarische Aufklärung beherrscht hatte, sekundär geworden. Man erkannte den Mythos als eine beständige Komponente poetischer Weltdeutung. Und der Schachzug der Aufklärung, der mit der historischen Reduktion mythologischer Geschichten die Gegenwärtigkeit des Mythos matt setzen wollte, war zurückgenommen. Heynes symbolische Mythendeutung behauptete die Gegenwart des mythischen Bewußtseins für jede Zeit. Es verwundert nicht zu erfahren, daß der junge Schelling nachdrücklich von Heyne und dessen Mytheninterpretation beeinflußt worden ist. Daß Heyne nur indirekt gewirkt hat, mag daran liegen, daß auch die symbolische Erklärung als eine unter anderen, etwa historischen, allegorischen oder aitiologischen Erklärungen für die Mythenbildung angesehen wurde.

So blieb denn dem, der das Mythische mit dem Poetischen identifizierte, zunächst nur die Klage über den Verlust der alten Mythologie. Schillers Gedicht *Die Götter Griechenlandes* ist dafür beredtes Zeugnis. Es ist vor allem eine Klage um den Verlust ästhetischer Weltanschauung. Bezeichnend, daß Hegel dieses Gedicht für die Signatur der Auflösung klassischer Kunstform reklamiert. Schillers Trauer sei »vornehmlich im Gegensatz gegen das Christentum ausgesprochen, von dem man zwar zugeben wollte, daß es die höhere Wahrheit enthielte, doch mit der Einschränkung, daß in Rücksicht auf den Standpunkt der Kunst jener Untergang des klassischen Altertums nur zu bedauern sei.«[15] Vom Standpunkt der Kunst aus gesehen, so auch Hegel, ist der Verlust der Mythologie durch Christentum und Aufklärung nur zu bedauern. Bei Hegel ist das allerdings eine Einschränkung. Denn den Standpunkt der Kunst gilt es zu überwinden. Diesen Standpunkt der Kunst im Verhältnis zur Mythologie hat Schiller in der ersten Fassung mit den berühmten Zeilen angesprochen:

> »Da die Götter menschlicher noch waren,
> Waren Menschen göttlicher.«

Schiller weiß, daß sich in den mythologischen Figuren menschliches Selbstverständnis poetisch ausspricht. Kein Wunder, daß Hegel gerade diese Zeilen »durchweg falsch« nennt und lieber die gemilderte Fassung zitiert:

»Aus der Zeitflut weggerissen, schweben
Sie gerettet auf des Pindus Höhn;
Was unsterblich im Gesang soll leben,
Muß im Leben untergehn.«

Damit hat Hegel seinen vermeintlichen Gegensatz von Leben und Kunst bei Schiller gefunden und kann beruhigt das Herodot-Wort von der mythenschaffenden Tätigkeit der Dichter zitieren. Denn er weiß sich auch durch Schiller bestätigt: die griechischen Götter haben »ihren Sitz nur in der Vorstellung und Phantasie« der Dichter, weder im Leben haben sie ihren Platz, noch können sie dem endlichen Geist Befriedigung geben.[16] Dem hätte auch Schiller zustimmen können, wenn dieses »nur« nicht wäre. Denn Schillers Elegie versteht die Geschichten der Mythologie gerade nicht als zwar historisch notwendige, aber auch historisch zu überwindende Phantasiegebilde von Schwärmern und Dichtern, sondern als Ausdruck eines konstanten, wenn auch in den Modifikationen veränderbaren poetischen Bewußtseins. Eine »entgötterte Natur« ist für die Elegie der *Götter Griechenlandes* einer Welt ohne Poesie gleichzusetzen.

Das Herodot-Wort von der mythenschaffenden Phantasie der Dichter wird das kontroverse Stichwort für die Einschätzung der Mythologie in der Romantik werden. Nach Herodot haben Homer und Hesiod den Griechen die Götter geschaffen. Schelling setzt sich gleich zu Beginn der *Einleitung in die Philosophie der Mythologie* ausführlich mit dem Wort Herodots auseinander.[17] Er versucht, den Akzent von der *Erfindung* der Dichter auf den Begriff der Theogonie zu verlagern. Denn nicht die Erfindung der Götter kann Sache der Dichter gewesen sein, sondern »jedem Gott sein natürliches und geschichtliches Verhältniß« zu geben. So sind die Dichter nicht Schöpfer der mythologischen Figuren, sie sprechen nur aus, was in diesen Figuren an symbolischem Weltverständnis sich ausweist. Hegel übernimmt gern das Wort von der Erfindung der Götter durch die Phantasie der Dichter. Der Einwand, daß auch vor Homer und Hesiod die Vorstellung von Göttern existiert habe, läßt sich leicht ausräumen, da »dichterisches Machen« nur auf ein »wesentliches Umgestalten« hindeute, »ein Empfangen von anderen« nicht ausschließe.[18] Aus der Tradition entnehmen die Dichter den Gehalt des Mythos, zu Schöpfern der Mythologie werden sie durch die fabulöse Umgestaltung dieses tradierten Gehaltes. Die Göttergestalten der Mythologie werden für Hegel zu Projektionen menschlicher Erfahrung. Das wäre durchaus im Sinne romantischer Mytheninterpretation, wenn nicht mythisches Bewußtsein bei Hegel als Ausdruck einer zu überwindenden Entwicklungsstufe des menschlichen Geistes zu verstehen wäre.

Hegel subordiniert einem historischen Prozeß, was der Romantik als absolute Erfahrung erschien: eine neue Mythologie als Ausdruck eines neuen poetischen Bewußtseins, als Ausdruck einer symbolischen Weltdeutung. Herder hatte mit dem Gedanken der poetischen Heuristik und seiner mythopoetischen Deutung der Schöpfungsberichte die Grundlage geschaffen. Beides findet ihren Niederschlag in der Konzeption der neuen Mythologie der Romantik.

Von ihr ist zuerst im *Ältesten Systemprogramm* und in Friedrich Schlegels *Gespräch über die Poesie* die Rede.[19] »Es fehlt«, so stellt Schlegel fest, »unsrer Poesie an einem Mittelpunkt, wie es die Mythologie für die der Alten war, und alles Wesentliche, worin die moderne Dichtkunst der antiken nachsteht, läßt sich in die Worte zusammenfassen: Wir haben keine Mythologie.« Da ist die Forderung nach der neuen Mythologie nicht weit. Sie orientiert sich an dem »Wesentlichen« der alten. Dieses Wesentliche umschreibt Schlegel mit jenem Begriff, der für die *Philosophischen Lehrjahre* bestimmend sein wird: mit dem Begriff des Chaos. »Aber die höchste Schönheit, ja die höchste Ordnung ist denn doch nur die des Chaos, nämlich eines solchen, welches nur auf die Berührung der Liebe wartet, um sich zu einer harmonischen Welt zu entfalten, eines solchen wie es auch die alte Mythologie und Poesie war.« So wird die antike Dichtung als ein großes Gedicht verstanden, in dem alles ineinander greift und alles aus dem »Urquell der Poesie«, der Mythologie, schöpft. Das unendliche Gedicht, das die Romantik schreiben soll, wird durchaus dem unteilbaren, vollendeten Gedicht der Antike vergleichbar sein. »Warum sollte nicht wieder von neuem werden, was schon gewesen ist? Auf eine andere Weise versteht sich. Und warum nicht auf eine schönere, größere? –« Schlegel weiß seit dem *Studium*-Aufsatz, daß die alten Zeiten der Poesie nicht übertragbar und wiederholbar sind. Aber das schönere und größere Gedicht der Neuzeit hat doch die gleiche Voraussetzung wie das alte: »Mythologie und Poesie, beide sind eins und unzertrennlich.«

Erst diese Voraussetzung läßt den Gedanken der neuen Mythologie für die poetische Erneuerung des Zeitalters aufkommen. Sie begründet ihn zugleich. Und sie läßt den Unterschied zwischen der alten und der neuen Mythologie überwindbar werden.

Dieser Unterschied ist leicht festzustellen: die alte Mythologie konnte sich an das »Lebendigste der sinnlichen Welt« anschließen. Die neue Mythologie hat diese Unmittelbarkeit verloren. Sie muß sich des Bewußtseins versichern. Auch für Schlegel ist der Schillersche Begriff des sentimentalischen Zeitalters namhaft zu machen. Nicht mehr »die erste Blüte der jugendlichen Fantasie« kann die neue Mythologie hervorbringen, die »neue Mythologie muß im Gegenteil aus der tiefsten Tiefe des Geistes herausgebildet werden; es muß das künstlichste aller Kunstwerke sein«. Der Friedrich Schlegel und Novalis gemeinsame Gedanke der symbolischen Konstruktion der poetischen Welt wird schon im *Gespräch über die Poesie* benannt. Den Neueren ist nicht mehr der natürliche Weg zur Poesie zugänglich, sie haben den Weg über das Bewußtsein zu gehen. Aber die neue Philosophie für die neue Mythologie ist schon gefunden: es ist der Idealismus. Und der »idealische Grund und Boden«, auf dem sich die neue Poesie erheben wird, ist schon bereitet: in dem System des Spinoza. »Spinosa, scheint mirs, hat ein gleiches Schicksal, wie der gute alte Saturn der Fabel. Die neuen Götter haben den Herrlichen vom hohen Thron der Wissenschaft herabgestürzt. In das heilige Dunkel der Fantasie ist er zurückgewichen, da lebt und haust er nun mit den andern Titanen in ehrwürdiger Verbannung.« Ihn aus der Verbannung zu befreien, hatte das Zeitalter seit Jacobis Briefen *Über die Lehre des Spinoza* kontroverse Anstrengungen gemacht. In der romantischen Philosophie wird der »Herrliche« seinen Thron im Dunkel der Phantasie besteigen können. Spinozas ἓν καὶ πᾶν kam Friedrich Schlegel gerade recht. Es entsprach so ganz der Vorstellung von dem unendlichen Gedicht der Romantik. Und es entsprach der Vorstellung einer Mythologie, in der alles »Beziehung und Verwandlung, angebildet und umgebildet« ist. In diesem »Anbilden und Umbilden« erkennt Schlegel das eigentümliche Verfahren der Mythologie, »ihr inneres Leben, ihre Methode«. Da ist die Verwandtschaft zum großen Witz der romantischen Poesie bald erkannt. Was als poetische Konstruktion romantischen Bewußtseins beschrieben wird, ist übertragbar auf die Mythologie: »diese reizende Symmetrie von Widersprüchen, dieser wunderbare ewige Wechsel von Enthusiasmus und Ironie, der selbst in den kleinsten Gliedern des

Ganzen lebt«. Und so fällt denn in diesem Zusammenhang von romantischem Witz, alter und neuer Mythologie und idealistischer Philosophie das Hamann-Herdersche Stichwort: »was ist jede schöne Mythologie anders als ein hieroglyphischer Ausdruck der umgebenden Natur in dieser Verklärung von Fantasie und Liebe?«

Mit dem Begriff der neuen Mythologie wiederholt Schlegel, was die alte an poetischem Verfahren bereithielt. Zugleich stellt er mit ihm die Identität des romantischen mit dem mythologischen Bewußtsein her. Die differentia spezifica zwischen alter und neuer Mythologie ist nurmehr historisch auszumachen. Der neue Gedanke geht die alten Wege. Vor allem den, den Poesie und Mythos schon früher gemeinsam gegangen waren.

In diesem Punkt ist das *Älteste Systemprogramm* durchaus vergleichbar mit Schlegels *Gespräch über die Poesie.* Auch hier das Bewußtsein, daß die mythologische eine poetische, in der Diktion des *Systemprogramms:* eine ästhetische Erfahrung ist. Bezeichnend, daß die Begriffe »ästhetisch« und »mythologisch« in diesem Fragment synonym verwendet werden. Im *Systemprogramm* wird der Poesie wieder die Aufgabe zugesprochen, die ihr am Anfang der Menschheitsgeschichte als Mythologie zukam: »Lehrerin der Menschheit« zu sein. Auch Schlegel hatte im *Studium*-Aufsatz diesen Gedanken wiederholt: »Der Quell aller Bildung und auch aller Lehre und Wissenschaft der Griechen war der *Mythus.* Poesie war die älteste, und vor dem Ursprunge der Beredsamkeit, die einzige Lehrerin des Volks.«[20] Das *Älteste Systemprogramm* versteht sich als eine Ethik im Sinne eines vollständigen Systems von Ideen. Es beginnt mit der Idee vom Ich als absolut freiem und setzendem Wesen, geht über die Ideen von Natur und Menschheit zu den Ideen der moralischen Welt, um in der Schönheit als der alle anderen vereinigenden Idee zu gipfeln. Soll die Poesie wieder zur Lehrerin der Menschheit werden, wird es ihre Aufgabe sein, das System der Ideen in Bildern zu präsentieren. So formuliert sich der Gedanke einer neuen Mythologie: diese Mythologie »muß im Dienste der Ideen stehen, sie muß eine Mythologie der *Vernunft* werden.«

Die Vernunft als System der Ideen: das ist ein dem deutschen Idealismus seit Kant selbstverständlicher Gedanke. Weniger selbstverständlich ist die Vorstellung, daß eine neue Mythologie die Fähigkeit haben werde, Ideen als Prinzipien der Vernunft anschaulich zu machen. Daß dies als erforderlich angesehen wird, entspricht romantischem Interesse, das zwischen Denken und Anschauen keinen Widerspruch gelten lassen will. So ist denn die eigentliche Forderung des *Systemprogramms:* »Ideen ästhetisch, d. h. mythologisch« zu machen, die Philosophie zu Mythologie werden zu lassen. Diese Vorstellung einer neuen Mythologie wird im *Systemprogramm* als noch nie gedacht gekennzeichnet, als Vorstellung, die »noch in keines Menschen Sinn gekommen ist«. Das sind große Worte, die vielleicht nur vor dem Hintergrund der Kantischen Auffassung von der Idee verständlich werden. Kant hatte all jene Ideen der Vernunft, von denen im Systemprogramm die Rede ist, als regulative Prinzipien verstanden, als Ideen, die um der Erkenntnis willen denkmöglich, ja denknotwendig, aber nicht objektivierbar sind. Das Utopia der Vernunft mit seinem System der Ideen soll nun, wenn auch fiktive, so doch vorstellbare Anschauung bekommen: die neue Mythologie als Anschauung dessen, was nur regulativ zu verstehen ist.

Das ist sicherlich eine Vorstellung, »die noch in keines Menschen Sinn gekommen ist.« Dennoch ist sie nicht weit entfernt von dem, was Schiller an der alten Mythologie erkannte und als Verlust im aufgeklärten Zeitalter schmerzlich beklagte. Als die Poesie noch nicht »mit dem Witze gebuhlt« hatte, zerlegte zwar die Vernunft »die menschliche Natur und warf sie in ihrem herrlichen Götterkreis vergrößert auseinander, aber nicht dadurch, daß sie sie in Stücken riß, sondern dadurch, daß sie sie verschiedentlich mischte, denn die ganze Menschheit fehlte in keinem einzelnen Gott.«[21]

Den gleichen Gedanken formuliert Friedrich Schlegel im *Studium*-Aufsatz. »Der *Griechische Mythos* ist – wie der treuste Abdruck im hellsten Spiegel – die bestimmteste und zarteste Bildersprache für alle ewigen Wünsche des menschlichen Gemüts mit allen seinen so wunderbaren als notwendigen Widersprüchen; eine kleine vollendete Welt der schönsten Ahndungen der kindlich dichtenden Vernunft.«[22] Menschliches, nicht göttliches Bewußtsein verschafft sich in den mythologischen Figuren Ausdruck. Auch die alte Mythologie war bildliche Darstellung von Menschheitsideen. In den Göttern der Mythologie erkannte der antike Mensch sich selbst, aber nicht abstrakt, sondern in anschaulicher Bildlichkeit. Die Mythologie war Ausdruck einer poetischen Weltdeutung, indem sie in Bilder umsetzte und dadurch leicht zugänglich machte, was die Philosophie mit dem Begriff nur unzureichend fassen konnte, da es sich begrifflicher Argumentation entzog. Im 18. Jahrhundert ist die Mythologie gelegentlich als Armenbibel diffamiert worden, als bildliche Darstellung für diejenigen, die des Begriffs noch nicht mächtig waren. Das *Systemprogramm* scheut sich nicht, auch diese Vorstellung aufzugreifen. »Ehe wir die Ideen ästhetisch, d. h. mythologisch machen, haben sie für das *Volk* kein Interesse«. Aber es weiß den Satz auch umzukehren: »ehe die Mythologie vernünftig ist, muß sich der Philosoph ihrer schämen.« Das Verfahren der neuen Mythologie ist das gleiche wie das der alten. Der Anspruch scheint ungleich höher. Ein System regulativer Ideen ästhetisch zu machen, fordert die Poetisierung der Vernunft. Es ist auch hier zu fragen, ob das so weit über den Anspruch der alten Mythologie hinausgeht. War man sich doch auch in der Romantik des platonischen Verfahrens bewußt, einen unbefriedigend endenden Dialog durch einen Mythos abzuschließen. Wo die Rede des Logos an ihr Ende kommt, weiß die mythische Rede Antworten jenseits des Logos, Märchenantworten, die vielleicht einsichtiger sind als die des Logos. Die alte Mythologie galt als Paradigma ästhetischer Anschauung. Die neue wird es nicht weniger sein, nur daß sie als Mythologie der Vernunft den alten Streit zwischen Philosophie und Poesie um die rechtmäßige Statthalterschaft der Wahrheit auf Erden aufgehoben hat. Nicht mehr um den Gegensatz von Philosophie und Poesie geht es, sondern um dessen Aufhebung als Mythologie.

Der philosophische Terminus für diese Aufhebung lautet »intellektuelle Anschauung«. Der Begriff selbst könnte als Paradoxie aufgefaßt werden. Wird doch in ihm verbunden, was sich widerstreitet: Intellekt und Anschauung. Aber Schelling, wenn er den Begriff von Fichte übernimmt und für das ästhetische Bewußtsein reklamiert, geht es gerade um die Aufhebung solcher Gegensätze. Und es geht ihm um die Überwindung einer Philosophie der Begrifflichkeit mit Hilfe der Kunst. Intellektuelle Anschauung: im *Ältesten Systemprogramm* war das die Forderung der Mythologisierung regulativer Ideen. Was hier am Beispiel der Mythologie gefordert wurde, versucht Schelling in einen umfassenden ästhetischen Zusammenhang zu stellen. Mit Hilfe der Mythologie sollte der Gegensatz von Begriff und Anschauung überwunden werden. Schelling erweitert das zur Forderung nach Überwindung aller kontradiktorischer Gegensätze. Als solche erscheinen Subjekt und Objekt, Endliches und Unendliches, Individuum und Gattung, Relatives und Absolutes. Die Kontradiktion soll zur Korrelation werden.

Die mythologische Weltdeutung erscheint als Paradigma eines umfassenden ästhetischen Bewußtseins. So kann sie zum Stoff der Kunst werden. Es kommt in der Kunst auf den »ewigen Begriff« des Menschen an und darauf, auf welche Weise dieser »Begriff« zur Anschauung gebracht werden kann. Soll das Moment der Anschauung nicht eliminiert werden, muß die Kunst auf individuelle Gestaltung abzielen. Sie darf aber den Gegensatz von Individuum und Gattung nicht als Gegensatz setzen. Soll die Identität von Endlichem und Unendlichem dargestellt werden, muß das einzelne Kunstwerk als individueller Komplex zugleich das Zufällige endlicher Erscheinung abgelegt haben. »Wie die Kunst an sich ewig und nothwendig ist, so ist auch in ihrer Zeiterscheinung keine Zufälligkeit, sondern absolute Nothwendigkeit. Sie ist auch in dieser Beziehung noch der Gegenstand eines möglichen Wissens, und die Elemente dieser Construktion sind durch die Gegensätze gegeben, welche die Kunst in ihrer Zeiterscheinung zeigt. Die Gegensätze aber, die in Ansehung der Kunst durch die Zeitabhängigkeit gesetzt sind, sind, wie die Zeit selbst, nothwendig unwesentliche und bloß formelle Gegensätze, ganz verschieden von den *realen* im Wesen oder der Idee der Kunst selbst gegründeten.«[23] In intellektueller Anschauung wird sich der Mensch seines ewigen Wesens bewußt. Was hier noch dem Selbstbewußtsein überantwortet ist, wird in der Kunst objektiviert: die Aufhebung von Gegensätzen. Die Frage nach dem adaequaten Stoff der Kunst stellt sich von selbst. Schelling erkennt ihn in der Mythologie als wahrhaft symbolischem Stoff, deren Götterfiguren »*als* Individuen zugleich Gattungen sind.«[24] Damit ist er zur symbolischen Auffassung der Mythologie zurückgekehrt. Von ihr war er ausgegangen, um der Kunst zurückzugewinnen, was philosophische Begrifflichkeit ihr streitig machen wollte.

Gehen wir die Stationen noch einmal durch. Noch die Überantwortung des Mythos an die Fabel zeugt von dem Bewußtsein poetischer und mythischer Korrelation. Die Frage nach der Mythenbildung ließ die symbolische Deutung der Mythologie zu. Herders Idee der poetischen Heuristik der alten Mythologie wird zur Idee einer hermeneutischen Heuristik des Mythos für die Kunst. Der Verlust der alten Mythologie wird als Verlust ästhetischen Bewußtseins beklagt. Die neue Mythologie des *Systemprogramms* und des *Gesprächs über die Poesie* versucht, diesen Verlust mit dem mythologischen Verfahren selbst rückgängig zu machen. Indem Schelling die Mythologie als Stoff der Kunst bestimmt, gibt er dem Mythos zurück, was er immer war: Ursprung und Seele der Dichtung.[25]

1 Versuch einer Critischen Dichtkunst, IV. Hauptstück.

2 Vgl. Platon, Protagoras, 320c.

3 Herodot 2, 53.

4 Christian Adolph Klotz, Epistolae Homericae, Altenburg 1764; Gottfried Hermann, Über das Wesen und die Behandlung der Mythologie. Ein Brief an Herrn Hofrath Creuzer, Leipzig 1819; vgl. Christian Tobias Damm, Einleitung in die Götter-Lehre und Fabelgeschichte der ältesten Griechischen und Römischen Welt, Berlin 1765; Albrecht Heinrich Baumgärtner, Geschichte der vier ältesten Gottheiten des Orients, Erlangen 1786; Paul Friedrich Nitsch, Neues Mythologisches Wörterbuch, Leipzig 1793.

5 Gottfried Hermann, Über das Wesen und die Behandlung der Mythologie, S. 9.

6 Herders Sämtliche Werke. Hg. v. B. Suphan. Bd. 4, Berlin 1878, S. 408 (Journal meiner Reise).

7 Ebd., Bd. 1, Berlin 1877, S. 427 (Fragmente).

8 Ebd., Bd. 3, Berlin 1878, S. 59 (Kritische Wälder).

9 Ebd. Bd. 1, S. 444 (Fragmente).

10 Ebd., Bd. 15, Berlin 1888, S. 196.

11 Ebd., Bd. 4, S. 356f.

12 Friedrich Heinrich Jacobi's auserlesener Briefwechsel, Bd. 1, Leipzig 1825, S. 300.

13 Friedrich Schlegel, Kritische Ausgabe seiner Werke. Hg. von Ernst Behler, Jean-Jacques Anstett und Hans Eichner (im Folgenden zitiert: KA). Bd. 6: Geschichte der Alten und Neuen Literatur, Paderborn 1961, S. 384f. Schlegel hat das positive Urteil in der zweiten Auflage der Wiener Vorlesungen zurückgenommen und Herder vor allem im Blick auf die Paramythien den eigentlichen Sinn für die alte Symbolik abgesprochen.

14 Christian Gottlob Heyne, Programma ... de causis fabularum seu mythorum physicis, Göttingen 1764.

15 Hegel, Ästhetik. Hg. v. F. Bassenge. Bd. 1, Berlin 1965, S. 487.

16 Ebd., S. 489.

17 Schelling, Philosophie der Mythologie, Darmstadt 1973, S. 15ff.

18 Hegel, Ästhetik, Bd. 1, S. 429.

19 Franz Rosenzweig, Kleinere Schriften, Berlin 1937 (Systemprogramm: S. 231–234); Friedrich Hölderlin, Sämtliche Werke. Hg. von Friedrich Beißner (= Kleine Stuttgarter Ausgabe). Band 4, Stuttgart 1962, S. 309ff.; Friedrich Schlegel, KA, Bd. 2, Paderborn 1974, S. 311ff.

20 Friedrich Schlegel, KA, Bd. 1, Paderborn 1979, S. 351.

21 Schiller, Über die ästhetische Erziehung des Menschen, 6. Brief.

22 Friedrich Schlegel, KA, Bd. 1, S. 277.

23 Schelling, Philosophie der Kunst, Darmstadt 1974, S. 15f.

24 Schellings sämtliche Werke, 1. Abt., Bd. 6, Stuttgart/Augsburg 1860, S. 572 (Würzburger Vorlesungen).

25 Aristoteles, Poetik, 6. Kapitel; Gottsched, Versuch einer Critischen Dichtkunst, Leipzig [4]1751, S. 148.

Silvio Vietta

Der Phantasiebegriff der Frühromantik und seine Voraussetzungen in der Aufklärung

Die deutsche Frühromantik stellt sich in vielerlei Hinsicht als eine Aufgipfelung poetologischer Tendenzen des 18. Jahrhunderts dar. Damit soll nicht die Modernität der Romantik geleugnet werden. Vielmehr zeigt sich, daß die Wurzeln der literarischen Moderne, die die Forschung zu Recht bis in die Romantik verfolgt hat, tiefer reichen: in die Geschichte der Aufklärung.

Anhand der Entwicklung des Phantasiebegriffs in der Poetikgeschichte des 18. Jahrhunderts läßt sich dies mit Schlüssigkeit nachweisen.[1] Ich möchte, um der begrifflichen Klarheit willen, vorweg vier Aspekte des Phantasiebegriffs unterscheiden, die zur Erkenntnis der romantischen Konzeption von Einbildungskraft und ihrer Vorgeschichte zentral sind, ohne damit Ausschließlichkeitsansprüche behaupten zu wollen.

1. Der kritische Aspekt des Phantasiebegriffs;
2. der synthetisch-konstruktive Aspekt des Phantasiebegriffs;
3. der reflexive Aspekt des Phantasiebegriffs;
4. der mythologische Aspekt des Phantasiebegriffs.

Dazu ein kurzer Ausflug in die Begriffsgeschichte der »Phantasie«. Sie verknüpft sich zugleich mit der Frage: Warum hat die Erkenntnistheorie der neuzeitlichen Aufklärung – sowohl in ihrer rationalistischen wie in ihrer empiristischen Variante – die Phantasie auf eine so schroffe Weise abgeurteilt und von der ›reinen‹ Tätigkeit des Geistes gesondert? Für die antike Philosophie – so Aristoteles' *De anima* – hat die Phantasie eine wesentlich erkenntnistragende Funktion: Als Mittelglied zwischen der Wahrnehmung (αἴσθησις) und dem Denken (νόησις) liefert die Phantasie dem Denken unabhängig von der realen Gegenwart der Dinge deren Erinnerungsbilder und somit das Material für die Begriffsarbeit der Noesis. Sie ist somit unabhängiger von der Realpräsenz der Dinge als die Aisthesis – das Moment der Freiheit, aber auch der Scheincharakter der Phantasie, zeichnen sich hier ab –, ohne selbst über die Kraft zur begrifflichen Synthese zu verfügen.[2] Es ist denn auch in allen Poetiken bis weit ins 18. Jahrhundert hinein üblich, die Tätigkeit der Phantasie, wo sie überhaupt erwähnt wird, dem Judicium des Verstandes bzw. der Vernunft zu unterstellen.[3] Ich erwähne noch, daß auch die Rhetorik – so Quintilian – der Phantasie die positive, nämlich wirkästhetische Funktion zubilligt, durch Verlebendigung und Ausmalung des Dargestellten zur Überredung des Adressaten beizutragen.[4] Phantasie wird in der Antike primär in erkenntnistheoretischen, rhetorischen, nicht in genuin poetologischen Kontexten thematisiert. Dementsprechend nebensächlich wird sie auch in den Poetiken behandelt, die auf den antiken Texten basieren.[5]

Die Erkenntnistheorie der Frühaufklärung nun kommt zu einer scharfen Aburteilung der vis imaginandi. Und dies, weil der Erkenntnisbegriff der Frühaufklärung von der Phantasie in besonderer Weise bedroht ist. Kerngedanke dieser Erkenntnistheorie der Frühaufklärung ist ja doch, daß im eminenten Sinne wahr und wirklich nur genannt werden kann, was als widerspruchsfreies Konstrukt des Denkens erscheint. Die Kategorie der Wirklichkeit wird zumal im Frührationalismus tendenziell zu einem Konstrukt des reinen Denkens.[6] Dabei läßt sich die Entwicklung der Erkenntnistheorie von Descartes über Leibniz, Kant, Fichte bis Hegel beschreiben als eine Form der Reflexionsphilosophie, die zunehmend die konstruktiv-synthetische Funktion des reinen Denkens herausarbeitet. Die neuzeitlich aufklärerische Vernunft, bei Descartes noch als »*res* cogitans« bezeichnet, begreift sich zunehmend als allein wirklichkeitssetzendes, in diesem Sinne produktives Vermögen. Der Begriff der Wahrheit im Sinne der Annäherung des Denkens an die Sache wird in diesem Entwicklungsgang einer präskriptiv-transzendentalen Bewußtseinsphilosophie in dem Maße ersetzt durch die immanente Schlüssigkeit der Denkoperationen der Vernunft, wie die Kategorie des Objekts zu einem Produkt der setzenden Tätigkeit der Vernunft wird. Diese Entwicklung der Philosophie und Erkenntnistheorie nun wirkt nachhaltig auf die Poetikgeschichte im 18. Jahrhundert ein und führt zu einem neuen, selbst produktiv-synthetischen Phantasiebegriff. Noch Aristoteles bringt Phantasie über die Wortbedeutung von φαίνεσθαι in den Zusammenhang mit der Wahrnehmung erscheinender Objekte.[7] Diese Selbständigkeit von Erscheinungen aber wird von der modernen Bewußtseinsphilosophie der Aufklärung und dem aus ihr entwickelten Phantasiebegriff getilgt.

Irritierbar aber ist dieser Erkenntnisbegriff der Aufklärung gerade deshalb, weil die autark gesetzte Vernunft sich nicht mehr ohne weiteres auf das Zeugnis der Sinne, auf die Objektwahrnehmung berufen kann. Deshalb muß das reine Denken von der bloßen Vorstellung der Objekte durch die Phantasie streng getrennt werden. So mangelt es schon bei Descartes, bei Malebranche, aber auch bei Locke und in der ganzen Folgegeschichte der Erkenntnistheorie der Aufklärung nicht an scharfen Abgrenzungen des Denkens von der vis imaginandi bis hin zu deren expliziter Ächtung bei Malebranche.[8]

Somit hat die Erkenntnistheorie der Aufklärung in bezug auf den Phantasiebegriff eine *ambivalente* Funktion: Einerseits muß die Tätigkeit des reinen Denkens von der Phantasie scharf getrennt werden – daraus resultiert der *kritische* Phantasiebegriff der Aufklärung. Andererseits liefert der produktiv-synthetische Vernunftbegriff das Modell für einen *produktiv-synthetischen* Phantasiebegriff, d. h. aus dem Bereich der Erkenntnistheorie werden Strukturbeschreibungen in den der Poetik und Poesie übertragen und dies in einem Langzeitprozeß, der die Poetikgeschichte des ganzen 18. Jahrhunderts prägt. Der markante Anfangspunkt für diese Entwicklung ist Joseph Addisons Aufsatz *The Pleasures of the Imagination* von 1712,[9] der allerdings in Deutschland mit Verzögerung und Einschränkungen rezipiert wird. Die wichtigsten Vermittlungsinstanzen für die Rezeption des bei Addison in Anlehnung an die Aufklärungsphilosophie des Empirismus neu konzipierten Phantasiebegriffs sind die poetologischen Arbeiten der Schweizer Bodmer und Breitinger, so die Schrift *Vom Einfluß und Gebrauche der Einbildungs-Krafft,* Bodmers *Critische Abhandlung von dem Wunderbaren in der Poesie* und Breitingers *Critische Abhandlung von der Natur, den Absichten und dem Gebrauche der Gleichnisse.*[10]

Die in diesen Poetiken sich abzeichnende Aufwertung des Phantasiebegriffs muß im Zusammenhang mit der korrelativen Aufwertung der Kategorie der sinnlichen Erfahrung in der Aufklärung gesehen werden, wie sie, vorbereitet durch den englischen Empirismus und Wolffs Programm einer Versöhnung von »Vernunft und Erfahrung« zur Gründung der Ästhetik als einer eigenen Wissenschaft bei Baumgarten führt.[11] Auch an der Aufwertung des imagination-Begriffs in der französischen Poetik bei La Motte, D'Alembert, Diderot u. a. ist dieser Langzeitprozeß zu beobachten.[12]

Die typisch aufklärerische Ambivalenz des Phantasiebegriffs stellt sich auch literarisch in den einflußreichen vorromantischen Romanen von Wieland und Karl Philipp Moritz schon sehr ausgeprägt dar. In Wielands *Don Sylvio* sowohl wie in Moritz' *Anton Reiser* dominiert eine *kritische* Attitüde des Erzählers, welche die überbordende Phantasietätigkeit der Protagonisten außerordentlich kritisch sieht und kommentiert.[13] Die Erzähler wollen ihre Helden wie auch den Leser vor dem Überschwang der Einbildungskraft kurieren. Dies signalisiert schon der Untertitel des *Don Sylvio: Der Sieg der Natur über die Schwärmerey.* Der Basisbegriff für die Kritik an der Phantasie ist in der populären Rezeption der Aufklärung in Deutschland allerdings nicht die reine Tätigkeit der Vernunft, sondern ein moralphilosophisch aufgeladener, relativ ungenauer Begriff von Natur und Natürlichkeit.

Aber in diesen Romanen zeigt sich bereits das emanzipative Potential der Phantasie. Nur über die *produktive* Tätigkeit ihrer Einbildungskraft können die Protagonisten aus der Enge einer utilitaristischen Bürgerwelt entkommen, in der sie ja zunächst gefangengehalten werden. Zudem wird Wirklichkeit im Fiktionsraum der Wielandschen Romane – nicht so sehr bei Moritz – bereits beschrieben als Produkt der Einbildungskraft der Figuren. Daher können sie auch über diese manipuliert werden.[14] Schließlich ist es der fiktive Raum der Phantasie, nämlich der Roman selbst, der bei Moritz wie Wieland zum Schauplatz kritischer Auseinandersetzungen der Gefahren der Phantasie wird. Das heißt: Der Phantasieraum nimmt einen selbst *reflexiven* Charakter ein.

Kommen wir nun zur Romantik: Die Differenz zwischen *Anton Reiser* und der Gestalt des Musikers Joseph Berglinger in Wilhelm Heinrich Wackenroders *Herzensergießungen eines kunstliebenden Klosterbruders,* der ersten romantischen Künstlerbiographie, besteht nicht, wie in der Forschung zu lesen, zwischen eingebildetem und wahrem Künstlertum.[15] Auch die schwärmende Phantasietätigkeit Berglingers wird – und in den *Phantasien über die Kunst* sogar von ihm selbst – kritisch gesehen, etwa in der fiktiven Briefäußerung: »meine Phantasien zittern zerrüttet durcheinander«[16] und in der mitfühlenden Kritik des Klosterbruders: »Ach! daß eben seine *hohe Phantasie* es sein mußte, die ihn aufrieb«.[17] Es gibt eine Vielzahl von Belegen für solche Kritik an den »inneren Phantaseien«, den »schönen Einbildungen« des Joseph Berglinger. Sie sind durchaus vergleichbar der Schwärmerkritik der Aufklärung, aber auch der kritischen Darstellung des *William Lovell* und auch der Warnung Klingsohrs im *Ofterdingen* vor den »Ausschweifungen einer lebhaften Phantasie«, sein insistenter Hinweis auf die »Grenze der Darstellbarkeit« und die empiristische Basis der Poesie: »daß die Poesie ganz auf Erfahrung beruht.«[18]

Auch die Tendenz dieser romantischen Phantasiekritik ist durchaus der aufklärerischen Phantasiekritik verwandt: Sie zielt kritisch auf eine narzißtische, wirklichkeitsentfremdete Form von Subjektivität, die um so bedrohlicher und zugleich sympathetisch gestaltet werden kann, weil die Autoren der Romantik – und jetzt schließe ich E. T. A. Hoffmann ein[19] – die Bedrohung einer überspannten Einbildungskraft an sich selbst erfahren haben. Wenn also Goethe, Jean Paul und viele andere Kritiker der Romantik deren überspannten Subjektivismus, deren »Willkür der Ichsucht« anprangerten, so wird dies der Romantik selbst nicht ganz gerecht. Die Romantik enthält vielmehr selbst ein durch die Aufklärung vermitteltes subjekt- und phantasiekritisches Potential, sie knüpft geradezu an deren Subjekt- und Phantasiekritik an.

Nun wird diese kritische Exposition der Phantasie in der Romantik bereits umgriffen von einem weiteren, nämlich *reflexiven* Phantasiebegriff: Es ist ja das Medium der Phantasie, seien dies eine Erzählung wie der *William Lovell* oder Kunstreflexionen wie die *Herzensergießungen* und die *Phantasien über die Kunst*, in dem die Gefährdung der Phantasie zur Darstellung gebracht wird. Zudem artikuliert sich in einem aus der Musiktheorie übernommenen Begriff wie *Phantasien über die Kunst* eine kritische Opposition zu dem, wie es heißt »kalten« Systemdenken des Rationalismus. Übereinstimmende Meinung der Frühromantiker war es, daß nur im Medium der Kunst angemessen über Kunst gesprochen werden kann. In Friedrich Schlegels Worten: »So läßt sich auch eigentlich nicht reden von der Poesie als nur in Poesie«.[20]

Im bezug auf die Einbildungskraft und ihre ästhetische Funktion heißt dies: Das Schöne ist nur so beschreibbar, daß es »auf dem Grunde der Einbildungskraft« eine Spur zurückläßt, die »selbst wieder zum Schönen« wird. So formuliert es bereits Karl Philipp Moritz, und der Sache nach findet sich dieser Gedanke auch in Lessings *Laokoon*.[21] Mit anderen Worten: Das Ästhetische ist nur über seine *Selbsterzeugung* durch die Einbildungskraft im Ich wahrnehmbar. Das heißt: Der *reflexive* Phantasiebegriff verweist bereits auf den synthetisch-produktiven. Dieser ist bei Wackenroder noch nicht ausgebildet, wohl aber in Form seiner kritischen Exposition in Tiecks *William Lovell* und als poetologisches Programm bei Novalis.

Der bei Wackenroder und Tieck kritisch exponierten narzißtischen Selbstverhaftetheit der Phantasie lassen sich nämlich bei Novalis Reflexionen vor allem aus dem Umkreis der Jahre 1797/98 zuordnen, die eine radikale Autarkie der Einbildungskraft denken, und dies in der Übernahme und Transposition insbesondere der Fichteschen Philosophie des »absoluten Ich« und seines Begriffs von Einbildungskraft als dem einzig wirklichkeitsschaffenden Produktionsvermögens.[22] Dabei versucht Novalis aus der Fichteschen Antithetik von Ich und Nicht-Ich und, wie er offensichtlich glaubt im Sinne Fichtes, selbst dadurch herauszukommen, daß er die Kategorie des Nicht-Ich tilgt. Ein vielzitierter Satz aus dem *Allgemeinen Brouillon* lautet: »Aechter Fichtism, ohne Anstoß – ohne Nicht-Ich – in seinem Sinn.«[23] Die Kategorie der Einbildungskraft würde so, wie Novalis es vorsichtig auch im Anschluß an Kant formuliert, zu einer »Erfindungskunst ohne Data« einer »absoluten Erfindungskunst«.[24] Korrelativ zu diesem Begriff der Einbildungskraft wird die Natur zu einem »enzyklopaedischen systematischen Index oder Plan unsers Geistes«.[25]

De facto wird hier der Subjektivismus der Wissenschaftstheorie der Aufklärung – ihr Gedanke nämlich, daß allein der Geist (die Vernunft) den wahren Begriff von Wirklichkeit produktiv-konstruktivistisch setzt – in den Bereich der Poetik übertragen und noch dadurch radikalisiert, daß auch die Kategorie des Nicht-Ich zu einer Setzung der poetischen Einbildungskraft umgedacht wird. Poetik hier im Sinne der Erkenntnistheorie der Aufklärung durchaus ontologisch verstanden als alleinige Fähigkeit des Subjekts, Wirklichkeit absolut aus sich heraus – theoretisch wie praktisch – zu produzieren.

Der Gedanke der produktiven Synthesis der Einbildungskraft synthetisiert auch alle Seelenvermögen des Subjekts selbst. Novalis' Konzept einer »psychologischen Zukunftslehre« aus dem *Allgemeinen Brouillon* sah vor, die Einbildungskraft als das »würckende Prinzip« zur Grundkategorie zu machen und nach Funktionsmerkmalen zu unterscheiden. »Sie heißt Fantasie indem sie auf das Gedächtnis wirckt – und Denkkraft indem sie auf den Verstand wirckt.«[26] Hier ist denn auch die für die englische Romantik – Coleridge – typische Unterscheidung in Phantasie und Einbildungskraft, die übrigens im Gegensatz steht zur Jean Paul'schen Einteilung, durchgeführt: Phantasie als niederes, reproduktives Erinnerungsvermögen (der alte Phantasiebegriff) und Einbildungskraft als das alle Seelenvermögen umgreifende und diese speisende »würckende Prinzip«.[27]

Entscheidend aber für die Romantik ist die 4. Komponente des Phantasiebegriffs: die *mythologisch-religiöse.* Bereits Moritz hatte in seiner *Götterlehre,* und dies schon im Rückgriff auf Heyne, Herder und Herodots Wort von der Mythen schaffenden Tätigkeit der Dichter, die mythologische Dichtung als eine »Sprache der Phantasie« betrachtet.[28] Das steht in einer selbst aufklärerischen Tradition der Anthropomorphisierung des Mythos, welche die Romantik aber nun dahingehend umkehrt, daß sie eine die Subjektivität transzendierende Rückbindung der Phantasie an den Mythos sucht. Bei Wackenroder geschieht dies in Form quasi religiöser meditativer Kunstreflexionen, die um das religiöse Inspirationserlebnis zentriert sind und den mystischen Begriff des »Seelenfunkens«. Und auch für Novalis und Friedrich Schlegel ist Phantasie »das Organ des Menschen für die Gottheit«, wie Friedrich Schlegel im Anschluß auch an die Religionsphilosophie Schleiermachers formuliert.[29]

Wichtig dabei ist, daß dieser religiös aufgeladene Phantasiebegriff, in den viele Einflüsse eingehen – Moritz habe ich genannt, aber auch Plato, Plotin, Böhme, Shaftesbury, Spinoza, Hemsterhuis, Herder, Schelling sind hier zu erwähnen –, daß dieser religiös aufgeladene Phantasiebegriff in einen *Konflikt* mit dem Subjektivitätsdenken der Aufklärung gerät. Novalis versucht, wie mir scheint, in seinen späteren Fragmenten vor allem aus dem *Allgemeinen Brouillon* und auch in seinen literarischen Werken den Konflikt so zu lösen, daß er den Gedanken der absoluten Produktivität der Einbildungskraft zurücknimmt zugunsten eines universalen Vermittlungsdenkens und der Re-Konstruktion eines ursprünglich mythischen Sinnzusammenhanges durch die Einbildungskraft. Der zentrale Begriff des *Allgemeinen Brouillon* ist der der »Analogie«, die organisierende Idee die der Wechselrepräsentation zwischen Innen und Außen, Kunst und Natur, Subjekt und Objekt, Geist und Sinnlichkeit.

Die Frage aber bleibt: Wie verträgt sich die synthetisch-produktive Funktion der Einbildungskraft mit der mythischen? Es besteht kein Zweifel, daß die Idee einer neuen, in der Phantasie zu restituierenden Mythologie ein organisierendes Zentrum der frühromantischen Ideenwelt war. In welchem Maße sich in der romantischen Rekonstruktion des Mythos religionsgeschichtliche Konflikte reproduzieren – der im Grunde seit der Renaissance schwelende Konflikt zwischen christlicher und heidnischer Religiosität zumal – habe ich im Einleitungsaufsatz *Frühromantik und Aufklärung* dargelegt. Es ist evident, daß dieser mythisch-religiöse Grundkonflikt durch die Frühromantiker nicht lösbar war, und noch viel weniger der zwischen synthetisch-produktiver und mythischer Phantasie. Gerade diese innere Zerrissenheit aber ist epochengeschichtlich relevant. Wenn Friedrich Schlegel im *Gespräch über Poesie* in der »Neuen Mythologie« einen Mittelpunkt gerade auch für die Poesie seiner Zeit sucht, gleichzeitig aber in Fichtes Idealismus ein Beispiel und Quell derselben sieht,[30] dann wird hier etwas zusammengezwungen, das gerade nicht synthetisierbar ist, weil der Subjektivismus der absoluten Ich-Philosophie gleichsam die Bedingung der *Unmöglichkeit* einer mythischen Götterpräsenz ist. Und so formuliert denn auch das der Romantik nahestehende *Älteste Systemprogramm* mit seiner Forderung nach einer »neuen Mythologie [...] der Vernunft« eine von der Vernunft gerade nicht mehr auflösbare Antinomie.

Diese kritische Einsicht in die Grenzen der mythologischen Phantasie im Zeitalter eines synthetisch-produktiven Denktypus sollte bereits Hegel klar formulieren, wenn er in seiner *Ästhetik* die »Götter der Poesie« und das »rein Poetische« als beschränkte und ihrer historischen Erscheinungsform nach wesentlich vergangene Gestalten des Geistes begriff.[31] Der Sache nach aber steckt diese Kritik auch schon in der frühromantischen Kunstreflexion selbst. Ich erinnere an Friedrich Schlegels *Studium*-Aufsatz, in dem er über den antiken Mythosbegriff schreibt: »Der Quell aller Bildung und auch aller Lehre und Wissenschaft der Griechen war der Mythus. Poesie war die älteste und vor dem Ursprunge der Beredsamkeit, die einzige Lehrerin des Volks. Die mythische Denkart, daß Poesie im eigentlichen Sinne eine Gabe und Offenbarung der Götter, der Dichter ein heiliger Priester und Sprecher derselben sei, blieb für alle Zeiten griechischer Volksglaube.«[32] Auch hier wird ja in gut aufklärerischer Tradition der Begriff des Mythos als Präsenz der Götter bereits als historisch vergangene Gestalt behandelt. Friedrich Schlegel: »Die Menschheit blühte nur einmal und nicht wieder. Diese Blüte war die schöne Kunst« – in der Antike.[33] Letztlich werden diese Einsichten auch nicht dadurch aufgehoben, daß mit der Theorie und Philosophie eine Wegweiserin zu einer neuen, die partikulare Subjektivität aufhebenden Objektivität gefunden, in Goethes Kunst eine neue »Morgenröte echter Kunst«[34] angebrochen scheint. Die Geschichtsphase des Mythos erscheint in den besten Erkenntnissen der Frühromantik wesentlich als eine vergangene, und die Sehnsucht danach ist der beste Indiz dafür.

So nimmt es nicht Wunder, daß auch das Bibelprojekt scheitern mußte: Man will ein neues Sinnzentrum kreieren, vergleichbar der heiligen Schrift; Novalis tituliert Friedrich Schlegel als »Apostel in unsrer Zeit«, als »Paulus der neuen Religion [...], die überall anbricht«.[35] »Jeder gute Mensch wird immer mehr und mehr Gott. Gott werden, Mensch sein, sich bilden, sind Ausdrücke, die einerlei bedeuten«, schreibt Friedrich Schlegel in den *Athenäums-Fragmenten.*[36] Die große Mythensynthese in der poetischen Einbildungskraft der deutschen Frühromantik, in der antike, christliche, orientalische Religiosität, in der Natur und Geist, Endliches und Unendliches, Göttliches und Menschliches synthetisiert und so versöhnt werden sollten, hat jedoch den Charakter eines nachträglichen *Bildungsamalgams,* auch wenn die kühne Wechseltropik von Religion und Sinnlichkeit beispielsweise in Novalis' *Abendmahlshymne* in dem Sinne innovativ ist, daß sie eine alte abendländische Polarität – die Entgegensetzung von Geist und Körper, Profanem und Heiligem – einzuschmelzen unternimmt. Über die Kühnheit dieses Versuches sprachen wir bereits in dem Einleitungsaufsatz. Gerade Novalis hat ja auch den im kritischen Sinne phantastischen Charakter des neuen Bibelprojekts gesehen, wenn er es so kommentiert: »Eine Bibel schreiben zu wollen – ist ein Hang zur Tollheit«, wobei er freilich hinzufügt: »wie ihn jeder tüchtige Mensch haben muß, um vollständig zu seyn«.[37] So macht gerade der romantische Versuch einer Rekonstruktion des Mythos deutlich, in welchem Maße die Geschichtlichkeit der Stunde der Frühromantik durch die Aufklärung geprägt war. In ihrem Versuch der Rekonstruktion des Mythos steht die deutsche Frühromantik nicht, wie dies die ältere Forschung sagt, in einer planen Antithese zu den Säkularisierungstendenzen der Aufklärung, vielmehr geht der Subjektivismus der Vernunftphilosophie neuzeitlicher Aufklärung in ihre Rekonstruktionsversuche selbst ein und vereitelt so im Ansatz das, was er erbringen soll, eine neue mythische Sinnpräsenz. In welchem Maße die religiös-mythische Phantasie der Romantik durch Aufklärung vermittelt ist, wird deutlich auch durch ihre Absage an jegliche Form von religiösem Dogmatismus zugunsten eines toleranten Religionsbegriffs. Dies gilt, wie der Eingangsaufsatz *Frühromantik und Aufklärung* gezeigt hat, zumindest für Wackenroder, Novalis und die Brüder Schlegel, nicht in dem Maße für die katholisierenden Dramen Tiecks.

So liegt das Scheitern der romantischen Konzeption einer zugleich mythischen wie synthetischen Phantasie nicht so sehr in der Schwäche der romantischen Dichter und Denker begründet, die über den Ironie- und Fragmentbegriff durchaus auch die Relativität und Offenheit der eigenen Entwürfe mitreflektierten. Vielmehr offenbart sich noch in diesem Scheitern etwas von der Macht jener Aufklärung, in der auch die Romantik zu lokalisieren ist. Ich meine den Entzug jener Sinndimensionen, die sich der Machbarkeit, der Produzierbarkeit durch das Subjekt entziehen. Der Mythos, die Religion sind eine solche Sinndimension. Sie lassen sich nicht vom Subjekt nach Belieben herstellen und sei die Gedankenanstrengung auch noch so gewaltig.

In diesem Zusammenhang möchte ich auf den wohl schwerwiegendsten Vorwurf gegen die Romantik eingehen: Ich meine Georg Lukács' Verdikt, mit der Romantik begönne in Deutschland ein Verfallsprozeß der Vernunft, welcher letztlich über Nietzsche nicht nur im Faschismus gemündet, sondern diesem geradezu vorgearbeitet habe.[38] Die Dinge liegen in Wahrheit gerade umgekehrt: Weil die romantische Idee einer Synthesis von Phantasie, Philosophie und Mythos scheiterte, konnten sich ersatzreligiöse Ideologien wie der Nationalismus des 19. Jahrhunderts, der Wilhelminische Irrationalismus, schließlich der Faschismus in einem Vakuum der Sinndefizienz einrichten. Diese ersatzreligiösen Ideologien haben sich ja gerade nicht mehr, wie die Romantik, um die Einheit von Denken und Phantasie gekümmert, vielmehr beides zugunsten der totalitären Herrschaft von Ideologie und Machtapparat verabschiedet. Somit ist das Konzept der romantischen Phantasie – noch in ihrem Scheitern – gegenüber diesen Verfallsformen der Geschichte eher so etwas wie ein Korrektiv.

Der Phantasiebegriff der Frühromantik wäre zu beschreiben als *Selbstdarstellung eines Widerspruchs* von nicht aufgelösten und nicht auflösbaren Tendenzen des 18. Jahrhunderts: nämlich dem Vernunft- und Subjektglauben der Aufklärung einerseits, den sich bereits im ganzen 18. Jahrhundert dagegen formierenden subjektkritischen Tendenzen andererseits. In der unfreiwilligen Darstellung dieser inneren Widersprüchlichkeit liegt die geschichtsphilosophische Relevanz der Frühromantik, nicht in ihren eigenen idealistischen Syntheseprojekten. Eine kennzeichnende Dimension frühromantischen Denkens ist sicher, daß sie das Ganze noch einmal synthetisch im Medium der Poesie vereinen zu können glaubte. Aber: Dieser Glaube ist auch schon gezeichnet von der Ichskepsis, von der Erfahrung der Sinnkrise, die ja mit dem übersteigerten Ichdenken notwendig verbunden ist. Der Begriff der Frühromantik ist in diesem Sinne nicht statisch, sondern als eine *Bewegung* des Denkens und der persönlichen Erfahrung der Autoren der Frühromantik zu beschreiben, eine Bewegung zwischen Ichkrise und der Suche nach neuen Sinnzentren – dies als ein Erbe des 18. Jahrhunderts und eine von ihm weitergegebene Bürde an das 19. und 20. Jahrhundert.

Anmerkungen

1 Eine detaillierte Darstellung dieser Zusammenhänge unter dem Titel »Phantasie in der Aufklärung. Zur Geschichte der Einbildungskraft im 17. und 18. Jahrhundert« ist im Entstehen. Ich hoffe, diese Arbeit 1983 abzuschließen.

2 Aristoteles, De anima 427b ff.

3 So in Gottscheds *Versuch einer critischen Dichtkunst,* II. Hauptstück, § 17.

4 Quintilian, De institutione Oratoriae, lib. VI, 2.

5 Vgl. Hans Peter Herrmann, Naturnachahmung und Einbildungskraft. Zur Entwicklung der deutschen Poetiken von 1670–1740, Bad Homburg 1970.

6 Vgl. Silvio Vietta, Neuzeitliche Rationalität und moderne literarische Sprachkritik, München 1980, S. 10ff.

7 Aristoteles, De anima 429a.

8 Nicolas de Malebranche, Recherche de la vérité [...], 2. Buch (De l'imagination). In: Oeuvres de Malebranche, I., ed. p. G. Rodis-Lewis, Paris 1962, S. 266ff. Auf dem Mannheimer Colloquium wies G. Sauder darauf hin, daß sich in der Popularphilosophie der zweiten Hälfte des 18. Jahrhunderts, so bei Tetens und Irwing, eine Aufwertung der Einbildungskraft nachweisen läßt. Die Zitate, die Sauder selbst in *Empfindsamkeit,* Bd. I (Stuttgart 1974, S. 164ff.) vorlegt, belegen, daß diese Autoren in die Entdeckungsgeschichte der produktiven Funktionen der Einbildungskraft einzubeziehen sind, auch wenn sie an der für die Aufklärung typischen Unterordnung der Phantasie unter die regulative Tätigkeit der Vernunft ohne Abstrich festhalten.

9 Joseph Addison, The Pleasures of the Imagination, in: The Spectator, Nr. 411–421, 21. Juni – 3. Juli 1712.

10 Erstmals wird die Phantasieproblematik von Bodmer im 19. Discours aus den *Discoursen der Mahlern* (Zürich 1721) thematisiert.

11 Die Begründung der Ästhetik als Wissenschaft erfolgt in Gottlieb Alexander Baumgartens Magisterarbeit *Meditationes Philosophicae de Nonnullis ad Poema Pertinentibus* (Halle 1735).

12 Vgl. dazu P. E. Knabe, Schlüsselbegriffe des kunsttheoretischen Denkens in Frankreich von der Spätklassik bis zum Ende der Aufklärung, Düsseldorf 1972, Stichwort »imagination«.

13 Karl Philipp Moritz, Anton Reiser. Ein psychologischer Roman. Hg. v. W. Martens, Stuttgart 1972, S. 382. Hier warnt der Erzähler geradezu vor dem »falschen Kunsttrieb« seines Protagonisten, der ihn »mehr in Phantasien, als in der Wirklichkeit« habe leben lassen. Ähnlich kritisch über den »Hang zu phantasierten Entzückungen« äußert sich der Erzähler in Wielands *Don Sylvio* und *Agathon* an einer Vielzahl von Stellen.

14 Dies macht insbesondere die Danae-Episode im *Agathon* (5. Buch des 1. Teiles) sowie das Biribinkermärchen im *Don Sylvio* (6. Buch) deutlich.

15 So in dem ansonsten hervorragenden Aufsatz von Hans Joachim Schrimpf, Wilhelm Heinrich Wackenroder und Karl Philipp Moritz. Ein Beitrag zur frühromantischen Selbstkritik, in: Zeitschrift für deutsche Philologie 83 (1964), S. 385–409.

16 Wilhelm Heinrich Wackenroder, Werke und Briefe, Heidelberg 1967, S. 229.

17 Ebd., S. 131.

18 Novalis, Schriften. Die Werke Friedrich von Hardenbergs. Hg. von Paul Kluckhohn (†) und Richard Samuel (im Folgenden zitiert: HKA = Historisch-kritische Ausgabe). Bd. 1, Stuttgart 1960, S. 285f.

19 Vgl. dazu Silvio Vietta, Romantikparodie und Realitätsbegriff im Erzählwerk E. T. A. Hoffmanns, in: Zeitschrift für deutsche Philologie 100 (1981), S. 575–591.

20 Friedrich Schlegel, Kritische Ausgabe seiner Werke. Hg. von Ernst Behler, Jean-Jacques Anstett und Hans Eichner (im Folgenden zitiert: KA). Bd. 2, Paderborn 1967, S. 285.

21 Karl Philipp Moritz, Schriften zur Ästhetik und Poetik. Kritische Ausgabe. Hg. v. H. J. Schrimpf, Tübingen 1962, S. 99. Im *Laokoon* definiert Lessing das nach Darstellungsmedien differenzierte Kunstschöne wirkästhetisch nach Maßgabe der Aktivierung der Einbildungskraft: »denn was wir in einem Kunstwerke schön finden, das findet nicht unser Auge, sondern unsere Einbildungskraft, durch das Auge, schön« (1. Teil, VI).

22 Novalis' Studium der Fichte'schen *Wissenschaftslehre* fällt vor allem in die Jahre 1795–1796. Siehe: Novalis, HKA II, Stuttgart 1965, S. 29ff.

23 Novalis, HKA III, Stuttgart 1969, S. 385.

24 Ebd., S. 388.

25 Novalis, HKA II, S. 583.

26 Novalis, HKA III, S. 298.

27 In Jean Pauls *Vorschule der Ästhetik* von 1804 wird in den § 6ff. die »Stufenfolge« der poetischen Kräfte behandelt. Dabei wird die Phantasie aufgrund ihrer ›totalisierenden‹ Funktion über die reproduktive Einbildungskraft gesetzt. »Einbildungskraft ist die Prose der Bildungskraft oder Phantasie. Sie

ist nichts als eine potenzierte hellfarbige Erinnerung [...] Die Phantasie macht alle Teile zu Ganzen, [...] sie totalisiert alles [...]« (Jean Paul, Sämtliche Werke. Hg. von Norbert Miller. 1. Abt., Bd. 5, München 1963, S. 47).

28 Karl Philipp Moritz, Götterlehre oder Mythologische Dichtungen der Alten. Hg. von W. Haupt, Frankfurt 1979, S. 9: »Die mythologischen Dichtungen müssen als eine Sprache der Phantasie betrachtet werden.«

29 Friedrich Schlegel, KA, Band 2, S. 257.

30 Ebd., S. 315.

31 Georg Wilhelm Hegel, Ästhetik. Hg. von F. Bassenge. Bd. I, Berlin o. J., S. 500: »Der wahre Inhalt des Romantischen ist die absolute Innerlichkeit, die entsprechende Form die geistige Subjektivität, als Erfassen ihrer Selbständigkeit und Freiheit [...] In diesem Pantheon sind alle Götter entthront, die Flamme der Subjektivität hat sie zerstört«. Und S. 505f.: »Der ganze Inhalt konzentriert sich dadurch auf die Innerlichkeit des Geistes, auf die Empfindung, die Vorstellung, das Gemüt, welches nach der Einigung mit der Wahrheit strebt, das Göttliche im Subjekt zu erzeugen [...].«

32 Friedrich Schlegel, KA, Bd. 1, Paderborn 1979, S. 351.

33 Ebd., S. 257.

34 Ebd., S. 260.

35 Novalis, HKA III, S. 493.

36 Friedrich Schlegel, KA, Bd. 2, S. 210.

37 Novalis, HKA III, S. 491.

38 Georg Lukács, Die Zerstörung der Vernunft, Neuwied 1962.

Die Autoren

Wolfgang Frühwald, geboren 1935, Studium der Germanistik, Geschichte, Geographie und Philosophie in München, 1961 Promotion, 1969 Habilitation in München; 1970–1974 o. Professor an der Universität Trier-Kaiserslautern, seit 1974 Professor für Neuere deutsche Literaturgeschichte an der Universität München. Veröffentlichungen u. a.: Der St. Georgener Prediger. Studien zur Wandlung des geistlichen Gehalts (1963); Ruhe und Ordnung. Literatursprache – Sprache der politischen Werbung (1976); Eichendorff-Chronik. Daten zu Leben und Werk (1977); Das Spätwerk Clemens Brentanos, 1815–1842. Romantik im Zeitalter der Metternichschen Restauration (1977); Max Frisch, Andorra, Wilhelm Tell. Materialien, Abbildungen, Kommentare (1977, mit W. Schmitz); Der Fall Toller. Kommentar und Materialien (1979, mit J. Spalek). Herausgeber: Clemens Brentano, Briefe an Emilie Linder (1969); Ernst Toller, Gesammelte Werke (1978, mit J. Spalek); Joseph Görres, Ausgewählte Werke in zwei Bänden (1978); Clemens Brentano, Historisch-kritische Ausgabe sämtlicher Werke und Briefe (1975ff., mit J. Behrens u. D. Lüders); Adalbert Stifter, Werke und Briefe. Historisch-kritische Gesamtausgabe (1978ff., mit A. Doppler). Aufsätze zur geistlichen Prosa des Mittelalters, zur deutschen Literatur vom 18. Jahrhundert bis zur Gegenwart und zur Editionsphilologie.

Heinz Gockel, geboren 1941, Studium der Philosophie, Germanistik und Theologie in Freiburg i. Br. und Münster, 1971 Promotion, 1979 Habilitation in Münster; seit 1979 Professor für Neuere Deutsche Literaturwissenschaft an der Universität Bamberg. Veröffentlichungen: Individualisiertes Sprechen. Lichtenbergs Bemerkungen im Zusammenhang von Erkenntnistheorie und Sprachkritik (1973); Max Frisch, Gantenbein – das offen-artistische Erzählen (1976, 2. Aufl., 1979); Mythos und Poesie. Zum Mythosbegriff der Aufklärung und Frühromantik (1981). Aufsätze zur deutschen Literatur vom 18. Jahrhundert bis zur Gegenwart.

Hans-Joachim Mähl, geboren 1923, Studium der Germanistik, Philosophie und Theologie in Hamburg. 1959 Promotion, 1967 Habilitation in Hamburg; 1967–1971 o. Professor für Neuere deutsche Literaturwissenschaft an der Universität Regensburg, seit 1971 Professor für Deutsche Philologie an der Universität Kiel. Veröffentlichungen: Die Idee des goldenen Zeitalters im Werk des Novalis (1965). Herausgeber: Sebastian Brant, Das Narrenschiff (1964, 3. Aufl. 1968); Novalis, Schriften. Die Werke Friedrich von Hardenbergs, Bd. 2–4 (1965–1975, mit R. Samuel u. G. Schulz); Dichter über ihre Dichtungen: Novalis (1976); Novalis, Werke, Tagebücher und Briefe Friedrich von Hardenbergs, Bd. 1 und 2 (1978, mit R. Samuel). Aufsätze zur Philosophie der Frühromantik, zur deutschen Literatur vom 17. Jahrhundert bis zur Gegenwart und zur Editionsphilologie.

Horst Meixner, geboren 1932, Studium der Germanistik und Philosophie in Freiburg i. Br., Zürich und Köln, 1961 Promotion, 1970 Habilitation in Freiburg; seit 1970 o. Professor für Neuere deutsche Literaturgeschichte an der Universität Mannheim. Veröffentlichungen: Romantischer Figuralismus. Kritische Studien zu Romanen von Arnim, Eichendorff und Hoffmann (1971). Herausgeber: Expressionismus. Sozialer Wandel und künstlerische Erfahrung (1982, zus. mit S. Vietta) und der Reihe »Literatur und Kommunikation«. Aufsätze zur deutschen Literatur vom 18. Jahrhundert bis zur Gegenwart.

Lothar Pikulik, geboren 1936, Studium der Germanistik, Anglistik und Philosophie in Köln, Marburg, Reading (England) und Bonn, 1965 Promotion in Bonn, 1972 Habilitation in Basel, seit 1973 Professor für Neuere deutsche Literaturwissenschaft an der Universität Trier. Veröffentlichungen: »Bürgerliches Trauerspiel« und Empfindsamkeit (1966, 2. Aufl. 1981); Romantik als Ungenügen an der Normalität. Am Beispiel Tiecks, Hoffmanns, Eichendorffs (1979); Einführung ins Drama. Handlung, Figur, Szene, Zuschauer, 2 Bände (1982, mit Norbert Greiner, Jörg Hasler und Hajo Kurzenberger). Aufsätze vor allem zur Romantik und zu Thomas Mann.

Gerhard Sauder, geboren 1938, Studium der Germanistik, Romanistik, Philosophie und Kunstgeschichte in Heidelberg und Paris, 1967 Promotion, 1973 Habilitation in Heidelberg; 1975/76 Wissenschaftlicher Rat und Professor, seit 1976 Professor für Neuere deutsche Philologie und Literaturwissenschaft an der Universität Saarbrücken. Veröffentlichungen: Der reisende Epikureer. Studien zu Moritz August von Thümmels Roman »Reise in die mittäglichen Provinzen von Frankreich« (1968); Empfindsamkeit. Bd. 1: Voraussetzungen und Elemente (1974), Bd. 3: Quellen und Dokumente (1980). Herausgeber: Gotthilf Heinrich Schubert, Die Symbolik des Traumes. Faksimiledruck nach der Ausgabe von 1814 (1968); Edward Young, Gedanken über die Original-Werke. Aus dem Englischen von H. E. von Teubern. Faksimiledruck nach der Ausgabe von 1760 (1977); Benedikte Naubert, Heerfort und Klärchen. Etwas für empfindsame Seelen. Faksimiledruck nach der Ausgabe von 1779 (1982). Aufsätze vor allem zur Literatur der Aufklärung, zum Sturm und Drang, zur Wissenschaftsgeschichte und zur Gegenwartsliteratur.

Silvio Vietta, geboren 1941, Studium der Germanistik, Philosophie, Anglistik und Pädagogik in Thübingen, Berlin, Freiburg i. Br. und Würzburg, 1969 Promotion in Würzburg, 1979 Habilitation in Mannheim; 1981/82 Professor für Neuere deutsche Philologie an der Universität Mannheim, seit 1982 Professor für Deutsche Sprache und Literatur an der Hochschule für Erziehungs-, Sprach- und Kulturwissenschaften Hildesheim. Veröffentlichungen: Sprache und Sprachreflexion in der modernen Lyrik. Novalis, Loerke, Celan, Heißenbüttel (1970); Expressionismus (1975, 2. Aufl. 1983, mit H.-G. Kemper);

Neuzeitliche Rationalität und moderne literarische Sprachkritik (1981). Herausgeber: Literaturtheorie (1973, 2. Aufl. 1976, mit S. Vietta); Lyrik des Expressionismus (1976); Literatur und Stummfilm (1980); Expressionismus. Sozialer Wandel und künstlerische Erfahrung (1982, mit H. Meixner). Aufsätze vor allem zur literarischen Frühmoderne, zum Expressionismus und über Literatur- und Medienwissenschaft.

Thema dieses Bandes ist die Frühromantik als literarische Epoche: der historische Zusammenhang der Autoren – Wackenroder, Tieck, Novalis, Friedrich und August Wilhelm Schlegel – und ihrer Werke. Damit verbunden ist die Frage nach dem Verhältnis der Romantik zur Aufklärung, das heute in der Forschung neu gesehen wird. Die Frühromantik war nicht einfach eine Gegenbewegung zur Aufklärung, sondern hat viele Tendenzen der Aufklärung in sich aufgenommen und verarbeitet. Sie kann, entgegen manchen Äußerungen auch der Romantiker selbst, als eine Selbstkritik der Aufklärung verstanden werden.